A GAROTA NO TREM

OBRAS DA AUTORA PUBLICADAS PELA EDITORA RECORD

Em águas sombrias
Em fogo lento
A garota no trem

PAULA HAWKINS

A GAROTA NO TREM

Tradução de
Simone Campos

54ª edição

EDITORA RECORD
RIO DE JANEIRO • SÃO PAULO
2025

CIP-BRASIL. CATALOGAÇÃO NA FONTE
SINDICATO NACIONAL DOS EDITORES DE LIVROS, RJ

Hawkins, Paula
H325g A garota no trem / Paula Hawkins; tradução de Simone Campos. –
54ª ed. 54ª ed. – Rio de Janeiro: Record, 2025.

Tradução de: The girl on the Train
ISBN 978-85-01-10465-6

1. Ficção inglesa. I. Campos, Simone. II. Título.

CDD: 823
15-21761 CDU: 821.111-3

TÍTULO ORIGINAL: THE GIRL ON THE TRAIN

Texto revisado segundo o Acordo Ortográfico da Língua Portuguesa de 1990.

Direitos exclusivos de publicação em língua portuguesa somente para o Brasil adquiridos pela
EDITORA RECORD LTDA.
Rua Argentina, 171 – Rio de Janeiro, RJ – 20921-380 – Tel.: (21) 2585-2000,
que se reserva a propriedade literária desta tradução.

Impresso no Brasil

ISBN 978-85-01-10465-6

Seja um leitor preferencial Record.
Cadastre-se no site www.record.com.br e
receba informações sobre nossos
lançamentos e nossas promoções.

EDITORA AFILIADA

Atendimento e venda direta ao leitor:
sac@record.com.br

PARA KATE

Ela está enterrada sob uma bétula, perto da velha ferrovia, seu túmulo marcado com pedras. Não mais que um montinho de pedras, pois eu não queria atrair atenção para seu lugar de descanso, mas também não podia deixá-la sem nenhum tipo de memorial. Ali ela vai dormir em paz, sem ninguém para perturbá-la, sem nenhum som além do canto dos pássaros e do ruído dos trens que passam.

Uma para tristeza, duas para alegria, três para menina. Três para menina. Fico empacada nas três. Não consigo passar disso. Minha cabeça está repleta de sons, minha boca, repleta de sangue. Três para menina. Posso ouvir as aves, as pegas-rabudas — estão rindo, debochando de mim, um crocitar estridente. Um bando. Mau agouro. Posso vê-las agora, negras contra o sol. Não as aves, outra coisa. Alguém está vindo. Alguém está falando comigo. *Veja só. Veja só o que você me obrigou a fazer.*

RACHEL

SEXTA-FEIRA, 5 DE JULHO DE 2013

MANHÃ

Há um montinho de roupas do outro lado do trilho do trem. Um tecido azul-claro — uma camisa, talvez — embolado com algo de um branco encardido. Deve ser parte do conteúdo de um saco de lixo jogado em meio às árvores esparsas nessa encosta à margem da linha do trem. Pode ter sido deixado pelo pessoal da manutenção que trabalha nesta seção da ferrovia; eles estão sempre aqui. Ou talvez seja outra coisa. Minha mãe dizia que eu tinha uma imaginação fértil; Tom dizia a mesma coisa. É inevitável: não posso ver uma dessas peças descartadas, seja uma camiseta suja ou um pé de sapato, que já começo a pensar no outro sapato e nos pés que os calçavam.

O trem dá um solavanco e, com um som estridente, volta a se arrastar pelos trilhos. O montinho de roupas some de vista, e nos deslocamos em direção a Londres na velocidade de uma pessoa correndo bem rápido. Alguém no banco atrás de mim dá um suspiro de irritação e impotência; o trem parador das 8h04 de Ashbury a Euston põe à prova a paciência até do passageiro mais tarimbado. O trajeto todo deveria demorar 54 minutos, mas é raro isso acontecer: esta parte da ferrovia é muito antiga, está em péssimo estado de conservação, cheia de problemas de sinalização e repleta de obras que nunca terminam.

O trem continua a se arrastar; ele ultrapassa, trepidante, galpões e torres de caixa-d'água, pontes e casebres, e até casas vitorianas que se postam, recatadas, de costas para os trilhos.

Com a cabeça encostada na janela do vagão, vejo essas casas passarem como num filme. Ninguém mais as enxerga como eu; nem seus donos as veem deste ângulo. Duas vezes por dia, tenho a oportunidade de espiar outras vidas por um breve momento. Observar desconhecidos na segurança do lar, por algum motivo, me traz uma sensação de tranquilidade.

O celular de alguém está tocando, uma musiquinha irritantemente alegre. Demoram para atender, ela continua a tocar e a tocar. Registro quando cada um dos meus companheiros de viagem se ajeita no banco, vira a página do jornal, digita algo no laptop. O trem balança e ginga de um lado para o outro, seguindo por uma curva, reduzindo a velocidade ao se aproximar de um sinal vermelho. Procuro não erguer o olhar, tento ler o jornal que me deram quando entrei na estação, mas as palavras se embaralham diante dos meus olhos, nada prende meu interesse. Ainda posso ver, na minha mente, aquele montinho de roupas abandonado do outro lado do trilho.

NOITE

A espuma do gim-tônica em lata sibila quando eu a aproximo da boca. Amargo e gelado, o gosto das minhas primeiras férias com Tom, uma vila de pescadores na Costa Basca em 2005. Todas as manhãs, nadávamos quase um quilômetro até uma ilhota na baía e transávamos em uma de suas praias secretas e remotas; à tarde, sentávamos num bar e bebíamos gins-tônicas fortes e amargos, assistindo a hordas de pessoas que jogavam futebol de areia com 25 de cada lado, aproveitando a maré baixa.

Bebo outro gole, e mais outro; a lata já está quase na metade, mas tudo bem, tenho mais três na sacola plástica aos meus pés. Hoje é sexta-feira, então não preciso me sentir culpada por estar bebendo no trem. *Thank God It's Friday.* A diversão começa aqui.

O fim de semana vai ser lindo, é o que estão anunciando. Sol a pino, céu claro. Nos velhos tempos, talvez fôssemos de carro até a Floresta de Corly com uma cesta de piquenique e o jornal do dia, onde passaríamos a tarde deitados numa manta sob o sol, bebendo vinho. Ou talvez fizéssemos um churrasco com amigos no quintal, ou fôssemos ao The Rose beber umas cervejas ao ar livre, os rostos corando com o passar do dia por causa do sol e do álcool, e depois voltaríamos cambaleantes para casa, de braços dados, e pegaríamos no sono no sofá.

Sol a pino, céu claro, ninguém para me fazer companhia, nada para fazer. Viver assim, como vivo hoje, é mais difícil no verão, quando o dia é mais longo e o abrigo da escuridão da noite é curto, quando há tanta gente na rua, a felicidade estampada no rosto. Isso é tão cansativo, e deixa a gente se sentindo mal por não fazer parte daquilo.

O fim de semana se estende à minha frente, 48 horas livres a serem preenchidas. Levo a lata à boca mais uma vez, mas não sobrou uma gota sequer.

SEGUNDA-FEIRA, 8 DE JULHO DE 2013

MANHÃ

É um alívio estar de novo no trem das 8h04. Não que eu esteja ansiosa para chegar logo a Londres e começar a semana — na verdade não faço a menor questão de estar em Londres. Só gosto de me recostar no veludo surrado e macio do banco, sentir o calor do sol entrando pela janela, o vagão me embalando, o ritmo reconfortante das rodas sobre os trilhos. Prefiro estar aqui, olhando para as casas à margem da linha do trem, do que em qualquer outro lugar.

Tem um sinal com defeito nesta linha, perto da metade do meu trajeto. Pelo menos acho que é defeito, porque está quase sempre vermelho; na maioria dos dias, paramos nele, às vezes apenas por alguns segundos, às vezes por longos minutos. Quando estou no vagão D, onde normalmente entro, e o trem para naquele sinal, o que normalmente acontece, tenho um panorama perfeito da minha casa preferida: a de número 15.

A número 15 se parece muito com as outras que foram construídas à margem deste trecho da linha férrea: uma casa vitoriana geminada de dois andares, com vista para um jardim estreito e bem-cuidado, que se estende por uns seis metros até uma cerca, depois da qual se contam mais alguns metros de terreno baldio antes de chegar aos trilhos da ferrovia. Conheço essa casa como a palma da minha mão. Conheço cada tijolo, a cor da cortina do quarto de cima (bege, com estampa azul-escura), sei que a tinta da janela do banheiro está descascando e que há quatro telhas faltando no lado direito do telhado.

Sei que, em noites quentes de verão, os moradores da casa, Jason e Jess, às vezes saem pela enorme janela-guilhotina e se sentam numa espécie de varanda que se projeta do teto da cozinha. Eles formam um casal perfeito, um casal 20. Ele tem cabelo preto e está em ótima forma; é forte, protetor e gentil. Tem uma risada gostosa. Ela é miúda feito um passarinho, linda, branquinha, os cabelos loiros curtos. Sua estrutura óssea combina com esse visual, as maçãs do rosto proeminentes e salpicadas de sardas, o queixo fino.

Enquanto ficamos parados no sinal vermelho, procuro por eles. Jess está quase sempre ali fora de manhã, bebendo café, especialmente no verão. Às vezes, quando a vejo, sinto como se ela também me visse, como se retribuísse meu olhar, e tenho vontade de acenar. Mas não tenho coragem. Não vejo Jason tanto assim, ele fica muito tempo fora a trabalho. Mas, mesmo quando não estão na varanda, fico pensando no que podem estar fazendo. Talvez naquela manhã ambos tenham tirado o dia de folga e ela esteja na cama enquanto ele prepara o café, ou talvez tenham saído para correr juntos, pois é o tipo de coisa que fazem. (Tom e eu corríamos juntos aos domingos, eu num ritmo um pouco mais puxado que o meu normal e ele na metade do dele, para podermos permanecer lado a lado.) Talvez Jess esteja no andar de cima da casa, no quarto extra, pintando, ou talvez estejam tomando banho juntos, as mãos dela apoiadas nos azulejos, as mãos dele nos quadris dela.

NOITE

Após virar o corpo para a janela, de costas para o interior do vagão, abro uma das garrafinhas de Chenin Blanc que comprei numa loja da estação de Euston. Não está gelado, mas dá para o gasto. Sirvo o vinho num copo de plástico, fecho a garrafa com a tampa de rosca e a enfio de novo na bolsa. Costuma ser menos aceitável beber no trem numa segunda-feira, a não ser que você esteja acompanhado, o que não é o meu caso.

Há rostos familiares nesses trens, gente que vejo toda semana, nas viagens de ida e volta. Eu reconheço essas pessoas e elas provavelmente me reconhecem também. Mas não sei se me veem como sou de verdade.

A noite está agradável, quente mas não muito abafada, o sol iniciando sua descida preguiçosa, encompridando as sombras e começando a pintar de dourado as árvores. O trem atravessa a cidade, passamos batido pela casa de Jason e Jess, e eles ficam para trás num borrão de luminosidade vespertina. Algumas vezes, poucas vezes, consigo vê-los daqui deste lado da linha. Se não houver trem indo na direção oposta, e se estivermos relativamente devagar, às vezes tenho um vislumbre deles na varanda. Se não — como hoje —, consigo imaginá-los. Jess estará sentada com os pés em cima da mesa da varanda, segurando uma taça de vinho, e Jason, em pé atrás dela, com as mãos em seus ombros. Sou capaz de imaginar o toque das mãos dele, o peso delas, tranquilizadoras, protetoras. Às vezes, me pego tentando me lembrar da última vez que tive contato físico de verdade com alguém, um abraço, um aperto de mão que seja, e sinto uma dor no coração.

TERÇA-FEIRA, 9 DE JULHO DE 2013

MANHÃ

O montinho de roupas da semana passada continua no mesmo lugar, porém mais sujo e com mais jeito de desprezado que há alguns dias. Li em algum lugar que um trem é capaz de arrancar as roupas de uma pessoa ao passar por cima do corpo. Não é tão incomum assim morrer atropelado por um trem. Duzentas a trezentas mortes por ano, dizem, então é uma a cada dois dias, pelo menos. Não sei ao certo quantas são acidentais. Enquanto o trem se desloca devagar, esquadrinho as roupas em busca de sangue, mas não encontro nada.

Como sempre, o trem para no sinal. Vejo Jess de pé no terraço da casa, em frente às portas francesas. Está com um vestido rosa-choque, descalça. A cabeça está virada de lado e ela olha para trás, sobre o ombro, para dentro da casa; deve estar falando com Jason, que estará preparando o café da manhã. Mantenho o olhar fixo em Jess, em seu lar, mesmo quando o trem já começa a se mover. Não quero ver as outras casas; não quero ver principalmente a que fica quatro casas depois, a que já foi minha.

Morei no número 23 da Blenheim Road por cinco anos, onde fui extremamente feliz e desesperadamente infeliz. Não consigo nem mais olhar para ela. Aquela foi minha primeira casa. Não a dos meus pais, não um apartamento compartilhado com outros estudantes, *minha* primeira casa. Não aguento olhar para ela. Bem, aguento, olho, quero olhar, não quero olhar, tento não olhar. Todo dia me convenço a não olhar, e todo dia olho. Não consigo evitar, mesmo não tendo nada ali que eu queira ver, mesmo sabendo que tudo que conseguir ver vai me magoar. Mesmo me lembrando com tanta nitidez de como me senti daquela vez que ergui o olhar e notei que a cortina de linho creme no quarto de cima não estava mais lá, e que em seu lugar havia algo rosa-bebê; mesmo eu ainda me lembrando da dor que senti ao ver Anna regando as roseiras perto da cerca, a camiseta esticada na barriga de grávida, e de como mordi o lábio com tanta força que até saiu sangue.

Fecho os olhos com força e conto até dez, quinze, vinte. Pronto, passou, não há nada mais para ver. Chegamos à estação de Witney e logo saímos dela, o trem começa a pegar velocidade e deixa a periferia para trás, dando lugar à cinzenta parte norte de Londres, casas com varanda substituídas por pontes pichadas e por edifícios abandonados com janelas quebradas. Quanto mais nos aproximamos de Euston, mais ansiosa fico; a pressão aumenta, como será o dia hoje? Há uma construção horizontal de concreto horrenda a 500 metros da estação de Euston, à direita da ferrovia. Alguém pichou no muro dela uma seta apontando para a estação, ao lado das palavras: A VIAGEM ACABA AQUI. O montinho de roupas do outro lado dos trilhos volta à minha mente e sinto um nó na garganta.

O trem que pego no fim do dia, o das 17h56, é um pouco mais lento que o da ida — leva uma hora e um minuto, sete minutos a mais que o da manhã, apesar de não parar em nenhuma estação extra. Para mim, tanto faz, porque, assim como não tenho a menor pressa de chegar a Londres de manhã, também não tenho a menor pressa de voltar para Ashbury no fim do dia. E não só porque é Ashbury, embora o lugar em si já seja um horror, uma cidade planejada dos anos 1960, espalhando-se feito um tumor pelo coração de Buckinghamshire. Nem melhor nem pior que uma dezena de outras cidades idênticas a ela, onde o centro é abarrotado de cafés, lojas de celulares, filiais da JD Sports, e rodeado por fileiras de casas iguaizinhas e, mais além, pelo reino dos cinemas multiplex e dos hipermercados Tesco. Eu moro numa parte relativamente nova e apresentável situada no ponto em que o centro comercial começa a se embrenhar pelos limites da área residencial, mas essa não é a minha casa. Minha casa é aquela vitoriana junto à ferrovia, aquela da qual já fui dona da metade. Em Ashbury, não sou dona, nem mesmo inquilina — moro de favor, ocupando o minúsculo segundo quarto do apartamento duplex sem graça de Cathy, totalmente à mercê dela.

Cathy e eu éramos amigas na universidade. Meio amigas, na verdade; nunca fomos muito íntimas. O quarto dela ficava em frente ao meu no primeiro ano e estávamos fazendo o mesmo curso na faculdade, então nos tornamos aliadas naturais durante aquelas primeiras semanas intimidadoras. antes de conhecermos outras pessoas com quem tínhamos mais em comum. Nos vimos raramente depois do primeiro ano e quase nunca depois da formatura, exceto por um ou outro casamento. Mas, quando precisei, aconteceu de ela ter um quarto sobrando, e tudo se encaixou. Eu tinha certeza de que seria só por alguns meses, no máximo seis, e não sabia mais o que fazer. Nunca tinha morado sozinha, saí da casa dos meus pais para dividir apartamento com outras pessoas e depois para morar com Tom; era uma oferta irrecusável, então aceitei. Isso faz quase dois anos.

Não é *tão ruim assim*. Cathy é uma pessoa legal, de um jeito meio forçado, talvez. Ela faz questão de mostrar o quanto é legal. Ela é legal, com "l" maiúsculo, é o que a define, e ela precisa que isso seja reconhecido pelos outros, sempre, quase todo dia, o que pode ser cansativo. Mas não é a pior coisa do mundo, consigo pensar em características piores em pessoas que dividem apartamento. Não, não é Cathy, não é nem Ashbury o que mais me incomoda na minha nova realidade (ainda penso nela como nova, mesmo já fazendo dois anos). É a perda do controle. No apartamento de Cathy, sempre me sinto como a hóspede à beira de não ser mais considerada bem-vinda. Sinto isso na cozinha, onde nos acotovelamos disputando espaço na hora de preparar o jantar. Sinto isso quando nos sentamos no sofá, o controle remoto sempre ao alcance da mão dela. O único espaço que tenho a sensação de ser meu é aquele quarto minúsculo, onde foram espremidas uma cama de casal e uma mesa, com pouquíssimo espaço para andar entre elas. É até confortável, mas não é um lugar onde eu queira *ficar*, por isso passo mais tempo na sala de estar ou sentada à mesa da cozinha, pouco à vontade e impotente. Perdi o controle sobre tudo, até sobre os lugares dentro da minha cabeça.

QUARTA-FEIRA, 10 DE JULHO DE 2013

MANHÃ

O calor está aumentando. Mal passou das 8h e o dia já está abafado, o ar pesado e úmido. Eu até poderia torcer para chover, mas o céu está tão limpo, um azul pálido e aquoso. Enxugo o suor que se acumula acima do lábio. Por que não me lembrei de comprar uma garrafa d'água?

Não consigo ver Jess e Jason esta manhã, e isso me deixa muito contrariada. Bobagem minha, eu sei. Percorro a casa com o olhar, mas não há nada para ver. As cortinas estão abertas no andar de baixo, mas as portas francesas estão fechadas, o sol refletindo nas vidraças. A janela-guilhotina do andar de cima também está fechada. Jason deve estar no trabalho. Ele é médico, acho, talvez trabalhe para uma dessas organizações internacionais. Ele vive de prontidão, a mala pronta sobre o guarda-roupa; se ocorre um terremoto no Irã ou um tsunami na Ásia, ele larga tudo, pega a mala e em poucas horas chega ao Heathrow, pronto para voar até lá e salvar vidas.

Jess, com suas estampas arrojadas e seus tênis All-Star, sua beleza e seu jeito descolado de ser, trabalha com moda. Ou talvez com música, ou em publicidade — pode ser estilista ou fotógrafa. Também é uma ótima pintora, tem muito talento artístico. Posso vê-la agora, no quarto extra de cima, o rádio no volume máximo, a janela aberta, um pincel na mão, uma enorme tela apoiada na parede. Ela vai ficar ali até a meia-noite; Jason sabe que não deve incomodá-la enquanto pinta.

Mas a verdade é que não consigo ver Jess direito. Não sei se sabe pintar, se Jason tem uma risada gostosa nem se as maçãs do rosto de Jess são lindas. Não dá para distinguir a estrutura óssea dela daqui e nunca ouvi a voz de Jason. Nunca os vi de perto, eles não viviam ali quando eu morava algumas casas adiante na mesma rua. Eles se mudaram para lá depois que deixei o lugar, há dois anos. Não sei quando exatamente. Acho que comecei a reparar neles há mais ou menos um ano, e, pouco a pouco, os dois foram se tornando importantes para mim.

Também não sei como se chamam, então tive de inventar nomes para eles. Jason, porque é tão bonito quanto um astro de cinema britânico, não um Depp, nem um Pitt, mas um Firth, ou um Jason Isaacs. E Jess simplesmente combina com Jason, e com ela mesma. É a cara dela, tão bonita e despreocupada. Eles formam um par, uma dupla. São felizes, está na cara. São o que eu era, são como Tom e eu éramos, há cinco anos. São o que perdi, são tudo o que eu quero ser.

NOITE

Minha blusa, incômoda de tão justa, esticada no peito com os botões quase arrebentando, está manchada de suor nas axilas. Meus olhos coçam, minha garganta também. Não quero que essa viagem de trem demore; quero muito chegar em casa, tirar a roupa e entrar no chuveiro, estar em um lugar onde ninguém pode me ver.

Olho para o homem sentado no banco de frente para mim. Deve ter a minha idade, entre 30 e 35, cabelos pretos, grisalho nas têmporas. Pele amarelada. Está de terno, mas tirou o paletó e o jogou no banco ao lado. Um MacBook, bem fininho, está aberto à sua frente. Ele digita devagar. Usa um relógio prateado com um mostrador enorme no pulso direito — deve valer uma nota, talvez seja um Breitling. Ele está mordendo a bochecha por dentro. Talvez esteja nervoso. Ou só absorto em pensamentos. Redigindo um e-mail importante para um colega de trabalho no escritório de Nova York, ou terminando com a namorada em uma mensagem pensada palavra por palavra. De repente ergue os olhos e me encara; seu olhar passeia por mim, pela garrafinha de vinho na mesa à minha frente. Ele desvia o olhar. Algo no formato que seus lábios assumem sugere repugnância. Ele me acha repugnante.

Não sou mais o que eu era. Não sou mais atraente; acho que no fundo sou repelente. Não é só o fato de ter engordado, ou de meu rosto estar inchado de tanto beber e de dormir pouco; é como se as pessoas conseguissem ver o estrago em mim como um todo, elas veem isso no meu rosto, na minha postura, nos meus movimentos.

Uma noite, na semana passada, quando saí do quarto para pegar um copo d'água, ouvi Cathy conversando com Damien, seu namorado, na sala. Parei no corredor e fiquei tentando escutar a conversa, sem que eles me vissem.

— Ela está tão solitária — dizia Cathy. — Estou muito preocupada. Não ajuda muito ela ficar sozinha o tempo todo.

Depois de um tempo Cathy perguntou a Damien:

— Será que não tem alguém no seu trabalho, ou talvez no clube de rúgbi?

— Para Rachel? — retrucou Damien. — Não me leve a mal, Cath, mas não sei se conheço alguém que esteja tão desesperado assim.

QUINTA-FEIRA, 11 DE JULHO DE 2013

MANHÃ

Estou cutucando o band-aid que cobre meu indicador. Está úmido, molhou enquanto eu lavava minha caneca de café mais cedo; está pegajoso, sujo, embora estivesse limpo de manhã. Não quero arrancá-lo porque o corte é profundo. Cathy não estava em casa quando cheguei ontem à noite, então fui até a loja de bebidas e comprei duas garrafas de vinho. Bebi a primeira e então pensei em aproveitar a ausência de Cathy para preparar um bife com cebola roxa e salada verde para acompanhar. Uma bela refeição, bem saudável. A faca entrou na ponta do meu dedo enquanto eu cortava as cebolas. Devo ter ido ao banheiro para fazer um curativo e depois me deitado por alguns instantes, e acabei me esquecendo da cozinha, porque acordei por volta das dez e ouvi Cathy e Damien conversando, ele dizendo que era um absurdo eu ter deixado tudo daquele jeito. Cathy subiu para me ver, deu uma batidinha na porta e abriu uma fresta. Inclinou a cabeça para o lado e perguntou se estava tudo bem comigo. Pedi desculpas sem saber bem por que estava me desculpando. Ela disse que tudo bem, mas eu poderia dar um jeito na cozinha? Havia sangue na tábua de corte, o ambiente fedia a carne crua, e o bife ainda estava na bancada, começando a ficar cinza. Damien nem disse oi, só balançou a cabeça quando me viu e subiu para o quarto de Cathy.

Depois que os dois foram dormir, lembrei que não tinha bebido a segunda garrafa, então a abri. Sentei no sofá e vi televisão com o volume bem baixo para que eles não escutassem. Não lembro o que estava passando na TV, mas em algum momento devo ter me sentido solitária, ou feliz, ou algo assim, porque tive vontade de falar com alguém. Essa necessidade deve ter sido mais forte que eu, e não havia mais ninguém para quem eu pudesse ligar a não ser Tom.

Não existe outra pessoa com quem eu queira conversar a não ser Tom. O histórico no meu celular mostra que fiz quatro ligações: às 23h02, às 23h12, às 23h54 e à 00h09. A julgar pela duração das chamadas, deixei duas mensagens. Tom pode até ter atendido, mas não me lembro de ter falado com ele. Lembro de ter deixado a primeira mensagem; acho que só pedi que ele me ligasse. Talvez eu tenha dito só isso nas duas mensagens, o que não é tão ruim.

O trem reduz a velocidade até parar por completo no sinal vermelho, e olho pela janela. Jess está sentada no terraço do jardim diante da casa, bebendo uma xícara de café. Ela está com os pés em cima da mesa e a cabeça inclinada para trás, tomando sol. Atrás dela, acho que vejo uma sombra, alguém se deslocando: Jason. Fico doida para vê-lo, para ter um vislumbre do seu belo rosto. Quero que ele venha para fora, que se poste atrás de Jess, como sempre faz, e dê um beijo na cabeça dela.

Ele não aparece, e a cabeça dela pende para a frente. Há algo de diferente nos movimentos de Jess hoje; ela está com uma postura mais pesada, curvada. Torço para que Jason vá ao seu encontro, mas o trem dá um solavanco e começa a se arrastar pelos trilhos, e ainda não há sinal dele; Jess está sozinha. E agora, sem pensar, me pego olhando diretamente para a minha casa, e não consigo mais desviar o olhar. As portas francesas estão escancaradas, e a luz invade a cozinha. Não sei dizer, não sei mesmo, se estou vendo ou imaginando isso — ela está mesmo ali em frente à pia lavando louça? Tem mesmo uma garotinha sentada numa daquelas cadeirinhas de bebê à mesa da cozinha?

Fecho os olhos e deixo a escuridão tomar conta e se expandir, até que o sentimento de tristeza passa para algo pior: uma lembrança, um *flashback*. Eu não só pedi a ele que me ligasse. Lembro agora: eu estava chorando. Disse que ainda o amava, que sempre amaria. *Por favor, Tom, por favor, preciso falar com você. Sinto a sua falta.* Não não não não não não não.

Preciso aceitar isso, não há por que permanecer em negação. Vou me sentir péssima o dia inteiro, e é algo que virá em ondas — mais forte, depois mais fraco, e então mais forte de novo —, aquele frio na barriga, a angústia da vergonha, o rosto corando, os olhos se apertando como se assim eu fosse conseguir fazer tudo desaparecer. E vou ficar tentando me convencer o dia inteiro, não é a pior coisa do mundo, é? Não é o pior que já fiz na vida, não é como se eu tivesse tropeçado e caído no chão em público, ou gritado com um desconhecido na rua. Não é como se eu tivesse constrangido meu marido durante um churrasco ao gritar impropérios para a mulher de um dos amigos dele. Não é como se uma noite tivéssemos brigado e eu tivesse partido para cima dele com um taco de golfe, arrancando um pedaço da parede do lado de fora do quarto. Não é como voltar ao trabalho depois de um almoço de três horas e cambalear pelo escritório com todo mundo olhando, Martin Miles me puxando de lado e dizendo: *É melhor você ir para casa, Rachel.* Certa vez li um livro de uma ex-alcoólatra em que ela contava ter feito boquete em dois homens que tinha acabado de conhecer num restaurante de uma movimentada rua comercial de Londres. Li o livro e pensei: Não estou *tão mal* assim. Esse é o meu parâmetro.

Fiquei pensando em Jess o dia inteiro, incapaz de me concentrar em nada além do que eu tinha visto de manhã. O que foi que eu vi ali e que me fez achar que havia algo errado? Não dava para distinguir direito a expressão dela daquela distância, mas tive a sensação, enquanto a observava, de que estava sozinha. Mais do que sozinha — solitária. Talvez estivesse — talvez Jason tenha viajado, ido para um daqueles países quentes onde salva vidas. E ela sente falta dele, e se preocupa embora tenha consciência de que ele precisa ir.

É claro que Jess sente falta de Jason, assim como eu. Ele é gentil e forte, tudo o que um marido deve ser. E eles são parceiros. Dá para ver de longe, sei como é a dinâmica dos dois. Aquela aura protetora e forte que emana dele não significa que ela seja fraca. Ela é forte de outras maneiras; ela dá grandes saltos intelectuais que o deixam boquiaberto, admirado. Ela consegue ir direto ao cerne de um problema, e o disseca e o analisa no intervalo de tempo que outras pessoas levam para dar bom-dia. Em festas, ele sempre segura a mão dela, mesmo os dois estando juntos há tantos anos. Eles se respeitam, não baixam a bola um do outro.

Eu me sinto exausta. Estou sóbria, de cara limpa. Há dias em que me sinto tão mal que preciso beber; há dias em que me sinto tão mal que não consigo beber. Hoje, só de pensar em álcool meu estômago já fica embrulhado. Mas a sobriedade no trem da volta é um desafio, especialmente agora, nesse calor. Uma camada de suor recobre cada centímetro da minha pele, sinto a boca dormente, meus olhos coçam, o rímel borrado nos cantos.

Meu celular toca dentro da bolsa e tomo um susto. Duas moças na fileira do outro lado do vagão olham para mim e depois se entreolham, ambas com um sorrisinho nos lábios. Não sei o que pensam de mim, mas sei que boa coisa não é. Meu coração bate forte no peito enquanto resgato o celular da bolsa. Também sei que isso não vai ser boa coisa: talvez seja Cathy, me pedindo com toda a gentileza do mundo que dê um tempo na bebida esta noite. Ou minha mãe, me avisando de sua ida a Londres na semana que vem, que vai dar uma passadinha no escritório, que podemos almoçar juntas. Olho para a tela. É Tom. Hesito por um segundo e atendo.

— Rachel?

Nos cinco primeiros anos de relacionamento, nunca fui Rachel, sempre Rach. Às vezes Shelley, porque ele sabia que eu odiava aquilo e morria de rir quando eu demonstrava irritação e logo em seguida ria junto, porque não conseguia me controlar ao ouvir suas gargalhadas.

— Rachel, sou eu. — Seu tom de voz é grave, parece cansado. — Olha, você tem que parar com isso, tá?

Não digo nada. O trem começa a reduzir a velocidade e estamos quase em frente à casa dele, à minha antiga casa. Sinto vontade de dizer: *Sai de casa, vem para o jardim. Deixa eu ver você.*

— Por favor, Rachel, você não pode me ligar assim o tempo todo. Você precisa dar um jeito na sua vida.

O nó na minha garganta parece duro como um pedregulho, liso e inflexível. Não consigo engolir. Não consigo falar.

— Rachel? Você está me ouvindo? Sei que as coisas não andam bem para você, e sinto muito por isso, sinto muito mesmo, mas... não posso fazer nada, e essas ligações frequentes estão deixando Anna muito chateada. Tudo bem? Não posso mais ajudar você. Procure o AA ou qualquer coisa assim. Por favor, Rachel. Vá a uma reunião do AA hoje depois do trabalho.

Tiro o band-aid sujo da ponta do dedo e olho para a pele pálida e enrugada, o sangue coagulado na unha. Pressiono a unha do polegar direito no meio da ferida e sinto o corte se abrir, a dor aguda e quente. Respiro fundo. O sangue começa a escorrer. As moças do outro lado do vagão me observam, os rostos sem expressão.

MEGAN

Um ano antes

QUARTA-FEIRA, 16 DE MAIO DE 2012

MANHÃ

Ouço o trem chegando; conheço seu ritmo de cor. Ele ganha velocidade ao deixar a estação de Northcote e, então, depois de vencer a curva, chacoalhando, começa a desacelerar, agora retumbando, e em seguida aciona os freios, que guincham antes de ele parar completamente no sinal que fica a quase duzentos metros de casa. Meu café esfriou em cima da mesa, mas estou numa posição confortável demais e com preguiça demais para me dar ao trabalho de me levantar e preparar outra xícara.

Às vezes nem olho quando os trens passam; só escuto. Sentada aqui de manhã, os olhos fechados, o calor e a luz do sol nas pálpebras, sinto que poderia estar em qualquer lugar. Eu poderia estar no sul da Espanha, na praia; poderia estar na Itália, na Cinque Terre, em meio àquelas casinhas coloridas e aos trens levando os turistas de um lado para o outro. Eu poderia estar de volta a Holkham, com o grasnar das gaivotas em meus ouvidos, sal na língua, e um trem fantasma deslizando pela linha enferrujada a um quilômetro dali.

O trem não para hoje; ele segue devagar e passa direto. Ouço os estalidos das rodas nos trilhos, quase consigo sentir o vagão balançar. Não consigo ver os rostos dos passageiros e sei que são só pessoas comuns indo para Euston, indo passar o dia inteiro atrás de uma mesa no trabalho, mas posso sonhar: com viagens mais exóticas, com aventuras no fim da linha e além. Em minha mente, não paro de voltar a Holkham; é estranho como, em manhãs como esta, eu ainda penso naquele lugar com tanto afeto, com tanta saudade, mas penso. O vento na grama, o céu cor de ardósia sobre as dunas, a casa caindo aos pedaços e infestada de ratos, cheia de velas, de poeira e de música. Hoje, é como um sonho para mim.

Meu coração começa a bater acelerado.

Ouço os passos dele na escada, ele me chama.

— Quer mais um café, Megs?

O feitiço é quebrado, eu acordo.

NOITE

A brisa me refrescou, mas os dois dedos de vodca no meu martíni me aqueceram. Estou do lado de fora, na varanda, esperando Scott voltar para casa. Vou convencê-lo a me levar para jantar no restaurante italiano da Kingly Road. Faz um tempão que não saímos.

Não fiz muita coisa hoje. Eu precisava preencher o formulário de inscrição para o curso de tecido da Central Saint Martins, na Faculdade de Artes em Londres; até comecei a preenchê-lo, estava lá embaixo, na cozinha, quando ouvi uma mulher gritar, fazendo uma barulheira horrível, achei que alguém estava sendo assassinado. Saí correndo para o jardim, mas não consegui ver nada.

Continuei escutando os gritos dela, um horror, invadindo meus ouvidos, aquele tom de voz estridente e desesperado:

— O que você está fazendo? O que está fazendo com ela? Me devolve, me devolve ela agora.

A gritaria parecia não ter fim, embora deva ter durado apenas alguns segundos.

Corri escada acima até a varanda e de lá pude ver, entre as árvores, duas mulheres junto à cerca, a alguns jardins de distância. Uma delas estava chorando — talvez as duas estivessem —, e havia um bebê aos berros também.

Pensei em ligar para a polícia, mas então tudo se aquietou. A mulher que estava gritando correu para dentro de casa com o bebê no colo. A outra ficou do lado de fora. Ela correu até a casa, tropeçou, pôs-se de pé de novo e então ficou andando em círculos pelo jardim. Muito estranho. Só Deus sabe o que aconteceu. Mas foi o momento mais agitado da minha vida nas últimas semanas.

Meus dias parecem vazios agora que não tenho mais a galeria. Sinto muita falta de lá. Tenho saudade de conversar com os artistas. Tenho saudade até das chatas daquelas mães jovens, lindas e ricas que apareciam, café do Starbucks na mão, para olhar os quadros como quem olha vitrines, comentando com as amigas que até Jessie fazia desenhos melhores que aqueles no jardim de infância.

Às vezes me pego com vontade de tentar localizar alguém dos velhos tempos, mas então penso: sobre o que eu conversaria com eles agora? Eles nem reconheceriam a Megan esposa feliz moradora da periferia. De qualquer maneira, não posso correr o risco de revisitar o passado, essa é sempre uma péssima ideia. Vou esperar o verão acabar, e então vou tentar arranjar um emprego. Seria uma pena desperdiçar esses dias longos de verão. Vou achar alguma coisa, aqui ou em outro lugar, tenho certeza.

TERÇA-FEIRA, 14 DE AGOSTO DE 2012

MANHÃ

Eu me vejo diante do armário, olhando fixamente pela centésima vez para os cabides repletos de roupas bonitas, o guarda-roupa perfeito para a gerente de uma pequena mas inovadora galeria de arte. Nada ali dentro combina com "babá". Meu Deus, só a palavra me dá vontade de enfiar o dedo na garganta e vomitar. Visto uma calça jeans e uma camiseta, penteio o cabelo para trás. Nem perco tempo com maquiagem. Para que me embonecar se vou passar o dia inteiro com um bebê?

Desço as escadas fazendo barulho, parecendo alguém à procura de briga. Scott está fazendo café na cozinha. Ele se vira para mim, sorrindo, e meu humor melhora na hora. Transformo meu bico em sorriso. Ele me entrega uma xícara de café e me beija.

Não faz sentido jogar a culpa disso nele: a ideia foi minha. Fui eu que ofereci meus serviços de babá ao casal que mora mais adiante na rua. Na hora, achei que poderia ser divertido. Na verdade, é uma loucura, sério, eu devia estar louca. Entediada, louca, curiosa. Eu queria ver de perto. Acho que tive essa ideia depois de ouvi-la berrar no jardim e quis saber o que estava acontecendo. Não que eu tenha perguntado. Não se pode perguntar uma coisa dessas, pode?

Scott me incentivou — ficou muito feliz quando dei a ideia. Ele acha que passar um tempo convivendo com bebês vai aguçar meu instinto materno. Na verdade, está surtindo o efeito contrário; assim que saio da casa deles, corro para a minha e não vejo a hora de tirar a roupa, entrar no chuveiro e me livrar do cheiro do bebê.

Sinto muita falta dos meus dias na galeria, bem-vestida, cabelo arrumado, de conversar com adultos sobre arte, filmes ou nada em particular. Nada em particular já seria um avanço em comparação com as minhas conversas com Anna. Meu Deus, que mulher chata! Eu imagino que um dia ela já tenha sido capaz de falar algo sobre si mesma, mas agora tudo tem a ver com a criança: ela está bem agasalhada? Será que está agasalhada demais? Quanto leite ela bebeu? E está sempre *lá*, então a maior parte do tempo me sinto como se estivesse sobrando. Minha função é ficar olhando a menina enquanto Anna descansa, para lhe dar uma folga. Uma folga de quê, exatamente? Ainda por cima é nervosa, de um jeito muito esquisito. Passo o tempo todo sentindo a vigilância dela, sua presença irrequieta pairando sobre nós. Ela fica agitada toda vez que um trem passa, dá um pulo quando o telefone toca. Eles são tão frágeis, não é?, diz ela, e disso eu não posso discordar.

Saio de casa e ando, as pernas pesadas, percorrendo os 50 metros da Blenheim Road até a casa deles. Meu andar não é exatamente saltitante. Hoje, não é ela quem abre a porta, e sim ele, o marido. Tom, de terno, gravata e botas, pronto para o trabalho. Ele fica bonito de terno — não tanto quanto Scott, ele é mais baixo e mais branco, e os olhos parecem meio juntos demais quando você olha bem de perto — mas não é de se jogar fora. Ele abre um sorriso largo *à la* Tom Cruise e se vai, me deixando a sós com ela e com a criança.

QUINTA-FEIRA, 16 DE AGOSTO DE 2012

TARDE

Eu me demiti!

Estou me sentindo tão melhor, como se tudo fosse possível. Estou livre! Estou sentada na varanda, à espera da chuva. O céu está preto, andorinhas volteiam e mergulham, o ar carregado de umidade. Scott chegará do trabalho em uma hora mais ou menos, e eu vou ter de contar tudo para ele. Scott só vai ficar bravo por um ou dois minutos, vou amansá-lo. E não vou ficar sem fazer nada o dia inteiro em casa: tenho alguns planos. Posso fazer um curso de fotografia, ou montar uma barraquinha para vender bijuterias. Posso aprender a cozinhar.

Tive um professor no colégio que me disse que eu era mestre em me reinventar. Na época, não entendi exatamente o que ele quis dizer com aquilo, achei que estava me zoando, mas depois comecei a abraçar a ideia. Fugitiva, amante, esposa, garçonete, gerente de galeria, babá, e outras coisas no decorrer do caminho. Quem será que eu vou querer ser amanhã?

Eu não estava planejando me demitir, as palavras simplesmente saíram da minha boca. Estávamos sentados à mesa da cozinha, Anna com a criança no colo, e Tom havia voltado para pegar alguma coisa, então também estava lá, bebendo uma xícara de café, e me pareceu simplesmente ridículo, não fazia o menor sentido eu estar ali. Pior que isso, eu me senti desconfortável, como se fosse uma intrusa.

— Arranjei outro emprego — falei, sem pensar. — Então não vou poder continuar trabalhando aqui.

Anna ficou me olhando, acho que não acreditou em mim. Só disse:

— Ah, mas que pena.

Dava para ver que não estava sendo sincera. Ela parecia aliviada. Nem me perguntou qual era o emprego, o que foi a minha sorte, pois não tinha pensado em nenhuma desculpa convincente.

Tom pareceu levemente surpreso.

— Vamos sentir sua falta — falou ele, mas também era mentira.

A única pessoa que vai ficar chateada de verdade é Scott, então preciso pensar em algo para dizer a ele. Talvez eu diga que Tom estava me paquerando. Isso vai encerrar o assunto.

QUINTA-FEIRA, 20 DE SETEMBRO DE 2012

MANHÃ

São sete e pouquinho, faz frio aqui fora, mas está tão lindo assim, com todas essas faixas de jardim lado a lado, verdes, gélidos, à espera do toque dos raios de sol vindos dos trilhos e trazendo-os de volta à vida. Estou acordada há algumas horas; não consigo dormir. Não durmo há dias. Odeio isso, odeio insônia mais que tudo na vida, ficar ali deitada, o cérebro funcionando, clique, clique, clique, clique. Sinto o corpo todo coçar. Sinto vontade de raspar a cabeça.

Quero fugir. Quero pegar a estrada, num conversível, a capota abaixada, viajar pelo país. Quero dirigir até o litoral — qualquer litoral. Quero andar na areia de uma praia. Eu e meu irmão íamos fazer várias viagens de carro. Esse era nosso plano, meu e do Ben. Na verdade, era mais um plano do Ben — ele era um sonhador. Nós íamos fazer o trajeto entre Paris e a Côte d'Azur de moto, ou percorrer toda a costa do Pacífico nos Estados Unidos, de Seattle a Los Angeles; íamos refazer a viagem de Che Guevara de Buenos Aires a Caracas. Talvez, se eu tivesse feito tudo isso, não teria acabado aqui, sem saber o que fazer. Ou, talvez, se tivesse feito tudo isso, teria acabado exatamente aqui e estaria satisfeita. Mas não fiz tudo isso, claro, porque Ben nunca chegou a Paris, nunca chegou nem a Cambridge. Ele morreu na rodovia A10, o crânio esmagado debaixo das rodas de um caminhão articulado.

Sinto falta dele todos os dias. Mais do que qualquer pessoa, acho. Ele é o grande vazio na minha vida, no meio da minha alma. Ou talvez ele tenha sido só o começo. Não sei. Não sei nem se isso tudo tem mesmo a ver com Ben, ou se tem a ver com tudo o que aconteceu depois, e com tudo o que aconteceu desde então. Só sei que, num minuto estou funcionando feito um relógio e a vida é bela e nada me falta, mas, no outro, não vejo a hora de fugir; não consigo parar quieta, pareço uma barata tonta.

Então, vou fazer terapia! O que pode ser estranho, mas engraçado também. Sempre achei que ser católico devia ser divertido, poder ir ao confessionário e se livrar do peso na consciência e ouvir alguém dizendo que você está perdoado, que você está livre dos pecados, totalmente zerado.

Isso não é a mesma coisa, claro. Estou um pouco nervosa, mas não tenho conseguido dormir, e Scott tem ficado no meu pé para que eu vá. Eu falei, já acho difícil conversar sobre esses assuntos com pessoas que eu *conheço* — mal consigo falar sobre isso com você. Ele disse, é essa a questão, você pode dizer qualquer coisa a pessoas que não conhece. Mas isso não é de todo verdade. Você não pode simplesmente dizer *qualquer coisa*. Pobre Scott. Não sabe da missa a metade. Ele me ama tanto que dói. Não sei como consegue. Eu me tiraria do sério.

Mas preciso fazer *alguma coisa* e pelo menos isso parece uma tomada de atitude. Todos esses planos que eu tinha — cursos de fotografia e aulas de culinária —, no fim das contas, parecem um tanto sem sentido, como se eu estivesse brincando de viver em vez de viver de verdade. Tenho de descobrir algo que eu *precise* fazer, alguma coisa definitiva. Não consigo continuar com essa vida, não consigo ser só esposa. Não dá para entender como outras mulheres conseguem — não há literalmente nada para fazer, exceto esperar. Esperar que o homem chegue do trabalho para amar você. Ou isso, ou procurar alguma coisa que sirva de distração.

NOITE

Me pediram para aguardar. A consulta devia ter começado há meia hora, e ainda estou aqui, sentada na sala de espera, folheando a *Vogue*, pensando em me levantar e ir embora. Sei que consultas médicas passam do horário, mas as de psicólogos? Os filmes sempre me fizeram acreditar que eles enxotam você do consultório assim que seus 50 minutos se encerram. Acho que Hollywood não está se referindo ao tipo de psicólogo que você encontra no sistema de saúde pública.

Estou prestes a ir até a secretária e lhe dizer que já esperei demais, que estou indo embora, quando a porta do consultório se abre e um homem muito alto e magro aparece, a expressão constrangida, e me estende a mão.

— Sra. Hipwell, sinto muito por tê-la feito esperar tanto — diz ele, e eu simplesmente sorrio e digo que está tudo bem, e sinto, nesse momento, que vai ficar tudo bem mesmo, pois mal passei um segundo na presença dele e já me tranquilizei.

Acho que é a voz. Suave e baixa. Com um ligeiro sotaque, que eu já esperava, porque seu nome é Dr. Kamal Abdic. Acho que deve ter uns 35, embora pareça muito jovem com sua incrível pele escura, um tom de mel. Ele tem mãos do tipo que consigo imaginar em mim, com dedos compridos e delicados, quase posso senti-los em meu corpo.

Não falamos sobre nada importante, é só a sessão das apresentações, a típica conversa do "me fale um pouco sobre você"; ele me pergunta qual é o problema e eu falo dos ataques de pânico, da insônia, do fato de eu ficar com tanto medo à noite que não consigo dormir. Ele quer que eu fale um pouco mais sobre isso, mas ainda não me sinto pronta. Ele me pergunta se uso drogas, se bebo. Eu digo que tenho mantido outros vícios, e, pelo olhar dele, acho que entendeu o que eu quis dizer. Nesse momento percebo que eu deveria estar levando isso mais a sério, então comento sobre o fechamento da galeria, e sobre eu estar me sentindo sem chão o tempo todo, sem rumo, sobre estar passando muito tempo absorta em pensamentos. Ele não fala muito, só as perguntas ocasionais, mas quero ouvir sua voz, então, quando estou de saída, pergunto de onde ele é.

— De Maidstone — respondeu —, em Kent. Mas me mudei para Corly faz alguns anos.

Ele sabe muito bem que não foi isso que perguntei; abre um sorrisinho malicioso.

Quando chego da terapia, Scott está me esperando, e coloca um drinque na minha mão, quer saber como foi. Eu digo que foi tudo bem. Ele me pergunta sobre o psicólogo: gostei dele, pareceu ser gente boa? Pode ser, digo, não quero soar entusiasmada demais. Ele me pergunta se conversamos sobre Ben. Scott acha que tudo tem a ver com Ben. Pode ser que esteja certo. É possível que ele me conheça melhor do que eu imagino.

TERÇA-FEIRA, 25 DE SETEMBRO DE 2012

MANHÃ

Acordei cedo hoje, mas consegui dormir algumas horas, o que já é um avanço em relação à semana passada. Eu me senti quase renovada quando me levantei da cama, então, em vez de ficar sentada na varanda, preferi sair para caminhar.

Ultimamente, tenho me isolado do mundo, quase sem perceber. Só saio para ir às compras, para minha aula de pilates e para a terapia. Às vezes, visito Tara. O resto do tempo fico em casa. Não é de admirar que eu fique agitada e insone.

Saio de casa, dobro à direita e em seguida à esquerda, chegando à Kingly Road. Passo pelo pub — o The Rose. Nós íamos sempre lá; não lembro por que paramos de ir. Nunca gostei tanto assim do lugar, casais à beira dos 40 bebendo demais e olhando em volta para ver se achavam coisa melhor, mas sem saber se teriam coragem.

Talvez tenha sido por isso que paramos de ir: porque eu não gostava de lá. Passo pelo pub, passo pelas lojas. Não quero ir muito longe, só um breve percurso, apenas para esticar as pernas.

É bom sair bem cedo, antes do movimento escolar, antes de as pessoas irem para o trabalho; as ruas estão vazias e limpas, o dia cheio de possibilidades. Viro de novo à esquerda, desço a rua até o parquinho, a área verde de meia-tigela que temos por aqui. Agora está vazio, mas em poucas horas estará repleto de bebês, mães e babás. Metade das mulheres do pilates vai estar aqui, todas com roupa de ginástica da Sweaty Betty dos pés à cabeça, fazendo alongamento como se fosse uma competição, as unhas pintadas segurando cafés do Starbucks.

Continuo andando depois de passar pelo parque e sigo até a Roseberry Avenue. Se eu virasse à direita aqui, passaria em frente à minha galeria — o que já foi a minha galeria, agora uma vitrine vazia —, mas não quero fazer isso, porque ainda me dói um pouco. Eu me empenhei tanto em fazer com que ela desse certo. Lugar errado, época errada — não há demanda para arte na periferia, não com esta recessão. Em vez disso, viro à esquerda, passo pela loja da Tesco Express, pelo outro pub, frequentado pelo povo do conjunto habitacional, e pego o caminho de volta para casa. Sinto um frio na barriga, começo a ficar nervosa. Tenho medo de esbarrar com os Watsons, porque é sempre estranho quando vejo os dois; está na cara que não arranjei outro emprego, que menti porque não queria mais trabalhar para eles.

Ou melhor, é estranho quando vejo *Anna*. Tom simplesmente finge que não me vê. Mas ela parece levar para o lado pessoal. Ela acha que minha curta carreira como babá chegou ao fim por causa dela ou da filha dela. A verdade é que não teve nada a ver com *a filha dela*, ainda que o fato de nunca parar de choramingar tornasse difícil gostar da criança. É bem mais complicado que isso, mas claro que não posso explicar isso para ela. Enfim. É esse um dos motivos de eu estar me isolando, acho, porque não quero ver os Watsons. Parte de mim deseja que eles se mudem dali. Sei que ela não gosta desse bairro: ela odeia aquela casa, odeia morar em meio às coisas da ex-mulher dele, odeia os trens.

Paro na esquina e espio o interior da passagem subterrânea para pedestres. Aquele cheiro frio de umidade sempre me dá calafrios, é como virar uma pedra para ver o que tem embaixo: musgo, minhocas e terra. Isso me lembra de quando eu era pequena e brincava no jardim, procurando rãs no lago com Ben. Sigo em frente. A rua está vazia — nenhum sinal de Tom nem de Anna — e a parte de mim que no fundo não consegue resistir a um drama chega a ficar um pouco decepcionada.

NOITE

Scott acabou de me ligar para avisar que vai ficar no trabalho até mais tarde, definitivamente o que eu não queria ouvir. Estou meio irritada, estive assim o dia todo. Não consigo me aquietar. Preciso que ele volte para casa e me acalme, e agora vai demorar algumas horas para chegar e minha mente vai ficar dando voltas e voltas e mais voltas, e sei que terei mais uma noite de insônia.

Não posso simplesmente ficar aqui sentada, vendo os trens passarem, estou irrequieta demais, meu coração bate agitado no peito, como um pássaro tentando fugir da gaiola. Calço os chinelos e desço, passo pela porta e sigo para a Blenheim Road. São sete e meia mais ou menos — alguns retardatários ainda voltando do trabalho. Não tem ninguém mais na rua, embora dê para ouvir gritos de crianças brincando nos quintais nos fundos das casas, aproveitando o restinho de sol de verão, antes de serem chamadas para jantar.

Sigo pela rua em direção à estação. Paro por um instante em frente ao número 23 e penso em tocar a campainha. O que eu diria? Que fiquei sem açúcar? Que senti vontade de bater papo? As cortinas deles estão parcialmente abertas, mas não vejo ninguém lá dentro.

Continuo andando, em direção à esquina, e, sem pensar, desço até a passagem subterrânea. Estou na metade dela quando o trem passa por cima, e é fantástico: parece um terremoto, você o sente dentro do corpo, agitando o sangue nas veias. Olho para baixo e reparo em algo no chão, um elástico de cabelo, violeta, frouxo, bem gasto. Alguma corredora deve ter deixado cair, mas algo nele me dá arrepios e quero sair logo dali, voltar para a luz do dia.

No caminho de volta, mais adiante na rua, ele passa por mim de carro, nossos olhares se cruzam por um segundo apenas e ele sorri para mim.

RACHEL

SEXTA-FEIRA, 12 DE JULHO DE 2013

MANHÃ

Estou exausta, a cabeça pesada de tanto sono. Toda vez que bebo, dificilmente durmo bem. Apago na cama por uma ou duas horas, então acordo, com medo de tudo e com nojo de mim. Quando acontece de algum dia eu não beber, durmo pesadamente à noite, quase como se tivesse desmaiado, e de manhã não consigo acordar direito, não consigo me livrar do sono, ele me acompanha por horas, às vezes fico assim o dia todo.

Hoje há meia dúzia de gatos pingados no meu vagão, nenhum deles muito perto de mim. Não há ninguém me observando, então encosto a cabeça na janela e fecho os olhos.

A frenagem estridente do trem me acorda. Estamos no sinal. A essa hora da manhã, nessa época do ano, o sol ilumina os fundos das casas junto à ferrovia, inundando-as de luz. Quase consigo sentir, o calor desse sol matinal em meu rosto e nos braços, sentada à mesa do café, Tom à minha frente, meus pés descalços sobre os dele porque são sempre mais quentes que os meus, meus olhos fitando o jornal. Posso sentir Tom sorrindo para mim, o rubor se espalhando do meu peito para o pescoço, como sempre acontecia quando ele me olhava daquele jeito.

Pisco com força e Tom desaparece. Ainda estamos parados no sinal. Vejo Jess em seu jardim, e atrás dela um homem saindo da casa. Ele está segurando alguma coisa — uma caneca de café, talvez —, e de repente percebo que não é Jason. Este homem é mais alto, mais magro, mais moreno. É um amigo da família; irmão dela, ou de Jason. Ele inclina o corpo para a frente, colocando as canecas na mesa de metal no terraço. Deve ser um primo da Austrália, veio para ficar duas semanas; é amigo de infância de Jason, padrinho do casamento deles. Jess anda até ele, abraça-o pela cintura e o beija, totalmente entregue. O trem começa a andar.

Não consigo acreditar. Respiro fundo para encher os pulmões, percebo agora que tinha prendido a respiração. Por que ela faria uma coisa dessas? Jason a ama, dá para ver, os dois são felizes. Não acredito que ela faria isso com ele, Jason não merece. Sou invadida por uma sensação aguda de decepção, sinto como se *eu* tivesse sido traída. Uma mágoa familiar toma conta do meu peito. Já senti isso antes. Numa escala maior, em um grau mais intenso, claro, mas me lembro muito bem desse tipo de dor. Do tipo que não se esquece.

Descobri do jeito que muita gente descobre hoje: por um descuido eletrônico. Às vezes é uma mensagem de texto ou na caixa postal do celular; no meu caso foi um e-mail, a versão moderna do batom no colarinho. Foi um acidente, sério, eu não estava fuxicando. Não era nem para eu chegar perto do computador de Tom, porque ele tinha medo que eu acabasse deletando algo importante sem querer, ou clicasse em algo que não devia e então permitisse a entrada de um vírus ou de um cavalo de Troia ou sei lá o quê.

— A tecnologia não é bem seu ponto forte, não é, Rach? — disse Tom depois daquela vez que eu consegui deletar todos os contatos da agenda de e-mails dele por engano. Então não era para eu tocar no computador dele. Mas na verdade minha intenção era boa: estava tentando compensar o fato de eu ser uma pessoa um pouco difícil e rabugenta às vezes, estava planejando uma viagem surpresa para comemorar nossos quatro anos juntos, algo que nos fizesse lembrar de como éramos no início. Eu queria que fosse surpresa, então precisava verificar a agenda de trabalho dele em segredo, eu tinha de olhar.

Eu não estava xeretando, não estava tentando pegá-lo no flagra nem nada, eu sabia que essa atitude não era razoável. Não queria ser uma daquelas mulheres desconfiadas que reviram os bolsos do marido. Uma vez, atendi seu celular enquanto estava no banho e Tom ficou muito irritado, me acusando de não confiar nele. Pareceu tão ofendido que me senti péssima.

Eu precisava olhar sua agenda de trabalho, e ele havia deixado o laptop ligado, pois tinha saído atrasado para uma reunião. Era a oportunidade perfeita, então dei uma espiada na agenda, anotei algumas datas. Quando fechei a janela do navegador que continha a agenda dele, lá estava sua conta de e-mail, aberta, na minha frente. No alto havia uma mensagem enviada por aboyd@cinnamon.com. Cliquei. XXXXX. Só isso, apenas uma linha de letras X. Primeiro, pensei se tratar de um spam, até que me dei conta de que eram beijos.

Era a resposta a uma mensagem enviada por ele algumas horas antes, logo após as sete da manhã, quando eu ainda estava de preguiça na cama.

> Dormi pensando em você ontem à noite, pensando em beijar sua boca, seus peitos, o meio das suas coxas. Acordei com você na cabeça, louco para tocar você. Não espere que eu mantenha a sanidade, não dá, não com você.

Li suas mensagens: havia dezenas, escondidas em uma pasta chamada "Admin". Descobri que o nome dela era Anna Boyd, e que meu marido estava apaixonado por ela. Ele lhe dizia isso, com frequência. Ele lhe dizia que nunca havia se sentido assim antes, que não via a hora de ficar com ela, que não demoraria muito para que os dois ficassem juntos.

Não tenho palavras para descrever o que senti naquele dia, mas agora, sentada no trem, estou furiosa, as unhas cravadas nas palmas das mãos, as lágrimas brotando dos olhos. Sinto um ódio intenso e súbito. Como se algo tivesse sido tirado *de mim*. Como ela pôde? Como Jess pôde fazer isso? Qual é o problema dela? Veja a vida que eles têm, veja como é bela! Nunca entendi como as pessoas podem negligenciar com tanta frieza os danos que causam ao seguir o que manda o coração. Quem foi que disse que fazer o que manda o coração é uma coisa boa? É puro egocentrismo, um egoísmo de querer ter tudo. O ódio me inunda por dentro. Se eu visse aquela mulher agora, se visse Jess, cuspiria na cara dela. Eu arrancaria seus olhos à unha.

NOITE

Houve algum problema na linha. O trem rápido das 17h56 para Stoke foi cancelado, então os passageiros que viajavam nele invadiram o meu e só há lugar em pé no vagão. Eu, felizmente, consegui me sentar, mas num assento junto ao corredor, não na janela, e há corpos pressionando meu ombro, meus joelhos, invadindo meu espaço. Sinto vontade de exercer uma pressão contrária, de me levantar e sair empurrando todo mundo. O calor aumentou durante o dia, me oprimindo, e eu sinto como se estivesse respirando através de uma máscara. Todas as janelas foram abertas, mas, ainda assim, mesmo com o trem em movimento, não parece haver ar no vagão, uma caixa de metal fechada. Não consigo injetar oxigênio suficiente em meus pulmões. Estou enjoada. Não consigo parar de repassar a cena desta manhã na loja de café, não consigo deixar de me sentir lá ainda, não consigo deixar de rever a expressão nos rostos deles.

A culpa é de Jess. Eu estava obcecada com Jess e Jason, com o que ela havia feito e com a forma como ele se sentiria, com a briga que teriam quando Jason descobrisse tudo, e quando o mundo dele, como o meu, ruísse. Eu estava andando sem rumo, entorpecida, sem saber ao certo aonde ia. Sem pensar, entrei no café que todo mundo da Huntingdon Whitely frequenta. Já havia passado da porta quando os vi, e então percebi que era tarde demais para dar meia-volta, eles estavam olhando para mim, os olhos arregalados por um segundo até se lembrarem de abrir um sorriso. Martin Miles com Sasha e Harriet, o triunvirato da falta de sensibilidade, acenando, me chamando para me juntar a eles.

— Rachel! — disse Martin, os braços estendidos, me puxando para um abraço. Eu não esperava essa reação, e minhas mãos ficaram entre nós, esmagadas contra o corpo dele. Sasha e Harriet sorriram, jogando aquele beijo no ar, tentando não se aproximar muito de mim. — O que você está fazendo por aqui?

Por um segundo que pareceu durar uma hora, tive um branco. Olhei para o chão, pude sentir que meu rosto começava a ficar vermelho e, me dando conta de que aquilo só piorava as coisas, dei uma risada falsa e respondi:

— Entrevista. Entrevista.

— Ah. — Martin não conseguiu disfarçar o ar de surpresa, enquanto Sasha e Harriet sorriram e balançaram a cabeça em aprovação. — Em qual empresa?

Eu não consegui me lembrar do nome de uma única firma de relações públicas sequer. Nem umazinha. Também não consegui pensar em nenhuma imobiliária, ainda mais em alguma que estivesse contratando. Fiquei ali parada, passando o indicador no lábio inferior, balançando a cabeça, e por fim Martin falou:

— Segredo de estado, hein? Algumas empresas são esquisitas mesmo, não são? Não querem que você comente nada até que o contrato esteja assinado e seja oficial.

Não era nada disso, e ele sabia, só saiu com essa para me salvar e ninguém acreditou, mas todo mundo fingiu acreditar e concordou com a cabeça. Harriet e Sasha estavam olhando por cima do meu ombro para a porta, sentindo vergonha por mim, queriam sumir dali.

— É melhor eu pedir meu café — falei. — Não quero me atrasar.

Martin pôs a mão no meu antebraço e disse:

— Foi bom ver você, Rachel.

A pena que ele sentia de mim era quase palpável. Eu nunca havia percebido, não até o ano passado ou retrasado, o quanto é humilhante ser alvo da piedade alheia.

O plano inicial era ir à biblioteca Holborn na Theobalds Road, mas não consegui encará-la, então fui ao Regent's Park. Andei até o fim dele, até o zoológico. Sentei-me à sombra de um plátano, pensando nas horas livres que tinha pela frente, repassando a conversa no café, lembrando a expressão no rosto de Martin ao se despedir de mim.

Eu devia estar absorta nesses pensamentos há menos de meia hora quando meu celular tocou. Era Tom de novo, ligando do telefone de casa. Tentei imaginá-lo trabalhando no laptop em nossa cozinha ensolarada, mas detalhes de sua nova vida se intrometeram na imagem, estragando tudo. Ela estaria lá em algum lugar, ao fundo, fazendo chá ou dando comida para a menina, fazendo sombra nele. Deixo a chamada cair na caixa postal. Devolvo o telefone à bolsa e tento ignorá-lo. Não quero ouvir mais nada, hoje não; o dia já estava horrível o suficiente e não eram nem dez e meia da manhã. Aguentei uns três minutos antes de pegar o celular e discar o número da caixa postal. Preparei-me para a agonia de ouvir a voz dele — a voz que costumava falar sempre rindo comigo e que agora só era usada para repreender, consolar ou demonstrar pena —, mas não era ele.

— Rachel, aqui é Anna.

Desliguei.

Não conseguia respirar, nem impedir meu cérebro de funcionar a mil por hora ou minha pele de coçar, então me levantei e andei até a loja de esquina na Titchfield Street e comprei quatro latas de gim-tônica, voltando logo para meu recanto no parque. Abri a primeira e bebi o mais rápido que pude, e então abri a segunda. Virei de costas para a trilha de forma que não conseguisse ver as pessoas correndo, as mães com carrinhos de bebê e os turistas, e, se não os visse, podia fingir, feito uma criança, que também não podiam me ver. Liguei de novo para a caixa postal.

— Rachel, aqui é Anna. — Uma longa pausa. — Preciso conversar com você sobre os telefonemas. — Outra longa pausa. Ela está falando comigo enquanto faz outra coisa, fazendo várias coisas ao mesmo tempo, como qualquer esposa e mãe ocupada, arrumando a casa, colocando roupa na máquina de lavar. — Olha, sei que você tem passado por momentos difíceis — diz ela, como se não tivesse nada a ver com a minha dor —, mas não pode ficar nos ligando toda noite. — O tom dela é entrecortado, irritadiço. — Já é ruim você nos acordar quando liga, mas você também acorda Evie, e isso não é justo. Estamos fazendo de tudo para ela dormir a noite toda. — *Estamos fazendo de tudo para ela dormir.* Nós. Nós dois. Nossa linda família. Com nossos problemas e nossas rotinas. Filha da puta. Ela é um cuco que pôs o ovo no meu ninho. Ela tirou tudo de mim. Tirou tudo e agora me liga para dizer que minha angústia está sendo um inconveniente para ela?

Termino a segunda lata e começo a terceira. O agradável frisson do álcool entrando na minha corrente sanguínea só dura alguns minutos e logo fico enjoada. Estou indo muito rápido, até para os meus padrões, preciso diminuir o ritmo; se não diminuir, algo ruim vai acontecer. Vou fazer alguma coisa da qual vou me arrepender depois. Vou retornar a ligação, vou dizer que não estou nem aí para ela, não estou nem aí para a família dela, e muito menos para o fato de a filha dela nunca mais ter uma boa noite de sono na vida. Vou contar que aquela frase que ele escreveu para ela — *não espere que eu mantenha a sanidade* —, escreveu para mim também, no início do nosso relacionamento; ele a escreveu numa carta para mim, em que declarava sua paixão infinita. A frase nem é dele; ele a roubou de Henry Miller. Tudo o que ela tem é de segunda mão. Quero saber como vai se sentir quando souber disso. Quero retornar a ligação dela e perguntar como é a sensação, Anna, de morar na minha casa, rodeada por móveis comprados por mim, de dormir na mesma cama que dividi com ele por anos, e de dar comida para sua filha na mesa da cozinha onde ele trepava comigo?

Ainda acho impressionante que os dois tenham escolhido permanecer ali, naquela casa, na *minha* casa. Não acreditei quando ele me contou. Eu adorava aquela casa. Fui eu quem insistiu para que a comprássemos, apesar da localização. Eu gostava de ficar perto da ferrovia, gostava de ver os trens passando, adorava o barulho deles, não o ruído frenético do expresso, mas aquele à moda antiga dos modelos clássicos. Tom me disse, não vai ser assim para sempre, um dia a linha sofrerá uma modernização e serão os trens expressos que passarão zunindo, mas no fundo eu não acreditava que isso fosse acontecer de verdade. Eu teria ficado lá, teria comprado a parte dele, se tivesse dinheiro. Mas eu não tinha, e não conseguimos achar um comprador que pagasse um preço decente quando nos divorciamos, então ele disse que compraria a minha parte e ficaria lá até conseguir um preço justo pela casa. Mas nunca encontrou o comprador certo. Em vez disso, levou-a para morar com ele, e ela adorou a casa, como eu adorava, e os dois decidiram ficar. Anna deve ser uma pessoa muito segura de si, imagino, muito segura do relacionamento deles, para não ter deixado que isso a incomodasse, ocupar o espaço de outra mulher. Ela obviamente não me vê como ameaça. Penso em Ted Hughes, que fez Assia Wevill se mudar para a casa que ele havia compartilhado com Sylvia Plath, penso nela usando as roupas de Sylvia, penteando os cabelos com a mesma escova. Tenho vontade de ligar para Anna e contar que Assia acabou com a cabeça no forno, exatamente como Sylvia.

Devo ter caído no sono, com o gim e o sol quente me embalando. Acordei assustada, tateando, procurando desesperadamente a minha bolsa. Ainda estava lá. Minha pele pinicava, eu estava coberta de formigas, elas estavam nos meus cabelos, no pescoço e no peito, e eu fiquei de pé num pulo, tentando tirá-las de mim. Dois adolescentes, batendo bola a uns 10 metros dali, pararam para assistir, rindo muito de mim.

O trem para. Estamos quase em frente à casa de Jess e Jason, mas não consigo ver o outro lado do vagão e dos trilhos, há gente demais na frente. Fico me perguntando se estão lá, se ele sabe, se foi embora, ou se continua vivendo uma vida que um dia vai descobrir que não passa de uma grande mentira.

SÁBADO, 13 DE JULHO DE 2013

MANHÃ

Eu sei, mesmo sem olhar no relógio, que deve ser algo entre 7h45 e 8h15 da manhã. Sei pelo tipo de claridade, pelos sons que vêm da rua, pelo barulho de Cathy passando aspirador de pó no corredor bem em frente à porta do meu quarto. Cathy levanta cedo para fazer faxina na casa todo sábado, haja o que houver. Pode ser aniversário dela ou o dia do Juízo Final — Cathy vai se levantar cedo no sábado para arrumar a casa. Ela diz que é catártico, que é a preparação para um fim de semana bom, e, como fazer faxina na casa é um exercício aeróbico, economiza assim sua ida à academia.

Não me incomoda, essa história de aspirar a casa cedo, porque eu não ia estar dormindo mesmo. Não consigo dormir de manhã; é impossível continuar um sono tranquilo até o meio-dia. Acordo de repente, a respiração entrecortada e o coração aos pulos, a boca seca, e logo sei que acabou. Estou acordada. Quanto mais quero apagar, mais fico acesa. A vida e a luz não me deixam em paz. Fico ali deitada, ouvindo o ruído da função animada da Cathy, e penso no montinho de roupas jogado do outro lado dos trilhos e em Jess beijando o amante sob o sol da manhã.

O dia se estende à minha frente, nem um minuto sequer ocupado.

Eu podia ir à feira livre na Broad; podia comprar carne de veado e *pancetta* e passar o dia inteiro cozinhando.

Eu podia ficar sentada no sofá tomando chá e vendo o programa *Saturday Kitchen* na TV.

Eu podia ir à academia.

Eu podia atualizar meu currículo.

Eu podia esperar Cathy sair de casa, e então ir à loja de bebidas para comprar duas garrafas de Sauvignon Blanc.

Na minha outra vida, eu acordava cedo, ao som trepidante do trem das 8h04; abria os olhos e ouvia a chuva batendo na janela. Eu o sentia dormindo atrás de mim, sonolento, quente, rijo. Mais tarde, ele saía para comprar jornal e eu fazia ovos mexidos, nós nos sentávamos na cozinha para tomar chá, íamos ao pub para um almoço tardio, caíamos no sono abraçadinhos em frente à TV. Imagino que seja diferente para ele agora, nada de sexo nas manhãs de sábado nem de ovos mexidos, em vez disso uma alegria diferente, a de uma menininha enfiada entre ele e a mulher, balbuciando. Ela já deve estar aprendendo a falar seus *pa-pá* e *ma-má*, e toda uma linguagem secreta que só o pai e a mãe são capazes de compreender.

A dor é sólida e pesada, e parece residir no meio do peito. Mal posso esperar para Cathy sair de casa.

Resolvi ir ver Jason.

Passei o dia inteiro trancada no quarto esperando Cathy sair para que eu pudesse beber. Ela não saiu. Ficou plantada no sofá da sala de estar, sem se mover, "resolvendo algumas pendências pessoais". Lá pelo fim da tarde eu já não aguentava mais o confinamento nem o tédio, então falei que ia sair para dar uma volta. Fui ao Wheatsheaf, o pub enorme e sem personalidade quase na esquina com a High Street, e bebi três taças grandes de vinho. Tomei duas doses de Jack Daniel's. Então caminhei até a estação, comprei duas latas de gim-tônica e embarquei no trem.

Vou ver Jason.

Não que eu vá *visitá-lo*, não vou aparecer na casa dele e bater na porta. Não é nada disso. Nenhuma loucura dessas. Só quero passar em frente à casa, de dentro do trem. Não tenho nada mais para fazer, e não estou com vontade de voltar para casa. Só quero vê-lo. Quero ver os dois.

Não é uma boa ideia. Sei que não é uma boa ideia.

Mas que mal haveria nisso?

Vou até Euston, troco de plataforma e volto. (Eu gosto de trens, qual o problema? Trens são maravilhosos.)

Antigamente, quando eu ainda era quem era, costumava sonhar em fazer viagens românticas de trem com Tom. (A ferrovia Bergen para comemorar nossos cinco anos juntos, o Blue Train no aniversário de 40 anos dele.)

Peraí, vamos passar por eles agora.

Está bem claro, mas não estou conseguindo enxergar direito. (Visão dupla. Fechar um olho. Melhor assim.)

Lá estão eles! Será que aquele é ele? Os dois estão em pé na varanda. Não estão? Aquele é o Jason? Aquela é a Jess?

Quero chegar mais perto, não consigo ver. Quero ficar mais perto deles.

Não vou até Euston. Vou saltar em Witney. (Eu não deveria saltar em Witney, é muito perigoso, e se Tom ou Anna me virem?)

Vou saltar em Witney.

Não é uma boa ideia.

É uma péssima ideia.

Do outro lado do vagão há um homem, os cabelos claros um pouco puxados para o ruivo. Está sorrindo para mim. Quero lhe dizer alguma coisa, mas as palavras parecem evaporar, sumindo da minha língua antes que eu tenha a chance de dizê-las. Sinto o gosto delas, mas não sei dizer se são doces ou amargas.

Será que ele está sorrindo para mim, ou é uma expressão de escárnio? Não dá para saber.

DOMINGO, 14 DE JULHO DE 2013

MANHÃ

Meu coração parece que foi parar na garganta, batendo alto, incômodo. Minha boca está seca, dói quando engulo. Eu rolo de lado na cama, o rosto virado para a janela. As cortinas estão fechadas, mas o pouco de luz que entra me incomoda. Levo a mão ao rosto; pressiono as pálpebras com os dedos, tentando fazer a dor passar com uma massagem. Minhas unhas estão imundas.

Tem alguma coisa errada. Por um segundo, sinto como se estivesse caindo, como se a cama tivesse desaparecido debaixo de mim. Ontem. Alguma coisa aconteceu. O ar entra cortante em meus pulmões e eu me sento, rápido demais, o coração batendo acelerado, a cabeça latejando.

Espero que algo venha à minha memória. Às vezes demora um pouco. Às vezes surge diante dos meus olhos em questão de segundos. Às vezes não chega de jeito nenhum.

Aconteceu alguma coisa, e foi uma coisa ruim. Houve uma discussão. Vozes exaltadas. Socos? Não sei, não me lembro. Eu fui ao pub, eu embarquei no trem, eu estava na estação, eu estava na rua. Blenheim Road. Eu fui até a Blenheim Road.

Vem até mim como uma onda, um pavor obscuro me sufoca.

Aconteceu alguma coisa, tenho certeza. Não consigo me lembrar do quê, mas posso senti-la. O interior da minha boca dói, como se eu tivesse mordido a bochecha por dentro, há um gosto forte e metálico de sangue na minha língua. Estou enjoada, zonza. Passo as mãos nos cabelos, no couro cabeludo. E me encolho de dor. Há um galo, doloroso e sensível, do lado direito da minha cabeça. Meus cabelos estão grudados por sangue seco.

Eu tropecei, foi isso. Na escada, na estação de Witney. Será que bati a cabeça? Eu me lembro de estar no trem, mas depois disso há apenas um abismo de escuridão, um vazio. Respiro fundo, tentando desacelerar os batimentos cardíacos, reprimir o pânico que cresce dentro do meu peito. Pense. O que foi que eu fiz? Eu fui ao pub, embarquei no trem. Havia um homem lá — agora me lembro, cabelos ruivos. Ele sorriu para mim. Acho que falou comigo, mas não lembro o que disse. Tem mais alguma coisa, alguma outra lembrança ligada a ele, mas não consigo alcançá-la, não a encontro no meio da escuridão.

Estou assustada, mas não tenho certeza de por que estou me sentindo assim, o que só aumenta o meu medo. Não sei nem se há mesmo algo a temer. Dou uma olhada pelo quarto. Meu celular não está na mesa de cabeceira. Minha bolsa não está no chão, nem pendurada no encosto da cadeira, que é onde costumo deixá-la. Mas ela deve estar por aqui, porque estou em casa, o que significa que usei minhas chaves para entrar.

Saio da cama. Estou pelada. Eu me deparo com meu reflexo no espelho de corpo inteiro do guarda-roupa. Minhas mãos tremem. Tem rímel borrado nas minhas bochechas e meu lábio inferior está cortado. Há manchas roxas nas minhas pernas. Sinto vontade de vomitar. Eu me sento de novo na cama e ponho a cabeça entre os joelhos, esperando o enjoo passar. Eu me levanto, pego meu roupão e abro só uma fresta da porta do meu quarto. O apartamento está silencioso. Por algum motivo, tenho certeza de que Cathy não está. Será que ela me disse que ia dormir na casa de Damien? Tenho a impressão que sim, embora não me lembre quando. Antes de eu sair? Ou falei com ela depois? Saio para o corredor fazendo o mínimo barulho possível. Vejo que a porta do quarto de Cathy está aberta. Espio seu interior. A cama dela está arrumada. É possível que já tenha se levantado e arrumado a cama, mas não acho que tenha dormido em casa, o que me traz um certo alívio. Se ela não está aqui, não me viu nem me ouviu entrar ontem à noite, o que significa que ela não sabe o quanto eu estava mal. Eu não deveria me importar com isso, mas me importo: a sensação de vergonha que sinto por causa de algum incidente é proporcional não apenas à gravidade da situação, mas também à quantidade de pessoas que o testemunharam.

Ao chegar ao topo da escada fico tonta de novo e seguro firme no corrimão. Esse é um dos meus maiores medos (além da hemorragia interna quando meu fígado, enfim, parar de funcionar), cair da escada e quebrar o pescoço. Só de pensar nisso fico enjoada de novo. Minha vontade é deitar, mas primeiro preciso achar minha bolsa, dar uma olhada no meu celular. No mínimo, preciso descobrir se não perdi meus cartões de crédito, e verificar para quem liguei e quando. Minha bolsa foi largada no corredor na entrada do apartamento, junto à porta. Minha calça jeans, minha calcinha e meu sutiã estão bem ao lado, numa pilha amarrotada; dá para sentir o cheiro de urina de onde estou, na base da escada. Pego a bolsa para procurar o celular — está aqui dentro, graças a Deus, com um bolo de notas de vinte amassadas e um lenço de papel com manchas de sangue. A náusea me invade de novo, intensa; sinto a bile aflorar na garganta e saio correndo, mas não consigo chegar ao banheiro, vomito no carpete no meio da escada.

Preciso me deitar. Se não deitar agora, vou desmaiar e cair. Depois eu limpo tudo.

Já no andar de cima, coloco o celular para carregar e me deito na cama. Ergo os braços e as pernas, com todo cuidado, para inspecioná-los. Há machucados nos joelhos, ferimentos comuns em quem bebe, o tipo que se ganha ao esbarrar nas coisas. Meus braços têm marcas mais preocupantes, manchas ovais escuras que parecem digitais. Mas não são necessariamente nada grave, já tive isso antes, geralmente de quando caí e alguém me ajudou a levantar. O galo na cabeça está bem feio, mas pode ter sido algo tão inofensivo quanto uma batida na porta de um carro na hora de entrar. Devo ter voltado para casa de táxi.

Pego o celular. Há duas mensagens. A primeira é de Cathy, recebida pouco depois das cinco, perguntando para onde fui. Ela vai passar a noite na casa de Damien, amanhã nos vemos. Ela espera que eu não esteja bebendo sozinha. A segunda é de Tom, recebida às 22h15. Quase largo o aparelho de susto ao ouvir sua voz; ele está gritando.

— Meu Deus, Rachel, qual é o seu problema? Já estou cheio disso, viu? Acabei de passar quase uma hora dirigindo à sua procura. Você deixou Anna muito assustada, sabia? Ela achou que você ia... achou que... Foi a única coisa que pude fazer para impedir que ela ligasse para a polícia. Deixe a gente em paz. Pare de me ligar, pare de aparecer por aqui, deixe a gente em paz. Não quero falar com você. Está me entendendo? Não quero falar com você, não quero ver você, não quero você passando nem perto da minha família. Você pode estragar a sua vida se quiser, mas não vai estragar a minha. Não mais. Não vou mais proteger você, ouviu bem? Fique longe da gente.

Eu não sei o que eu fiz. O que foi que eu fiz? O que fiz entre cinco da tarde e dez e quinze da noite? Por que Tom estava me procurando?

O que fiz com Anna? Cubro a cabeça com o edredom e fecho os olhos com força. Eu me imagino indo até a casa, caminhando pela trilha entre o jardim deles e o do vizinho, escalando a cerca. Deslizando as portas de correr de vidro, entrando na cozinha, pé ante pé. Anna sentada à mesa. Eu a agarro por trás, segurando-a pelos cabelos loiros compridos, puxo seu pescoço para trás e a empurro até o chão, batendo sua cabeça nos ladrilhos frios e azulados.

NOITE

Tem alguém gritando. Pelo ângulo de incidência da luz que penetra pela janela do quarto, deduzo que dormi por um bom tempo; deve ser fim de tarde, começo da noite. Minha cabeça dói. Tem sangue no meu travesseiro. Ouço alguém gritando lá de baixo:

— Eu não acredito nisso! Pelo amor de Deus! Rachel! RACHEL!

Eu peguei no sono. Ai, meu Deus, e não limpei o vômito na escada. E minhas roupas na entrada. Ai, meu Deus, ai, meu Deus!

Visto uma calça de moletom e uma camiseta. Cathy está parada em frente à porta do meu quarto quando eu a abro. Sua expressão é de horror ao me ver.

— O que diabos aconteceu com você? — pergunta ela, levantando a mão em seguida. — Na verdade, Rachel, não me interessa, não quero saber. Não dá mais para aguentar isso na minha casa. Simplesmente não dá... — Ela vai parando de falar, mas olha para baixo, em direção à escada.

— Me desculpe — digo. — Foi mal mesmo, mas eu estava muito enjoada. Eu pretendia limpar tudo...

— Não era enjoo, era? Você estava bêbada. De ressaca. Desculpe, Rachel. Não dá mais. Não posso viver assim. Você tem que ir embora, tá? Você tem quatro semanas para encontrar outro lugar, e então vai ter que ir. — Ela me dá as costas e anda em direção a seu quarto. — E, pelo amor de Deus, dá para limpar essa imundície?

Ela entra no quarto e bate a porta.

Depois que termino de limpar tudo, volto para o meu quarto. Cathy continua trancada no dela, mas posso sentir a raiva silenciosa irradiando através da porta. Não posso culpá-la por isso. Eu ficaria furiosa se chegasse em casa e encontrasse calcinhas molhadas de mijo e uma poça de vômito na escada. Eu me sento na cama e abro o laptop, acesso minha conta de e-mail e começo a redigir uma mensagem para minha mãe. Acho que, enfim, chegou o momento. Tenho de pedir ajuda a ela. Se eu voltasse para casa, não poderia continuar desse jeito, eu teria de mudar, teria de melhorar. Mas não consigo encontrar as palavras certas; não consigo pensar num jeito de explicar isso a ela. Posso imaginar a expressão em seu rosto ao ler meu pedido de ajuda, a decepção amargurada, a exasperação. Quase posso ouvi-la suspirar.

Meu celular apita. Tem uma mensagem nele, recebida algumas horas atrás. É Tom de novo. Não quero ouvir o que ele tem a dizer, mas preciso, não posso ignorá-lo. Meu coração bate mais rápido quando teclo os números da caixa postal, me preparando psicologicamente para o pior.

— Rachel, você pode me ligar? — Sua voz está mais calma agora e meu coração desacelera um pouco. — Quero ter certeza de que chegou bem em casa. Você estava fora de si ontem à noite. — Um suspiro profundo e sentido. — Desculpe eu ter gritado ontem, e que as coisas tenham ficado um pouco... exasperadas. Eu sinto muito mesmo por você, Rachel, sério, mas isso tem que parar.

Boto a mensagem para tocar mais uma vez, ouvindo a gentileza em sua voz, e as lágrimas começam a rolar. Levo um bom tempo para conseguir parar de chorar, para conseguir escrever uma mensagem de texto para ele dizendo que sinto muito, e que estou em casa. Não posso dizer mais nada porque não sei exatamente pelo que eu sinto muito.

Não sei o que fiz a Anna, de que maneira a assustei. Honestamente, não me importo tanto assim, mas me incomoda atrapalhar a felicidade de Tom. Depois de tudo pelo que passou, ele merece ser feliz. Nunca me ressinto da felicidade dele, só queria que fosse feliz comigo.

Eu me deito na cama e me enfio debaixo do edredom. Quero saber o que aconteceu; queria muito saber o motivo de eu precisar pedir desculpas. Tento desesperadamente fazer com que um fragmento de memória me dê alguma pista. Tenho certeza de que me envolvi em uma discussão ou assisti a uma. Será que foi com Anna? Passo os dedos no ferimento na cabeça, no corte em meu lábio. Quase vejo a cena na memória, quase ouço as palavras que foram ditas, mas tudo me escapa. Não consigo reter a lembrança. Toda vez que acho que estou prestes a resgatar aquele momento, ele recua para a penumbra, fora do meu alcance.

MEGAN

TERÇA-FEIRA, 2 DE OUTUBRO DE 2012

MANHÃ

Vai chover em breve, posso sentir a chuva chegando. Estou batendo o queixo, as pontas dos meus dedos estão brancas e com um tom arroxeado. Não vou entrar em casa. Gosto de ficar aqui fora, é catártico, purificador, como um banho gelado. De qualquer forma, Scott vai aparecer daqui a pouco e me obrigar a entrar, vai me embrulhar em cobertores, feito uma criança.

Tive um ataque de pânico a caminho de casa ontem à noite. Um motoqueiro parado fazia o motor roncar e roncar, um carro vermelho passava com a lentidão de quem avalia prostitutas, e duas mulheres com carrinhos de bebê bloqueavam minha passagem na calçada. Eu não conseguia ultrapassá-las, então desci para a rua e quase fui atropelada por um carro vindo na direção oposta, que eu nem tinha visto. O motorista buzinou e me xingou de alguma coisa. Eu não conseguia respirar, meu coração saltava no peito, senti aquele aperto no estômago, como quando a gente toma um comprimido e está prestes a vomitar, aquele jorro de adrenalina que deixa a gente enjoado, agitado e assustado ao mesmo tempo.

Corri para casa, atravessei-a em direção à ferrovia, e sentei ali, esperando o trem passar, fazer meu corpo trepidar e silenciar os outros barulhos. Esperei Scott vir me acalmar, mas ele não estava em casa. Tentei pular a cerca, queria me sentar do outro lado por um tempo, aonde ninguém vai. Cortei a mão, por isso entrei em casa. Scott chegou e perguntou o que tinha acontecido. Eu disse que estava lavando a louça e quebrei um copo. Scott não acreditou, ficou irritado.

Eu me levantei de madrugada, deixei Scott dormindo e fui de mansinho até a varanda. Teclei o número dele e ouvi sua voz quando atendeu o telefone, primeiro sonada, depois mais alta, alerta, preocupada, exasperada. Desliguei e esperei para ver se ele ligava de volta. Não ocultei meu número, por isso achei que talvez fosse ligar. Mas, não, então liguei outra vez, e outra, e de novo. Por fim, caiu na caixa postal, a voz neutra e formal prometendo retornar a ligação quando possível. Pensei em ligar para o consultório, antecipando a próxima consulta, mas acho que nem o sistema automatizado deles funciona no meio da madrugada, então voltei para a cama. Não consegui dormir.

Talvez eu vá à Floresta de Corly de manhã para tirar algumas fotos; com o dia enevoado, escuro e com ar de mistério, posso conseguir boas fotografias. Tive a ideia de fazer uns cartõezinhos, talvez, e ver se consigo vendê-los na loja de suvenires da Kingly Road. Scott vive dizendo que não preciso me preocupar em trabalhar, que devia só descansar. Como uma inválida! A última coisa de que preciso é descansar. Preciso encontrar uma atividade para preencher meus dias. Sei o que vai acontecer se eu não encontrar nada.

NOITE

O Dr. Abdic — o Kamal, como fui convidada a chamá-lo — sugeriu na sessão desta tarde que eu começasse a escrever num diário. Eu quase disse, *não posso fazer isso, pois não posso garantir que meu marido não vá ler o diário.* Não falei nada, pois seria desleal com Scott. Mas é verdade. Eu jamais poderia escrever tudo que sinto, penso e faço de verdade. Uma prova disso: quando cheguei em casa hoje à noite, meu laptop estava quente. Ele sabe deletar históricos de navegador e essas coisas, sabe apagar seus rastros muito bem, mas sei que desliguei o computador antes de sair. Ele tem lido meus e-mails de novo.

No fundo não me importo, não há nada comprometedor lá. (Um monte de e-mails de spam de empresas de recrutamento e a Jenny do pilates me perguntando se quero participar do clube de jantares, toda quinta, em que ela e suas amigas se alternam na cozinha. Eu preferiria a morte.) Não me importo, porque com isso ele constata que não há nada acontecendo, que não estou tramando nada. E isso é bom para mim — é bom para nós —, mesmo não sendo verdade. E não posso nem me zangar com ele, porque tem razão em desconfiar de mim. Já dei motivo para isso no passado e provavelmente vou dar de novo. Não sou uma esposa modelo. Não sei ser. Não importa o quanto eu o ame, nunca será o suficiente.

SÁBADO, 13 DE OUTUBRO DE 2012

MANHÃ

Ontem à noite, dormi cinco horas, mais do que tenho dormido há anos, e o mais estranho é que estava tão agitada quando cheguei em casa, que achei que ficaria horas sem conseguir pegar no sono. Tinha decidido não fazer aquilo de novo, não depois da última vez, mas de repente o vi, e o desejei, então pensei: por que não? Não vejo por que eu tenho de me controlar, muita gente não se controla. Os homens não se controlam. Não quero magoar ninguém, mas você tem de ser fiel a si mesmo, não tem? É só isso que estou fazendo, sendo fiel a mim mesma, a essa versão de mim que ninguém conhece — nem Scott, nem Kamal, nem ninguém.

Depois da minha aula de pilates ontem à noite, perguntei a Tara se ela queria ir comigo ao cinema na semana que vem, e depois se poderia mentir por mim.

— Se ele ligar, você pode dizer que estou com você, que estou no banheiro e já retorno a chamada? Então você me telefona, eu ligo para ele e fica tudo certo.

Ela sorriu, deu de ombros e falou:

— Tudo bem.

E não perguntou aonde eu ia nem com quem. Ela quer mesmo ser minha amiga.

Eu o encontrei no Swan, em Corly, onde ele tinha reservado um quarto para nós. Precisamos ter cuidado, não podemos ser flagrados. Seria ruim para ele, arruinaria sua vida. Também seria um desastre para mim. Não quero nem pensar no que Scott faria.

Depois ele quis conversar sobre o que aconteceu na minha juventude em Norwich. Já tinha falado por alto sobre isso antes, mas ontem à noite ele quis saber dos detalhes. Eu contei, mas não a verdade. Menti, inventei um monte de coisas, narrei os detalhes sórdidos que ele queria ouvir. Foi divertido. Não me sinto mal por mentir, e, de qualquer modo, duvido que ele tenha acreditado em grande parte do que eu disse. Tenho quase certeza de que ele mente também.

Ele ficou deitado na cama, me olhando enquanto eu me vestia, e falou:

— Isso não pode acontecer mais, Megan. Você sabe que não pode. Não podemos continuar fazendo isso.

E ele tinha razão, eu sei que não podemos. Não deveríamos, seria melhor não, mas vamos. Esta não vai ser a última vez. Ele não vai dizer não para mim. Eu estava pensando nisso a caminho de casa, que é disso que mais gosto na situação, de exercer poder sobre outra pessoa. É isso que me deixa inebriada.

NOITE

Estou na cozinha, abrindo uma garrafa de vinho, quando Scott chega por trás, pousa as mãos nos meus ombros, os aperta e diz:

— Como foi na terapia?

Digo que foi tudo bem, que estamos progredindo. Ele já se acostumou a não conseguir extrair muitos detalhes de mim. Em seguida:

— Você se divertiu com Tara ontem?

Não dá para dizer ao certo, pois estou de costas, se ele quer mesmo saber ou se suspeita de alguma coisa. Não consigo detectar nada na voz dele.

— Ela é muito legal — respondo. — Você e ela se dariam bem. Aliás, nós vamos ao cinema na semana que vem. Quem sabe eu a convido para vir aqui depois e comer alguma coisa com a gente?

— Não estou convidado para o cinema? — pergunta ele.

— Você é muito bem-vindo — retruco, me virando e beijando-o na boca —, mas ela quer ver aquele com a Sandra Bullock, então...

— Não precisa dizer mais nada! Traga Tara para jantar depois, então — diz ele, as mãos me puxando pela lombar mais para perto de seu corpo.

Sirvo o vinho e vamos para fora da casa. Sentamos lado a lado no terraço, os pés descalços na grama.

— Ela é casada? — indaga ele.

— Tara? Não. Solteira.

— Não tem namorado?

— Acho que não.

— Namorada? — insiste ele, com a sobrancelha erguida, e eu rio.

— Quantos anos ela tem?

— Não sei. Uns 40.

— Ah. E solitária. Meio triste, isso.

— Hum. Acho que ela deve se sentir solitária.

— Eles sempre se aproximam de você, os solitários, não é? Vão direto a você.

— Será?

— Ela não tem filhos? — pergunta ele, e não sei se é só impressão minha, mas no instante em que ele toca no assunto "filhos" seu tom de voz muda e tenho a sensação de que há uma discussão a caminho, e simplesmente não quero isso, não vou conseguir lidar com uma briga agora, então me ponho de pé e peço a ele que traga as taças de vinho porque estamos indo para o quarto.

Ele me acompanha e vou tirando a roupa enquanto subo a escada, e, assim que chegamos lá, quando ele se deita sobre mim na cama, não é nele que estou pensando, mas não faz mal, porque ele não sabe disso. Sou boa o bastante para fazê-lo acreditar que tudo tem a ver só com ele.

RACHEL

SEGUNDA-FEIRA, 15 DE JULHO DE 2013

MANHÃ

Cathy me chamou de volta na hora em que eu saía do apartamento hoje de manhã e me deu um abraço desajeitado. Achei que ela fosse me dizer que não ia mais me botar para fora de casa, mas, em vez disso, colocou uma carta impressa na minha mão, me comunicando formalmente que eu estava sendo despejada, indicando inclusive a data exata da partida. Cathy não conseguia me olhar nos olhos. Eu senti pena dela, senti mesmo, mas não tanto quanto de mim. Ela abriu um sorriso triste e falou:

— Odeio fazer isso com você, Rachel. De verdade.

A cena toda foi muito constrangedora. Estávamos paradas no corredor da entrada do apartamento, que, apesar do meu enorme empenho na tentativa de limpar o chão com água sanitária, ainda cheirava um pouco a vômito. Tive vontade de chorar, mas não quis deixá-la se sentindo pior do que já se sentia, então abri um sorriso simpático e disse:

— De jeito nenhum, sem problemas — como se ela tivesse me pedido um pequeno favor.

No trem, as lágrimas vêm, e não ligo se tem gente olhando; talvez pensem que meu cachorro foi atropelado. Ou que fui diagnosticada com alguma doença terminal. Ou que sou uma alcoólatra estéril, divorciada e prestes a morar embaixo da ponte.

Quando paro e penso, vejo como é ridículo. Como cheguei a esse ponto? Fico me perguntando quando foi o início da minha decadência; me pergunto em que momento eu poderia tê-la interrompido. Onde foi que peguei o caminho errado? Não quando conheci Tom, que me salvou da depressão após a morte de meu pai. Não quando nos casamos, despreocupados, inebriados de felicidade, em um maio atipicamente invernal há sete anos. Eu era feliz, financeiramente independente, bem-sucedida. Não quando nos mudamos para o número 23, uma casa mais espaçosa e bonita do que aquela na qual imaginei morar com a tenra idade de 26 anos. Eu me lembro daqueles primeiros dias como se fosse ontem, de andar pelos cômodos sem sapato, sentindo o calor das tábuas de madeira na sola dos pés, adorando o espaço, o vazio de tantos aposentos à espera de serem preenchidos. Tom e eu fazendo planos: o que plantaríamos no jardim, o que penduraríamos nas paredes, de que cor pintaríamos o quarto extra — já naquela época, na minha cabeça, o quarto do bebê.

Talvez tenha sido aí. Talvez tenha sido esse o momento em que as coisas começaram a degringolar, o instante em que nos imaginei não como casal, mas como família; e, depois disso, com essa imagem na cabeça, somente nós dois nunca mais seria o suficiente. Foi a partir desse ponto que Tom começou a me olhar de um jeito diferente, sua decepção espelhando a minha? Depois de tudo de que ele abriu mão por mim, para ficarmos juntos, eu fiz com que ele pensasse que não era o bastante.

Deixo as lágrimas caírem até passarmos de Northcote, então me recomponho, enxugo os olhos e começo a escrever uma lista de afazeres para hoje no verso da carta de despejo que Cathy me entregou:

Biblioteca Holborn
Mandar um e-mail para mamãe
Mandar um e-mail para Martin, carta de referência???
Procurar reuniões do AA — centro de Londres/Ashbury
Contar a Cathy sobre o emprego?

Quando o trem para no sinal, ergo os olhos e vejo Jason de pé na varanda, o olhar voltado para a ferrovia. Sinto como se estivesse olhando diretamente para mim, e tenho uma sensação estranhíssima — de que ele já me olhou dessa forma antes; sinto como se ele tivesse me visto antes de fato. Imagino-o sorrindo para mim, e, por algum motivo, sinto medo.

Ele dá meia-volta e o trem segue viagem.

NOITE

Estou no pronto-socorro do University College Hospital. Fui atropelada por um táxi ao atravessar a Gray's Inn Road. Eu estava perfeitamente sóbria, tenho de ressaltar, embora um pouco fora do ar, distraída, meio em estado de choque. O corte de quase três centímetros acima do meu olho direito está sendo suturado por um jovem médico muito bonito mas que, infelizmente, é brusco e impessoal. Quando termina de dar os pontos, repara no galo na minha cabeça.

— Não é novo — digo.

— Me parece bastante recente — retruca ele.

— Bem, não é novo de hoje.

— Você está voltando da guerra, é isso?

— Bati quando entrava num carro.

Ele fica examinando minha cabeça por uns bons segundos e, por fim, diz:

— É mesmo? — E então recua, me encarando. — Não parece que foi isso. Parece mais que alguém bateu em você com alguma coisa — diz ele, e sinto um calafrio. Uma cena na qual me abaixo para evitar um golpe, erguendo as mãos, me vem à memória. Será que é uma lembrança mesmo? O médico volta a se aproximar e examina o ferimento mais de perto: — Algo afiado, talvez serrilhado...

— Não — digo. — Foi um carro. Bati quando entrava num carro.

Tento me convencer tanto quanto a ele.

— Tudo bem. — Ele sorri para mim e recua de novo, agachando-se um pouco para que nossos olhos fiquem nivelados. — Está tudo bem com você... — Ele consulta suas anotações. — ... Rachel?

— Sim.

Ele fica me olhando por um bom tempo; não acredita em mim. Está preocupado. Talvez ache que apanho do meu marido.

— Certo. Vou limpar esse machucado porque está bem feio. Você quer que eu ligue para alguém? Seu marido?

— Sou divorciada — digo.

— Outra pessoa, então? — Ele não dá a mínima para o fato de eu ser divorciada.

— Minha amiga, por favor. Ela deve estar preocupada.

Dou-lhe o nome e o número de Cathy. Ela não vai estar nem um pouco preocupada; nem passou da minha hora de chegar em casa... mas espero que a notícia de que fui atropelada por um táxi possa fazer com que ela sinta pena de mim e me perdoe por ontem. Com certeza vai achar que fui atropelada porque estava bêbada. Será que posso pedir ao médico que faça um exame de sangue ou algo assim, para que eu dê a ela uma prova da minha sobriedade? Sorrio para o médico, mas ele não está olhando para mim, está concentrado em suas anotações. Era uma ideia ridícula, de qualquer jeito.

A culpa foi minha, o taxista não teve como evitar. Eu desci da calçada — correndo, na verdade — e entrei na frente do táxi. Não sei aonde pensei que ia correndo daquele jeito. Simplesmente não estava pensando, acho, pelo menos não em mim. Estava pensando em Jess. Que não é Jess, é Megan Hipwell, e está desaparecida.

Eu tinha ido à biblioteca da Theobalds Road. Havia acabado de mandar um e-mail para minha mãe (não falei nada de muito importante, foi um "e-mail termômetro" para medir o grau de seu instinto maternal em relação a mim naquele momento), pela minha conta no Yahoo. Na página inicial do Yahoo aparecem notícias que têm alguma ligação com a região onde você mora — só Deus sabe como eles descobriram o meu CEP, mas descobriram. E lá estava uma foto dela, Jess, a *minha* Jess, a loura perfeita, junto a uma manchete que dizia MORADORA DE WITNEY DESAPARECIDA.

Num primeiro momento, não tive certeza absoluta. Parecia com ela, era exatamente como a imagem que tenho na cabeça, mas duvidei de mim mesma. Então li a reportagem, vi o nome da rua, e confirmei.

> A polícia de Buckinghamshire está ficando cada vez mais preocupada com o paradeiro de Megan Hipwell, 29 anos, moradora da Blenheim Road, em Witney. A Sra. Hipwell foi vista pela última vez por seu marido, Scott Hipwell, no sábado, quando saiu para visitar uma amiga às sete da noite. Essa falta de notícias é "totalmente atípica", declarou o Sr. Hipwell. A Sra. Hipwell estava de calça jeans e camisa de malha vermelha. Ela tem 1,62 m, cabelos loiros, olhos azuis e é magra. Pede-se a qualquer um que tenha informações sobre a Sra. Hipwell que entre em contato com a polícia de Buckinghamshire.

Ela desapareceu. Jess está desaparecida. Megan está desaparecida. Desde sábado. Joguei o nome dela no Google — a história apareceu no *Witney Argus*, mas não trazia nenhuma informação extra. Pensei na visão de Jason — Scott — hoje de manhã, de pé na varanda, olhando para mim, sorrindo para mim. Peguei minha bolsa, me levantei e saí correndo da biblioteca, para o meio da rua, cruzando o caminho de um táxi.

— Rachel? Rachel? — O médico bonito está tentando chamar minha atenção. — Sua amiga chegou para buscar você.

MEGAN

QUINTA-FEIRA, 10 DE JANEIRO DE 2013

MANHÃ

Às vezes, não tenho vontade de ir a lugar nenhum, e acho que vou ficar feliz se nunca mais tiver de colocar os pés fora de casa. Não sinto falta nem de trabalhar. Só quero continuar tranquila e quentinha no meu porto seguro com Scott, sem me mexer.

Ajuda o dia estar escuro e frio e o tempo feio. Ajuda estar chovendo sem parar há semanas — uma chuva gélida, torrencial, implacável, com ventos que uivam entre as árvores, tão alto que até abafam o som do trem. Não consigo ouvi-lo nos trilhos, me atraindo, me deixando tentada a viajar para outras paradas.

Hoje não quero ir a lugar nenhum, não quero fugir, não quero nem ir até o fim da rua. Quero ficar aqui, enfurnada com meu marido, vendo TV e tomando sorvete, depois de ter ligado para ele e pedido que viesse mais cedo do trabalho para transarmos no meio da tarde.

Vou precisar sair daqui a pouco, claro, porque é dia de Kamal. Ultimamente tenho conversado com ele sobre Scott, sobre todos os erros que cometi, meu fracasso como esposa. Kamal diz que preciso encontrar um jeito de me fazer feliz, que tenho de parar de procurar a felicidade em outros lugares. É verdade, eu faço isso, sei que faço, e de repente estou vivendo o momento e simplesmente penso, foda-se, a vida é curta.

Eu me lembro de quando fomos a Santa Margherita no feriado da Páscoa, a família toda. Eu tinha acabado de fazer 15 anos e conheci um cara na praia, bem mais velho que eu — na casa dos 30, acho, talvez até dos 40 —, e ele me convidou para velejar no dia seguinte. Ben estava comigo e também foi convidado, mas — como todo bom irmão mais velho e superprotetor — argumentou que não deveríamos ir porque ele não confiava no cara, achava que parecia um tarado aproveitador. O que, obviamente, era. Mas fiquei furiosa, porque quando teríamos outra chance de velejar pelo mar da Ligúria no iate particular de alguém? Ben disse que teríamos muitas outras oportunidades como essa, que nossas vidas seriam repletas de aventuras. No fim das contas, não fomos, e naquele verão Ben perdeu o controle da moto na A10, e ele e eu nunca chegamos a velejar.

Sinto saudade de como éramos quando estávamos juntos, Ben e eu. Não tínhamos medo de nada.

Já contei a Kamal tudo sobre Ben, mas estamos chegando perto das outras coisas agora, da verdade, de toda a verdade — o que aconteceu com Mac, o antes, o depois. Falar sobre isso com Kamal é seguro, ele não pode contar nada para ninguém por causa do sigilo profissional.

Mas mesmo se ele pudesse contar a alguém, não creio que fosse fazê-lo. Confio nele, de verdade. É engraçado, mas o que tem me impedido de lhe contar tudo não é o medo do que ele faria com isso, não é o medo de ser julgada, é Scott. Vai parecer que estou traindo Scott se contar para Kamal algo que não posso contar para ele. Quando você pensa em todas as outras coisas que eu fiz na vida, nas outras traições, isso não deveria significar nada, só que não é assim. Por algum motivo, parece pior, porque é a vida real, é o cerne do que sou, e não compartilho com ele.

Ainda sonego informações porque obviamente não posso dizer tudo que estou sentindo. Sei que esse é o objetivo da terapia, mas simplesmente não posso. Tenho de deixar tudo meio vago, misturar os homens todos, os amantes e os ex, mas digo para mim mesma que não faz mal, porque não importa quem eles são. Só importa o jeito como me deixam. Ofegante, inquieta, faminta. Por que não posso simplesmente ter o que eu quero? Por que eles não podem me dar o que eu quero?

Bem, às vezes eles dão. Às vezes, tudo de que preciso é Scott. Se eu puder aprender a me ater a esse sentimento, a este que estou sentindo agora — se eu puder simplesmente descobrir como me concentrar nessa felicidade, a aproveitar o momento, a não ficar me perguntando de onde virá a próxima forte emoção —, então tudo vai ficar bem.

NOITE

Preciso me concentrar quando estou com Kamal. É difícil não deixar minha mente vaguear quando ele me olha com aqueles olhos leoninos, quando junta as mãos no colo, as pernas compridas cruzadas. É difícil não pensar nas coisas que poderíamos fazer juntos.

Preciso me concentrar. Temos falado sobre o que aconteceu depois do enterro de Ben, depois que fugi. Fiquei em Ipswich por algum tempo; não muito. Foi lá que conheci Mac. Ele trabalhava num pub ou coisa assim. Ele me pegou quando estava a caminho de casa. Ficou com pena de mim.

— Ele não queria nem... você sabe. — Começo a rir. — Chegamos ao apartamento dele e fui logo pedindo o dinheiro, e ele me olhou como se eu fosse louca. Eu disse que tinha idade suficiente, mas ele não acreditou. E ele esperou, esperou sim, até eu fazer 16 anos. Nessa época, ele já tinha se mudado para uma casa velha perto de Holkham. Uma casinha antiga de pedra no fim de uma rua sem saída, com um terreno modesto em volta, a um quilômetro da praia. Havia uma linha férrea desativada ao longo de um dos lados da propriedade. À noite eu me deitava e ficava acordada, estava sempre ligada, fumávamos muito, e eu costumava imaginar que conseguia ouvir trens, eu tinha tanta certeza disso que chegava a me levantar e ir lá fora procurar os faróis.

Kamal se ajeita na cadeira e, lentamente, balança a cabeça em concordância. Não fala nada. Isso quer dizer que devo ir em frente, que devo continuar falando.

— Eu até que era bem feliz com Mac. Morei com ele por... meu Deus, acho que foram uns três anos, no fim das contas. Eu tinha... dezenove quando fui embora. É. Dezenove.

— Por que foi embora se estava feliz? — pergunta ele.

Chegamos ao ponto-chave, chegamos lá mais rápido do que imaginei que chegaríamos. Não tive tempo de repassar tudo, de preparar o terreno até lá. Não posso contar. É cedo demais.

— Mac me abandonou. Ele partiu meu coração — eu digo, o que é verdade, mas também mentira. Ainda não estou pronta para revelar toda a verdade.

Scott não está em casa quando volto, então pego meu laptop e jogo seu nome no Google pela primeira vez na vida. Pela primeira vez em uma década, eu procuro Mac. Mas não o encontro. Há centenas de Craig McKenzies no mundo, e nenhum deles parece ser o meu.

SEXTA-FEIRA, 8 DE FEVEREIRO DE 2013

MANHÃ

Estou caminhando pela floresta. Saí antes de o dia raiar, está quase amanhecendo agora, um silêncio sepulcral exceto pela tagarelice eventual das pegas-rabudas pousadas nos galhos das árvores. Posso sentir as aves me observando, com seus olhinhos de contas, me avaliando. Um bando de pega-rabudas. Uma para tristeza, duas para alegria, três para menina, quatro para menino, cinco para prateado, seis para dourado, sete para um segredo a nunca ser revelado.

Eu tenho alguns desses.

Scott viajou, está fazendo um curso em algum lugar de Sussex. Ele foi ontem de manhã e só volta hoje à noite. Posso fazer o que bem entender.

Antes de Scott sair, falei para ele que ia ao cinema com Tara depois da terapia. Disse que o celular ficaria desligado, e falei com ela também. Avisei que ele poderia ligar, que poderia querer saber onde eu estava. Dessa vez ela me perguntou o que é que eu andava aprontando. Só pisquei um dos olhos e sorri, e ela riu. Imagino que deva estar se sentindo solitária, e que uma dose de mistério não lhe faz mal.

Em minha sessão com Kamal, estávamos conversando sobre Scott, sobre o lance do laptop. Foi há uma semana, mais ou menos. Eu vinha tentando localizar Mac — tinha feito várias buscas, só queria descobrir por onde ele andava, o que fazia da vida. Hoje há fotos de quase todo mundo na internet, e eu queria ver o rosto dele. Não consegui encontrá-lo. Fui dormir cedo naquela noite. Scott ficou acordado vendo TV, e eu tinha me esquecido de apagar o histórico do navegador. Um erro bobo — essa é geralmente a última coisa que eu faço antes de desligar o computador, independentemente do que eu estivesse fazendo. Sei que Scott tem um jeito de descobrir o que andei pesquisando de qualquer jeito, sendo o especialista em informática que é, mas demora muito mais, então na maioria das vezes ele não se dá ao trabalho.

De todo modo, esqueci. E, no dia seguinte, nós brigamos. Uma briga das feias. Ele queria saber quem era Craig, há quanto tempo eu estava saindo com ele, onde nos conhecemos, o que ele fazia por mim que Scott não fazia. Falei que era um amigo do passado, uma atitude pouco inteligente da minha parte, que só piorou a situação. Kamal me perguntou se eu tinha medo de Scott, e aquilo me deixou indignada.

— Ele é meu marido — retruquei. — Claro que não tenho medo dele.

Kamal pareceu ficar perplexo. Até eu me surpreendi com minha reação, para falar a verdade. Eu não tinha noção do tamanho da minha raiva, da intensidade da minha superproteção em relação a Scott. Foi uma surpresa para mim também.

— Infelizmente, muitas esposas têm medo dos maridos, Megan.

Tentei dizer alguma coisa, mas ele levantou a mão indicando que eu me mantivesse em silêncio.

— O comportamento que você está descrevendo... ler seus e-mails, revirar seu histórico de navegação... você fala como se fosse comum, como se fosse normal. Não é, Megan. Não é normal invadir a privacidade de alguém nesse grau. Muitas vezes isso é visto como uma forma de abuso emocional.

Nesse momento eu dei uma risada, porque soou tão melodramático.

— Não é abuso — falei. — Não quando você não se importa. E eu não me importo. Não me importo.

Ele sorriu para mim, um sorriso ligeiramente triste.

— Você não acha que deveria se importar? — perguntou.

Dei de ombros.

— Talvez, mas o fato é que não me importo. Ele é ciumento, é possessivo. É o jeito dele. Isso não me impede de amá-lo, e há brigas que não vale a pena comprar. Eu tomo cuidado... em geral. Apago meus rastros, então não costuma ser um problema.

Ele balançou a cabeça quase imperceptivelmente.

— Eu não achei que você estivesse aqui para me julgar — falei.

Quando a sessão terminou, perguntei se ele queria tomar um drinque comigo. Ele respondeu que não, que não podia, que não seria apropriado. Então o segui até em casa. Ele mora num apartamento na rua do consultório. Bati em sua porta, e, quando ele abriu, perguntei:

— Isto é apropriado? — Passei a mão por trás de seu pescoço, fiquei na ponta dos pés e lhe dei um beijo na boca.

— Megan — disse ele, a voz suave como veludo. — Não. Não posso fazer isso. Não.

Foi intenso, aquele empurra e puxa, desejo e repressão. Eu não queria abandonar aquela sensação, queria tanto poder me ater a ela para sempre.

Levantei muito cedo, a cabeça girando, repleta de histórias. Eu não podia ficar ali deitada, acordada, sozinha, a mente remoendo todas aquelas oportunidades que eu podia aproveitar ou deixar passar, então me levantei, me vesti e fui caminhar. Acabei chegando aqui. Estou andando e repassando os acontecimentos na cabeça — ele disse, ela disse, tentação, entrega; ah, se eu pudesse sossegar, ficar na minha, não trair. E se aquilo que procuro não puder ser encontrado? E se simplesmente não for possível?

O ar entra gélido em meus pulmões, as pontas dos dedos começam a arroxear. Uma parte de mim só quer deitar aqui, entre as folhas, deixar o frio me envolver. Mas não posso. É hora de ir embora.

São quase nove horas quando volto a Blenheim Road e, assim que dobro a esquina, eu a vejo empurrando o carrinho, vindo na minha direção. A criança, por um milagre qualquer, está calada. Ela olha para mim, me cumprimenta com um gesto de cabeça e me dá um daqueles meios sorrisos, que não retribuo. Normalmente, eu me forçaria a ser simpática, mas hoje estou me sentindo verdadeira, me sentindo eu mesma. Estou meio alta, quase como se estivesse viajando, e não conseguiria me forçar a ser simpática nem se tentasse muito.

TARDE

Eu dormi à tarde. Acordei febril, em pânico. Culpada. Eu me sinto culpada. Só não o suficiente.

Pensei nele indo embora no meio da noite, me dizendo de novo que essa era a última vez, a última vez mesmo, não podemos mais fazer isso. Ele estava se vestindo, colocando a calça jeans. Eu estava deitada na cama e ri, porque foi isso que ele disse da última vez, e da penúltima vez, e da antepenúltima. Ele me lançou um olhar. Não sei como descrever esse olhar, não foi de ódio, exatamente, nem de desprezo — foi de alerta.

Sinto um certo desassossego. Ando pela casa; não consigo ficar parada, tenho a sensação de que alguém mais esteve aqui enquanto eu dormia. Não há nada fora do lugar, mas a casa parece diferente, como se as coisas tivessem sido tocadas, mudadas ligeiramente de lugar, e, enquanto ando pelos cômodos, sinto como se houvesse outra pessoa aqui, o tempo todo se esquivando do meu campo de visão. Verifico três vezes as portas francesas que dão para o jardim, mas estão trancadas. Mal posso esperar para que Scott volte para casa. Eu preciso dele.

RACHEL

TERÇA-FEIRA, 16 DE JULHO DE 2013

MANHÃ

Embarquei no trem das 8h04, mas não estou indo para Londres. Em vez disso, resolvi saltar em Witney. Espero que o ato de passar por lá avive minha memória, que eu chegue à estação e veja tudo claramente, e lembre de tudo. Não alimento grandes esperanças, mas não há nada mais que eu possa fazer. Não tenho como ligar para Tom. Estou com muita vergonha, e, de qualquer maneira, ele deixou bem claro: não quer mais saber de mim.

Megan continua desaparecida; ela sumiu faz mais de sessenta horas, e o caso já está sendo noticiado em rede nacional. Estava no site da BBC e no *MailOnline* hoje de manhã; havia notas mencionando a história em outros sites também.

Imprimi os artigos da BBC e do *Mail*. Através deles, fiquei sabendo o seguinte:

Megan e Scott brigaram na noite de sábado. Um vizinho disse ter ouvido uma discussão acalorada. Scott admitiu que os dois se desentenderam, e disse ter achado que a mulher tinha ido passar a noite com uma amiga, Tara Epstein, que mora em Corly.

Megan nunca apareceu na casa de Tara. Tara diz que a última vez que viu Megan foi na sexta à tarde, na aula de pilates. (Eu sabia que Megan faria pilates.) Segundo a Srta. Epstein, "Ela parecia bem, normal. Estava de bom humor, comentou que pretendia fazer alguma coisa especial no seu aniversário de 30 anos, no mês que vem."

Uma testemunha viu Megan andando em direção à estação de trem de Witney por volta das 19h15 de sábado.

Megan não tem parentes na cidade. Seus pais já faleceram.

Megan está desempregada. Era gerente de uma pequena galeria de arte em Witney, que fechou em abril do ano passado. (Eu sabia que Megan seria ligada a arte.)

Scott é consultor de TI autônomo. (Não dá para acreditar que Scott seja um consultor de TI.)

Megan e Scott estão casados há três anos; moram naquela casa da Blenheim Road desde janeiro de 2012.

Segundo o *Daily Mail*, sua casa está avaliada em 400 mil libras esterlinas.

Só de ler isso, sei que a situação está ruim para o lado de Scott. Não só por causa da discussão; é que as coisas simplesmente são assim: quando algo de ruim acontece a uma mulher, a polícia suspeita primeiro do marido ou do namorado. Mas, nesse caso, a polícia não sabe de todos os fatos. Só estão suspeitando do marido porque não devem saber da existência do namorado.

Talvez eu seja a única pessoa que sabe que esse namorado existe.

Vasculho a bolsa à procura de um pedaço de papel. No verso de uma nota fiscal de duas garrafas de vinho escrevo uma lista das explicações mais prováveis para o sumiço de Megan Hipwell:

1. Ela fugiu com o namorado, que, de agora em diante, vou chamar de N.
2. N causou algum mal a ela.
3. Scott causou algum mal a ela.

4. Ela simplesmente abandonou o marido e foi morar em outro lugar.
5. Outra pessoa, nem N nem Scott, causou algum mal a ela.

Acho que a primeira possibilidade é a mais provável, e a quatro também é uma forte concorrente, porque Megan é uma mulher decidida e independente, tenho certeza. E se ela estivesse tendo um caso, poderia querer se afastar para botar a cabeça no lugar, não poderia? A opção cinco não parece tão plausível, uma vez que ser assassinada por um desconhecido não é muito usual.

O galo na minha cabeça está latejando, e não consigo parar de pensar na discussão que vi, ou imaginei, ou com que sonhei, no sábado à noite. Quando passamos da casa de Megan e Scott, ergo o olhar. Sinto o sangue pulsar dentro da minha cabeça. Estou agitada. Estou com medo. As janelas do número 15, refletindo o sol da manhã, parecem olhos cegos.

NOITE

Mal me acomodo no banco e o telefone toca. É Cathy. Deixo cair na caixa postal.

Ela deixa uma mensagem:

— Oi, Rachel. Só estou ligando para saber se você está bem. — Ela está preocupada comigo por causa do lance com o táxi. — Só queria pedir desculpas pelo outro dia, sabe, por ter pedido a você que se mudasse. Não devia ter feito aquilo. Eu exagerei. Você pode ficar aqui o tempo que quiser. — Há um longo silêncio e, por fim, ela diz: — Vou esperar você me ligar, tá? E venha para casa, Rach, não passe no pub.

Não pretendo passar mesmo. No almoço, senti vontade de beber; estava desesperada por uma dose depois do que aconteceu hoje de manhã em Witney. Mas não tomei nada, pois precisava manter a mente alerta. Faz muito tempo que não tenho algo por que valha a pena manter a mente alerta.

Minha viagem até Witney hoje de manhã foi tão estranha. Parecia que eu não passava lá havia séculos, embora, é claro, só faça alguns dias. Mas poderia muito bem ter sido um lugar completamente diferente, uma outra estação numa outra cidade. Eu era uma pessoa diferente daquela que foi até lá no sábado à noite. Hoje eu estava careta, sóbria, extremamente ciente do barulho, da luz e do medo da descoberta.

Eu era uma invasora. Foi assim que me senti esta manhã, porque agora esse lugar é território deles, de Tom e Anna, de Scott e Megan. Eu sou a forasteira, aqui não é o meu lugar, e ainda assim tudo ao redor me é tão familiar. Descendo a escada de concreto da estação, passando pela banca de jornais e entrando na Roseberry Avenue, meio quarteirão até o fim da interseção em T, à direita, o portal em arco para a úmida passagem subterrânea sob a linha férrea, e à esquerda Blenheim Road, estreita e arborizada, ladeada por suas belas casas vitorianas. A sensação é de estar voltando ao lar: não um lar qualquer, como o da infância, um lugar há muito deixado para trás; é a familiaridade de subir a escada sabendo qual degrau vai ranger.

A familiaridade não está só na minha cabeça, mas em meus ossos; é uma memória muscular. Hoje de manhã, quando ultrapassei a boca escura do túnel, a entrada da passagem subterrânea, apertei o passo. Não foi uma atitude calculada porque sempre andava um pouco mais rápido naquele trecho. Toda noite, ao voltar para casa, principalmente no inverno, eu costumava apertar o passo, dando uma olhada rápida para a direita só para garantir. Nunca havia ninguém lá — nem em nenhuma daquelas noites, nem hoje — e, ainda assim, travei ao olhar para aquela escuridão hoje de manhã, porque de repente me vi. Eu me vi alguns metros lá dentro, caída junto à parede, a cabeça entre as mãos, e tanto a cabeça quanto as mãos sujas de sangue.

Com o coração pulando no peito, fiquei lá, parada, os passageiros matinais me contornando para continuar o trajeto até a estação, um ou dois deles se virando para me olhar ao passar, já que eu continuava parada feito um dois de paus. Eu não sabia — e não sei — se foi real. Por que eu teria entrado na passagem subterrânea? Que motivo eu teria para ir até ali, naquele lugar escuro, úmido e com cheiro de mijo?

Dei meia-volta e retornei para a estação. Eu não queria mais ficar ali; não queria ir até a porta da casa de Scott e Megan. Eu queria distância dali. Algo ruim aconteceu naquele lugar; eu tenho certeza.

Comprei o tíquete para a viagem e subi apressada a escada da estação até o outro lado da plataforma, e, ao fazer isso, um novo lampejo de memória: não da passagem subterrânea desta vez, mas da escada; de ter tropeçado nos degraus e de um homem ter me segurado pelo braço, me ajudando a levantar. O homem do trem, o dos cabelos ligeiramente ruivos. Eu podia vê-lo em minha mente, uma imagem vaga, sem diálogo. Eu me lembro de ter rido — de mim mesma, ou de algo que ele disse. Foi gentil comigo, tenho certeza. Tenho quase certeza. Algo de ruim aconteceu, mas não creio que tenha a ver com ele.

Entrei no trem e segui para Londres. Fui à biblioteca e usei um dos computadores deles para procurar notícias sobre Megan. Uma nota no site do *Telegraph* dizia que "um homem de cerca de 30 anos está ajudando a polícia com as investigações". Deve ser Scott. Não creio que ele tenha feito nenhum mal a ela. Eu *sei* que ele não faria isso. Vi os dois juntos; sei como são quando estão juntos. Deram um número tipo disque-denúncia, também, para você ligar se tiver alguma informação. Vou ligar para ele a caminho de casa, de um telefone público. Vou contar para eles sobre N, contar o que vi.

Meu celular toca quando estamos entrando em Ashbury. É Cathy de novo. Pobrezinha, está mesmo preocupada comigo.

— Rach? Você está no trem? Está vindo para casa? — Sua voz soa ansiosa.

— Sim, estou a caminho — respondo. — Chego em 15 minutos.

— A polícia está aqui, Rachel — diz ela, e meu corpo gela por completo. — Eles querem falar com você.

QUARTA-FEIRA, 17 DE JULHO DE 2013

MANHÃ

Megan ainda não apareceu, e eu menti — várias vezes — para a polícia.

Eu já estava em pânico quando cheguei ao apartamento ontem à noite. Tentei me convencer de que eles queriam falar comigo a respeito do acidente com o táxi, mas não fazia sentido. Eu tinha falado com a polícia no local do atropelamento — ficou claro que a culpa foi minha. Tinha de ter alguma relação com a noite de sábado. Devo ter feito alguma coisa. Devo ter cometido algum crime e apagado da memória.

Sei que parece improvável. O que eu poderia ter feito? Ido à Blenheim Road, atacado Megan Hipwell, jogado o corpo dela em algum lugar e ter me esquecido de tudo? Que ideia ridícula. Sim, isso *é* ridículo. Mas sei que alguma coisa aconteceu no sábado. Eu tive certeza quando olhei para aquele túnel escuro sob a linha férrea e meu sangue gelou nas veias.

Apagões de memória acontecem, e não é simplesmente uma questão de não ter ideia de como você voltou para casa depois de uma noitada nem de esquecer o que foi tão engraçado naquela conversa que você teve no pub. É diferente. Breu total; horas perdidas que nunca mais serão recuperadas.

Tom comprou um livro para mim que falava disso. Não foi um gesto muito romântico, mas ele estava cansado de me ouvir pedindo desculpas de manhã quando eu nem sabia pelo que estava pedindo desculpas.

Acho que ele queria que eu visse o dano que eu estava causando, o tipo de coisa que eu poderia ser capaz de fazer. O autor do livro era médico, mas não tenho a menor ideia se aquilo era confiável: ele alegava que ter um apagão não era simplesmente questão de esquecer o que havia acontecido, mas de não ter qualquer lembrança que pudesse ser esquecida. A teoria dele era que você entra num estado em que seu cérebro não produz mais memórias de curto prazo. E, enquanto você está lá, no breu total, não se comporta como de costume, simplesmente porque está reagindo à última coisa que *pensa* que aconteceu, porque — uma vez que você não está produzindo lembranças —, na verdade pode não saber qual foi a última coisa que aconteceu. Ele dava exemplos, também, histórias para incutir juízo no bêbado desmemoriado: um sujeito em Nova Jersey se embebedou em uma festa do Dia da Independência. Depois entrou no carro, dirigiu pela autoestrada na contramão por vários quilômetros e acertou em cheio uma van que levava sete pessoas. A van pegou fogo e seis delas morreram. O cara bêbado saiu ileso. Como sempre. Ele não tinha a mais vaga lembrança de ter entrado no carro.

Teve outro homem, esse em Nova York, que saiu de um bar, dirigiu até a casa onde havia morado na infância, esfaqueou os moradores até a morte, tirou a roupa toda, entrou de novo no carro, dirigiu até sua casa e foi dormir. Ele acordou na manhã seguinte se sentindo péssimo, sem saber onde tinham ido parar suas roupas e nem como chegara em casa, e foi só quando a polícia chegou para prendê-lo que ele descobriu que havia assassinado brutalmente duas pessoas por nenhuma razão aparente.

Então, sei que soa ridículo, mas não é impossível, e quando cheguei em casa ontem à noite, já havia me convencido de que estava envolvida de alguma forma no desaparecimento de Megan.

Os policiais estavam no sofá da sala, um quarentão à paisana e um mais novo de uniforme com espinhas no pescoço. Cathy estava torcendo as mãos junto à janela. Ela parecia estar apavorada. Os policiais se levantaram. O que estava à paisana, muito alto e meio corcunda, apertou minha mão e se apresentou como detetive-inspetor Gaskill. Também me disse o nome do colega, mas não me lembro qual era. Eu não estava prestando muita atenção, mal conseguia respirar.

— Qual é o problema? — disparei. — Aconteceu alguma coisa? Foi com a minha mãe? Com o Tom?

— Estão todos bem, Srta. Watson, só precisamos conversar sobre o que a senhorita fez no sábado à noite — disse Gaskill.

É bem o tipo de coisa que falam na televisão; não parecia real. Eles querem saber o que fiz na noite de sábado. Que diabos foi que eu fiz na noite de sábado?

— Preciso me sentar — falei, e o detetive me indicou o lugar onde estava sentado antes, ao lado do Espinha no Pescoço.

Cathy trocava o peso de um pé para o outro sem parar e mordia o lábio inferior. Ela parecia estar aflita.

— Você está bem, Srta. Watson? — perguntou Gaskill.

Ele apontou para o corte sobre meu olho.

— Fui atropelada por um táxi — respondi. — Ontem à tarde, em Londres. Fui ao hospital. Pode verificar.

— Tudo bem — disse ele, com um ligeiro gesto de cabeça. — Então. Sábado à noite?

— Fui a Witney — afirmei, tentando manter o tom de voz firme.

— Para fazer o quê?

Espinha no Pescoço tinha um bloquinho de anotações e um lápis nas mãos.

— Eu queria ver meu marido.

— Ah, Rachel — murmurou Cathy.

O detetive a ignorou.

— Seu marido? — perguntou ele. — Quer dizer, seu ex-marido? Tom Watson?

Sim, ainda uso o sobrenome dele. Foi mais conveniente assim. Não precisei alterar os cartões de crédito, o endereço de e-mail, tirar um novo passaporte, essas coisas.

— Isso mesmo. Eu queria vê-lo, mas então percebi que não era uma boa ideia, então voltei para casa.

— A que horas foi isso? — A voz de Gaskill era firme, e seu rosto, totalmente impassível. Seus lábios mal se mexiam quando falava. Dava para ouvir o lápis do Espinha no Pescoço escrevendo no papel, eu conseguia escutar o sangue martelando em meus ouvidos.

— Eram... hum... acho que eram umas seis e meia. Quer dizer, acho que entrei no trem lá pelas seis da tarde.

— E você voltou para casa...?

— Talvez umas sete e meia? — Levantei os olhos e encontrei o olhar de Cathy. Só pela sua expressão, já vi que sabia que eu estava mentindo. — Talvez tenha sido um pouco mais tarde. Talvez tenha sido lá pelas oito. É, na verdade, agora estou me lembrando: cheguei em casa pouco depois das oito, acho.

Sentia minhas bochechas ficando rubras; se esse homem não soubesse que eu estava mentindo, não merecia ser policial.

O detetive ficou de costas, agarrou uma das cadeiras que havia sob a mesa no canto e puxou-a em sua direção com um movimento rápido, quase violento. Ele a posicionou à minha frente, a poucos centímetros de mim. Ele se sentou, as mãos apoiadas nos joelhos, a cabeça reclinada para o lado.

— Tudo bem — disse ele. — Você saiu por volta das seis, o que quer dizer que estaria em Witney lá pelas seis e meia. E chegou aqui de volta umas oito, o que significa que deve ter saído de Witney em torno das sete e meia. Foi mais ou menos isso?

— Sim, foi isso mesmo — confirmei, a voz falhando, me traindo.

Em um ou dois segundos ele iria me perguntar o que fiz entre seis e meia e sete e meia, e eu não teria uma resposta.

— E você acabou não indo ver seu ex-marido. Então o que ficou fazendo em Witney por uma hora?

— Fiquei caminhando por lá.

Ele esperou para ver se eu ia dar mais detalhes. Pensei em dizer que fui a um pub, mas seria burrice — isso é fácil de verificar. Ele me perguntaria qual pub, me perguntaria se cheguei a falar com alguém. Enquanto eu pensava no que deveria dizer, me dei conta de que não havia cogitado lhe perguntar *por que* ele queria saber onde eu estava na noite de sábado, e só isso já devia ter parecido estranho. Deve ter me feito parecer culpada de alguma coisa.

— Você conversou com alguém? — perguntou, como se tivesse lido meus pensamentos. — Entrou em alguma loja, em algum bar...?

— Falei com um homem na estação! — Cuspi essas palavras bem alto, quase triunfante, como se tivessem alguma relevância. — Por que você está me fazendo essas perguntas? O que está acontecendo?

O detetive-inspetor Gaskill se reclinou na cadeira:

— Você deve ter ouvido falar que uma mulher de Witney, moradora da Blenheim Road, numa casa próxima à de seu ex-marido, está desaparecida. Temos ido de porta em porta, perguntando se alguém a viu naquela noite, ou se se lembram de ter visto ou ouvido alguma coisa fora do normal. E, nesse processo, seu nome foi citado. — Ele ficou calado um instante, deixando que eu absorvesse a informação. — Você foi vista na Blenheim Road naquela noite, mais ou menos na hora em que a Sra. Hipwell, a mulher desaparecida, saiu de casa. A Sra. Anna Watson nos disse que viu você na rua, perto da casa da Sra. Hipwell, não muito longe da casa dela. Disse que você estava agindo de um jeito estranho, e que ela ficou preocupada. Tão preocupada que pensou em ligar para a polícia.

Meu coração se debatia como um pássaro na gaiola. Eu não podia falar, porque naquele momento tudo o que conseguia ver na minha frente era eu mesma, agachada na passagem subterrânea, sangue nas mãos. *Sangue nas mãos.* Meu sangue? Só podia ser. Olhei para o rosto de Gaskill, vi seu olhar me avaliando e soube que precisava dizer alguma coisa rápido para impedi-lo de ler meus pensamentos:

— Eu não fiz nada — falei. — Não fiz. Eu só... eu só queria ver meu marido...

— Seu *ex*-marido — Gaskill me corrigiu pela segunda vez. Ele puxou uma fotografia do bolso do paletó e me mostrou. Era uma foto de Megan. — Você viu essa mulher no sábado à noite? — perguntou.

Fiquei olhando para a foto por um bom tempo. Parecia tão surreal que ela me fosse apresentada daquele jeito, a loira perfeita que eu tinha ficado observando, cuja vida eu havia construído e desconstruído em minha mente. Era um *close* do rosto dela, um trabalho de fotógrafo profissional. Os traços dela eram um pouco mais brutos do que eu havia imaginado, não tão delicados quanto os da Jess na minha cabeça.

— Srta. Watson? Você a viu?

Eu não sabia se a tinha visto. Honestamente, não sabia. Continuo sem saber.

— Acho que não — respondi.

— Você acha que não? Então é possível que a tenha visto?

— Eu... eu não tenho certeza.

— Por acaso você bebeu na noite de sábado? — perguntou ele. — Antes de ir até Witney, você bebeu?

A vermelhidão retornou com toda força ao meu rosto.

— Sim — respondi.

— A Sra. Watson... Anna Watson... disse que achou que você estivesse embriagada quando a viu perto da casa dela. Você estava?

— Não — respondi, meu olhar fixo no do detetive para evitar o de Cathy. — Eu tinha tomado uns dois drinques à tarde, mas não estava bêbada.

Gaskill deu um suspiro. Pareceu estar decepcionado comigo. Trocou um olhar com o Espinha no Pescoço e voltou a me encarar.

Devagar e cheio de atitude, ele se levantou e devolveu a cadeira à posição original, sob a mesa.

— Se a senhora se lembrar de qualquer informação sobre sábado à noite, qualquer coisa que nos possa ser útil, faria o favor de me ligar? — pediu ele, me entregando um cartão de visita.

Enquanto Gaskill se despedia de Cathy com um gesto silencioso, preparando-se para ir embora, eu me afundei no sofá. Pude sentir que meu coração começava a desacelerar, mas voltou a bater mais rápido quando ouvi ele me perguntar:

— Você trabalha com relações públicas, não é? Na Huntingdon Whitely?

— Isso mesmo — falei. — Na Huntingdon Whitely.

Ele vai verificar essa informação e vai descobrir que menti. Não posso deixar que descubra sozinho, preciso contar para ele.

Então é isso que vou fazer agora pela manhã. Vou à delegacia contar a verdade. Vou contar tudo: que perdi meu emprego meses atrás, que sábado à noite eu estava muito bêbada e que não tenho a menor ideia da hora que voltei para casa. Vou dizer tudo aquilo que devia ter dito ontem à noite: que ele está procurando no lugar errado. Vou contar para ele que acho que Megan Hipwell estava tendo um caso extraconjugal.

NOITE

A polícia acha que sou xereta. Pensam que fico perseguindo pessoas, que sou doida varrida, mentalmente instável. Eu nunca deveria ter ido à delegacia. Piorei minha situação e não acho que tenha ajudado Scott, que foi o motivo pelo qual resolvi ir até lá. Ele precisa da minha ajuda, porque é óbvio que a polícia vai suspeitar que ele causou algum mal a ela, e sei que não é verdade, porque eu o conheço. Sinto isso de verdade, por mais louco que pareça. Vi como ele a trata. Ele seria incapaz de lhe fazer mal.

Tudo bem, ajudar Scott não foi o único motivo que me fez procurar a polícia. Havia a questão da mentira, que precisava ser corrigida. A mentira a respeito de eu trabalhar para a Huntingdon Whitely.

Demorou séculos até eu tomar coragem e entrar na delegacia. Cheguei a pensar em dar meia-volta e retornar para casa uma dezena de vezes, mas acabei entrando. Perguntei ao policial que estava na recepção se eu poderia falar com o detetive-inspetor Gaskill, e ele me levou a uma sala de espera abafada, onde fiquei sentada por mais de uma hora até alguém vir me buscar. Àquela altura eu já estava suando e tremendo feito uma condenada a caminho do cadafalso. Fui levada até outra sala, menor e ainda mais abafada, sem janelas nem circulação de ar. Fui deixada lá sozinha por outros dez minutos até Gaskill e uma mulher, também à paisana, aparecerem. Gaskill me cumprimentou educadamente; não parecia surpreso em me ver. Apresentou sua colega como sendo a detetive-sargento Riley. Ela é mais nova que eu, alta, magra, cabelos negros, bonita de uma forma vulpina com seus traços afilados. Ela não retribuiu meu sorriso.

Todos nos sentamos e ninguém disse nada; eles ficaram só me esperando falar.

— Eu me lembrei do homem — comecei. — Eu falei que havia um homem na estação. Posso descrevê-lo. — Riley ergueu ligeiramente as sobrancelhas e se ajeitou na cadeira. — Tinha estatura mediana, não era gordo nem magro, e os cabelos eram puxados para o ruivo. Escorreguei na escada e ele me pegou pelo braço. — Gaskill se inclinou para a frente, os cotovelos na mesa, as mãos entrelaçadas em frente à boca. — Ele estava... acho que estava com uma camisa azul.

Isso não é exatamente verdade. Eu me lembro, sim, de um homem, e tenho certeza de que seu cabelo tendia para o ruivo, e acho que sorriu para mim, pelo menos um sorriso de canto de boca, quando eu estava no trem. Acho que ele saltou em Witney, e acho que pode ter conversado comigo. É possível que eu tenha escorregado na escada. Tenho essa lembrança, mas não sei dizer se ela pertence à noite desse sábado, ou a outro dia. Já escorreguei várias vezes, em muitas escadas. Não tenho ideia de com que roupa ele estava.

Os detetives não ficaram impressionados com meu relato. Riley balançou a cabeça de forma quase imperceptível. Gaskill separou as mãos e as pousou sobre a mesa, as palmas para cima, à sua frente:

— Certo. Foi isso mesmo que veio aqui me contar, Srta. Watson? — perguntou ele. Não havia raiva em seu tom de voz, ele parecia estar me incentivando. Eu desejei que Riley saísse da sala. Com ele eu conseguiria conversar; nele eu podia confiar.

— Eu não trabalho mais para a Huntingdon Whitely — falei.

— Ah. — Ele se recostou na cadeira, parecendo mais interessado.

— Saí de lá há três meses. Minha colega de apartamento... bem, na verdade ela é a dona do apartamento... não sabe disso. Estou tentando arranjar outro emprego. Não queria que ela soubesse porque achei que ela ficaria preocupada com o aluguel. Tenho um dinheiro guardado. Posso pagar o aluguel, mas... Enfim, menti para você ontem sobre meu emprego e peço desculpas por isso.

Riley se inclinou na minha direção e abriu um sorriso falso.

— Entendi. Você não trabalha mais para a Huntingdon Whitely. Não está trabalhando para ninguém, é isso? Está desempregada?

Fiz que sim com a cabeça.

— Certo. Você não entrou com o pedido do seguro-desemprego, nem nada?

— Não.

— E... sua colega de apartamento, ela não notou que você não vai para o trabalho todo dia?

— Eu vou. Quer dizer, não vou para o escritório, mas vou para Londres, como costumava fazer, no mesmo horário e tudo o mais, para que... para que ela não descubra. — Riley olhou para Gaskill; ele manteve o olhar fixo em mim, o cenho levemente franzido. — Sei que parece estranho... — comentei e logo me interrompi, porque não soa apenas estranho, soa insano quando dito em voz alta.

— Certo. Então todo dia você finge sair para trabalhar? — perguntou Riley, arqueando a sobrancelha, como se estivesse preocupada comigo. Como se estivesse pensando que sou completamente pirada. Não falei, não me mexi, não fiz nada, permaneci em silêncio. — Posso perguntar por que largou seu emprego, Srta. Watson?

Não havia por que mentir. Se não tiveram a intenção de verificar meu histórico empregatício antes dessa conversa, é claro que fariam isso agora.

— Fui despedida — admiti.

— Você foi demitida — repetiu Riley, com certa satisfação na voz. Obviamente era a resposta que tinha previsto. — E por que motivo?

Dei um pequeno suspiro e apelei a Gaskill.

— Isso é tão importante assim? A razão de eu ter perdido o emprego faz alguma diferença?

Gaskill não falou nada, ele analisava algumas anotações colocadas por Riley à sua frente, mas balançou a cabeça. Riley mudou de tática.

— Srta. Watson, quero lhe perguntar sobre sábado à noite.

Olhei de relance para Gaskill — *nós já tivemos essa conversa* —, mas ele não estava olhando para mim.

— Tudo bem — falei.

Eu não parava de levar a mão à cabeça, preocupada com meu galo. Não conseguia me conter.

— Então me conte por que foi à Blenheim Road no sábado à noite. Por que queria falar com seu ex-marido?

— Acho que isso não é da sua conta — respondi, e então, rapidamente, antes que ela tivesse tempo para dizer qualquer outra coisa: — Seria possível vocês me darem um copo d'água?

Gaskill se levantou e deixou a sala, o que não foi bem o desenlace que eu tinha em mente. Riley não disse uma palavra; simplesmente continuou me encarando, o traço de um sorriso ainda nos lábios. Não consegui sustentar seu olhar, baixei os olhos para a mesa, deixei-os vagar pelo recinto. Sabia que isso era uma tática: ela permanecia em silêncio para que eu me sentisse tão incomodada a ponto de me ver obrigada a falar, mesmo sem querer.

— Eu precisava discutir com ele alguns detalhes — falei. — Assuntos particulares. — Soei pomposa e ridícula.

Riley deu um suspiro. Mordi o lábio, determinada a não falar mais nada até que Gaskill voltasse à sala. Assim que ele retornou, depositando um copo de água turva à minha frente, Riley se pronunciou.

— Assuntos particulares? — insistiu ela.

— Isso mesmo.

Riley e Gaskill se entreolharam, não sei se por irritação ou por diversão. Pude sentir o gosto do suor sobre o lábio superior. Tomei um gole da água; tinha gosto de água parada. Gaskill remexeu os papéis à sua frente e depois os empurrou para o lado, como se tivesse terminado com eles, ou como se o que quer que estivesse neles não lhe interessasse tanto assim.

— Srta. Watson, a atual esposa do seu mar... é... ex-marido, a Sra. Anna Watson, aventou algumas preocupações a seu respeito. Ela nos contou que você a tem incomodado, incomodado o marido dela, que você apareceu na casa deles sem ser convidada, que em certa ocasião... — Gaskill deu uma espiada em suas anotações, mas Riley o interrompeu.

— Em certa ocasião, você invadiu a casa do Sr. e da Sra. Watson e levou a filha deles, uma recém-nascida.

Um buraco negro se abriu no meio da sala e me engoliu.

— Isso não é verdade! — falei. — Eu não *levei*... não foi assim que aconteceu, isso está errado. Eu não... eu não a levei.

Fiquei muito nervosa, comecei a chorar, a tremer, falei que queria ir embora. Riley afastou a cadeira da mesa e ficou de pé, deu de ombros para Gaskill e saiu da sala. Gaskill me deu um lenço de papel.

— Você pode sair quando quiser, Srta. Watson. Foi você quem veio nos procurar. — Então ele sorriu, com a expressão de quem pede desculpas. Gostei dele naquele momento, tive vontade de pegar sua mão e apertá-la, mas não fiz isso, porque teria sido estranho. — Acho que você tem algo mais para me contar — disse ele, e gostei ainda mais dele por falar "me contar" em vez de "nos contar". — Talvez... — continuou, pondo-se de pé e me guiando até a porta — ... você possa fazer uma pausa, esticar as pernas, comer alguma coisa. Depois, quando estiver pronta, volte, e aí pode me contar o restante.

Pensei em simplesmente esquecer tudo e voltar para casa. Parti em direção à estação, pronta para dar as costas para a coisa toda. Então me lembrei da viagem de trem, das idas e vindas naquela linha, passando pela casa — pela casa de Megan e Scott —, todos os dias. E se nunca a encontrassem? Eu ficaria me perguntando para sempre se poderia tê-la ajudado caso tivesse dito alguma coisa para a polícia — mesmo sabendo não ser muito provável. E se Scott fosse responsabilizado pelo sumiço de Megan só porque ninguém sabia da existência de N? E se ela estivesse na casa de N agora mesmo, amarrada no porão, toda machucada, sangrando, ou enterrada no jardim?

Segui o conselho de Gaskill, comprei um sanduíche de queijo e presunto e uma garrafa d'água numa loja de esquina e levei-os para o único parque de Witney, um terreninho fajuto rodeado de casas construídas na década de 1930 e quase totalmente convertido num playground asfaltado. Eu me sentei num banco à beira desse espaço e fiquei observando mães e babás brigando com seus estorvos por comerem a areia do tanque. Alguns anos atrás eu sonhava com isso. Sonhava comigo vindo para cá — não para comer sanduíches de queijo e presunto entre um interrogatório policial e outro, claro. Sonhava em vir aqui com meu próprio filho. Pensava no carrinho de bebê que compraria, em todo o tempo que passaria em lojas como a Trotters e a Early Learning Centre escolhendo roupas lindinhas e brinquedos educativos. Imaginava como seria ficar ali, sentada, brincando de balançar minha própria fonte de alegria no colo.

Isso nunca aconteceu. Nenhum médico jamais conseguiu me explicar por que não consigo engravidar. Sou jovem, tenho uma boa constituição física, não bebia tanto assim quando estávamos tentando. O sêmen do meu marido era ativo e abundante. Simplesmente não aconteceu. Não sofri a agonia do aborto espontâneo; nem cheguei a engravidar. Fizemos uma tentativa de fertilização in vitro apenas, pois era só o que tínhamos condição de pagar. Foi, como todo mundo tinha dito que seria, desagradável e difícil. Ninguém me avisou que iria acabar com a gente. Mas acabou. Ou melhor, acabou comigo, e eu acabei com nós dois.

O problema de ser estéril é que é algo que você não consegue esquecer. Não quando se está na faixa dos trinta anos. Minhas amigas estavam tendo filhos, as amigas das amigas estavam tendo filhos, gravidezes, partos e primeiros aniversários pipocavam por toda parte. Me perguntavam sobre isso o tempo todo. Minha mãe, nossos amigos, colegas de trabalho. Quando seria a minha vez? A certa altura, nossa falta de filhos se tornou assunto nas conversas de domingo, durante o almoço, não só entre mim e Tom, mas entre todo mundo. O que vínhamos tentando, o que devíamos fazer, você acha mesmo que deveria tomar uma segunda taça de vinho? Eu era jovem, ainda havia tempo, mas o manto do fracasso me envolveu, me oprimindo, me puxando para baixo, e eu perdi a esperança. Na época, eu me ressentia do fato de que aquilo era visto como culpa minha, que era eu quem não estava fazendo a minha parte. Mas, como demonstra a rapidez com que Tom conseguiu engravidar Anna, nunca houve problema de virilidade dele. Eu estava errada em sugerir que deveríamos dividir o peso da culpa; ela era toda minha.

Lara, minha melhor amiga desde a faculdade, teve dois filhos em dois anos: primeiro um menino, depois uma menina. Eu não gostava deles. Não queria nem ouvir falar deles. Não queria chegar perto dos dois. Depois de um tempo, Lara parou de falar comigo. Um dia, uma garota do meu trabalho me contou — com a maior naturalidade, como se estivesse falando de uma apendectomia ou da extração de um siso — que tinha abortado por meio de medicamentos, e que tinha sido muito menos traumático que o aborto cirúrgico que fez quando estava na faculdade. Não consegui mais falar com ela, mal conseguia olhar para ela. O clima ficou estranho no escritório; as pessoas notaram.

Tom não se sentia assim. Para começar, o fracasso não era seu, e, em todo caso, ele não *precisava* de um filho como eu. Ele queria ser pai, queria mesmo — tenho certeza de que sonhava em bater bola com o filho no jardim, ou em carregar a filha no cangote pelo parque. Mas também achava que nossa vida poderia ser ótima sem filhos. "Nós somos felizes", ele dizia. "Por que não podemos continuar assim?" Ele se decepcionou comigo. Nunca entendeu como é possível sentir saudade do que nunca se teve, e ainda chorar por isso.

Eu me senti sozinha em minha angústia. E me tornei uma pessoa solitária, então comecei a beber um pouco, e depois um pouco mais, e fiquei mais solitária ainda, porque ninguém gosta de ficar perto de gente bêbada. Eu sucumbia e bebia; bebia e sucumbia. Eu gostava do meu emprego, mas não tinha uma carreira brilhante, e, mesmo que tivesse, sejamos honestos: as mulheres continuam sendo valorizadas de verdade por duas coisas — sua aparência e seu papel como mãe. Não sou bonita e não posso ter filhos, o que isso faz de mim? Uma inútil.

Não posso pôr a culpa pelas minhas bebedeiras nisso — nem nos meus pais, nem na minha infância, num tio molestador, nem em nenhuma tragédia pessoal. A culpa é minha. Eu sempre bebi — sempre gostei de beber. Mas acabei me tornando uma pessoa triste, e a tristeza cansa depois de um tempo, tanto para quem está triste como para todo mundo em volta. Então passei de alguém que gostava de beber à condição de bêbada, e não há nada que canse mais que isso.

Eu me sinto mais tranquila agora no que se refere ao assunto filhos; fiquei mais tranquila desde que me separei. Tive de ficar. Li alguns livros e artigos, percebi que precisava aceitar minha condição. Há estratégias, há esperança. Se eu me cuidasse e largasse a bebida, poderia adotar uma criança. E não tenho nem 34 anos ainda — não acabou para mim. Estou mais calma que há alguns anos, quando às vezes largava o carrinho de compras e saía do supermercado se o lugar estivesse cheio de mães e filhos; naquela época eu não teria conseguido vir a um parque como este, me sentar perto dos brinquedos e ficar vendo crianças fofinhas deslizando pelo escorrega. Houve momentos de desespero, quando o anseio era grande demais, em que achei que fosse perder a cabeça.

Talvez tenha perdido, por um tempo. No dia em que me interrogaram a respeito disso na delegacia, devia estar fora de mim. Algo que Tom disse, certa vez, foi a gota d'água, me fez perder o chão. Na verdade, algo que ele escreveu: li no Facebook naquela manhã. Não foi surpresa nenhuma — eu já sabia que ela ia ser mãe, ele tinha me contado, e eu a havia visto, e aquela cortina rosa na janela do quarto do bebê. Então eu sabia o que estava por vir. Mas pensava no bebê como *o bebê dela*. Até o dia em que vi a foto dele, com sua menininha recém-nascida nos braços, olhando para ela e sorrindo, e embaixo da foto ele havia escrito: "Agora entendo o porquê de tanto rebuliço! Amor assim não tem igual! Dia mais feliz da minha vida!". Pensei nele escrevendo aquilo — sabendo que eu veria o post no Facebook, que eu leria aquelas palavras e elas me deixariam arrasada, mas escrevendo mesmo assim. Ele não dava a mínima. Pais não ligam para nada a não ser seus filhos. Eles são o centro do universo; são tudo o que realmente conta. Ninguém mais é importante, nenhum sofrimento ou alegria de outra pessoa interessa a eles, nada mais é real.

Fiquei com muita raiva. Perdi as estribeiras. Talvez tenha sentido vontade de me vingar. Talvez tenha pensado em mostrar para eles que meu sofrimento era real. Não sei. O que fiz foi uma estupidez.

Voltei para a delegacia duas horas depois. Perguntei se podia falar só com Gaskill, mas ele disse que fazia questão da presença de Riley. Passei a gostar menos dele depois disso.

— Não arrombei a casa deles — falei. — Fui até lá, sim, queria falar com Tom. Toquei a campainha, ninguém atendeu...

— Então como você entrou? — perguntou Riley.

— A porta estava aberta.

— A porta da frente estava aberta?

Suspirei.

— Não, claro que não. A porta de correr dos fundos, a que dá para o jardim.

— E como você conseguiu chegar até o jardim?

— Pulei a cerca, sabia como entrar...

— Você escalou a cerca para ter acesso à casa do seu ex-marido?

— Sim. Nós costumávamos... tinha sempre uma chave reserva nos fundos. Ela ficava num esconderijo para o caso de um de nós perder ou esquecer a própria chave. Mas eu não estava invadindo a casa. Não foi isso. Só queria conversar com Tom. Pensei que, talvez... a campainha não estivesse funcionando ou algo assim.

— Isso foi no meio da tarde, num dia de semana, não foi? Por que você achou que seu marido estaria em casa? Tinha ligado antes para saber? — perguntou Riley.

— Meu Deus! Dá para me deixar falar? — gritei, e ela balançou a cabeça e sorriu daquele jeito, como se me conhecesse bem e pudesse ler meus pensamentos. — Eu pulei a cerca — continuei, tentando controlar o tom de voz — e bati na porta de vidro, que estava parcialmente aberta. Não houve resposta. Enfiei a cabeça lá dentro e chamei Tom. De novo, nada, mas ouvi um choro de bebê. Entrei e vi que Anna...

— A Sra. Watson?

— É. Vi a Sra. Watson no sofá, dormindo. A neném estava no bebê-conforto, chorando, berrando, na verdade, a cara toda vermelha, devia estar chorando por um tempo.

Assim que terminei a frase, me dei conta de que deveria ter falado para eles que tinha ouvido o choro da rua e, por isso, resolvido ir até os fundos da casa. Isso teria me feito parecer menos louca.

— Então a bebê está berrando, com a mãe ao lado, sem acordar? — pergunta Riley.

— Isso mesmo. — Os cotovelos dela estão apoiados na mesa, as mãos sobre a boca, de forma que não consigo interpretar direito sua expressão, mas sei que acha que estou mentindo. — Eu a peguei no colo para acalmá-la. Foi só isso. Eu a peguei no colo para tentar fazê-la parar de chorar.

— Mas não foi só isso, não é, porque, quando Anna acordou, você não estava lá, não é mesmo? Estava junto à cerca, perto da linha do trem.

— Ela não parou de chorar na mesma hora — falei. — Fiquei embalando a neném no colo e ela continuou chorando, então saí da casa.

— E foi até a linha do trem?

— Até o jardim.

— Você pretendia fazer algum mal à filha dos Watsons?

Levantei de um pulo. Um gesto melodramático, eu sei, mas queria que os dois vissem — que Gaskill visse — como essa insinuação era ultrajante.

— Não estou aqui para ouvir isso! Eu vim falar sobre o homem! Vim ajudar vocês! E agora... de que exatamente estão me acusando?

Gaskill continuou impassível, inabalável. Ele me indicou a cadeira para que eu me sentasse de novo.

— Srta. Watson, a outra... é... a Sra. Watson, Anna, mencionou seu nome quando interrogávamos as pessoas sobre o desaparecimento de

Megan Hipwell. Ela disse que você já tinha apresentado um comportamento desequilibrado, instável, no passado. Ela relatou esse incidente com a menina. Falou que você a tem incomodado e ao marido, que não para de ligar para a casa deles. — Ele consultou as anotações por um momento. — Quase todas as noites, na verdade. Que você se recusa a aceitar que o casamento acabou...

— Isso não é verdade! — insisti, e não era. Sim, eu ligava para Tom de vez em quando, mas não todas as noites, isso era um grande exagero. Mas eu começava a ter a sensação de que Gaskill não estava do meu lado, no fim das contas, e a vontade de chorar retornou.

— Por que você manteve o sobrenome? — perguntou Riley.

— Como é?

— Você ainda usa o sobrenome do seu marido. Por quê? Se um homem me trocasse por outra, acho que ia querer me livrar do sobrenome dele. Com certeza não ia querer ter o mesmo sobrenome que minha substituta...

— Bem, talvez eu não seja tão mesquinha assim.

Sou mesquinha, *sim*. Odeio que ela se chame Anna Watson.

— Certo. E a aliança, a que está nesse cordão no seu pescoço. É sua aliança de casamento?

— Não — menti. — É uma... ela era da minha avó.

— É mesmo? Certo. Bem, devo admitir que, para mim, seu comportamento sugere, como a Sra. Watson deu a entender, que você se recusa a seguir em frente, a aceitar que seu ex tem uma nova família.

— Não estou vendo...

— O que isso tem a ver com Megan Hipwell? — disse Riley, completando minha frase. — Bem. Na noite em que Megan sumiu, temos relatos de que você, uma mulher instável que vinha bebendo em demasia, foi vista na rua onde ela mora. Considerando que há algumas semelhanças físicas entre Megan e a Sra. Watson...

— Elas não são nem um pouco parecidas!

Aquela sugestão me deixou indignada. Jess não tem nada a ver com Anna. Megan não se parece nem um pouco com Anna.

— As duas são loiras, magras, tipo *mignon*, pele bem branquinha...

— Então eu ataquei Megan Hipwell achando que era Anna? Essa é a coisa mais absurda que já ouvi na vida — protestei.

Mas aquele galo na minha cabeça estava latejando de novo e a noite de sábado ainda era um pretume só.

— Você sabia que Anna Watson conhece Megan Hipwell? — perguntou Gaskill, e fiquei boquiaberta.

— Se eu... o quê? Não. Não, elas não se conhecem.

Riley sorriu por um momento, e depois sua expressão voltou a ficar neutra:

— Se conhecem, sim. Megan foi babá da filha dos Watsons por um tempo... — ela verificou suas anotações — ... em agosto e setembro do ano passado.

Não sei o que dizer. Não consigo imaginar: Megan na minha casa, com *ela*, com a filha dela.

— O corte em seu lábio é de quando você foi atropelada no outro dia? — perguntou Gaskill.

— É. Acho que o mordi quando caí.

— Onde foi esse acidente?

— Em Londres, na Theobalds Road. Perto de Holborn.

— E o que você estava fazendo lá?

— Como assim?

— O que foi fazer no centro de Londres?

Dei de ombros.

— Já falei — respondi. — Minha companheira de apartamento não sabe que perdi o emprego. Então vou a Londres todo dia, à biblioteca, para procurar emprego e atualizar meu currículo.

Riley balançou a cabeça, talvez por não acreditar em mim, ou por estar admirada. Como alguém se permite chegar a esse ponto?

Empurrei minha cadeira para trás, me preparando para sair. Estava farta de ser tratada com condescendência, de ser feita de boba e de ser considerada louca. Era hora de jogar meu trunfo.

— Não sei por que estamos falando disso — falei. — Achei que vocês teriam coisa melhor a fazer, como investigar o sumiço de Megan Hipwell, por exemplo. Suponho que tenham conversado com o amante dela? — Nenhum dos dois disse nada, só ficaram me olhando. Não estavam esperando aquilo. Não sabiam da existência dele. — Vocês talvez não soubessem. Megan Hipwell estava tendo um caso — falei, e comecei a andar até a porta. Gaskill me impediu; ele se mexeu de forma silenciosa e surpreendentemente rápida e, antes que eu pudesse encostar a mão na maçaneta da porta, ele estava à minha frente.

— Achei que você não conhecesse Megan Hipwell?

— Não conheço — insisti, tentando passar.

— Sente-se — mandou ele, bloqueando o caminho.

Contei-lhes então o que tinha visto do trem, sobre como eu costumava observar Megan sentada em sua varanda, pegando sol no fim da tarde ou bebendo café pela manhã. Contei que, na semana passada, eu a tinha visto com alguém que claramente não era seu marido, que eu os tinha visto se beijando no gramado.

— Quando foi isso? — perguntou Gaskill, alterado. Parecia estar aborrecido comigo, talvez porque eu devesse ter dito isso logo no início, em vez de ter desperdiçado o dia todo deles falando de mim.

— Sexta. Foi na sexta-feira de manhã.

— Então, no dia anterior ao desaparecimento dela, você a viu com outro homem? — perguntou Riley, e suspirou exasperada.

Ela fechou a pasta à sua frente. Gaskill se recostou na cadeira, estudando minha expressão facial. Estava na cara que ela achava que eu estava inventando tudo; ele já não tinha tanta certeza.

— Pode descrevê-lo? — pediu Gaskill.

— Alto, moreno...

— Bonito? — interrompeu Riley.

— Mais alto que Scott Hipwell. Eu sei, porque já os vi juntos, Jess e... digo, Megan e Scott Hipwell, e esse homem era diferente. Mais esbelto, mais magro, mais moreno. Deve ser de algum país asiático.

— Você conseguiu determinar a etnia desse homem de lá do trem? — questionou Riley. — Impressionante. E quem é essa Jess?

— Como assim?

— Você falou em uma Jess agorinha mesmo.

Meu rosto corou de novo. Fiz que não com a cabeça:

— Não, não falei — disse.

Gaskill se levantou e estendeu a mão para que eu a apertasse:

— Acho que isso já é o suficiente.

Apertei-lhe a mão, ignorei Riley e me virei para sair.

— Não chegue nem perto de Blenheim Road, Srta. Watson — recomendou Gaskill. — Não contate seu ex-marido a não ser que seja algo importante, e não se aproxime de Anna Watson nem da filha dela.

No trem a caminho de casa, ao analisar tudo o que deu errado hoje, fico surpresa por não estar me sentindo tão mal. Pensando bem, já sei por quê: não bebi ontem à noite, e não sinto vontade de beber agora. Estou interessada, pela primeira vez em muito tempo, em algo que não seja minha própria desgraça. Tenho um objetivo. Ou, pelo menos, tenho uma distração.

QUINTA-FEIRA, 18 DE JULHO DE 2013

MANHÃ

Comprei três jornais antes de entrar no trem hoje: Megan está desaparecida há quatro dias e cinco noites, e a história tem recebido muita cobertura da imprensa. O *Daily Mail*, como era de se esperar, conseguiu achar fotos de Megan de biquíni, mas, de todos os jornais, foi o que traçou o perfil mais detalhado dela.

Nascida em Rochester, em 1983, e batizada como Megan Mills, ela se mudou com os pais para King's Lynn, em Norfolk, aos 10 anos. Era uma criança inteligente, bastante extrovertida, artista e cantora de talento. Uma amiga de escola disse que ela era "engraçada, muito bonita e meio doidinha". Sua doidice parece ter sido exacerbada pela morte do seu irmão, Ben, de quem era muito próxima. Ele morreu num acidente de moto aos 19 anos. Nessa época, ela estava com 15. Ela fugiu de casa três dias depois do enterro dele. Foi presa duas vezes — uma por furto e outra por prostituição. Seu relacionamento com os pais, segundo o *Mail*, foi rompido. Tanto a mãe quanto o pai de Megan morreram há alguns anos, sem terem se reconciliado com a filha. (Ao ler isto, fico extremamente triste por Megan. Percebo que talvez, no fim das contas, ela não seja tão diferente de mim. Também vive isolada e é solitária.)

Aos 16 anos, ela foi morar com um namorado na casa dele perto de Holkham, na parte norte de Norfolk. Segundo a amiga de escola, "Ele era um cara mais velho, músico ou algo assim. Ele usava drogas. Não vimos mais Megan direito depois que os dois se juntaram". O nome do namorado não é mencionado, então não devem tê-lo localizado. Talvez nem exista. A amiga de escola pode simplesmente estar inventando essas coisas para aparecer no jornal.

Depois disso, eles pulam vários anos: de repente, Megan está com 24 anos, morando em Londres, trabalhando como garçonete em um restaurante na parte norte da cidade. Lá, ela conhece Scott Hipwell, um consultor independente de TI que é amigo do gerente do restaurante, e os dois se apaixonam. Após um "namoro intenso", Megan e Scott se casam, ela com 26 anos, ele com 30.

Há outras declarações na matéria, incluindo uma de Tara Epstein, a amiga com quem Megan deveria ter passado a noite quando desapareceu. Ela diz que Megan é "uma garota adorável e despreocupada" e que parecia "muito feliz". "Scott não faria mal a ela", diz Tara. "Ele a ama demais." Não há uma palavra dita por Tara que não seja clichê. A declaração que mais me interessa é de um dos artistas que exibiam suas obras na galeria de Megan, um homem chamado Rajesh Gujral, que considera Megan "uma mulher maravilhosa, brilhante, engraçada e linda, uma pessoa muito reservada e de bom coração". Fico com a impressão de que Rajesh sente alguma coisa por ela. A única outra declaração é de um homem chamado David Clark, "um ex-colega de trabalho" de Scott, que diz: "Megs e Scott são um casal perfeito. São felizes juntos, e se amam muito."

Há algumas notícias sobre a investigação, também, mas as informações dadas pela polícia não acrescentam muito: eles falaram com "várias testemunhas" e estão "investigando diversas possibilidades". O único comentário interessante vem do detetive-inspetor Gaskill, que confirma que dois homens estão ajudando a polícia no inquérito. Tenho quase certeza de que isso quer dizer que os dois são suspeitos. Um deve ser Scott. Será que o outro é N? Será que N é Rajesh?

Fiquei tão absorta lendo os jornais que não prestei a atenção usual ao trajeto; parecia que eu mal tinha me sentado quando o trem reduziu a velocidade até parar no sinal vermelho de sempre. Tem gente no jardim de Scott — dois policiais uniformizados em frente à porta dos fundos. Fico zonza. Será que encontraram alguma coisa? Será que acharam Megan? Tem um corpo enterrado no jardim ou escondido sob as tábuas do assoalho? Não consigo parar de pensar nas roupas ao lado da linha do trem, o que é bobagem, pois as vi antes do desaparecimento de Megan. E, de qualquer modo, se alguma coisa ruim aconteceu a ela, não foi Scott o responsável, não pode ter sido. Ele é completamente apaixonado por ela, é o que todos dizem. A luminosidade do dia está fraca hoje, o tempo virou, o céu ficou escuro, ameaçador. Não consigo ver o interior da casa, não consigo ver o que está acontecendo. Sinto um certo desespero. Não aguento ficar de fora — para o bem ou para o mal, agora faço parte disso. Preciso saber o que está acontecendo.

Pelo menos tenho um plano. Em primeiro lugar, preciso descobrir se há alguma forma de eu me lembrar do que aconteceu na noite de sábado. Quando chegar à biblioteca, vou fazer uma busca na internet para descobrir se a hipnoterapia poderia me fazer lembrar, se é realmente possível recuperar esse tempo perdido. Em segundo lugar — e considero isso importante, pois acho que a polícia não acreditou em mim quando lhes contei sobre o amante de Megan —, preciso entrar em contato com Scott Hipwell. Preciso lhe contar. Ele merece saber.

NOITE

O trem está cheio de pessoas encharcadas de chuva, o vapor saindo das roupas e condensando nas janelas. O cheiro de suor, perfume e sabão em pó paira opressivo sobre as cabeças encurvadas e molhadas. As nuvens ameaçadoras de hoje de manhã continuaram assim ao longo do dia, ficando cada vez mais pesadas e negras até irromperem num dilúvio no fim da tarde, justo quando as pessoas colocavam os pés fora do escritório e a hora do rush começava para valer, bloqueando todos os cruzamentos e entupindo todas as entradas do metrô com gente abrindo e fechando guarda-chuvas.

Estou sem o meu guarda-chuva e fiquei toda encharcada; parece que alguém jogou um balde de água em mim. Minha calça de algodão grudou nas minhas coxas e minha camisa azul desbotada se tornou constrangedoramente transparente. Corri da biblioteca até a estação de metrô com minha bolsa cobrindo os seios para esconder o máximo que podia. Por algum motivo, achei isso engraçado — há um quê de ridículo em ser pego desprevenido pela chuva —, e, quando cheguei ao fim da Gray's Inn Road, eu ria tanto que mal conseguia respirar. Não me lembro da última vez que ri desse jeito.

Agora não estou mais rindo. Assim que consegui me sentar, procurei no celular as últimas notícias sobre o caso de Megan, e li o que eu mais temia. "Um homem de 35 anos foi convocado a prestar depoimento na delegacia de Witney quanto ao desaparecimento de Megan Hipwell, que sumiu de casa na noite do sábado passado." É Scott, tenho certeza. Espero que ele tenha lido meu e-mail antes de o pegarem em casa, porque ser convocado a prestar depoimento é coisa séria — quer dizer que pensam que foi ele. É claro que ainda não sabem *o que* foi feito — *se é que* algo foi feito. Megan pode estar bem. Volta e meia tenho a sensação de que ela está viva e bem, na varanda de algum hotel com vista para o mar, pés sobre o gradil, um coquetel ao alcance da mão.

Pensar nela assim me deixa feliz e triste ao mesmo tempo, e então me sinto culpada por me sentir triste. Não lhe desejo mal, não importa o quanto fiquei brava quando vi que ela traía Scott, por acabar com minhas ilusões sobre meu casal perfeito. Não, é porque acho que já faço parte desse mistério, que estou conectada a ele. Não sou mais só uma garota no trem, indo e vindo sem motivo ou propósito. Quero que Megan reapareça sã e salva. Quero, sim. Mas não agora.

Mandei um e-mail para Scott hoje de manhã. O endereço foi fácil de encontrar. Encontrei o www.shipwellconsulting.co.uk ao jogar seu nome no Google, o site em que ele anuncia "uma série de serviços em consultoria, nuvem e plataformas on-line para empresas e organizações sem fins lucrativos". Eu sabia que era ele porque seu endereço comercial é igual ao residencial.

Enviei uma mensagem ao e-mail de contato disponível no site:

Caro Scott,

Meu nome é Rachel Watson. Você não me conhece. Eu gostaria de conversar com você sobre sua mulher. Não tenho nenhuma informação sobre o paradeiro dela, não sei o que aconteceu com ela. Mas creio ter informações que podem ajudá-lo.

Você pode não querer conversar comigo, o que é compreensível, mas, se quiser, me mande um e-mail neste endereço.

Atenciosamente,
Rachel

De qualquer jeito, nem sei se ele teria entrado em contato comigo — duvido que eu o fizesse, se estivesse em seu lugar. Assim como a polícia, ele provavelmente teria achado que sou maluca, uma doida qualquer que leu sobre o caso nos jornais. Agora nunca vou saber — se ele foi preso, talvez nunca tenha oportunidade de ver a minha mensagem. Se foi preso, os únicos que talvez a leiam são os investigadores da polícia, o que vai ficar bem ruim para o meu lado. Mas eu precisava tentar.

E agora estou desesperada, de mãos atadas. Não consigo ver o lado deles dos trilhos — o meu lado — porque o trem está cheio de gente, e mesmo que pudesse enxergar através das pessoas, com esse temporal minha visão alcançaria no máximo a cerca. Fico me perguntando se alguma evidência está sendo levada pela chuva, se agora, nesse momento, pistas cruciais estão desaparecendo para sempre: manchas de sangue, pegadas, guimbas de cigarro com traços de DNA.

Desejo tanto uma bebida que quase consigo sentir o gosto do vinho na língua. Imagino exatamente a sensação do álcool atingindo minha corrente sanguínea e fazendo minha cabeça flutuar.

Quero e não quero beber, porque, se não beber, hoje será meu terceiro dia sem álcool, e não consigo me lembrar da última vez em que fiquei sóbria por três dias seguidos. Há outro gosto na boca além desse, o de uma antiga obstinação. Houve um tempo em que eu tinha força de vontade, em que conseguia correr 10 quilômetros antes do café da manhã e passar semanas ingerindo 1.300 calorias por dia. Era uma das coisas que Tom gostava em mim, segundo dizia: minha obstinação, minha força. Eu me lembro de uma briga, bem no finzinho, quando o clima entre nós não tinha mais como piorar, em que ele perdeu a paciência comigo.

— O que aconteceu com você, Rachel? — perguntou ele. — Quando foi que você se tornou uma pessoa tão fraca?

Não sei. Não sei onde foi parar aquela força, não me lembro do momento em que a perdi. Acho que, com o passar do tempo, ela foi se dissipando, pouco a pouco, pela vida, pelo fardo de vivê-la.

O trem para abruptamente, os freios emitindo um guincho assustador, no sinal do lado londrino de Witney. Ouvem-se pelo vagão desculpas murmuradas pelos passageiros que tropeçaram, esbarraram ou pisaram em alguém. Ergo o olhar e me vejo encarando o homem de sábado à noite — o ruivo, o que me ajudou a levantar. Ele está olhando para mim, seus olhos azuis vidrados nos meus, e fico tão assustada que deixo cair o celular. Pego o telefone do chão e ergo os olhos de novo, dessa vez com certa hesitação, não diretamente para ele. Meu olhar passeia pelo vagão, passo o cotovelo na janela embaçada e observo a paisagem lá fora, e, então, por fim, volto a olhar para ele, que sorri para mim, a cabeça meio inclinada para o lado.

Posso sentir meu rosto queimando. Não sei como reagir a esse sorriso, porque não sei o que significa. Será que é *Oi, tudo bem, eu me lembro de você daquela noite*, ou *Ah, você é aquela bêbada que caiu na escada e falou merda para mim naquela noite*, ou é alguma outra coisa? Não sei, mas, pensando bem, acho que tenho um fragmento de áudio para acompanhar a imagem de meu escorregão na escada: ele dizendo, "Está tudo bem, querida?". Viro o rosto e olho pela janela de novo. Sinto que ele me observa; eu queria simplesmente me esconder, sumir.

O trem volta a se mover e em alguns segundos estamos entrando na estação de Witney. As pessoas começam a disputar posição junto à porta, dobrando jornais e guardando tablets e e-readers enquanto se preparam para desembarcar. Olho de novo para cima e sinto um grande alívio — ele se virou para o outro lado e vai descer do trem.

É nesse momento que percebo que estou sendo burra. Eu deveria me levantar e segui-lo, conversar com ele. Ele pode me dizer o que aconteceu ou não aconteceu; pelo menos pode ser capaz de preencher algumas das lacunas da história. Eu me levanto. Hesito — sei que é tarde demais, as portas estão prestes a se fechar, estou no meio do vagão, não vou conseguir passar por aquele aglomerado de gente a tempo. As portas apitam e se fecham. Ainda de pé, eu me viro e olho pela janela enquanto o trem se afasta. O homem de sábado à noite está de pé na chuva, à beira da plataforma, me vendo passar.

Quanto mais perto de casa eu chego, mais irritada comigo me sinto. Estou quase mudando de trem em Northcote, para voltar a Witney e procurá-lo. Uma ideia absurda, claro, e bem arriscada, uma vez que ontem mesmo Gaskill me avisou para manter distância daquele bairro. Mas estou perdendo a esperança de algum dia relembrar o que aconteceu no sábado. Algumas horas de pesquisas (não muito exaustivas, devo admitir) na internet hoje de tarde confirmaram minhas suspeitas: a hipnose não costuma ajudar na recuperação de horas de apagão porque, conforme indicavam minhas leituras anteriores sobre o assunto, não armazenamos nenhuma lembrança durante essas amnésias alcoólicas. Não há nada a ser lembrado. É, e sempre será, um buraco negro na minha linha do tempo.

[illegible] alguns segundos [illegible] parecia [illegible] quatro lados [illegible]

[illegible]

Quando [illegible]

MEGAN

QUINTA-FEIRA, 7 DE MARÇO DE 2013

TARDE

O quarto está escuro e abafado, adocicado pelo nosso cheiro. Estamos no Swan de novo, no quarto sob o beiral do telhado. Mas há algo diferente, pois ele ainda está aqui, me contemplando.

— Aonde você quer ir? — ele me pergunta.

— A uma casinha na praia da Costa de La Luz — respondo.

Ele sorri:

— E o que faríamos lá?

Dou uma risada:

— Você quer dizer, além disso?

Seus dedos percorrem suavemente minha barriga:

— Além disso.

— Nós vamos abrir um café, exibir arte, aprender a surfar.

Ele beija a pontinha do meu osso do quadril e pergunta:

— E que tal a Tailândia?

Franzo o nariz.

— Muitos adolescentes de férias. Sicília — falo. — As ilhas Egadi. Abrimos um bar na praia, vamos pescar...

Ele dá outra risada, deita sobre mim e me beija.

— Irresistível — murmura. — Você é irresistível.

Sinto vontade de dar uma risada, de dizer em voz alta: *Viu? Eu ganhei! Eu disse que aquela não era a última vez, nunca é a última vez.* Mordo o lábio inferior e fecho os olhos. Eu tinha razão, sabia que tinha, mas dizer isso não vai me trazer nenhum benefício. Desfruto de minha vitória em silêncio; ela me dá quase tanto prazer quanto o toque dele.

Mais tarde, ele fala comigo como nunca falou antes. Geralmente, sou só eu quem fala, mas dessa vez ele se abre. Fala sobre como se sente vazio, sobre a família que deixou para trás, sobre a última mulher com quem esteve antes de mim, e a penúltima, a que confundiu sua cabeça e o deixou com um vazio no peito. Não acredito em almas gêmeas, mas entre nós existe uma compreensão que não me lembro de ter sentido antes, ou, pelo menos, que não sinto há muito tempo. Isso vem de nossas experiências similares, de saber como é se sentir alquebrado.

De vazio, eu entendo. Começo a achar que não há nada a se fazer para preenchê-lo. Foi o que percebi com as sessões de terapia: os buracos na sua vida são permanentes. É preciso crescer ao redor deles, como raízes de árvore ao redor do concreto; você se molda a partir das lacunas. Sei de tudo isso, mas não digo em voz alta, não agora.

— Quando é que nós vamos? — pergunto, mas fico sem resposta e adormeço. Quando acordo, descubro que ele foi embora.

SEXTA-FEIRA, 8 DE MARÇO DE 2013

MANHÃ

Scott me traz café na varanda.

— Você dormiu essa noite — comenta ele, abaixando-se para beijar minha cabeça. Ele está atrás de mim, com as mãos nos meus ombros, quentes e firmes. Reclino a cabeça para trás até encostar em seu corpo, fecho os olhos e fico ouvindo o trem vibrar pela ferrovia até parar quase em frente à nossa casa. Quando nos mudamos para cá, Scott costumava dar tchauzinho para os passageiros, o que sempre me fazia rir. Ele aperta meus ombros de leve; inclina-se e beija meu pescoço.

— Você dormiu — diz ele de novo —, deve estar se sentindo melhor.

— Estou mesmo — digo.

— Você acha que funcionou, então? A terapia?

— Se eu acho que já fui consertada, é isso que você quer saber?

— Não "consertada" — protesta ele, e percebo um tom de mágoa em sua voz. — Não foi isso que eu quis...

— Eu sei. — Pego a mão dele e a aperto de leve. — Só estava brincando. Acho que é um processo. Não é tão simples, sabe? Não sei se vai haver um momento em que vou poder dizer que funcionou. Que estou melhor.

Faz-se silêncio e ele aperta um pouco mais meus ombros.

— Então você quer continuar a terapia? — pergunta ele, e digo que sim.

Houve um tempo em que pensei que ele poderia ser tudo, que ele me bastaria. Pensei dessa forma por anos a fio. Eu o amava do fundo do coração. Ainda amo. Mas não quero mais isso. Os únicos momentos em que me sinto eu mesma são em tardes como a de ontem, quando me sinto viva naquele calor à meia-luz. Quem garante que, quando eu fugir, vou descobrir que isso não é suficiente? Quem garante que não vou acabar me sentindo exatamente como agora — não segura, mas sufocada? Talvez vá sentir vontade de fugir de novo, e de novo, e por fim vou acabar de volta àquela velha ferrovia, porque não terá sobrado nenhum outro lugar para ir. Talvez sim. Talvez não. Mas quem não arrisca não petisca, não é?

Desço a escada para me despedir dele, que está saindo para o trabalho. Ele desliza os braços ao redor da minha cintura e me beija no alto da cabeça.

— Te amo, Megs — murmura ele, e então me sinto péssima, a pior pessoa do mundo.

Mal posso esperar que ele feche a porta porque sei que vou chorar.

RACHEL

SEXTA-FEIRA, 19 DE JULHO DE 2013

MANHÃ

O trem das 8h04 está praticamente vazio. As janelas estão abertas e o ar, mais fresco depois da tempestade de ontem. Megan está desaparecida há cerca de 133 horas, e há meses eu não me sentia tão bem. Quando me olhei no espelho hoje de manhã, pude ver a diferença em meu rosto: a pele está mais clara, os olhos, mais brilhantes. Eu me sinto mais leve. Sei que não devo ter perdido nem um grama, mas não me sinto pesada. Eu me sinto eu mesma — a Rachel de antes.

Nenhum sinal de Scott. Vasculhei a internet e não encontrei nenhuma notícia sobre uma prisão, então presumo que ele tenha simplesmente ignorado meu e-mail. Estou decepcionada, mas acho que era de se esperar. Gaskill me ligou de manhã, quando eu já estava de saída. Ele me perguntou se eu teria como passar na delegacia hoje. Por um momento, fiquei assustada, mas ele falou naquele tom suave que só queria que eu olhasse umas fotografias. Perguntei se Scott Hipwell havia sido preso.

— Ninguém foi preso, Srta. Watson — disse ele.

— Mas o homem que foi convocado a prestar depoimento...

— Não posso dar informações sobre esse assunto.

O jeito de falar dele é tão calmo, tão tranquilizador, que começo a gostar dele de novo.

Ontem à noite fiquei no sofá, de calça de moletom e camisa de malha, criando listas de coisas a fazer, possíveis estratégias. Por exemplo, eu podia me postar na estação de Witney na hora do rush, esperar até ver de novo o homem ruivo da noite de sábado. Eu poderia convidá-lo para tomar alguma coisa e ver em que isso vai dar, se ele viu alguma coisa, o que sabe sobre aquela noite. O perigo é eu dar de cara com Anna ou Tom, eles iriam me denunciar e eu ficaria encrencada (mais encrencada) com a polícia. O outro perigo é eu me colocar numa posição vulnerável. Ainda carrego na mente um vestígio de discussão — meu couro cabeludo e meu lábio podem ser provas materiais dessa discussão. E se foi esse o homem que me machucou? O fato de ele ter sorrido e acenado não quer dizer nada; até onde sei, ele pode muito bem ser um psicopata. Mas não consigo vê-lo como psicopata. Não sei explicar por quê, mas sinto algum tipo de afeição por ele.

Eu poderia entrar em contato com Scott de novo. Mas preciso lhe dar um motivo para falar comigo, e tenho medo de que tudo o que vi vá me fazer parecer uma louca. Ele pode acabar achando que eu tenho algo a ver com o sumiço de Megan, e me denunciar para a polícia. E então eu poderia ficar encrencada de verdade.

E se eu tentasse a hipnose? Estou quase certa de que não vai me ajudar a lembrar de nada, mas estou curiosa a respeito. Mal não vai fazer, vai?

Eu ainda estava sentada lá, escrevendo algumas coisas e lendo os artigos que havia impresso quando Cathy chegou em casa. Ela e Damien tinham ido ao cinema. Obviamente foi uma boa surpresa para ela me ver sóbria, mas também estava meio ressabiada, pois não tínhamos conversado depois da visita da polícia na terça. Eu lhe disse que não bebia há três dias e ela me deu um abraço.

— Que bom que você está entrando nos trilhos de novo! — elogiou, como se conhecesse bem os meus parâmetros.

— Aquele lance com a polícia foi um mal-entendido — falei. — Não há nenhum problema entre mim e Tom, e não sei nada sobre a mulher desaparecida. Não precisa se preocupar com isso.

Ela me deu outro abraço e fez chá para nós duas. Pensei em aproveitar sua boa disposição em relação a mim e contar sobre meu emprego perdido, mas não quis estragar a noite dela.

Ainda estava de bom humor comigo hoje de manhã. E me deu outro abraço quando eu estava pronta para sair de casa.

— Estou tão orgulhosa de você, Rach — disse ela. — Arrumando a vida. Estava preocupada com você.

Então ela me contou que ia passar o fim de semana com Damien, e a primeira coisa que pensei foi que hoje à noite, ao chegar em casa, eu ia beber sem ninguém por perto para me julgar.

NOITE

O amargor do quinino, é isso que adoro num gim-tônica gelado. A água tônica deveria ser Schweppes e deveria vir numa garrafa de vidro, não em uma lata. Essas misturas enlatadas não são nada boas, mas fazer o quê? Sei que não deveria estar bebendo, mas passei o dia todo planejando esse momento. Não foi só a expectativa de estar sozinha; é a excitação, a adrenalina. Estou vibrando, minha pele está arrepiada. O dia foi bom.

Passei uma hora sozinha com o detetive-inspetor Gaskill hoje de manhã. Fui levada diretamente à sua presença quando cheguei à delegacia. Dessa vez ficamos na sala dele, não na de interrogatórios. Ele me ofereceu café, e, quando aceitei, fiquei surpresa a vê-lo se levantar e preparar ele mesmo o café. Ele tinha uma chaleira elétrica e

Nescafé sobre o frigobar num cantinho da sala. Ele se desculpou por não ter açúcar.

Gostei de ficar na companhia dele. Gostei de ver suas mãos em ação — não que ele seja expressivo, mas mexe muito nas coisas. Não tinha notado isso antes porque, na sala de interrogatórios, não havia muito a ser mudado de lugar. Em sua sala, ele não parava de modificar a posição da caneca de café, do grampeador, do porta-canetas, e acertava os cantos das pilhas de papéis. Tem mãos grandes, dedos compridos e unhas impecáveis. Nada de anéis.

Essa manhã foi diferente. Não me senti uma suspeita, alguém que ele estivesse tentando desmascarar. Eu me senti útil. Me senti muito útil quando ele pegou uma das pastas e depositou-a à minha frente, mostrando-me uma série de fotografias. Scott Hipwell, três homens que eu nunca havia visto na vida, e N.

Num primeiro momento, eu não tive certeza. Fiquei olhando a foto fixamente, tentando invocar a imagem do homem que tinha visto junto dela naquele dia, a cabeça dele encurvada durante o abraço.

— É ele — falei. — Acho que é ele.

— Você não tem certeza?

— Acho que é ele.

Ele pegou a foto e ficou olhando para ela um momento:

— Você viu os dois se beijando, foi isso que disse? Na sexta passada, não foi? Uma semana atrás?

— Sim, isso mesmo. Sexta de manhã. Eles estavam lá fora, no jardim.

— E não há nenhuma possibilidade de você ter interpretado mal o que viu? Não foi, digamos, um abraço, ou um... beijo inocente?

— Não foi, não. Foi um beijo de verdade. Foi... romântico.

Pensei ter visto os lábios dele se mexerem, como se ele fosse abrir um sorriso.

— Quem é ele? — perguntei. — Ele está... você acha que ela está com ele?

Ele não respondeu, só fez um leve movimento com a cabeça.

— Isso foi... Eu ajudei em alguma coisa? Fui útil de alguma forma?

— Sim, Srta. Watson. Você ajudou. Obrigado por ter vindo.

Nos cumprimentamos com um aperto de mãos e, por um segundo, ele apoiou a mão esquerda de leve no meu ombro direito, e tive vontade de virar o rosto e beijá-la. Faz tempo que alguém não me toca com nada nem parecido com ternura. Bem, a não ser por Cathy.

Gaskill me conduziu para fora da sala dele até a área principal da delegacia, um ambiente amplo, sem divisórias. Havia cerca de uma dúzia de policiais nessa área. Um ou dois deles me olharam de soslaio, com uma expressão sutil de interesse ou desdém no rosto, não consegui ter certeza de qual. Atravessamos esse ambiente e entramos num corredor, e foi então que o vi andando em minha direção, com Riley ao seu lado: Scott Hipwell. Ele havia entrado pela porta principal. Estava de cabeça baixa, mas eu o reconheci na hora. Ele levantou o rosto e cumprimentou Gaskill com um movimento de cabeça, e em seguida olhou para mim. Por um segundo nossos olhares se encontraram e eu pude jurar que ele me reconheceu. Pensei naquela manhã em que o vi na varanda, quando ele estava olhando fixamente para a linha do trem, quando achei que ele me encarava. Passamos um pelo outro no corredor. Scott estava tão perto de mim que eu poderia ter encostado nele — era lindo de perto, e uma energia nervosa irradiava dele. Ao chegar ao corredor principal, eu me virei para trás para olhá-lo, tendo certeza de que sentia seu olhar em mim, mas, quando me virei, era Riley quem estava me olhando.

Peguei o trem para Londres e fui à biblioteca. Li todos os artigos que consegui encontrar sobre o caso, mas não descobri nada além do que já sabia. Procurei hipnoterapeutas em Ashbury, mas não levei isso adiante — é caro e não está claro se realmente ajuda a recuperar a memória. Mas, lendo as histórias de quem alegava ter se lembrado de coisas com a ajuda da hipnoterapia, percebi que tinha mais medo de ela ser bem-sucedida do que de não funcionar. Não tenho só medo do que eu possa descobrir sobre a noite daquele sábado, mas de muitas outras coisas. Não sei se serei capaz de reviver todas as coisas horríveis que andei fazendo, de ouvir de novo as palavras cheias de ódio que eu disse, de lembrar a expressão no rosto de Tom ao me ouvir dizê-las. Tenho muito medo de me aventurar nessa escuridão.

Pensei em mandar outro e-mail para Scott, mas não há necessidade. A reunião matinal com o detetive Gaskill foi a prova de que a polícia está me levando a sério. Não tenho mais nada com que colaborar, agora só me resta aceitar isso. Pelo menos, sinto que ajudei, porque não acredito ser coincidência que Megan tenha desaparecido um dia depois de eu tê-la visto com aquele homem.

Com um som de estalo e de efervescência, abro a segunda lata de gim-tônica e percebo, impressionada, que não pensei em Tom o dia todo. Pelo menos não até agora. Tenho pensado em Scott, em Gaskill, em N, no homem do trem. Tom foi relegado ao quinto lugar. Tomo um gole e sinto que enfim tenho algo a comemorar. Sei que vou ficar melhor e que vou ser feliz. E não vai demorar muito.

SÁBADO, 20 DE JULHO DE 2013

MANHÃ

Eu não aprendo. Acordo com uma sensação opressiva de que tudo está errado, de vergonha, e na mesma hora sei que fiz algo que não deveria ter feito. Começo meu horrível ritual, dolorosamente familiar, de tentar me lembrar exatamente o que fiz. Mandei um e-mail. Foi isso.

Em algum momento da noite passada, Tom foi promovido de novo ao topo da lista de homens em que fico pensando e lhe enviei um e-mail.

Meu laptop está no chão, ao lado da minha cama; está lá, aboletado, uma presença acusadora. Passo por cima dele quando levanto para ir ao banheiro. Bebo água direto da torneira e dou uma conferida geral na minha aparência no espelho.

Não estou com uma cara muito boa. Ainda assim, três dias sóbria não é nada mau, e vou começar de novo hoje. Fico séculos embaixo do chuveiro, reduzindo gradualmente a temperatura da água, esfriando-a cada vez mais até ficar bem gelada. Não dá para entrar direto num jato de água fria, é um choque térmico muito grande, mas se for gradual, você nem sente; é como cozinhar uma rã, só que ao contrário. A água gelada acalma minha pele; alivia a dor pulsante dos cortes na minha cabeça e acima do olho.

Levo o laptop para o andar de baixo e preparo uma xícara de chá. Há uma chance, mínima que seja, de que eu tenha redigido um e-mail para Tom mas não enviado. Respiro fundo e abro minha conta do Gmail. Vejo, aliviada, que não tenho novas mensagens. Mas ao clicar na pasta de e-mails enviados, lá está: escrevi para ele, ele só não me respondeu. Ainda. O e-mail foi enviado logo depois das onze da noite de ontem; nesse ponto, eu já devia estar bebendo há algumas horas. A adrenalina e a vibração do álcool que havia sentido mais cedo já deviam ter desaparecido. Clico na mensagem.

> Você pode, por favor, pedir à sua mulher que pare de mentir para a polícia a meu respeito? Muita maldade, você não acha, ela tentar me incriminar? Falar para a polícia que estou obcecada por ela e pela fedelha horrorosa dela? Ela precisa parar de se achar tão importante. Manda essa imbecil me deixar em paz.

Fecho os olhos e baixo a tampa do laptop. Eu me encolho, literalmente, meu corpo se dobra todo. Quero ficar pequenininha; quero sumir. Além disso, estou assustada, porque, se Tom resolver mostrar isso para a polícia, estou ferrada. Se Anna estiver juntando provas de que sou vingativa e obcecada, essa vai ser a peça central do seu dossiê. E por que fui falar na garotinha? Que tipo de pessoa faz uma coisa dessas? Que tipo de pessoa pensa dessa forma? Não desejo nenhum mal a ela — eu seria incapaz de pensar mal de uma criança, qualquer uma, especialmente a filha de Tom. Não me entendo; não entendo a pessoa que me tornei. Meu Deus, ele deve me odiar. *Eu* me odeio — pelo menos essa versão de mim, a que escreveu esse e-mail ontem à noite. Ela nem sequer se parece comigo, porque não sou assim. Não sou uma pessoa abominável.

Ou será que sou? Tento não pensar nos piores dias, mas as lembranças afluem em momentos como esse. Outra briga, perto do fim: despertando depois de uma festa, depois de uma amnésia alcoólica, Tom me dizendo o que eu tinha feito na véspera, envergonhando-o outra vez, xingando a mulher de um colega dele, gritando com ela por ter flertado com meu marido.

— Não quero mais ir a lugar nenhum com você — disse ele. — Você me pergunta por que nunca mais convidei meus amigos para virem aqui, por que não gosto mais de ir ao pub com você. Quer mesmo saber o porquê? É por sua causa. Porque você me dá vergonha.

Pego minha bolsa e as chaves de casa. Vou à loja Londis aqui da rua. Não quero nem saber se ainda não são nem nove da manhã, estou assustada e não quero ter que pensar. Se eu tomar uns analgésicos e uma bebida agora, posso apagar, dormir o dia inteiro. Depois eu lido com isso. Vou até a porta da frente, ponho a mão na maçaneta, mas paro. Eu podia pedir desculpas. Se pedir desculpas agora mesmo, talvez ainda consiga salvar alguma coisa desse desastre. Posso talvez persuadi-lo a não mostrar a mensagem a Anna ou à polícia. Não seria a primeira vez que ele me protegeria dela.

No verão passado, naquele dia em que fui à casa de Tom e Anna, os fatos não ocorreram exatamente como contei à polícia. Primeiro, não toquei a campainha. Eu não sabia o que eu queria — e não sei até hoje qual era a minha intenção. Pulei, sim, a cerca. Estava tudo em silêncio, não ouvi nada. Fui até as portas de correr e olhei para dentro da casa. É verdade que Anna estava dormindo no sofá. Não gritei nem o nome dela nem o de Tom. Não queria acordá-la. A neném não estava chorando, dormia um sono profundo no bebê-conforto ao lado da mãe. Eu a peguei no colo e a levei para fora, tão rápido quanto pude. Eu me lembro de ter corrido com ela em direção à cerca, de a neném despertar e começar a resmungar. Não tenho ideia do que achei que estava fazendo. Eu não ia machucá-la. Cheguei à cerca, segurando-a firme de encontro ao peito. Agora ela estava chorando mesmo, começava a berrar. Eu a ninava e tentava fazê-la parar, quando ouvi outro barulho, o de um trem se aproximando; virei de costas para a cerca e a vi — Anna — arremetendo em minha direção, os lábios se mexendo, mas eu não conseguia ouvir o que ela dizia.

Ela arrancou a criança de mim e eu tentei fugir, mas tropecei e caí. Ela ficou de pé ao meu lado, gritando para eu ficar quieta ali ou ela ia chamar a polícia. Ligou para Tom e ele veio para casa, e se reuniram na sala de estar. Ela chorava histericamente, ainda queria ligar para a polícia, queria que me prendessem por sequestro. Tom a acalmou, implorou que ela deixasse isso para lá, que me deixasse ir embora. Ele me salvou dela. Depois me deu uma carona até em casa, e antes de eu saltar do carro ele pegou minha mão. Achei que fosse um gesto de ternura, para me apaziguar, mas ele foi apertando mais e mais e mais até eu gritar, e, seu rosto estava vermelho quando ele disse que ia me matar se eu fizesse algum mal para a filha dele.

Não sei o que eu pretendia aquele dia. Até hoje não sei. À porta, hesito, a mão envolvendo a maçaneta. Mordo o lábio com força. Sei que, se começar a beber agora, vou me sentir melhor por uma ou duas horas, e pior por seis ou sete. Solto a maçaneta, volto à sala de estar e abro o laptop de novo. Preciso me desculpar, preciso implorar por perdão. Volto a entrar na minha conta de e-mail e vejo que chegou uma nova mensagem. Não é de Tom. É de Scott Hipwell.

Cara Rachel,

Obrigado por me contatar. Não me lembro de Megan ter falado de você, mas ela tinha muitos clientes assíduos na galeria — não sou muito bom com nomes. Gostaria de falar com você sobre o que sabe. Por favor, ligue para 07583 123657 assim que possível.

Atenciosamente,

Scott Hipwell

Por um instante, suspeito que ele tenha enviado o e-mail para o endereço errado. Essa mensagem é destinada a outra pessoa. Após um momento brevíssimo, eu me lembro. Eu me lembro. Sentada no sofá, na metade da segunda garrafa, me dei conta de que não queria dar por encerrada a minha participação. Queria estar no olho do furacão. Então escrevi para ele.

Rolo a tela até ver o que eu tinha escrito:

Caro Scott,

Desculpe por contatá-lo outra vez, mas acho importante conversarmos. Não sei se Megan já falou de mim para você — sou uma amiga da galeria — e morava em Witney. Acho que tenho informações de seu interesse. Por favor, me responda nesse mesmo e-mail.

Rachel Watson

Sinto o calor subindo ao meu rosto, o estômago uma poça de ácido. Ontem — sensata, de cabeça limpa, pensando direito — eu havia decidido que devia aceitar que minha participação nessa história havia acabado. Mas meu anjo perdeu a batalha de novo, derrotado pela bebida, pela pessoa que sou quando bebo. A Rachel bêbada não mede as consequências, ela é excessivamente expansiva e otimista ou envolta em ódio. Ela não tem passado, nem futuro. Ela existe só naquele momento. A Rachel bêbada — querendo fazer parte da história, querendo achar um jeito de convencer Scott a falar com ela — mentiu. *Eu* menti.

Sinto vontade de arranhar minha pele com uma faca, só para sentir outra coisa além de vergonha, mas nem para isso tenho coragem. Começo a escrever para Tom, escrevo e apago, escrevo e apago, tentando encontrar um jeito de pedir perdão pelas coisas que disse ontem à noite. Se eu colocasse no papel todas as transgressões pelas quais tenho que pedir desculpas a Tom, isso daria um livro.

NOITE

Há uma semana, quase uma semana exatamente, Megan Hipwell saiu do número 15 da Blenheim Road e nunca mais voltou. Ninguém a viu desde então. Nem seu telefone nem seus cartões de banco foram usados desde sábado. Quando li isso em um artigo hoje, mais cedo, comecei a chorar. Estou envergonhada agora das coisas que pensei. Megan não é um mistério a ser solucionado, não é uma figura que aparece na primeira cena de um filme, bela, etérea, incorpórea. Ela não é uma charada. Ela é de verdade.

Estou no trem, indo para a casa dela. Estou indo encontrar o marido dela. Tive de ligar para ele. O mal estava feito. Eu não podia simplesmente ignorar o e-mail — ele contaria à polícia. Não contaria? Eu contaria, se fosse ele, se um desconhecido entrasse em contato comigo, alegando ter informações, e depois desaparecesse. Talvez ele até já tenha ligado para a polícia; talvez eles já estejam esperando por mim lá.

Sentada aqui, no meu banco de sempre, me sinto ao volante de um carro que mergulha num abismo. Senti a mesma coisa hoje de manhã, quando disquei seu número, como se despencasse no escuro total, sem saber quando iria atingir o chão. Ele falou baixinho comigo ao telefone, como se houvesse outra pessoa por perto, alguém que ele não quisesse que nos ouvisse.

— Podemos conversar pessoalmente? — perguntou ele.

— Eu... não. Melhor não...

— Por favor?

Hesitei apenas um segundo, e então concordei.

— Você poderia vir até a minha casa? Não agora... tem gente aqui. Hoje à noite? — Ele me deu o endereço, que fingi anotar. — Obrigado por me telefonar — disse ele, e desligou.

Eu sabia, no momento em que concordei fazer isso, que não era uma boa ideia. O que sei sobre Scott, pelos jornais, é quase nada. O que sei dele pelas minhas observações pessoais não sei *de verdade*. Não sei nada sobre Scott. Sei de coisas sobre Jason — que, como tenho de ficar me lembrando, não existe. Tudo o que sei com certeza — certeza absoluta — é que a mulher de Scott sumiu faz uma semana. Sei que ele deve ser um dos suspeitos. E sei, por ter visto aquele beijo, que ele tinha um motivo para matá-la. Bem, ele pode não saber que tinha um motivo, mas... Ah, eu me embolei toda pensando nisso, mas como poderia deixar passar a oportunidade de me aproximar daquela casa, aquela que observei centenas de vezes do trem, da rua? De andar até a porta da frente, entrar, sentar em sua cozinha, em sua varanda, onde os dois ficavam enquanto eu os observava?

A tentação era grande demais. Agora, sentada no vagão, estou abraçando meu próprio corpo, as mãos segurando firme os cotovelos para que parem de tremer, como uma criança travessa engajada em alguma aventura. Eu estava tão feliz por ter um objetivo que parei de pensar na realidade. Parei de pensar em Megan.

Estou pensando nela agora. Preciso convencer Scott de que eu a conhecia. Um pouco, não muito. Assim, ele vai acreditar em mim quando eu contar que a vi com outro homem. Se eu admitir a mentira logo de cara, ele não vai confiar em mim. Então tento imaginar como teria sido passar na galeria, conversar com ela enquanto bebemos um café. Será que ela gosta mesmo de café? Conversaríamos sobre arte, talvez, ou ioga, ou sobre nossos maridos. Não sei nada sobre arte e nunca fiz ioga. Não tenho marido. E ela traiu o dela.

Penso nas coisas que seus amigos de verdade falaram sobre ela: *maravilhosa, engraçada, linda, de bom coração. Amada.* Ela cometeu um erro. Acontece. Ninguém é perfeito.

ANNA

SÁBADO, 20 DE JULHO DE 2013

MANHÃ

Evie acorda pouco antes das seis. Eu me levanto da cama, entro de mansinho no quarto dela e a pego no colo. Dou-lhe de mamar e a levo comigo para a minha cama.

Quando acordo de novo, Tom não está do meu lado, mas ouço seus passos na escada. Ele está cantando baixinho, ou melhor, recitando, *Parabéns pra você, parabéns pra você...* Eu não havia nem pensado nisso ainda, tinha me esquecido totalmente; não pensei em nada além de ir pegar minha neném e voltar para a cama. Agora estou rindo mesmo antes de despertar por completo. Abro os olhos e Evie também está sorrindo, e, quando olho para cima, Tom está ao pé da cama, com uma bandeja na mão. Está usando meu avental da Orla Kiely e nada mais.

— Café na cama, aniversariante! — diz ele. Deixa a bandeja na beirada da cama e dá a volta para me beijar.

Abro meus presentes. Ganho uma linda pulseira de prata com um engaste em ônix de Evie, e uma camisola de seda preta com calcinha combinando de Tom, e não paro de sorrir. Ele volta para a cama e ficamos deitados, Evie entre nós. Ela segura com força o indicador dele e eu estou segurando o pezinho rosado e perfeito dela. Sinto como se fogos de artifício explodissem em meu peito. É bom demais da conta, tanto amor assim.

Pouco depois, quando Evie se cansa de ficar deitada, eu a pego no colo e descemos, para que Tom durma mais um pouco. Ele merece. Eu fico rondando pela casa, dando uma organizada nas coisas. Bebo meu café no terraço, lá fora, vendo os trens meio vazios passando, fazendo tudo tremer, e penso no almoço. Está quente — quente demais para um assado de carne com molho, e *Yorkshire pudding*, batata assada e vegetais cozidos para acompanhar, mas vou preparar a refeição completa mesmo assim, pois Tom adora carne assada, e depois podemos tomar um sorvete para refrescar. Preciso só dar um pulinho na rua para comprar aquele Merlot que ele adora, então arrumo Evie, afivelo-a no carrinho e rumamos para o mercado.

Todo mundo me disse que era loucura eu aceitar me mudar para a casa de Tom. Mas todo mundo também achou loucura eu me envolver com um homem casado, ainda por cima casado com uma esposa extremamente instável, e nisso provei que estavam errados. Não importa o quanto ela tente causar problemas, Tom e Evie valem a pena. Mas quanto à casa, eles tinham razão. Em dias como hoje, de sol, ao andar pela nossa ruazinha — ladeada de árvores, toda ajeitadinha, não exatamente uma rua sem saída mas com a mesma sensação de comunidade —, tudo pareceria perfeito. As calçadas estão cheias de mães como eu, com cachorros em coleiras e criancinhas de patinete. Poderia ser ideal. Poderia, não fosse o barulho estridente dos trens freando. Poderia, contanto que você não se virasse e olhasse para trás, na direção do número 15.

Quando volto, encontro Tom sentado à mesa da sala de jantar olhando para alguma coisa no computador. Ele está de short, mas sem camisa; observo os músculos dele se retesando sob a pele conforme ele se movimenta. Até hoje me derreto só de olhar para ele. Digo *oi*, mas ele está no seu mundinho particular e, quando coloco a mão em seu ombro, ele dá um pulo. O laptop se fecha num estalo.

— E aí — diz ele, se levantando.

Ele está sorrindo, mas parece cansado, preocupado. Então pega Evie do meu colo sem nem me olhar nos olhos.

— O que foi? — pergunto. — O que aconteceu?

— Nada — responde ele, e se vira para a janela, balançando Evie apoiada em seu quadril.

— Tom, o que foi?

— Nada. — Ele se vira com uma expressão estranha e já sei o que vai dizer antes de abrir a boca. — Rachel. Outro e-mail. — Ele balança a cabeça. Parece tão deprimido, tão chateado, e eu detesto isso, não aguento mais. Às vezes tenho vontade de matar aquela mulher.

— O que foi que ela falou?

Ele simplesmente balança a cabeça de novo.

— Não importa. É só... o de sempre. Ela só fala merda.

— Sinto muito — digo, e não pergunto que merda exatamente, porque sei que ele não vai querer me contar. Ele detesta me chatear com esse assunto.

— Está tudo bem. Não é nada. É só papo de bêbado, como sempre.

— Meu Deus, será que ela não vai parar nunca? Será que ela não pode simplesmente deixar a gente ser feliz?

Ele vem até mim, nossa filha entre nós, e me beija.

— Nós *somos* felizes — diz ele. — Nós somos.

NOITE

Nós *somos* felizes. Depois do almoço, deitamos no gramado, e, então, quando fica quente demais, entramos em casa e comemos sorvete enquanto Tom assiste à corrida de Fórmula 1. Evie e eu brincamos com massa de modelar, e ela acaba comendo uns pedaços de massinha também. Penso no que está acontecendo no fim da rua e percebo a sorte que temos, como consegui tudo o que sempre quis. Quando olho para Tom, agradeço a Deus por ele ter me encontrado, por eu ter aparecido para salvá-lo daquela mulher. Ela teria feito Tom perder a cabeça, pirar mesmo — teria judiado dele até transformá-lo em algo que ele não é.

Tom levou Evie para o andar de cima para dar banho nela. Eu a ouço dando gritinhos de contentamento daqui de baixo, e sorrio outra vez — acho que não tirei esse sorriso dos lábios desde que acordei. Lavo a louça, arrumo a sala, penso no jantar. Algo leve. É engraçado, porque alguns anos atrás eu teria odiado a ideia de ficar em casa e cozinhar no meu aniversário, mas agora acho perfeito, do jeito que deveria ser. Só nós três.

Apanho os brinquedos de Evie espalhados pelo chão da sala e devolvo-os ao baú. Não vejo a hora de colocá-la para dormir hoje à noite, e vestir a camisola que Tom comprou para mim. Faltam algumas horas para o sol se pôr, mas acendo as velas sobre a lareira e abro a segunda garrafa de Merlot para que o vinho respire. Me inclino sobre o sofá e estou puxando as cortinas para fechá-las quando vejo uma mulher andando rápido e de cabeça baixa pela calçada do outro lado da rua. Ela não levanta a cabeça em nenhum momento, mas é ela, tenho certeza. Me inclino para a frente um pouco mais, o coração martelando no peito, para tentar ver melhor, mas o ângulo é ruim e não consigo mais vê-la.

Eu me viro, pronta para sair correndo pela porta da frente e persegui-la pela rua, mas Tom está bem na frente da porta, parado, a Evie embrulhada em uma toalha em seus braços.

— Está tudo bem? — pergunta ele. — O que houve?

— Nada — digo, enfiando as mãos nos bolsos para que ele não as veja tremendo. — Não é nada, não. Nada mesmo.

RACHEL

DOMINGO, 21 DE JULHO DE 2013

MANHÃ

Acordo com a cabeça cheia dele. Não parece real, nada disso parece. Minha pele pinica. Eu adoraria beber alguma coisa, mas não posso. Preciso ficar alerta. Por Megan. Por Scott.

Ontem eu me empenhei. Lavei o cabelo, me maquiei um pouco. Vesti a única calça jeans que ainda cabe em mim, com uma blusa de algodão estampada e sandálias de salto baixo. Estava com uma aparência razoável. Eu não parava de me dizer que era ridículo ficar preocupada com a minha aparência, porque essa seria a última coisa na qual Scott repararia, mas não consegui evitar. Era a primeira vez que eu ia chegar perto dele, e para mim importava. Mais do que deveria.

Peguei o trem saindo de Ashbury por volta das seis e meia, e cheguei a Witney pouco depois das sete. Andei pela Roseberry Avenue, passando em frente à passagem subterrânea. Dessa vez, não olhei lá dentro, não tive coragem. Passei apressada pelo número 23, a casa de Tom e de Anna, de óculos escuros e queixo encostado no peito, rezando para que não me vissem. Estava tudo em paz, ninguém por perto, um ou dois carros avançando com cuidado pelo centro da rua entre fileiras de veículos estacionados. É uma ruazinha calma, limpa e afluente, com muitas famílias jovens; estão todas jantando nesse horário, ou sentadas no sofá, a mãe e o pai com a filharada espremida no meio, assistindo ao *The X Factor*.

Do número 23 até o 15 não devem ser mais de cinquenta ou sessenta passos, mas foi uma jornada demorada, pareceu durar uma eternidade; minhas pernas pareciam feitas de chumbo, meus passos eram desequilibrados, como se eu estivesse bêbada, como se fosse escorregar e cair da calçada.

Scott abriu a porta quando eu estava acabando de bater nela, minha mão trêmula ainda erguida quando ele apareceu e agigantou-se à minha frente, preenchendo o vão da porta.

— Rachel? — perguntou ele, olhando para mim lá do alto, sem sorrir. Fiz que sim com a cabeça.

Ele estendeu a mão e eu a apertei. Fez um gesto para que eu entrasse, mas, por um instante, hesitei. Estava com medo dele. De perto, sua presença física intimida, sua altura, as costas largas, os braços e o peito muito definidos. As mãos dele são enormes. Passou pela minha cabeça que ele seria capaz de me esmigalhar — meu pescoço, minhas costelas — sem muito esforço.

Adentrando o saguão, meu braço roçou no dele e meu rosto corou. Ele tinha cheiro de suor acumulado, e seus cabelos pretos estavam grudados na cabeça, como se ele não tomasse banho há dias.

Foi na sala de estar que tive o *déjà-vu*, tão forte que quase tomei um susto. Reconheci a lareira ladeada por nichos na parede ao fundo, a forma como a luz da rua entrava em lâminas pelas cortinas semiabertas; eu sabia que, assim que me virasse para a direita, veria uma vidraça, plantas, e, mais adiante, a linha do trem. Eu me virei e lá estava a mesa da cozinha, com suas portas francesas dando para um lindo gramado verde. Eu conhecia essa casa. Fiquei tonta, quis me sentar; lembrei daquele buraco negro do sábado passado, das horas perdidas.

Isso não queria dizer nada, claro. Eu conhecia aquela casa, mas não por já ter estado ali. Conheço a casa porque é exatamente igual à de número 23: um corredor de entrada leva à escada, e à direita fica a sala de estar conjugada com a cozinha. O terraço e o jardim me são familiares porque os vi do trem. Não cheguei a subir a escada, mas sei que, se subisse, veria um patamar com uma ampla janela de guilhotina ao lado, e que, ao sair por essa janela, chegaria à varanda improvisada. Sei que haveria dois quartos, o principal com dois janelões com vista para a rua, e um quarto menor nos fundos, com vista para o jardim. Só porque conheço essa casa de cabo a rabo não quer dizer que já tenha estado aqui.

Ainda assim, eu tremia quando Scott me levou até a cozinha. Ele me ofereceu chá. Fiquei sentada à mesa enquanto ele fervia água na chaleira, jogava um saquinho de chá numa caneca e se xingava em voz baixa por derramar água fervente no balcão. Havia um cheiro forte de produto de limpeza no ambiente, mas Scott, em si, estava em petição de miséria, com uma marca de suor nas costas da camisa de malha, a calça jeans pendendo do quadril como se fosse grande demais para ele. Fiquei me perguntando há quanto tempo ele não comia.

Ele pousou a caneca de chá à minha frente e sentou do outro lado da mesa, as mãos juntas à sua frente. O silêncio se estendeu, preenchendo o espaço entre nós, o cômodo inteiro; ele estrilava em meus ouvidos. Percebi que estava com calor e me sentia desconfortável, e experimentei uma espécie de branco. Não sabia mais o que estava fazendo ali. Por que diabos tinha ido até a casa dele? Ouvi um ruído distante — o trem se aproximando. Esse velho som me reconfortou.

— Você é amiga da Megan? — perguntou ele, por fim.

Ouvir o nome dela saindo de sua boca me deu um nó na garganta. Fiquei olhando fixamente para a mesa, as mãos segurando firme a caneca.

— Sim — confirmei. — Eu a conheço... um pouco. Da galeria.

Ele ficou me olhando, esperando, ansioso. Vi sua mandíbula se mexer quando ele trincou os dentes. Procurei palavras que não vinham. Eu devia ter me preparado melhor.

— Você teve alguma notícia? — perguntei. O olhar dele se fixou no meu e, por um segundo, tive medo. Eu tinha dito a coisa errada; não era da minha conta se ele tivera alguma notícia ou não. Ele ia ficar com raiva, ele me mandaria embora.

— Não — respondeu ele. — O que você queria me contar?

O trem passou preguiçosamente pelos trilhos e olhei em sua direção. Eu me sentia atordoada, como se estivesse tendo uma experiência extracorpórea, como se estivesse olhando para mim de fora.

— Você disse em seu e-mail que queria me contar alguma coisa sobre a Megan. — O tom de voz dele ficou um pouco mais agudo.

Respirei fundo. Eu me sentia péssima. Estava plenamente ciente de que o que eu estava prestes a dizer ia piorar tudo, ia magoá-lo.

— Eu vi Megan com alguém — falei. Escapuliu da minha boca, assim, sem preparação nem contexto.

Ele me encarava.

— Quando? Você a viu no sábado à noite? Já contou isso à polícia?

— Não, foi na sexta de manhã — esclareci, e os ombros dele caíram.

— Mas... ela estava bem na sexta. Por que isso é tão importante? — Sua mandíbula voltou a latejar, ele estava ficando nervoso. — Você a viu com... você a viu com quem? Com um homem?

— Sim, eu...

— Como ele era? — Ele se levantou, seu corpo bloqueando a luz. — Você contou isso à polícia? — perguntou de novo.

— Contei, mas não sei se me levaram muito a sério.

— Por quê?

— É que eu... não sei... achei que você deveria saber.

Ele se inclinou para a frente, as mãos em punho apoiadas na mesa:

— O que você está dizendo? Onde foi que você a viu? O que ela estava fazendo?

Respiro fundo mais uma vez.

— Ela estava... lá fora, no gramado — falei. — Bem ali. — Apontei para o jardim. — Ela... eu a vi do trem. — A expressão de incredulidade em seu rosto era inconfundível. — Eu pego o trem de Ashbury para Londres todos os dias. Eu passo aqui em frente. Eu a vi, ela estava com alguém. E não... não era você.

— Como você sabe?... Sexta-feira de manhã? Na sexta, um dia antes do desaparecimento dela?

— Sim.

— Eu não estava aqui — disse ele. — Eu estava viajando. Estava em uma conferência em Birmingham, voltei sexta à noite. — Uma vermelhidão começou a tomar conta de seu rosto, o ceticismo dando lugar a outra coisa. — Então você a viu, no gramado, com outra pessoa? E...

— Ela deu um beijo nele — falei. Precisava desabafar em algum momento. Precisava contar para ele. — Os dois estavam se beijando.

Ele ajeitou a postura, as mãos, ainda em punho, foram estendidas ao longo do corpo. A vermelhidão em seu rosto ficou mais intensa.

— Sinto muito — falei. — Sinto mesmo. Sei que isso é uma coisa horrível de se ouvir...

Ele levantou a mão e fez um gesto desdenhoso. Não estava interessado na pena que eu sentia dele.

Sei como é isso. Sentada ali, lembrei como se fosse ontem da forma como me senti, em minha própria cozinha, a cinco casas dali, enquanto Lara, minha ex-melhor amiga, estava à minha frente com o filho pequeno e gordinho se remexendo em seu colo. Lembro dela me dizendo que sentia muito por meu casamento ter acabado, lembro de como fiquei furiosa com aquela conversa mole. Ela não tinha a menor ideia de como doía. Eu a mandei ir à merda e ela me pediu para não falar daquele jeito na frente do filho dela. Nunca mais voltei a vê-la.

— Como ele era, esse homem que você viu? — perguntou Scott. Estava de costas para mim, de pé, olhando para o gramado.

— Era alto. Mais alto que você, talvez. Pele morena. Acho que pode ser de algum país asiático. Indiano, talvez?

— E eles estavam se beijando ali fora no jardim?

— Sim.

Ele suspirou profundamente:

— Deus do céu, preciso beber alguma coisa. — Ele se virou para me olhar: — Quer uma cerveja?

Eu queria, queria desesperadamente beber, mas disse que não. Observei-o ir buscar uma cerveja na geladeira, abrir a garrafa, tomar um gole. Só de olhar pude sentir o líquido gelado descer pela minha garganta; minha mão coçava de vontade de segurar um copo. Scott encostou no balcão, a cabeça tão baixa que quase encostava no peito.

Eu me senti péssima. Eu não estava ajudando, só o havia deixado pior, aumentado sua dor. Estava me intrometendo em seu pesar, isso era errado. Nunca deveria ter ido procurá-lo. Nunca deveria ter mentido. Aquilo ficou claro para mim, eu não deveria ter mentido.

Comecei a me levantar da cadeira quando ele falou.

— Isso poderia... não sei. Poderia ser uma coisa boa, não poderia? Talvez signifique que ela está bem. Ela só... — Ele deu uma risadinha oca. — Ela só fugiu com alguém. — Scott enxugou com o dorso da mão uma lágrima que escorria pela bochecha e meu coração ficou apertado como uma bolinha de papel. — Mas o problema é que eu não acredito que ela fosse deixar de me ligar. — Ele me olhou como se eu tivesse as respostas, como se eu soubesse. — Com certeza ela me ligaria, você não acha? Ela saberia o pânico em que eu... como ficaria desesperado. Ela não é tão sem coração assim, é?

Ele falava comigo como se eu fosse alguém em quem podia confiar — como amiga de Megan —, e eu sabia que aquilo estava errado, mas me senti bem. Ele deu outra golada na cerveja e voltou a olhar para o jardim. Acompanhei o olhar dele até um montinho de pedras empilhadas junto à cerca, a base de um jardim ornamental iniciado há tempos e nunca finalizado. Ele ergueu a garrafa de novo como se fosse beber outro gole, mas desistiu no meio do caminho. E virou o rosto para mim.

— Você viu Megan do trem? — perguntou. — Então você estava... simplesmente olhando pela janela e lá estava ela, uma mulher que por acaso você conhecia?

A atmosfera do ambiente tinha mudado. Ele não tinha mais certeza se eu era uma aliada, se eu era confiável. Uma sombra de dúvida pairou em seu rosto.

— Sim, eu... eu sei onde ela mora — falei, e me arrependi do que disse assim que as palavras saíram da minha boca. — Onde *vocês* moram, digo. Já estive aqui uma vez. Muito tempo atrás. Então às vezes eu olhava para cá à procura dela quando passava no trem. — Ele me encarava; senti meu rosto enrubescer. — Ela vivia aqui fora.

Ele colocou a garrafa vazia sobre o balcão, andou na minha direção e sentou-se na cadeira ao meu lado.

— Então você conhecia bem a Megan? Digo, bem o bastante para vir aqui em casa?

Eu sentia o sangue pulsando no pescoço, o suor na base das costas, o fluxo incômodo da adrenalina pelo corpo. Eu não deveria ter dito isso, não deveria ter complicado a mentira.

— Foi só uma vez, mas eu... sei onde fica a casa porque já morei aqui perto. — Ele ergueu as sobrancelhas, intrigado. — Nessa mesma rua. No número 23.

Ele assentiu lentamente.

— Watson — disse ele. — Então você é, o quê, a ex-mulher do Tom?

— Sou. Eu me mudei daqui há uns dois anos.

— Mas ainda visitava a galeria da Megan?

— Às vezes.

— E quando você a via, o que ela... Ela falava de coisas pessoais, de mim? — Sua voz saía rascante. — De alguma outra pessoa?

Eu fiz que não com a cabeça.

— Não, não. Geralmente era só... para passar o tempo.

Fez-se um longo silêncio. De repente, o calor pareceu aumentar, o cheiro de produto de limpeza se desprendia de todas as superfícies. Eu me sentia um pouco zonza. À minha direita, havia uma mesinha coberta de porta-retratos. De lá, Megan sorria para mim, acusadora.

— Melhor eu ir embora — falei. — Já tomei muito do seu tempo.

Fiz que ia levantar, mas ele estendeu a mão e colocou-a em cima do meu pulso, os olhos fixos nos meus.

— Não vá ainda — pediu, a voz baixa. Não cheguei a ficar de pé, mas tirei minha mão de baixo da dele; achei estranho aquilo, como se eu estivesse sendo detida. — Esse homem — disse ele. — Esse homem que você viu com ela... você acha que o reconheceria? Se o visse?

Eu não podia contar que *já havia identificado* o homem numa foto na delegacia. Todo o meu embasamento para me aproximar dele era que a polícia não tinha levado minha história a sério. Se eu admitisse a verdade, a confiança iria por água abaixo. Então menti de novo.

— Não tenho certeza — falei. — Mas acho que talvez sim. — Fiz uma pausa, e depois continuei. — Tinha uma frase de um amigo da Megan no jornal. O nome dele era Rajesh. Fiquei imaginando se...

Scott já balançava a cabeça.

— Rajesh Gurjal? Não creio. Ele é artista, participava de exposições na galeria. Ele é um cara até bonito, mas... é casado, tem filhos.

Como se isso fosse algum impedimento.

— Espere um pouco — disse, levantando-se. — Acho que deve ter uma foto dele por aqui em algum lugar.

Ele subiu a escada e sumiu lá em cima. Relaxei os ombros e só então percebi que estava rígida de tensão desde a minha chegada. Olhei de novo para as fotografias: Megan de saída de praia na areia; um close de seu rosto, os olhos um azul celeste. Só Megan. Nenhuma foto dos dois juntos.

Scott ressurgiu com um folheto, que me mostrou. Era um folheto de divulgação de uma mostra na galeria. Ele indicou o verso:

— Aqui — falou. — Esse é o Rajesh.

O homem estava de pé ao lado de uma pintura abstrata bem colorida: era mais velho, barbudo, baixo, atarracado. Não foi o homem que eu vi e identifiquei para a polícia.

— Não é ele — falei.

Scott permaneceu ao meu lado, encarando o folheto, até que de repente se virou e saiu, subindo a escada de novo. Pouco depois voltava com um laptop e sentava à mesa da cozinha.

— Eu acho... — murmurou, abrindo e ligando o computador. — Acho que talvez...

Ele parou de falar e eu fiquei olhando para o seu rosto, o reflexo perfeito da concentração, o músculo da mandíbula travado.

— Megan estava fazendo terapia — falou. — O nome dele é... Abdic. Kamal Abdic. Ele não é asiático, ele é da Sérvia ou da Bósnia, de um lugar desses. Mas tem a pele morena. De longe, poderia ser confundido com um indiano. — Ele digitava algo no computador. — Tem um site, acho. Tenho quase certeza. Acho que tem uma foto...

Ele virou o laptop para que eu pudesse visualizar a tela. Me inclinei para ver melhor.

— É ele — confirmei. — Com certeza é ele.

Scott baixou a tampa do laptop. Ficou sem falar nada por um bom tempo. Permaneceu sentado, os cotovelos na mesa, a testa apoiada nos dedos, os braços tremendo.

— Ela estava tendo ataques de ansiedade — admitiu ele, por fim. — Não conseguia dormir, esse tipo de coisa. Desde o ano passado. Não me lembro exatamente de quando tudo começou. — Ele falava sem olhar para mim, como se falasse sozinho, como se tivesse esquecido da minha presença ali. — Fui eu que sugeri que ela conversasse com alguém. Fui eu que a encorajei a ir, porque não sabia como ajudá-la. — Sua voz vacilou nesse momento. — Eu não conseguia ajudá-la. E ela me disse que tinha tido problemas assim antes e que eles acabaram passando, mas eu a fiz... eu a *convenci* a ir a um psicólogo. Esse cara foi recomendado a ela. — Ele tossiu, limpando a garganta. — A terapia parecia estar ajudando. Ela estava mais feliz. — Deu uma risada breve e triste. — Agora entendo por quê.

Estendi a mão e dei tapinhas de leve no braço dele, numa tentativa de consolá-lo. Mas ele afastou o braço num gesto brusco, e ficou de pé.

— É melhor você ir embora — disse, de repente. — Minha mãe vai chegar daqui a pouco. Ela não me deixa ficar sozinho por mais de duas horas.

À porta, quando eu estava de saída, ele segurou meu braço.

— Eu já não vi você antes em algum lugar? — perguntou.

Por um momento, pensei em dizer: *Talvez. Talvez você tenha me visto na delegacia, ou aqui na rua. Estive aqui no sábado à noite.* Fiz que não com a cabeça:

— Não, acho que não.

Andei até a estação o mais rápido que pude. Quando cheguei à metade do caminho, me virei e olhei para trás. Ele ainda estava na porta da casa, me observando.

NOITE

Tenho verificado minha conta de e-mail sem parar, mas não recebi nenhuma mensagem de Tom. A vida dos bêbados ciumentos devia ser bem melhor antes dos e-mails, das mensagens de texto e dos celulares, antes de toda essa vida eletrônica e dos rastros que ela deixa.

Não havia quase nada nos jornais de hoje sobre Megan. Já estão mudando de assunto, as primeiras páginas dedicadas à crise política na Turquia, à menina de 4 anos atacada por cachorros em Wigan, à humilhante derrota da seleção inglesa de futebol para Montenegro. Megan está sendo esquecida, e faz só uma semana que ela desapareceu.

Cathy me convidou para almoçar fora. Estava meio sem ter o que fazer porque Damien tinha ido visitar a mãe, em Birmingham. Ela não foi convidada. Os dois já namoram há quase dois anos e ela ainda não foi apresentada à mãe dele. Fomos ao Giraffe na High Street, um lugar que eu detesto. Sentadas no meio de um salão repleto de criancinhas barulhentas, Cathy me perguntou o que eu andava aprontando. Ela estava curiosa sobre aonde eu tinha ido ontem à noite.

— Você conheceu alguém? — perguntou ela, os olhos cheios de esperança. Foi comovente, sério.

Eu quase disse que sim, porque era verdade, mas mentir era mais fácil. Disse a ela que tinha ido a uma reunião do AA em Witney.

— Ah — balbuciou ela, constrangida, baixando os olhos para sua salada grega murcha. — Pensei que talvez você tivesse cometido um deslize. Na sexta.

— Pois é. Não vai ser uma tarefa simples, Cathy — falei, e me senti péssima, porque acho que ela se importa mesmo com minha sobriedade. — Mas estou fazendo o melhor que eu posso.

— Se você quiser que eu, sabe, acompanhe você...

— Nessa fase, não — falei. — Mas obrigada.

— Bem, talvez possamos fazer outra coisa juntas, como ir à academia? — sugeriu ela.

Eu dei uma risada, mas quando percebi que ela estava falando sério, disse que ia pensar no assunto.

Ela acabou de sair — Damien ligou para dizer que já tinha voltado da casa da mãe, então ela foi até a casa dele. Pensei em dizer alguma coisa para ela, tipo, por que você vai correndo toda vez que ele liga?

Mas, na verdade, não tenho tanta autoridade para dar conselhos sobre relacionamentos — aliás, nenhum tipo de conselho — e, de qualquer forma, estou com vontade de beber. (Estou pensando nisso desde que nos sentamos no Giraffe e o garçom espinhento perguntou se gostaríamos de beber uma taça de vinho e Cathy respondeu "Não, obrigada" de um jeito bem enfático.) Então me despeço dela e sinto aquele arrepio de excitação pelo corpo que me faz colocar de lado os pensamentos positivos (*Não faça isso, você está indo tão bem*). Estou calçando os sapatos para ir à loja de bebidas quando meu celular toca. Tom. Só pode ser Tom. Pego o aparelho de dentro da bolsa. Olho para a tela e meu coração bate feito um tambor.

— Oi. — Silêncio total, então pergunto: — Está tudo bem?

Depois de uma breve pausa, Scott responde:

— Sim, tudo bem. Estou bem. Só liguei para agradecer por ontem. Por perder seu tempo vindo aqui me contar.

— Ah, tudo bem. Não precisava...

— Estou incomodando?

— Não. De jeito nenhum. — Silêncio do outro lado da linha, então digo de novo: — De jeito nenhum. Você... aconteceu alguma coisa? Você falou com a polícia?

— A agente de integração com a família esteve aqui hoje à tarde — disse ele. Meu coração bate mais rápido. — Detetive Riley. Comentei sobre Kamal Abdic com ela. Disse que talvez valesse a pena conversar com ele.

— Você contou... você contou a ela que havia falado comigo? — Minha boca está completamente seca.

— Não. Achei que talvez... não sei. Achei que seria melhor se eu mesmo trouxesse o nome à tona. Falei... é mentira, eu sei, mas falei que andava quebrando a cabeça para lembrar de algo relevante, e que achei que pudesse valer a pena conversar com o terapeuta dela. Confessei que tinha tido algumas suspeitas quanto ao relacionamento deles.

Já posso voltar a respirar.

— O que ela falou? — pergunto.

— Ela disse que já haviam falado com ele, mas que iam procurá-lo de novo. Ela me crivou de perguntas, querendo saber por que eu não tinha mencionado o nome dele antes. Ela é... não sei. Não confio nela. Era para ela estar do meu lado, mas o tempo todo tenho a impressão de que está fazendo de tudo para me pegar em contradição.

Fico radiante de felicidade por ele também não gostar dela; é mais uma coisa que temos em comum, outro laço que nos une.

— Só queria agradecer mesmo. Por ter vindo me contar. Na verdade foi... sei que parece estranho, mas foi bom conversar com alguém que... com alguém com quem não tenho muita intimidade. Acho que consegui pensar com mais clareza. Depois que você foi embora, fiquei me lembrando da primeira vez que Megan foi vê-lo, o terapeuta. Ela estava diferente quando voltou. Parecia mais leve. — Ele expira ruidosamente. — Não sei. Talvez seja coisa da minha cabeça.

Tenho a mesma sensação de ontem — de que ele não está mais falando comigo, está só falando a esmo. Virei uma espécie de caixa de ressonância para ele, e estou feliz com isso. Estou feliz por ser útil.

— Passei o dia todo revirando as coisas da Megan outra vez — comenta. — Já revistei nosso quarto, a casa toda, meia dúzia de vezes, à procura de algo, qualquer coisa que pudesse me dar uma pista de onde ela está. Algo dele, talvez. Mas não achei nada. Nenhum e-mail, nenhuma carta, nada. Pensei em tentar entrar em contato com ele, mas o consultório está fechado hoje e não encontro um número de celular.

— Será que isso é uma boa ideia? — pergunto. — Digo, você não acha que deveria deixar isso para a polícia?

Não quero falar com todas as letras, mas provavelmente estamos pensando a mesma coisa: ele é perigoso. Até prova em contrário.

— Não sei. Não sei mesmo. — Dói ouvir o traço de desespero em sua voz, mas não tenho como lhe oferecer consolo. Ouço-o respirar do outro lado da linha; é uma respiração curta, acelerada, de quem está com medo. Sinto vontade de lhe perguntar se há alguém com ele, mas não consigo: achei que pegaria mal, que não seria apropriado.

— Eu vi seu ex hoje — diz ele, e os pelos dos meus braços se eriçam.

— Ah, é?

— Sim. Saí para comprar jornal e o vi na rua. Ele me perguntou se eu estava bem, se havia alguma novidade.

— Ah, é? — repito, porque é tudo o que sai de mim, não consigo formar palavras. Não quero que ele fale com Tom. Tom sabe que eu não conheço Megan Hipwell. Tom sabe que estive na Blenheim Road na noite em que ela desapareceu.

— Não falei de você. Não cheguei a... você sabe. Não sabia se deveria contar para ele que conheci você.

— Não. Acho melhor que não tenha falado nada mesmo. Não sei. Pode parecer estranho.

— Tudo bem — concorda ele.

Depois disso, um longo silêncio. Fico esperando o ritmo da minha pulsação diminuir. Acho que ele vai desligar, mas então pergunta:

— Ela nunca falou de mim mesmo?

— Claro... claro que falou — respondi. — Quer dizer, não conversamos tantas vezes assim, mas...

— Mas você esteve aqui em casa. Megan dificilmente convida alguém para vir aqui. Ela é bem reservada, protege seu espaço pessoal.

Fico procurando um motivo. Nunca deveria ter dito a ele que visitei a casa.

— Só dei uma passada aí para pegar um livro emprestado.

— Sério? — Ele não acredita em mim. Ela não lê muito. Eu penso na casa, não havia livros nas prateleiras. — Que tipo de coisas ela disse? Sobre mim?

— Bem, ela estava muito feliz. Digo, com você. Com o relacionamento de vocês. — Enquanto falo isso, percebo o quanto soa estranho, mas não tenho como entrar em detalhes, então tento me salvar. — Para ser bem honesta, eu estava passando por momentos difíceis no meu casamento, então acho que me comparava com ela e o contraste era grande. O rosto dela se iluminava quando falava de você.

Que clichê horrível.

— Sério? — Ele não parece notar, mas um traço de saudade se insinua em sua voz. — É tão bom ouvir isso. — Ele faz uma pausa, e fico ouvindo sua respiração curta e rápida do outro lado da linha. — Nós tivemos... nós tivemos uma discussão horrível — diz ele —, na noite em que ela foi embora. Não suporto pensar que ela estava brava comigo quando... — E não termina a frase.

— Tenho certeza de que ela não ficou brava com você por muito tempo — digo. — Casais brigam. Casais brigam o tempo todo.

— Mas essa briga foi feia, foi horrível, e não posso... sinto que não posso contar para ninguém, porque senão vão pensar que sou o culpado pelo desaparecimento dela.

Agora sua voz tem um tom diferente: temeroso, repleto de culpa.

— Não me lembro como começou — confessa, e, num primeiro momento, não acredito nele, mas então penso em todas as discussões que já esqueci e mordo a língua. — Virou uma briga feia. Eu fui muito... muito grosso com ela. Fui um canalha. Um filho da puta. Ela ficou magoada. Foi lá em cima e enfiou algumas coisas numa bolsa. Não sei o quê, exatamente, mas depois reparei que a escova de dente não estava no lugar, então soube que ela não estava planejando voltar para casa. Presumi que... achei que ela tinha ido passar a noite na casa da Tara. Isso já aconteceu uma vez. Só uma. Não é como se acontecesse a toda hora. Nem fui atrás dela — admite ele, e percebo de novo que não está realmente falando comigo, e sim se confessando. Está de um lado do confessionário e eu do outro, sem rosto, sem ser vista. — Simplesmente a deixei ir embora.

— Isso foi no sábado à noite?

— Sim. Foi a última vez que a vi.

Uma testemunha a avistou — ou melhor, "uma mulher compatível com a descrição dela" — andando em direção à estação de Witney por volta das sete e quinze; soube disso pelos jornais. A última vez que foi vista. Ninguém se lembra de tê-la visto na plataforma nem no trem. Não há câmeras de segurança em Witney, e ela não foi registrada nas câmeras de Corly, embora os noticiários digam que isso não prova que ela não tenha estado lá, pois naquela estação há muitos "pontos cegos".

— Que horas eram quando você tentou entrar em contato com ela? — pergunto. Outro longo silêncio.

— Eu... eu fui para o pub. *The Rose*, você sabe, logo depois da esquina, na Kingly Road? Eu precisava esfriar a cabeça, pôr as ideias em ordem. Tomei umas cervejas e voltei para casa. Isso foi pouco antes das dez. Acho que minha esperança era de que ela tivesse tido tempo para se acalmar e estivesse de volta. Mas não.

— Então eram umas dez horas quando você tentou ligar para ela?

— Não. — Agora sua voz é um sussurro. — Eu não liguei. Bebi mais umas cervejas em casa, vi um pouco de TV. Então fui dormir.

Penso em todas as brigas que já tive com Tom, em todas as coisas horríveis que lhe disse depois de tomar umas e outras, em todas as vezes que saí batendo a porta, gritando com ele, dizendo que nunca mais queria vê-lo na minha frente. Ele sempre me ligava, sempre me dissuadia, me convencia a voltar.

— Imaginei que ela estaria na cozinha de Tara, sentada com ela, sabe, e falando que eu era um merda. Então, deixei para lá.

Ele deixou para lá. O que parece uma atitude insensível e indiferente; não me surpreende que ele não tenha contado essa história para mais ninguém. Na verdade, me surpreende o fato de ele estar contando isso para alguém. Esse não é o Scott que eu imaginei, o Scott que eu conheci, o que se postava atrás de Megan, na varanda, as mãos cobrindo seus ombros ossudos, preparado para protegê-la.

Estou prestes a desligar, mas Scott não para de falar.

— Acordei cedo. Não havia mensagens na secretária eletrônica. Não entrei em pânico, pois presumi que ela estivesse com Tara e ainda brava comigo. Foi aí que liguei para ela, mas caiu na caixa postal; mesmo assim não entrei em pânico. Achei que ainda pudesse estar dormindo, ou só me ignorando. Não consegui encontrar o número da Tara, mas tinha o endereço dela. Estava num cartão de visitas na mesa de Megan. Então saí da cama e fui até lá.

Eu me pergunto, se ele não estava preocupado, por que achou que precisava ir até a casa de Tara, mas não o interrompo.

— Cheguei à casa de Tara pouco depois das nove. Ela demorou para atender a campainha, mas, quando o fez, pareceu muito surpresa em me ver. Ficou claro que eu era a última pessoa que ela esperava ver em sua porta àquela hora da manhã, e foi aí que eu soube... Foi aí que eu soube que Megan não estava lá. E comecei a pensar... comecei a... — Suas palavras começam a falhar e me sinto péssima por ter duvidado dele. — Tara me disse que a última vez que tinha visto Megan foi na aula de pilates, na sexta à noite. Foi aí que comecei a entrar em pânico.

Depois que desligo o telefone, penso em como, se você não o conhecesse, se não tivesse visto como era com a mulher, como eu, muitas das coisas que ele falou não soariam sinceras.

SEGUNDA-FEIRA, 22 DE JULHO DE 2013

MANHÃ

Estou me sentindo um tanto aturdida. Dormi um sono profundo e repleto de sonhos, e agora estou lutando para despertar por completo. O calor voltou e o vagão está abafado, apesar de não estar cheio.

Levantei atrasada hoje de manhã e não tive tempo de comprar jornal nem de ver as notícias na internet antes de sair de casa, então estou tentando acessar o site da BBC pelo celular, mas, por algum motivo, está demorando muito a carregar. Em Northcote, um homem embarca com seu iPad e senta-se ao meu lado. Ele não tem dificuldade nenhuma em acessar a internet, vai direto ao site do *Daily Telegraph* e lá está, em letras garrafais, a terceira manchete na página: PRESO HOMEM LIGADO AO DESAPARECIMENTO DE MEGAN HIPWELL.

Fico tão alarmada que, sem me dar conta, me inclino para poder ver melhor. Ele olha para mim, indignado, um tanto chocado até.

— Foi mal — digo. — Eu conheço essa pessoa. A mulher que sumiu. Eu conheço essa mulher.

— Ah, que terrível — diz ele. É um homem de meia-idade, educado e bem-vestido. — Você gostaria de ler a matéria?

— Por favor. Meu celular não está carregando nenhum site de notícias.

Ele abre um sorriso gentil e me passa o iPad. Encosto o dedo na manchete e a matéria aparece.

> Um homem na casa dos trinta anos foi preso em conexão com o desaparecimento de Megan Hipwell, 29 anos, a moradora de Witney que não é vista desde o dia 13 de julho, sábado. A polícia não confirmou se o homem que foi preso é Scott Hipwell, marido de Megan, que prestou depoimento na sexta-feira passada. Em declaração oficial divulgada hoje de manhã, o porta-voz da polícia disse: "Nós confirmamos a prisão de um homem ligado ao desaparecimento de Megan. Ele ainda não foi acusado de nenhum crime. A busca por Megan continua, e estamos fazendo buscas em um endereço que acreditamos ser um local onde um crime pode ter ocorrido."

Estamos passando em frente à casa neste instante; dessa vez, o trem não parou no sinal. Viro depressa a cabeça, mas é tarde demais. Passou. Minhas mãos estão tremendo quando devolvo o iPad ao dono. Ele balança a cabeça, demonstrando pesar.

— Sinto muito — diz ele.

— Ela não está morta — comento.

Minha voz sai rouca e nem eu mesma acredito no que digo. Lágrimas começam a se formar em meus olhos. Eu estive na casa dele. Estive lá. Sentei à mesa com ele, de frente para ele, eu senti alguma coisa. Lembro daquelas mãos enormes e penso que, se ele parecia ser capaz de me estrangular, poderia acabar com ela — a pequena Megan.

Os freios guincham quando nos aproximamos da estação de Witney e eu me levanto num pulo.

— Tenho que ir — digo ao meu vizinho de banco, que parece um pouco surpreso mas assente.

— Boa sorte — diz ele.

Corro pela plataforma e desço a escada. Sigo no contrafluxo, e estou quase chegando ao último degrau quando tropeço e um homem diz:

— Cuidado!

Não viro a cabeça para ele porque estou olhando para a beira do penúltimo degrau de concreto. Há uma mancha de sangue nele. Fico me perguntando há quanto tempo ela está ali. Será que há uma semana? Será que o sangue é meu? Dela? Será que o sangue dela foi encontrado na casa, e foi por isso que o prenderam? Tento resgatar na cabeça a imagem da cozinha, da sala de estar. O cheiro de limpeza. Seria água sanitária? Não sei, não me lembro mais, só me lembro do suor em suas costas e da cerveja em seu hálito.

Passo correndo em frente à entrada da passagem subterrânea, tropeçando na esquina da Blenheim Road. Prendo a respiração enquanto avanço rapidamente pela calçada, a cabeça baixa, o medo me impedindo de erguer o olhar, mas, quando o faço, não há nada para ver. Não há vans paradas em frente à casa de Scott, nem carros de polícia. Será que já terminaram as buscas? Se tivessem encontrado alguma pista, provavelmente ainda estariam lá; deve levar horas para vasculhar tudo, colher as evidências. Aperto o passo. Quando chego à casa dele, paro, respiro fundo. As cortinas estão fechadas, as de cima e as de baixo. A cortina da janela do vizinho se mexe. Estou sendo observada. Avanço até a porta, a mão erguida. Eu não deveria estar aqui. Não sei o que estou fazendo aqui. Só queria ver. Queria *saber*. Fico dividida, por um momento, entre contrariar todos os meus instintos e bater naquela porta, e dar meia-volta. Eu me viro para ir embora, e é nesta hora que a porta se abre.

Antes que eu tenha tempo de sair do lugar, a mão dele avança, segura meu antebraço e me puxa para junto dele. Sua boca é uma linha tensa, os olhos estão vidrados. Ele está desesperado. Tomada pelo medo e pela adrenalina, sinto a visão escurecer. Abro a boca para gritar, mas é tarde demais, ele me puxa para dentro da casa e bate a porta.

MEGAN

QUINTA-FEIRA, 21 DE MARÇO DE 2013

MANHÃ

Não gosto de perder. Ele já devia saber disso. Eu não saio perdendo em jogos como esse.

Não aparece nada de novo na tela do meu celular. Absolutamente nada. Nenhuma mensagem de texto, nenhuma ligação perdida. Toda vez que olho para ela é como se levasse um tapa na cara, o que me deixa cada vez mais irritada. O que aconteceu comigo naquele quarto de hotel? O que eu estava pensando? Que tínhamos estabelecido uma ligação, que havia algo sério entre nós? Ele não tem a menor intenção de ir a lugar nenhum comigo. Mas, por um segundo, eu acreditei nele — por mais que um segundo —, e é isso que me deixa puta. Fui ridícula, crédula. O tempo todo ele estava rindo da minha cara.

Se ele pensa que vou me sentar e ficar chorando, está redondamente enganado. Posso muito bem viver sem ele, muitíssimo bem, por sinal — mas não gosto de perder. Não combina comigo. Nada disso combina comigo. Ninguém me rejeita, sou eu que viro as costas e vou embora.

Estou me levando à loucura, não consigo evitar. Não paro de voltar àquela tarde no hotel e de lembrar o que ele disse, o que me fez sentir.

Filho da puta.

Se ele pensa que vou simplesmente desaparecer, sair de cena, está enganado. Se ele não atender de uma vez, vou parar de ligar para o celular e telefonar para a casa dele. Não vou ser ignorada assim.

Durante o café da manhã, Scott me pede para cancelar a sessão da terapia. Não digo nada. Finjo que não ouvi.

— Dave nos convidou para jantar — diz ele. — Não vamos lá há séculos. Dá para você remarcar a sessão de hoje?

Ele fala num tom casual, como se esse fosse um pedido corriqueiro, mas eu o sinto me observando, seus olhos analisando meu rosto. Estamos à beira de uma discussão e preciso ter cuidado.

— Não dá, Scott, está em cima da hora — respondo. — Em vez disso, por que você não convida Dave e Karen para virem aqui no sábado?

Só de pensar em receber Dave e Karen no fim de semana já sinto um cansaço enorme, mas vou ter de ceder.

— Não está em cima da hora — diz ele, depositando a xícara de café à minha frente, na mesa.

Apoia a mão em meu ombro por um breve instante e diz:

— Cancela, tá?

E sai da cozinha.

Assim que a porta da casa se fecha, eu pego a xícara de café e a arremesso na parede.

NOITE

Eu poderia me convencer de que não se trata exatamente de rejeição. Eu poderia tentar me convencer de que ele só está tentando fazer o que é certo, moral e profissionalmente falando. Mas sei que não é verdade. Ou, pelo menos, não é toda a verdade, porque, quando uma pessoa quer mesmo outra, a moral (e certamente o profissionalismo) não entra em cena. Você faz qualquer coisa para que ela seja sua. Ele simplesmente não me quer de verdade.

Ignorei os telefonemas de Scott a tarde inteira, cheguei atrasada à sessão, e entrei direto no consultório sem dizer uma palavra à recepcionista. Ele estava sentado à mesa, escrevendo alguma coisa. Ergueu o olhar para mim quando entrei, não sorriu, e voltou a se concentrar em seus papéis. Eu me postei em frente à sua mesa, esperando que ele me olhasse. Uma eternidade pareceu se passar até ele fazer isso.

— Está tudo bem com você? — perguntou, por fim. E nessa hora sorriu. — Você está atrasada.

Eu estava com um nó na garganta, não conseguia falar. Dei a volta na mesa e me apoiei nela, roçando minha perna em sua coxa. Ele se afastou um pouco.

— Megan — disse ele —, você está bem?

Fiz que não. Estendi a mão, e ele a pegou.

— Megan — disse mais uma vez, balançando a cabeça.

Não falei nada.

— Você não pode... Você deveria se sentar — disse ele. — Vamos conversar.

Fiz que não.

— Megan.

Cada vez que dizia meu nome, ele piorava as coisas.

Ele se levantou e deu a volta na mesa, afastando-se de mim. Ficou de pé no meio do consultório.

— Vamos — disse ele, o tom de voz neutro, quase brusco. — Sente-se.

Fui até o meio da sala, onde ele estava, coloquei uma das mãos em sua cintura, a outra em seu peito. Ele me segurou pelos pulsos e se afastou de mim.

— Não, Megan. Você não pode... nós não podemos... — Ele virou de costas para mim.

— Kamal — eu disse, a voz falhando. Odiei o som da minha voz naquele momento. — Por favor.

— Isso... aqui. Não é apropriado. É normal, acredite, mas...

Falei que queria ficar com ele.

— Isso é transferência, Megan — retrucou. — Às vezes acontece. Acontece comigo também. Eu devia ter tocado neste assunto da última vez. Perdão.

Tive vontade de gritar nessa hora. Do jeito que ele falava, parecia tudo tão banal, tão clichê, tão simples.

— Você está me dizendo que não sente nada? — perguntei. — Está dizendo que estou imaginando tudo isso?

Ele balançou a cabeça negativamente.

— Você precisa entender, Megan, eu não devia ter deixado as coisas chegarem a esse ponto.

Eu me aproximei ainda mais dele, coloquei as mãos em seus quadris e o forcei a se virar para mim. Ele segurou meus braços de novo, os dedos compridos travados ao redor de meus pulsos.

— Eu poderia perder o emprego — falou, e foi então que surtei.

Eu o empurrei, irada, com violência. Ele tentou me conter, mas não conseguiu. Comecei a gritar com ele, a dizer que não estava nem aí para seu *emprego*. Ele tentava me acalmar — preocupado, imagino, com o que a recepcionista iria pensar, com o que os outros pacientes iriam pensar. Ele segurou meus ombros, os polegares fincados em meus braços, e mandou que eu me acalmasse, que parasse de agir como criança. Ele me chacoalhou, com força; por um momento cheguei a achar que ia me dar um tapa na cara.

Tasquei-lhe um beijo. Mordi seu lábio inferior com muita, muita força; senti o gosto do sangue na minha boca. Ele me empurrou para longe.

Planejei minha vingança a caminho de casa. Pensei em todas as coisas que poderia fazer contra ele. Poderia fazer com que ele fosse demitido, ou coisa pior. Mas não vou fazer nada disso, pois gosto demais dele. Não lhe quero mal. Não estou nem mais tão chateada assim com a rejeição. O que mais me incomoda é que ainda não cheguei ao fim da minha história, e não posso recomeçar com outra pessoa; é difícil demais.

Não quero ir para casa agora, porque não sei como vou conseguir explicar os hematomas nos braços.

RACHEL

SEGUNDA-FEIRA, 22 DE JULHO DE 2013

NOITE

E agora é só esperar. É agoniante, a falta de notícias, a lentidão com que as coisas tendem a se desenrolar. Mas não há nada mais a fazer.

Eu tive razão, esta manhã, em sentir aquele medo. Só não sabia medo de quê.

Não de Scott. Quando ele me puxou para dentro, deve ter visto o pavor em meus olhos, porque me largou quase na mesma hora. Todo descabelado, e com o olhar transtornado, ele pareceu se encolher, evitando a claridade, e fechou a porta às pressas.

— O que você está fazendo aqui? Há fotógrafos e jornalistas por todo lado. Não posso ter gente vindo até aqui. Rondando por aí. Eles vão dizer coisas... Vão tentar... vão tentar de tudo, para conseguir fotos, para...

— Não tem ninguém lá fora — falei, embora na verdade não tenha me empenhado em procurar. Poderia haver pessoas nos carros, sentadas, esperando alguma coisa acontecer.

— O que você está fazendo aqui? — perguntou de novo.

— Eu ouvi... vi no jornal. Só queria... é ele? Foi ele que prenderam?

Ele confirmou.

— Foi, hoje cedo. A agente de integração com a família esteve aqui. Ela veio me avisar. Mas ela não podia... eles não me dizem por quê. Devem ter descoberto alguma coisa, mas não me contam o quê. Mas não foi ela. Sei que não a encontraram.

Ele se senta num degrau da escada e abraça os joelhos. O corpo todo tremendo.

— Não aguento mais. Não aguento mais esperar o telefone tocar. E quando tocar, o que vai ser? A pior das notícias? Ou vai ser... — Ele para de falar e de repente me olha como se estivesse me vendo pela primeira vez. — Por que você veio aqui?

— Eu queria... achei que você não ia querer ficar sozinho.

Ele me olhou como se me achasse maluca.

— Eu não estou sozinho — falou.

Ele se levantou e passou por mim para ir até a sala. Por um momento, permaneci ali, parada. Não sabia se o acompanhava ou se ia embora, mas então ele gritou:

— Quer café?

Havia uma mulher do lado de fora, no jardim, fumando. Alta, com mechas grisalhas nos cabelos, estava elegantemente vestida com calças pretas e blusa branca abotoada até o pescoço. Estava andando de um lado para o outro pelo jardim, mas, assim que me viu, parou, jogou o cigarro no piso de pedra e esmagou-o com a sola do sapato.

— Polícia? — perguntou, cabreira, ao entrar na cozinha.

— Não, sou...

— Essa é Rachel Watson, mãe — disse Scott. — A mulher que entrou em contato comigo para falar sobre o Abdic.

Ela assentiu lentamente, como se a explicação de Scott não tivesse esclarecido muito; ficou me examinando, seu olhar me verificando de cima a baixo:

— Ah.

— Eu só, é... — Eu não tinha uma boa justificativa para estar ali. Não podia simplesmente dizer, podia? *É que eu queria saber. Eu queria ver.*

— Bem, Scott está muito grato por você ter entrado em contato. Agora, claro, estamos no aguardo, esperando descobrir o que está acontecendo exatamente. — Ela deu um passo na minha direção, segurou meu cotovelo e me girou delicadamente em direção à porta da casa. Olhei de relance para Scott, mas ele não estava olhando para mim; seu olhar estava fixo em algo fora da janela, do outro lado dos trilhos.

— Obrigada pela visita, Srta. Watson. Estamos muito gratos mesmo pelo que fez.

Quando me dei conta, estava do lado de fora, a porta fechada com vigor atrás de mim, e, ao erguer o olhar, eu os vi: Tom, empurrando um carrinho de bebê, e Anna a seu lado. Eles congelaram quando me viram. Anna levou a mão à boca e voou para pegar a criança. A leoa protegendo a cria. Tive vontade de rir dela, de lhe dizer, *não estou aqui por sua causa, eu não podia estar menos interessada na sua filha.*

Fui oficialmente expulsa. A mãe de Scott deixou isso bem claro. Fui retirada da equação e estou contrariada, mas isso não deveria importar, porque agora pegaram Kamal Abdic. Eles o pegaram, e eu ajudei. Fiz a coisa certa. Eles o capturaram, e agora não deve demorar para que encontrem Megan e a tragam de volta para casa.

ANNA

SEGUNDA-FEIRA, 22 DE JULHO DE 2013

MANHÃ

Tom me acordou cedo com um beijo e um sorriso atrevido. Ele tem uma reunião no fim da manhã, então sugeriu que levássemos Evie para tomar café na esquina, no lugar onde costumávamos nos encontrar quando começamos a nos ver. Sentávamos junto à janela — ela trabalhava em Londres, então não havia risco de passar por ali e nos ver. Mas, ainda assim, havia uma certa tensão: e se ela voltasse cedo para casa por algum motivo? E se passasse mal no trabalho, ou tivesse esquecido alguma coisa importante em casa? Eu sonhava com isso. Eu ansiava pelo dia em que ela voltaria cedo, veria o marido comigo, e saberia no mesmo instante que ele não lhe pertencia mais. Hoje, é difícil acreditar que houve um tempo em que eu torcia para ela aparecer.

Desde que Megan sumiu, tenho evitado andar por essa rua sempre que posso — fico arrepiada só de passar em frente a essa casa —, mas é a única opção para chegar ao café. Tom caminha um pouco à minha frente, empurrando o carrinho; ele está cantando alguma coisa para a Evie, fazendo-a rir. Adoro quando saímos os três juntos. Sei como as pessoas nos veem; sei que elas pensam: *Que família mais linda*. Isso me enche de orgulho — mais orgulho do que qualquer outra coisa na vida.

Vou flutuando pelo bairro nessa bolha de felicidade, e estamos quase passando do número 15 quando a porta se abre. Por um instante, acho que estou tendo uma alucinação, porque quem sai da casa é ela. Rachel. Ela sai pela porta e fica ali parada um segundo, nos vê e congela. É horrível. Ela abre um sorriso estranhíssimo, quase uma careta, e não consigo evitar: eu me jogo sobre o carrinho e pego Evie no colo, assustando-a um pouco. Ela começa a chorar.

Rachel se afasta rapidamente de nós, indo em direção à estação.

Tom grita por ela:

— Rachel! O que você está fazendo aqui? Rachel!

Mas ela continua andando, cada vez mais rápido, quase correndo, e nós dois ficamos ali, sem ação, até que Tom se vira para mim e, ao ver a expressão no meu rosto, diz:

— Venha. Vamos voltar para casa.

NOITE

Descobrimos, quando chegamos em casa, que alguém ligado ao desaparecimento de Megan Hipwell havia sido preso. Alguém de quem eu nunca tinha ouvido falar, um psicólogo com quem ela fazia terapia. Para mim, foi um certo alívio, porque eu vinha imaginando todo tipo de coisa, as mais terríveis.

— Eu disse que não seria um desconhecido — falou Tom. — Nunca é. De qualquer forma, não sabemos nem o que aconteceu. Ela deve estar ótima. Deve ter fugido com alguém.

— Então por que prenderam aquele homem?

Ele deu de ombros. Estava distraído, vestindo o paletó, ajeitando a gravata, se arrumando para a última reunião do dia.

— O que vamos fazer? — perguntei.

— Fazer? — Ele me olhou sem entender.

— Quanto a ela. Rachel. Por que ela estava aqui? Por que estava na casa dos Hipwell? Você acha... você acha que ela estava tentando entrar no nosso jardim passando pelos jardins dos vizinhos?

Tom deu uma risadinha maliciosa.

— Duvido muito. Qual é, Anna, nós estamos falando da Rachel. Ela não ia conseguir pular as cercas com aquela bunda enorme. Não tenho a menor ideia do que ela estava fazendo lá. Talvez estivesse bêbada e tenha ido bater na porta errada.

— Quer dizer então que ela queria ter vindo aqui?

Ele balançou a cabeça.

— Não sei. Olha, não se preocupe com isso, tá? Tranque a porta. Vou ligar para ela e tentar descobrir o que estava tramando.

— Acho que nós devíamos ligar para a polícia.

— E dizer o quê? Ela não fez nada...

— Ela não fez nada *ultimamente*, a menos que você leve em conta o fato de ela ter estado aqui na noite em que Megan Hipwell desapareceu — falei. — Devíamos ter contado isso para a polícia há muito tempo!

— Anna, qual é... — Ele envolveu minha cintura com os braços. — Duvido que Rachel tenha alguma coisa a ver com o desaparecimento de Megan Hipwell. Mas vou falar com ela, tá?

— Só que da última vez você disse que...

— Eu sei — falou baixinho. — Eu sei o que eu disse. — Ele me beijou, deslizou a mão pelo cós da minha calça jeans. — Não vamos envolver a polícia nisso, a menos que seja realmente necessário.

Eu acho necessário. Não consigo parar de pensar naquele sorriso que ela abriu, aquele sorriso cínico, quase de triunfo. Precisamos sair desse lugar. Precisamos sair de perto *dela*.

RACHEL

TERÇA-FEIRA, 23 DE JULHO DE 2013

MANHÃ

Demora algum tempo até eu entender exatamente o que estou sentindo quando acordo. É uma espécie de êxtase misturado com mais alguma coisa: um medo sem nome. Sei que estamos perto de descobrir a verdade. Só não consigo deixar de pensar que a verdade vai ser alguma coisa terrível.

Eu me sento na cama e ligo o laptop, esperando impaciente que ele acabe de inicializar, então entro na internet. O processo inteiro parece interminável. Ouço Cathy andando pela casa, lavando a louça do café, subindo para escovar os dentes. Ela se demora alguns instantes em frente à minha porta. Imagino seu punho erguido, prestes a bater. Ela pensa melhor e desce de novo.

A página da BBC se abre. A manchete principal fala de cortes nos benefícios, e a seguinte é sobre mais um astro dos anos 1970 acusado de conduta sexual inapropriada. Nada sobre Megan; nada sobre Kamal. Sinto uma grande frustração. Sei que a polícia tem 24 horas para indiciar um suspeito, e esse período já deve ter acabado. Mas sei que, em algumas circunstâncias, eles detêm a pessoa por 12 horas além disso.

Sei de tudo isso porque pesquisei a respeito ontem. Depois que fui expulsa da casa de Scott, voltei para cá, liguei a televisão e passei a maior parte do dia assistindo ao noticiário, lendo artigos on-line. Esperando.

Por volta do meio-dia, a polícia divulgou o nome do suspeito. O noticiário informou que a polícia comentou sobre "provas descobertas na casa e no carro do Dr. Abdic", mas não disseram o quê. Talvez sangue? O celular dela, que até agora não apareceu? Roupas, uma bolsa, sua escova de dente? Não paravam de mostrar fotos de Kamal, closes de seu rosto moreno e bonito. Não estão usando a foto de quando ele foi preso, mas uma foto espontânea: ele de férias em algum lugar, não exatamente sorrindo, mas quase. Parece tranquilo demais e bonito demais para ser um assassino, mas as aparências enganam — dizem que Ted Bundy se parecia com Cary Grant.

Esperei o dia todo por outras notícias, pela divulgação das acusações: sequestro, agressão ou coisa pior. Fiquei aguardando para ouvir onde ela está, onde ele a estava escondendo. Mostraram imagens da Blenheim Road, da estação, da porta da casa de Scott. Os comentaristas falaram das prováveis implicações do fato de o celular de Megan, assim como seus cartões, não terem sido utilizados nem uma vez há mais de uma semana.

Tom me ligou mais de uma vez. Não atendi. Sei o que ele quer. Quer me perguntar o que eu estava fazendo na casa de Scott Hipwell ontem de manhã. Ele que quebre a cabeça. Não tem nada a ver com ele. Nem tudo tem a ver com ele. De qualquer forma, imagino que esteja ligando porque Anna pediu. E não devo nenhuma explicação a ela.

Esperei e esperei, e nada de a acusação formal ser divulgada: em vez disso, ficávamos sabendo mais detalhes sobre Kamal, o respeitado psicólogo que ouvia os segredos e problemas de Megan, que conquistou sua confiança e depois abusou dela, seduzindo-a e sabe-se lá o que mais.

Fico sabendo que ele é muçulmano, bósnio, um sobrevivente do conflito nos Bálcãs, que ingressou na Grã-Bretanha como refugiado aos 15 anos. A violência lhe é familiar: perdeu o pai e dois irmãos mais velhos em Srebrenica. Já foi condenado por violência doméstica. Quanto mais ouvia detalhes sobre Kamal, mais sabia que eu tinha feito a coisa certa: ter contado à polícia sobre ele, ter falado dele com Scott.

Eu me levanto, visto o robe, desço às pressas e ligo a TV. Não tenho a menor intenção de ir a lugar nenhum hoje. Se Cathy vier de repente para casa, vou dizer que estou doente. Preparo uma caneca de café, me sento em frente à televisão, e espero.

NOITE

Fiquei entediada lá pelas três horas. Fiquei entediada de tanto ouvir falar em benefícios previdenciários e atores dos anos 1970 acusados de pedofilia, fiquei frustrada com a falta de notícias sobre Megan, sobre Kamal, então fui até a loja de bebidas e comprei duas garrafas de vinho branco.

Estou quase no fim da primeira garrafa quando acontece. Há outra matéria no noticiário agora, imagens trêmulas de um prédio semiconstruído (ou semidestruído), com explosões a distância. Síria, Egito, talvez Sudão? O volume está baixo, não estou prestando muita atenção. É nesse momento que vejo: a tarja com informações que deslizam na base da tela me informa que o governo enfrenta objeções aos cortes à assistência jurídica gratuita, que Fernando Torres vai ficar sem jogar até quatro semanas por causa de uma luxação na perna e que o suspeito no caso Megan Hipwell foi solto sem ser indiciado.

Coloco minha taça na mesa e pego o controle remoto, pressionando o botão do volume para aumentar, aumentar e aumentar. Não pode ser. A matéria sobre a guerra prossegue, não acaba nunca, e a cada segundo minha pressão aumenta, mas, por fim, a notícia termina e eles voltam ao estúdio, onde a apresentadora diz:

> Kamal Abdic, o homem preso ontem pela suposta ligação com o desaparecimento de Megan Hipwell, foi liberado sem ser indiciado. Abdic, que era terapeuta da Sra. Hipwell, foi detido ontem, mas libertado hoje de manhã pois a polícia alega não haver provas suficientes para indiciá-lo.

Não escuto o que ela diz depois disso. Só fico ali sentada, a visão embaçada, nos ouvidos um som de ondas revoltas, e pensando: *Eles pegaram o cara. Pegaram e então o deixaram ir.*

▪ ▪ ▪

Mais tarde, lá em cima. Eu havia bebido além da conta, não consigo mais ver direito a tela do laptop, vejo tudo em dobro, triplicado. Consigo ler se tapar um dos olhos com a mão. Isso me dá dor de cabeça. Cathy está em casa, me chamou e respondi que estava me sentindo mal, que estava de cama. Ela sabe que andei bebendo.

Meu estômago está cheio de álcool. Estou enjoada. Não consigo pensar direito. Não devia ter começado a beber tão cedo. Não devia ter começado a beber e ponto. Faz uma hora que liguei para Scott, e liguei de novo agora há pouco. Também não devia ter feito isso. Só quero saber que mentiras Kamal lhes contou. Em que mentiras eles foram tão ingênuos para acreditar? A polícia conseguiu meter os pés pelas mãos. Idiotas. Aquela tal de Riley, a culpa deve ser dela. Tenho certeza.

Os jornais não ajudam. Pelo que dizem, a condenação por violência doméstica não existia. Foi um engano. Estão fazendo com que *ele* pareça a vítima.

Não quero mais beber. Sei que deveria despejar o resto da bebida na pia, porque senão ela vai estar ali de manhã e eu vou levantar e beber assim que a vir, e, quando começar, não vou parar mais. Eu deveria despejá-la na pia, mas sei que não vou fazer isso. Pelo menos assim tenho algo pelo que ansiar amanhã.

Está escuro, e ouço alguém chamando o nome dela. Uma voz, primeiro baixa, depois mais alta. Irada, desesperada, chamando por Megan. É a voz de Scott — está chateado com ela. Ele a chama sem parar. É um sonho, acho. Fico tentando reter aquela voz na cabeça, segurá-la, mas, quanto mais me esforço, mas fraca e mais distante ela fica.

QUARTA-FEIRA, 24 DE JULHO DE 2013

MANHÃ

Uma suave batida à porta me desperta. A chuva tamborila no vidro da janela; já passa das oito, mas ainda parece estar escuro lá fora. Cathy empurra a porta, abre-a devagar e espia o interior do quarto.

— Rachel? Você está bem? — Ela avista a garrafa ao lado da minha cama e faz cara de desânimo. — Ai, Rachel.

Ela se aproxima da cama e pega a garrafa. Estou tão envergonhada que não digo nada.

— Você não vai trabalhar? — pergunta ela. — Você foi ontem?

Ela não me espera responder. Simplesmente se vira para ir embora, mas, antes de sair, acrescenta:

— Se continuar assim, você vai acabar demitida.

Eu deveria contar agora, pois ela já está aborrecida comigo. Deveria ir atrás dela e contar: fui despedida há meses por aparecer totalmente bêbada no escritório após um almoço de três horas com um cliente, durante o qual consegui a proeza de ser tão grosseira e tão pouco profissional que ele até cortou relações com a nossa empresa. Quando fecho os olhos, ainda me lembro do desfecho daquele almoço, da expressão da garçonete ao me entregar o paletó do meu terninho, de entrar no escritório trocando as pernas, do pessoal se virando para me olhar. De Martin Miles me puxando de lado: *Acho melhor você ir para casa agora, Rachel.*

Um trovão estala, um clarão eclode. Eu me sento. No que eu estava pensando ontem à noite, mesmo? Olho em meu caderninho preto, mas não escrevi mais nada nele desde ontem ao meio-dia: anotações sobre Kamal — idade, etnia, condenação por violência doméstica. Pego uma caneta e risco esse último item.

Lá embaixo, faço meu café e ligo a TV. A polícia convocou uma coletiva de imprensa ontem à noite, e estão mostrando trechos dela no Sky News. Lá está o detetive-inspetor Gaskill, pálido, olhos fundos, a aparência péssima. Derrotado. Ele nem faz menção ao nome de Kamal, só diz que um suspeito chegou a ser detido e interrogado, mas foi liberado sem ser indiciado e que as investigações continuam. As câmeras passam dele para Scott, sentado de forma desajeitada, curvado, piscando muito por causa da luz das câmeras, o rosto marcado pela angústia. Dói o coração vê-lo assim. Ele fala baixo, os olhos mirando o chão. Diz não ter perdido as esperanças, e que, não importa o que a polícia diz, ainda alimenta a esperança de que logo Megan voltará para casa.

Parecem palavras vazias, soam falsas, mas, sem olhar nos olhos dele, não consigo descobrir por quê. Não consigo descobrir se ele não acredita que ela voltará para casa porque toda a sua fé lhe foi arrancada pelos acontecimentos dos últimos dias, ou porque *sabe* que ela nunca mais vai voltar.

É aí que ela vem: a lembrança de ter ligado para o número dele ontem. Uma, duas vezes? Corro escada acima para pegar meu celular, e o encontro entre os lençóis. Há três ligações perdidas: uma de Tom e duas de Scott. Nenhuma mensagem. A ligação de Tom foi ontem à noite, assim como a primeira de Scott, só que mais tarde, perto da meia-noite. A segunda chamada dele foi hoje de manhã, há apenas alguns minutos.

Meu coração se alegra um pouco. É um bom indício. Apesar do que a mãe dele fez, apesar do que obviamente se podia ler nas entrelinhas (*Muito obrigada pela ajuda, agora dê o fora!*), Scott ainda quer falar comigo. Ele precisa de mim. De repente, sinto uma enorme afeição por Cathy, grata por ela ter jogado fora o resto do vinho. Preciso manter a mente alerta, por Scott. Ele precisa de mim sóbria.

Tomo um banho, me visto, preparo mais uma xícara de café, me sento na sala de estar, o caderninho preto ao meu lado, e ligo para o celular de Scott.

— Você deveria ter me dito — diz ele assim que atende — o que você é. — Seu tom é frio, sério. Meu estômago se contrai e endurece. Ele sabe. — A detetive Riley falou comigo depois que o soltaram. Ele negou ter tido um caso com ela. E a testemunha que sugeriu haver alguma coisa entre eles não era confiável, segundo ela. Uma alcoólatra. Mentalmente instável, talvez. Ela não me disse o nome da testemunha, mas imagino que estivesse falando de você?

— Mas... não — digo. — Não. Eu não sou... Eu não tinha bebido quando vi os dois. Eram oito e meia da manhã. — Como se isso quisesse dizer alguma coisa. — E encontraram provas, deu no jornal. Encontraram...

— Provas insuficientes.

E a linha fica muda.

SEXTA-FEIRA, 26 DE JULHO DE 2013

MANHÃ

Não estou mais indo todo dia para meu emprego imaginário. Desisti da encenação. Mal consigo sair da cama. Acho que a última vez que escovei os dentes foi na quarta-feira. Continuo fingindo que estou doente, embora tenha certeza de não estar conseguindo enganar ninguém.

Não tenho coragem de me levantar, de me vestir, de entrar no trem, de ir até Londres e de perambular pela rua. Já é ruim o bastante quando está sol, mas nessa chuva é impossível. Hoje é o terceiro dia de aguaceiro congelante, torrencial, sem trégua.

Minhas noites de sono têm sido difíceis, e agora não é mais só a questão da bebida, são os pesadelos. Estou presa em algum lugar, e sei que tem alguém se aproximando, e que há um jeito de sair dali, sei que há, sei que já vi a saída antes, mas não encontro um meio de voltar para lá, e, quando ele me pega, não consigo gritar. Eu tento — encho o pulmão de ar e forço a saída dele pela boca —, mas o som não sai, só um arfar, como uma pessoa à beira da morte lutando para respirar.

Às vezes, nos meus pesadelos, me vejo na passagem subterrânea da Blenheim Road, o caminho de volta está bloqueado e não consigo seguir adiante porque há algo ali, alguém à espera, e acordo totalmente apavorada.

Eles nunca vão encontrá-la. A cada dia, a cada hora que passa, estou mais certa disso. Ela vai ser um daqueles nomes, a história dela vai ser uma daquelas notícias: perdida, desaparecida, corpo jamais encontrado. E Scott não terá justiça, nem paz. Ele nunca terá um corpo para velar; nunca vai saber o que aconteceu com ela. Não haverá desfecho, solução. Fico acordada pensando nisso e sofro. Não pode haver agonia maior, nada pode ser mais doloroso que a dúvida, que não terá fim.

Escrevi para ele. Admiti meu problema, então menti de novo, dizendo que agora estava tudo sob controle, que eu estava buscando ajuda profissional. Afirmei que não sou mentalmente instável. Nem sei mais se isso é verdade ou não. Falei que tinha total certeza do que vira, e que não havia bebido quando presenciei a cena. Isso, pelo menos, é verdade. Ele não respondeu. Imaginei que não fosse responder. Fui cortada da vida dele, silenciada. As coisas que tenho vontade de dizer a ele, jamais vou poder dizer. Não posso escrevê-las, não saem como eu gostaria. Quero que ele saiba que sinto muito mesmo por não ter sido suficiente levar a polícia até Kamal, e dizer: *Vejam, aqui está ele.* Eu devia ter visto alguma coisa. Naquele sábado à noite, eu devia ter ficado de olhos bem abertos.

NOITE

Estou totalmente encharcada, congelando de frio, as pontas dos dedos pálidas e enrugadas, a cabeça latejando por causa de uma ressaca que começou por volta das cinco e meia. O que faz sentido, levando em conta que comecei a beber por volta do meio-dia. Saí para comprar outra garrafa, mas meus planos foram frustrados pelo caixa automático, que me deu a resposta que já era de se esperar: *Saldo insuficiente.*

Depois disso, comecei a andar. Andei sem rumo por mais de uma hora sob chuva forte. As ruas para pedestres do centro de Ashbury eram só minhas. Decidi, em algum momento dessa caminhada, que precisava fazer alguma coisa. Preciso compensar a minha insuficiência.

Agora, ensopada e quase sóbria, vou ligar para Tom. Não quero saber o que fiz, o que eu disse, naquele sábado à noite, mas preciso descobrir. Isso pode despertar alguma lembrança. Por algum motivo, tenho certeza de que está faltando alguma peça, algo vital. Talvez seja só mais autoengano, eu tentando me convencer mais uma vez de que tenho algum valor, por menor que seja. Mas talvez haja um fundo de verdade.

— Estou tentando falar com você desde segunda — diz Tom assim que atende o telefone. — Liguei para o seu trabalho — acrescenta, e deixa a frase no ar.

Já estou na defensiva, constrangida, envergonhada.

— Preciso conversar com você — digo —, sobre sábado à noite. Aquele sábado à noite.

— Do que você está falando? Sou *eu* quem precisa conversar com *você* sobre segunda-feira, Rachel. Que diabos você estava fazendo na casa de Scott Hipwell?

— Isso não é importante, Tom...

— É importante, sim senhora. O que estava fazendo lá? Você entende, não entende, que ele pode ser... quer dizer, nós não sabemos, não é? Ele pode ter feito alguma coisa com ela. Não pode? Com a mulher dele.

— Ele não fez nada com a mulher dele — digo, confiante. — Não foi ele.

— Como raios você sabe disso? Rachel, o que está havendo?

— É que eu... Você vai ter que acreditar em mim. Não foi por isso que eu liguei. Precisava falar com você sobre aquele sábado. Sobre a mensagem que você deixou na minha caixa postal. Você estava tão revoltado. Disse que eu tinha assustado a Anna.

— E a assustou. Ela viu você trocando as pernas pela rua, e você a xingou aos gritos. Ela ficou morta de medo, depois do que aconteceu da última vez. Com Evie.

— Ela... ela fez alguma coisa?

— Alguma coisa?

— Contra mim?

— *O quê?*

— Eu tinha um corte, Tom. Na cabeça. Eu estava sangrando.

— Você está acusando a Anna de alguma coisa? — Ele está gritando agora, furioso. — Sério, Rachel. Já chega! Eu convenci a Anna, várias vezes, a não denunciar você para a polícia, mas se continuar assim, nos perturbando e inventando histórias...

— Não estou acusando a Anna de nada, Tom. Só estou tentando entender o que aconteceu. Eu não...

— Você não se lembra! É claro que não. A Rachel não se lembra. — Ele suspira, cansado. — Olha, a Anna viu você. Bêbada e gritando. Ela entrou em casa para me contar isso, estava chateada, então saí à sua procura. Você estava na rua. Talvez tenha escorregado e caído. Você estava muito alterada. Tinha cortado a mão.

— Não...

— Bem, então tinha sangue na mão. Não sei como foi parar lá. Eu disse que ia levá-la em casa, mas você não me deu atenção. Estava descontrolada, dizendo coisas sem sentido. Você saiu andando e eu fui pegar o carro, mas, quando voltei, você tinha sumido. Fui até depois da estação, mas não consegui achar você. Então continuei dirigindo; a Anna temia que você estivesse fazendo hora em algum lugar, para depois voltar e tentar entrar na casa. Eu temia que você fosse cair, ou se meter em alguma encrenca... dirigi até Ashbury. Toquei a campainha, mas você não estava em casa. Liguei algumas vezes. Deixei mensagem. E, sim, eu estava com raiva. Estava puto da vida.

— Perdão, Tom — eu digo. — Eu sinto muito.

— Eu sei — ele fala. — Você sempre sente muito.

— Você disse que eu gritei coisas para a Anna — falo, me encolhendo só de pensar. — O que eu falei para ela?

— Não sei — responde ele. — Quer que eu a chame? Talvez você queira bater um papo com ela sobre isso?

— Tom...

— Bem, honestamente... isso importa agora?

— Você viu Megan Hipwell naquela noite?

— Não. — Ele parece preocupado agora. — Por quê? Você a viu? Você não fez alguma coisa com ela, fez?

— Não, claro que não.

Ele fica em silêncio por alguns instantes.

— Bem, então por que está me perguntando isso? Rachel, se você sabe de alguma coisa...

— Não sei de nada — digo. — Não vi nada.

— Por que você estava na casa dos Hipwells na segunda-feira? Conte para mim, por favor, para eu acalmar a Anna. Ela está preocupada.

— Queria contar uma coisa para ele. Achei que podia ser relevante.

— Você não a viu, mas tinha algo relevante para contar?

Hesito por um momento. Não sei o quanto devo revelar, se não devia guardar isso só para o Scott.

— É sobre a Megan — digo. — Ela estava tendo um caso.

— Espere aí. Você a conhecia?

— Um pouco.

— Como?

— Da galeria dela.

— Ah — faz ele. — Então quem é o sujeito?

— O terapeuta dela — confidencio. — Kamal Abdic. Vi os dois juntos.

— É mesmo? O sujeito que prenderam? Pensei que tivessem soltado o cara.

— Eles soltaram. E a culpa é minha, porque sou uma testemunha pouco confiável.

Tom dá uma risada. Suave, amigável, não está debochando de mim.

— Qual é, Rachel. Você fez certo em contar o que sabia. Tenho certeza de que não é só por sua causa. — Ouço uma criança balbuciando ao fundo, e Tom fala alguma coisa longe do bocal do telefone, algo que não consigo ouvir. — Tenho que desligar — diz ele.

Eu o imagino desligando o telefone, pegando sua menina no colo, beijando-a, abraçando a esposa. A adaga cravada em meu coração é retorcida, e retorcida, e retorcida.

SEGUNDA-FEIRA, 29 DE JULHO DE 2013

MANHÃ

São 8h07 e estou no vagão. De volta ao emprego imaginário. Cathy passou o fim de semana todo com Damien, e, quando a vi ontem à noite, não lhe dei a chance de me repreender. Comecei a me desculpar pelo meu comportamento logo de cara, dizendo que andava me sentindo muito deprimida, mas que estava organizando a vida, virando a página. Ela aceitou, ou fingiu aceitar, minhas desculpas. Então me deu um abraço. Chamá-la de boazinha é pouco.

Megan sumiu quase que completamente do noticiário. Saiu um editorial no *Sunday Times* sobre incompetência policial que mencionava brevemente o caso, uma fonte da Promotoria Pública o citou como "um entre muitos casos em que a polícia se apressou em prender suspeitos com base em provas insuficientes ou equivocadas".

Estamos chegando ao sinal. Sinto o solavanco e a freada de sempre, o trem desacelera e eu ergo o olhar, porque tenho de olhar, porque não aguento não olhar, mas não há nada a ser visto, não mais. As portas estão fechadas e as cortinas também. Não há nada para ver além de chuva, a cântaros, e poças de lama espalhadas pelo jardim.

Num impulso, resolvo saltar do trem em Witney. Tom não foi de grande ajuda, mas talvez o outro homem seja — o ruivo. Espero os passageiros que saltaram comigo desaparecerem escada abaixo e então sento no único banco coberto da plataforma. Talvez eu dê sorte. Talvez eu o veja embarcando no trem. Eu poderia segui-lo, eu poderia falar com ele. É a única coisa que me resta, minha última chance nos dados. Se não funcionar, vou ter de deixar para lá. Vou ser obrigada a deixar para lá.

Meia hora se vai. Toda vez que ouço passos na escada, meu coração bate mais rápido. Toda vez que ouço o ruído de sapatos de salto alto, meu corpo inteiro treme. Se Anna me vir aqui, posso acabar me metendo em encrenca. Tom me alertou. Ele a convenceu a não envolver a polícia nisso, mas se eu continuasse...

São 9h15. A menos que ele costume chegar ao trabalho bem tarde, nós nos desencontramos. Está chovendo mais forte agora, e não vou aguentar mais um dia sem ter o que fazer em Londres. O único dinheiro que me resta é uma nota de 10 que peguei emprestada com Cathy, e preciso fazer isso render até ter coragem de pedir um empréstimo à minha mãe. Desço a escada, com a intenção de andar até a plataforma oposta para voltar a Ashbury, quando, de repente, vejo Scott saindo apressado da banca em frente à entrada da estação, a gola do casaco levantada para proteger o rosto.

Corro atrás dele e o alcanço na esquina, bem em frente à passagem subterrânea. Agarro seu braço e ele se vira, surpreso.

— Por favor — digo. — Posso falar com você?

— Meu Deus! — rosna ele. — O que diabos você quer?

Eu me afasto dele, erguendo as mãos.

— Foi mal — digo. — Foi mal. Eu só queria me desculpar, me explicar...

A chuva intensa tinha se convertido em dilúvio. Nós somos os únicos seres vivos na rua, ambos encharcados até o último fio de cabelo. Scott começa a rir. Joga as mãos para o alto e dá uma gargalhada.

— Venha para a minha casa — convida ele. — Aqui vamos acabar nos afogando.

Scott sobe para pegar uma toalha para mim enquanto a água ferve na chaleira elétrica. A casa está menos arrumada que há uma semana, o cheiro de desinfetante substituído por algo mais terroso. Há uma pilha de jornais no canto da sala; canecas sujas foram deixadas sobre a mesinha de centro e sobre a lareira.

Scott aparece do meu lado e me oferece a toalha:

— Está um chiqueiro, eu sei. Minha mãe estava me tirando do sério, limpando, arrumando tudo o tempo todo. A gente meio que teve uma briga. Ela não vem aqui faz alguns dias. — Seu celular começa a tocar, ele olha a tela e o devolve ao bolso. — Falando no diabo... ela não para.

Eu o sigo até a cozinha.

— Sinto muito pelo que aconteceu — digo.

Ele dá de ombros:

— Eu sei. A culpa não é sua, de qualquer modo. Quer dizer, poderia ter ajudado se você não fosse...

— Se eu não fosse uma bêbada?

Ele está de costas para mim, servindo o café:

— Bem, é. Mas eles não tinham o bastante para indiciá-lo por nada, de qualquer forma. — Ele me entrega a caneca e nós nos sentamos à mesa. Percebo que um dos porta-retratos foi virado para baixo. Scott continua falando. — Encontraram algumas evidências na casa dele, como cabelo, células epiteliais, mas ele não nega que ela tenha ido lá. Bem, no início negou, mas depois admitiu que ela esteve lá.

— Por que mentiu?

— Exatamente. Ele admitiu que ela esteve duas vezes na casa dele, só para conversar. Não disse sobre o quê... por causa do sigilo profissional. O cabelo e as células epiteliais foram encontrados no andar de baixo. Nada em cima, no quarto. Ele jura de pé junto que não estavam tendo um caso. Mas ele mentiu antes, então... — Ele passa a mão pelo rosto, que parece estar encovado, os ombros curvados. Parece ter encolhido. — Acharam vestígios de sangue no carro dele.

— Ai, meu Deus.

— É. E do mesmo tipo sanguíneo dela. Não sabem se vão conseguir fazer teste de DNA porque a amostra é ínfima. Pode não ser nada, é o que ficam dizendo. Como pode não ser nada, o sangue dela no carro dele? — Ele balança a cabeça. — Você estava certa. Quanto mais coisa ouço sobre esse sujeito, mais me convenço. — Ele olha para mim, bem nos meus olhos, pela primeira vez desde que chegamos. — Ele estava trepando com ela, ela queria terminar o caso, e então ele... fez alguma coisa. Foi isso. Tenho certeza.

Ele perdeu a esperança, e eu não o culpo. Faz mais de duas semanas e ela ainda não ligou o celular, não usou o cartão de crédito, não sacou dinheiro de um caixa eletrônico. Ninguém a viu. Ela já era.

— Ele disse à polícia que ela pode ter fugido — diz Scott.

— Abdic falou isso?

Scott fez que sim.

— Disse à polícia que ela não era feliz comigo e que pode ter fugido.

— Ele está tentando tirar o dele da reta, fazer com que suspeitem de você.

— Eu sei. Mas eles parecem acreditar em tudo o que o desgraçado diz. Aquela Riley, dá para ver quando fala do sujeito. Ela gosta dele. O pobre refugiado oprimido. — Ele abaixa a cabeça, abatido. — Talvez Abdic tenha razão. Nós tivemos aquela briga horrível. Mas eu não acredito... Ela não era infeliz comigo. Não era. Não era. — Quando ele diz aquilo pela terceira vez, fico me perguntando se está tentando se convencer. — Mas se ela estava tendo um caso, é porque devia estar infeliz, né?

— Não necessariamente — falo. — Talvez seja uma daquelas coisas de... como é que se chama mesmo? Transferência. É assim que chamam, né? Quando um paciente começa a ter sentimentos, ou acha que está sentindo alguma coisa, pelo terapeuta. Mas o terapeuta precisa resistir, esclarecer que os sentimentos não são verdadeiros.

Os olhos dele fitam meu rosto, mas acho que não está ouvindo o que estou dizendo.

— O que aconteceu? — pergunta. — Com você. Largou seu marido. Conheceu outra pessoa?

Faço que não com a cabeça.

— O contrário. A Anna aconteceu.

— Sinto muito.

Ele fica calado por alguns instantes. Sei o que está para perguntar, então, antes que pergunte, eu falo:

— Começou antes. Quando ainda estávamos casados. A bebida. Era isso que você ia perguntar, não era?

Ele faz de novo que sim.

— Estávamos tentando engravidar — confesso, e minha voz começa a vacilar. Até hoje, depois de tanto tempo, toda vez que falo nisso meus olhos ficam marejados. — Perdão.

— Tudo bem. — Ele se levanta, vai até a pia e enche um copo de água. Ele o coloca à minha frente, na mesa.

Eu pigarreio, tentando ser tão objetiva quanto possível.

— Estávamos tentando engravidar e nada aconteceu. Fiquei muito deprimida e comecei a beber. Acabei me tornando uma pessoa muito difícil de conviver e Tom buscou consolo em outro lugar. E ela não hesitou nem um pouco em dar o que ele queria.

— Sinto muitíssimo. Que coisa horrível. Eu sei... Eu queria ter um filho. Megan só me respondia que ainda não estava pronta. — Agora é ele quem enxuga as lágrimas. — É uma das coisas... pelas quais discutíamos às vezes.

— Era sobre isso que vocês estavam discutindo no dia em que ela foi embora?

Ele suspira, empurra a cadeira para trás e fica de pé.

— Não — diz ele, virando de costas para mim. — O motivo foi outro.

Quando chego em casa, Cathy está à minha espera. Ela está na cozinha, de pé, bebendo um copo d'água de um jeito agressivo.

— Como foi o dia no escritório? — pergunta, comprimindo os lábios. Ela sabe.

— Cathy...

— Damien tinha uma reunião perto de Euston hoje. Na saída, ele deu de cara com Martin Miles. Eles se conhecem da época em que Damien trabalhava no Laing Fund Management, lembra? Martin fazia o RP deles.

— Cathy...

Ela fez sinal de "pare" com a mão, bebeu mais um gole d'água.

— Faz *meses* que você não trabalha mais lá! Meses! Você tem noção de como isso me faz sentir uma idiota? Como fez Damien se sentir um idiota? Por favor, *por favor*, Rachel, me diga que você arrumou um outro emprego e que simplesmente se esqueceu de me contar. Por favor, Rachel, me diga que você não tem fingido ir todo santo dia para o trabalho. Que você não tem mentido para mim, todos os dias, esse tempo todo.

— Eu não sabia como contar...

— Você não sabia como contar? Que tal: "Cathy, fui demitida porque cheguei bêbada no trabalho"? Que tal assim? — Eu me encolho toda e sua expressão se suaviza. — Foi mal, mas, fala sério, Rachel. — Ela é mesmo muito boazinha. — O que você tem feito? Aonde tem ido? O que você fica fazendo o dia inteiro?

— Eu caminho. Vou à biblioteca. Às vezes...

— Você vai ao pub?

— Às vezes. Mas...

— Por que não me contou? — Ela se aproxima de mim e põe as mãos nos meus ombros. — Você devia ter me contado.

— Eu estava com vergonha — admito e começo a chorar.

É horrível, repugnante, mas começo a chorar de soluçar. Choro sem parar, e a coitada da Cathy me abraça, faz carinho na minha cabeça, diz que vou ficar bem, que tudo vai ficar bem. Eu me sinto péssima.

Eu me odeio agora quase mais do que antes.

Mais tarde, sentada no sofá com Cathy, bebendo chá, ela me diz como vão ser as coisas de agora em diante. Vou parar de beber, vou atualizar meu currículo, vou entrar em contato com Martin Miles e implorar por uma carta de referência. Vou parar de jogar dinheiro fora indo para Londres e voltando de lá em viagens de trem sem propósito.

— Sério, Rachel, não sei como você foi capaz de manter essa farsa por tanto tempo.

Dou de ombros.

— De manhã, embarco no trem das 8h04, e, na volta, pego o das 17h56. É o meu trem. É nele que viajo. É assim que as coisas são.

QUINTA-FEIRA, 1º DE AGOSTO DE 2013

MANHÃ

Algo está cobrindo meu rosto, não consigo respirar, estou sufocando. À beira de recobrar a consciência, estou sem fôlego, puxando ar com toda a força, e meu peito dói. Eu me sento na cama, os olhos arregalados, e vejo algo se mexendo no canto do quarto, um núcleo denso e negro que não para de crescer, e quase grito — por fim, desperto completamente e não há nada ali, mas *estou* sentada na cama e minhas bochechas estão banhadas em lágrimas.

Está quase amanhecendo, o céu lá fora está começando a se tingir de cinza, e a chuva dos últimos dias ainda bate na janela. Não vou dormir de novo, não com o coração martelando no meu peito a ponto de doer.

Acho, mas não tenho certeza, que há vinho lá embaixo. Não me lembro de ter terminado a segunda garrafa. Vai estar quente, porque não posso deixá-la na geladeira; se a deixar, Cathy joga fora. Ela quer tanto que eu saia dessa, mas, até agora, as coisas não têm corrido conforme ela planejou. Há um pequeno armário no corredor onde fica o medidor de gás. Se tiver sobrado algum vinho, é lá que o terei escondido.

Eu me esgueiro até o patamar da escada e desço na penumbra. Abro o pequeno armário e tiro de lá a garrafa: está frustrantemente leve, restando pouco mais de uma taça lá dentro. Mas é melhor que nada. Ponho o vinho em uma caneca (para o caso de Cathy descer — posso fingir que é chá) e jogo a garrafa na lixeira (escondendo-a sob uma embalagem de leite e outra de batatas fritas). Na sala, ligo a TV, tiro o som e me sento no sofá.

Estou zapeando pelos canais — apenas programas infantis e comerciais até que, com um flash de reconhecimento, me vejo olhando para a Floresta de Corly, que fica perto daqui: dá para ver do trem. A Floresta de Corly sob chuva forte, os campos entre a linha de árvores e a ferrovia totalmente submersos.

Não sei por que demoro tanto para entender o que está acontecendo. Por dez segundos, quinze, vinte, fico vendo carros, fitas azuis e brancas, e uma tenda branca ao fundo, e minha respiração fica cada vez mais curta, até que a prendo e simplesmente paro de respirar.

É ela. Ela esteve na floresta o tempo todo, junto à ferrovia, aqui perto. Passei todos os dias em frente a esse lugar, de manhã e à noite, sem fazer a menor ideia.

Na floresta. Imagino uma cova sob arbustos frondosos, encoberta por uma camada fina de terra. Imagino coisas piores, improváveis

— seu corpo pendendo de uma corda, no coração da floresta, aonde ninguém vai.

Pode nem ser ela. Pode ser outra coisa.

Eu sei que não é outra coisa.

Agora surgiu um repórter na tela, cabelo preto lambido rente à cabeça. Aumento o volume e escuto o repórter informar o que eu já sei, o que já sinto — que não era eu que não conseguia respirar, mas Megan.

— Isso mesmo — diz ele, falando com alguém no estúdio, a mão comprimindo um dispositivo no ouvido. — A polícia acaba de confirmar que o corpo de uma mulher foi encontrado submerso na água da chuva que se acumulou num campo da parte baixa da Floresta de Corly, a menos de oito quilômetros da casa de Megan Hipwell. A Sra. Hipwell, como se sabe, desapareceu no início de julho, mais precisamente no dia 13, e nunca mais foi vista. A polícia diz que o corpo, descoberto por pessoas que passeavam com cães no início desta manhã, ainda precisa ser identificado formalmente; mas eles acreditam que seja de fato o corpo de Megan. O marido da Sra. Hipwell já foi avisado.

Ele para de falar por alguns segundos. A âncora do jornal está lhe fazendo alguma pergunta, mas não consigo ouvir nada porque o sangue ruge em meus ouvidos. Levo a caneca à boca e bebo até a última gota.

O repórter está falando de novo.

— Sim, Kay, é exatamente isso. Parece que o corpo tinha sido enterrado nessa floresta, possivelmente há algum tempo, e foi desenterrado pelas fortes chuvas que vêm caindo nesses últimos dias.

É pior, bem pior do que eu tinha imaginado. Quase enxergo o corpo dela, o rosto decomposto na lama, os braços brancos expostos, buscando o céu, buscando a luz, como se estivesse cavando para se desenterrar da própria cova. Sinto na boca o gosto de um líquido quente, bile e vinho amargo, e subo correndo para botar tudo para fora.

Fiquei na cama a maior parte do dia. Tentei organizar as coisas na cabeça. Tentei montar o quebra-cabeça, a partir das lembranças, dos flashbacks e dos sonhos, do que aconteceu naquela noite de sábado. Na tentativa de fazer com que aquilo fizesse algum sentido, de ver as coisas mais claramente, botei tudo no papel. O ruído da caneta riscando o papel parecia o de alguém sussurrando para mim; isso me deixou aflita, como se houvesse mais alguém no apartamento, do outro lado da porta, e eu não conseguia parar de pensar nela.

Eu estava com um medo absurdo de abrir a porta do quarto, mas, quando o fiz, não havia ninguém lá, claro. Desci as escadas e voltei a ligar a TV. As mesmas imagens continuavam na tela: a floresta na chuva, os carros de polícia avançando por uma trilha lamacenta, aquela horrível tenda branca, tudo meio borrado e cinzento, então, de repente, Megan, sorrindo para a câmera, ainda bela, intacta. Então Scott, de cabeça baixa, desvencilhando-se de fotógrafos para tentar entrar na própria casa, Riley a seu lado. Então apareceu o consultório de Kamal. Mas nem sinal dele.

Eu não queria ouvir a reportagem, mas precisei aumentar o volume, qualquer coisa para abafar o silêncio que zunia em meus ouvidos. A polícia dizia que a mulher, ainda não identificada formalmente, estava morta havia algum tempo, talvez várias semanas. Dizem que a causa da morte ainda é desconhecida. Dizem que não há evidências de uma motivação sexual para o assassinato.

Isso me parece uma coisa particularmente idiota de se dizer. Sei o que querem dizer com isso — que não acham que foi estuprada, pelo menos isso, ainda bem, o que não quer dizer que não existam motivações sexuais. Na minha opinião, Kamal queria Megan só para ele e não podia tê-la, Megan deve ter tentado terminar tudo e ele não conseguiu suportar a separação. Essa é uma motivação sexual, não é?

Não aguento mais ficar assistindo ao noticiário, então subo e me enfio debaixo do edredom. Esvazio minha bolsa para repassar minhas anotações rabiscadas em pedaços de papel, todas as migalhas de informação que consegui reunir, as memórias fugidias como sombras, e fico me perguntando: *Por que estou fazendo isso? Qual é a utilidade disso?*

MEGAN

QUINTA-FEIRA, 13 DE JUNHO DE 2013

MANHÃ

Não dá para dormir nesse calor. Insetos invisíveis rastejam pela minha pele, estou com uma coceira no peito, não consigo relaxar. E Scott parece irradiar calor; ficar deitada ao lado dele é como estar junto de uma fogueira. Não consigo manter o corpo suficientemente afastado do dele, e me vejo na beiradinha da cama, o lençol no chão. É insuportável. Pensei em ir deitar no futon no quarto extra, mas ele odeia acordar e não me ver na cama, isso sempre acaba terminando em discussão. Geralmente, os temas giram em torno de usos alternativos para o quarto extra, ou em quem eu pensava enquanto estava deitada lá sozinha. Às vezes tenho vontade de gritar com ele: *Me deixa em paz. Sai daqui. Me deixa respirar.* Então, não consigo dormir e estou com raiva. Sinto como se já estivéssemos brigando, embora a discussão só exista na minha imaginação.

E, na minha cabeça, os pensamentos ficam girando, girando, girando.

Sinto como se estivesse sufocando.

Quando foi que essa droga de casa ficou tão pequena?

Quando foi que minha vida ficou tão entediante?

Era mesmo isso o que eu queria?

Não me lembro. Só sei que, há poucos meses, eu estava me sentindo melhor, e agora já não consigo pensar, nem dormir, nem desenhar, e a ânsia de fugir está cada vez mais incontrolável. À noite, na cama, quando estou deitada mas ainda acordada, ouço uma voz em minha mente dizendo, baixinho: *Suma do mapa.* Quando fecho os olhos, minha cabeça se enche de imagens de vidas passadas e futuras, coisas com que sonhei, coisas que tive e joguei fora. Não consigo relaxar porque para onde olho vejo becos sem saída: a galeria fechada, as casas dessa rua, a atenção sufocante das mulheres chatas do pilates, a ferrovia e seus trens diante do meu jardim, sempre levando outras pessoas a outros lugares, e me lembrando, sem parar, dezenas de vezes ao dia, que estou presa, sempre no mesmo lugar.

Acho que estou enlouquecendo.

E só há uns poucos meses eu estava me sentindo melhor, estava melhorando. Estava bem. Conseguia dormir. Não vivia com medo dos pesadelos. Podia respirar. Sim, eu ainda tinha vontade de fugir. Às vezes. Mas não todos os dias.

Falar com Kamal ajudou, quanto a isso não há dúvida. Eu gostava da terapia. Gostava dele. Ele me fez uma pessoa mais feliz. E agora fiquei tão sem desfecho — não cheguei ao X da questão. A culpa é minha, claro, porque me comportei mal, como uma criança, porque não gostei de me sentir rejeitada. Preciso aprender a perder. Agora estou com vergonha do que fiz. Só de pensar nisso, começo a corar. Não quero que ele guarde essa impressão de mim. Quero que ele me veja de novo, me veja melhor. Eu sinto que, se fosse procurá-lo, ele me ajudaria. É da natureza dele.

Preciso chegar ao fim dessa história. Preciso contar a alguém, só uma vez. Dizer em voz alta. Se isso não sair de mim, vai me corroer por dentro. O vazio dentro de mim, o vazio que eles deixaram, vai ficar cada vez maior até me consumir.

Vou ter de engolir meu orgulho e minha vergonha e ir vê-lo. Ele vai ter de me ouvir. Nem que eu tenha de obrigá-lo.

NOITE

Scott acha que estou no cinema com a Tara. Estou do lado de fora da casa de Kamal faz quinze minutos, tomando coragem para bater na porta. Estou com tanto medo da forma como ele vai me olhar, depois da última vez. Preciso mostrar a ele que sinto muito, então me vesti para o papel: bem simples, de jeans e camisa de malha, pouquíssima maquiagem. Não pretendo seduzi-lo, e ele precisa ver isso logo de cara.

Meu coração dispara quando me aproximo da porta e aperto a campainha. Ninguém vem atender. As luzes estão acesas, mas ninguém aparece para abrir a porta. Talvez ele já tenha me visto ali fora, à espreita; talvez esteja no andar de cima, na esperança de que, se ele me ignorar, eu acabe indo embora. Mas não vou. Ele não sabe até onde vai a minha determinação. Quando decido fazer alguma coisa, sou capaz de mover montanhas.

Toco a campainha de novo, então uma terceira vez, e por fim ouço passos na escada e a porta se abre. Ele está usando uma calça de moletom e uma camisa de malha branca. Está descalço, o cabelo molhado, o rosto vermelho.

— Megan — diz ele, surpreso, mas não bravo, o que é um bom começo. — Você está bem? Está tudo bem?

— Perdão — digo, e ele recua para permitir que eu entre. Sinto uma onda de gratidão tão grande que até parece amor.

Ele me leva à cozinha. Uma bagunça: pilhas de louça para lavar na bancada e dentro da pia, embalagens de comida para viagem saindo pelo ladrão na lixeira. Será que ele está deprimido? Paro no vão da porta; ele se apoia no balcão, de frente para mim, os braços cruzados.

— O que posso fazer por você? — pergunta.

Seu rosto assumiu uma expressão perfeitamente neutra, sua cara de terapeuta. Dá vontade de beliscá-lo, só para fazê-lo sorrir.

— Eu queria contar... — começo, mas paro, porque não posso simplesmente começar pelo meio, preciso de um preâmbulo. Então mudo de tática. — Eu queria me desculpar pelo que aconteceu. Da última vez.

— Está tudo bem — responde ele. — Quanto a isso, não se preocupe. Se precisar conversar com alguém, posso indicar outra pessoa, mas não posso...

— Por favor, Kamal.

— Megan, não posso mais atender você.

— Eu sei. Sei disso. Mas não posso começar de novo do zero com outra pessoa. Não dá. Nós fomos longe demais. Estávamos tão perto. Simplesmente preciso contar para você. Só uma vez. E depois sumo da sua vida, juro. Nunca mais volto a incomodar você.

Ele inclina a cabeça para o lado. Não acredita em mim, dá para ver na cara dele. Está achando que, se me acolher de novo agora, nunca mais vai se livrar de mim.

— Por favor, me escute. Não vai ser por muito tempo, só preciso que alguém me escute.

— Seu marido? — sugere ele, e faço que não.

— Não dá... não dá para contar para ele. Não depois de todo esse tempo. Ele não... ele não ia conseguir mais pensar em mim como a mesma pessoa. Eu seria outra pessoa aos olhos dele. Não saberia como me perdoar. Por favor, Kamal. Se eu não cuspir esse veneno, sinto que nunca mais vou dormir. Peço que me ouça como amigo, não como terapeuta.

Sua postura relaxa um pouco quando ele vira de costas, e penso que é o fim. Meu coração fica apertado. Então ele abre um armário e tira duas taças.

— Como amigo, então. Quer vinho?

Ele me leva até a sala de estar. Pouco iluminada por abajures de pedestal, é tão bagunçada quanto a cozinha. Sentamo-nos em lados opostos de uma mesinha de vidro soterrada por pilhas de jornais, revistas e cardápios de *delivery*. Minhas mãos apertam a taça. Tomo um gole. É tinto, mas frio e seco. Engulo, bebo mais um gole. Ele está esperando que eu comece, mas é difícil, mais difícil do que pensei que seria. Guardei esse segredo por tanto tempo — por uma década, mais de um terço da minha vida. Não é nada fácil, revelá-lo a alguém. Só sei que preciso começar a falar. Se não fizer isso agora, talvez nunca mais tenha coragem de dizer isso em voz alta; talvez eu acabe perdendo as palavras, elas podem acabar grudando na minha garganta e me sufocar durante o sono.

— Depois que saí de Ipswich, eu me mudei para a casa de Mac, para a casa dele perto de Holkham, no fim da rua. Eu contei isso, não contei? Era um lugar isolado, alguns quilômetros de distância do vizinho mais próximo, e ainda mais alguns quilômetros até as lojas mais próximas. No começo, dávamos muitas festas, sempre havia algumas pessoas jogadas pela sala ou, no verão, dormindo na rede do lado de fora. Mas nos cansamos disso, e Mac acabou brigando com todo mundo, então as pessoas foram parando de aparecer e ficamos só nós. Passavam-se dias sem que víssemos outra pessoa. Nós fazíamos compras no posto de gasolina. É bem estranho, agora, mas eu precisava disso naquela época, depois de tudo; depois de Ipswich e daqueles homens todos, das coisas que eu fiz. Eu gostava daquilo, de ser só Mac e eu, a velha ferrovia, a grama, as dunas e o mar cinza revolto.

Kamal inclina a cabeça dá um meio sorriso. Minhas entranhas se reviram.

— Parece muito bom. Mas não acha que está romantizando? "O mar cinza revolto"?

— Isso não é importante — digo. — E, de qualquer forma, a resposta é não. Você já foi ao norte de Norfolk? O mar é revolto e cinza.

Ele levanta as mãos, sorrindo:

— Tudo bem.

Eu me sinto melhor na mesma hora, a tensão se esvaindo do meu pescoço e dos ombros. Tomo outro gole do vinho; dessa vez, acho o gosto menos amargo.

— Eu era feliz com Mac. Sei que não parece ser o tipo de lugar do qual eu gostaria, o tipo de vida de que eu gostaria, mas na época, depois que Ben morreu e depois de tudo o que aconteceu, era, sim. Mac me salvou. Ele me abrigou, me amou, me protegeu. E ele não era entediante. E, sendo bem honesta, estávamos usando tantas drogas, e é difícil ficar entediado quando se está chapado o tempo todo. Eu me sentia feliz. Feliz mesmo.

Kamal faz que sim:

— Entendo, embora não tenha certeza de que isso seja um tipo de felicidade genuinamente verdadeira — diz ele. — Não o tipo de felicidade que consegue perdurar, que pode sustentar você.

Dou uma risada.

— Eu tinha 17 anos. Vivia com um homem que me deixava empolgada, que me adorava. Tinha escapado da garra dos meus pais e da casa onde tudo, *tudo*, me lembrava meu irmão morto. Não precisava que perdurasse nem me sustentasse. Só precisava para aquele momento.

— E então, o que aconteceu?

Nessa hora, a sensação é de que a sala fica mais escura. Aqui estamos, frente a frente com o segredo nunca revelado.

— Eu engravidei.

Ele assente, esperando que eu continue. Uma parte de mim quer que ele me interrompa, que me faça mais perguntas, mas não, ele apenas fica à espera. O ambiente escurece ainda mais.

— Quando me dei conta, era tarde demais para... para me livrar dele. Dela. É o que eu teria feito, se não tivesse sido tão burra, tão *desligada*. A verdade é que nem eu nem ele a desejávamos.

Kamal se levanta, vai à cozinha e volta com uma folha de papel-toalha para que eu enxugue as lágrimas. Ele me entrega o papel-toalha e se senta. Demoro um pouco para continuar. Kamal está sentado, exatamente como ficava nas nossas sessões, olhando nos meus olhos, as mãos juntas no colo, paciente, imóvel. Deve ser necessário um autocontrole incrível, essa imobilidade, essa passividade; deve ser exaustivo.

Minhas pernas estão tremendo, meus joelhos têm espasmos como se estivessem presos a um fio de marionete. Fico de pé para tentar fazer isso parar. Ando até a porta da cozinha e volto, coçando as palmas das mãos.

— Nós éramos tão idiotas — falei. — Não demos a menor atenção ao que estava acontecendo, simplesmente continuamos com a nossa vida de sempre. Não fui ao médico, não comi as coisas certas nem tomei suplementos, não fiz nada do que deveria ter feito. Simplesmente continuamos vivendo. Nem chegamos a admitir que alguma coisa tinha mudado. Fui ficando mais gorda, mais lerda, mais cansada, ficamos os dois irritadiços e brigávamos o tempo todo, mas nada mudou de verdade até ela nascer.

Kamal me deixa chorar. Enquanto choro, ele passa para a poltrona mais perto da minha e se senta ao meu lado, seus joelhos quase encostando na minha coxa. Ele se inclina para a frente. Não encosta em mim, mas nossos corpos estão próximos, sinto o cheiro dele, um cheiro bom nesse ambiente sujo, um cheiro forte e adstringente.

Minha voz é um sussurro, não parece certo compartilhar isso em voz alta.

— Eu a tive em casa — digo. — Foi uma estupidez, mas eu tinha pavor de hospitais na época, porque da última vez em que eu tinha estado em um foi quando Ben morreu. Além disso, eu não tinha ido fazer exame nenhum. Andava bebendo, fumando, não conseguiria enfrentar os sermões. Não conseguiria enfrentar nada daquilo. Eu acho que... até a reta final, simplesmente não parecia real, não parecia que ia acontecer de verdade. Mac tinha uma amiga que era enfermeira, ou que tinha estudado para ser enfermeira, algo assim. Ela veio me ajudar, e correu tudo bem. Não foi tão ruim. Quer dizer, foi horrível, claro, doloroso e assustador, mas... lá estava ela. Era muito pequena. Não me lembro exatamente quanto pesava. Isso é péssimo, não é? — Kamal não diz nada, nem se mexe. — Ela era linda. Tinha olhos pretos e cabelos loiros. Não chorava muito, dormia bem, desde o começo. Era boazinha. Uma boa menina. — Nesse momento, preciso fazer uma pausa. — Eu imaginei que tudo fosse ser muito difícil, mas não foi.

Ainda está mais escuro, tenho certeza, mas ergo o olhar e Kamal permanece ali, seus olhos nos meus, a expressão tranquila. Está me ouvindo. Quer que eu lhe conte. Minha boca está seca, então bebo mais um gole de vinho. Engolir dói.

— Nós a chamamos de Elizabeth. Libby. — É tão estranho dizer o nome dela depois de tanto tempo. — Libby — digo de novo, gostando da sensação que o nome me provocava na boca. Quero dizê-lo muitas e muitas vezes.

Por fim, Kamal estende a mão para pegar a minha, o polegar em meu pulso, sentindo a minha pulsação.

— Um dia tivemos uma briga, Mac e eu. Não me lembro o motivo. Nós brigávamos de vez em quando, pequenas discussões que acabavam virando brigas feias, sem agressão física, nada tão ruim assim, mas gritávamos um com o outro e eu ameaçava sair de casa, ou ele ia embora e eu ficava sem notícias por uns dois dias. Aquela foi a primeira vez que isso aconteceu depois do nascimento dela. A primeira vez que ele foi embora e me deixou sozinha. Libby tinha poucos meses. O telhado estava cheio de goteiras. Eu me lembro até hoje: o barulho da água pingando em baldes na cozinha. Fazia muito frio, um vento que vinha do mar; chovia sem parar há dias. Acendi a lareira na sala de estar, mas ela apagava toda hora. Eu estava tão cansada. Estava bebendo porque precisava me esquentar, mas não funcionava, então resolvi tomar um banho de banheira. Levei Libby comigo, deixei-a em cima do meu peito, a cabecinha logo abaixo do meu queixo.

O ambiente vai ficando cada vez mais escuro até que me vejo de novo com ela, deitada na água, seu corpinho pesando contra o meu, uma vela bruxuleando atrás da minha cabeça. Ouço-a crepitar, sinto o cheiro da cera e o ar gelado no pescoço e nos ombros. Estou muito pesada, meu corpo afunda naquela quentura. Estou exausta. E então, de repente, a vela não está mais acesa e eu estou com frio. Com muito frio, batendo o queixo, o corpo todo tremendo. Até a casa parece tremer, e o vento gritar, tentando arrancar as telhas do telhado.

— Eu dormi — confesso, e então não consigo dizer mais nada, porque a sinto de novo, não mais no meu peito, seu corpo imprensado entre meu braço e a borda da banheira, o rosto dentro da água. Estávamos tão frias as duas.

Por alguns segundos, nenhum de nós se mexe. Quase não tenho coragem de olhar para ele, mas, quando olho, ele não me evita. Não diz uma palavra. Põe o braço no meu ombro e me puxa para perto, meu rosto encostado em seu peito. Eu o respiro e espero para ver se me sinto diferente, mais leve, melhor ou pior agora que outro ser vivo conhece meu segredo. Acho que sinto alívio, porque sei, pela reação dele, que fiz a coisa certa. Ele não está zangado comigo, não me considera um monstro. Estou a salvo aqui, completamente a salvo com ele.

Não sei quanto tempo fico ali, em seus braços, mas quando volto a mim, meu celular está tocando. Não o atendo, mas um segundo depois há um *bip* que me alerta para o recebimento de uma mensagem. É de Scott. *Cadê você?* E, segundos depois, o celular começa a tocar de novo. Dessa vez é a Tara. Desvencilho-me do abraço de Kamal, atendo o celular.

— Megan, não sei o que você está fazendo, mas precisa ligar para o Scott. Ele já me telefonou quatro vezes. Eu disse para ele que você deu um pulinho na loja de bebidas para comprar vinho, mas acho que ele não acreditou em mim. Ele diz que você não está atendendo o celular. — O tom dela é furioso, e sei que eu deveria acalmá-la, mas não tenho energia para isso.

— Tudo bem — digo. — Obrigada. Vou ligar para ele agora.

— Megan... — diz ela, mas encerro a chamada antes de ouvir outra palavra.

Já passam das dez. Estou aqui há mais de duas horas. Desligo o celular e me viro para encarar Kamal.

— Eu não quero ir para casa — falo.

Ele assente, mas não me convida para ficar. Em vez disso, fala:

— Se você quiser, pode voltar. Outro dia.

Dou um passo à frente, eliminando a distância que havia entre nós, fico na ponta dos pés e beijo sua boca. Ele não recua.

RACHEL

SÁBADO, 3 DE AGOSTO DE 2013

MANHÃ

Ontem à noite, sonhei que estava na floresta, caminhando sozinha. Começava a amanhecer ou anoitecer, não sei bem, mas havia mais alguém ali comigo. Não dava para ver quem era, só sentia sua presença, cada vez mais próxima. Eu não queria ser vista, queria fugir, mas não conseguia, minhas pernas estavam muito pesadas, e quando tentava gritar, não saía som.

Quando acordo, raios de sol atravessam a fresta da cortina. A chuva finalmente parou, seu trabalho encerrado. O quarto está quente; um cheiro horrível, um ranço azedo — mal saí daqui desde quinta-feira. Lá fora, ouço o aspirador de pó zumbir e roncar. Cathy está fazendo faxina. Ela vai sair mais tarde; então vou poder me aventurar para fora do quarto. Não sei bem o que vou fazer, não consigo me endireitar.

Mais um dia de bebedeira, talvez, e então fico sóbria a partir de amanhã.

Meu celular vibra, um alerta de que a carga da bateria está baixa. Eu o pego para colocá-lo na tomada e reparo que há duas chamadas perdidas de ontem à noite. Digito o número da caixa postal. Há uma mensagem gravada.

— Rachel, oi. É a mamãe. Olha, amanhã vou dar um pulo em Londres. Sábado. Preciso comprar umas coisinhas. Podemos nos encontrar para um café ou algo assim? Querida, este não é um bom momento para você se mudar para minha casa. É que... bem, é que arrumei um novo amigo, e você sabe como é no início. — Ela ri. — Enfim, fico feliz em emprestar um dinheiro para você, que dê para umas duas semanas. Amanhã conversamos sobre isso, tá, querida? Tchau.

Vou ter de ser bem direta com ela, dizer exatamente como as coisas estão. Não é o tipo de conversa que eu queira ter de cara limpa. Me obrigo a levantar da cama: posso ir à loja de bebidas agora e tomar só duas tacinhas antes de sair. Só para relaxar. Olho de novo para o celular, verifico as ligações perdidas. Só uma é da minha mãe — a outra é de Scott. Uma mensagem deixada às quinze para uma da manhã. Fico sentada ali, o aparelho na mão, tentando decidir se devo ou não ligar para ele. Não agora, é muito cedo. Talvez mais tarde? Mas depois de uma taça, não de duas.

Coloco o celular para carregar, abro a cortina e a janela, então vou ao banheiro e tomo um banho frio. Esfrego o corpo com a bucha, lavo o cabelo e tento calar a voz em minha mente que me diz ser estranho, menos de 48 horas depois da descoberta do cadáver da sua esposa, ligar para outra mulher no meio da noite.

NOITE

A terra ainda está secando, mas o sol já quase consegue atravessar a espessa camada de nuvens brancas. Comprei uma daquelas minigarrafas de vinho — uma só. Não deveria ter feito isso, mas um almoço com minha mãe é uma prova de fogo até para um abstêmio convicto. Mesmo assim, ela prometeu transferir 300 libras para a minha conta, então não foi uma perda de tempo completa.

Eu não admiti que as coisas estavam muito mal. Não contei que estou desempregada há vários meses, nem que fui demitida por justa causa (ela pensa que seu dinheiro está me ajudando enquanto não recebo o valor da rescisão). Não contei como meu problema com a bebida piorou, e ela não percebeu. Cathy, sim. Quando passei por ela hoje de manhã, de saída, ela me lançou um olhar reprovador e disse:

— Ah, pelo amor de Deus. Mas já?

Não tenho ideia de como ela sabe, mas sempre sabe. Mesmo que eu tenha tomado meia taça, basta olhar para mim que ela já sabe.

— Dá para ver nos seus olhos — diz ela, mas, quando me olho no espelho, minha aparência é a mesma. A paciência dela está se esgotando, e sua compaixão também. Preciso parar de vez. Mas hoje não. Hoje não posso. Hoje está muito difícil.

Eu deveria ter me preparado para isso, deveria ter imaginado que isso iria acontecer, mas por algum motivo não me preparei. Entrei no trem e ela estava por toda parte, seu rosto em todos os jornais: a Megan linda, loira e feliz olhando para a câmera, olhando para mim.

Alguém tinha largado de lado seu exemplar do *Times*, então li a matéria deles. A identificação formal aconteceu ontem à noite, e hoje farão a autópsia. O porta-voz da polícia é citado, dizendo: "A causa da morte da Sra. Hipwell pode ser difícil de ser determinada porque seu corpo ficou exposto por muito tempo, e submerso em água por, no mínimo, vários dias". É horrível pensar nisso com a foto dela bem na minha frente. Como era antes, como está agora.

Kamal é mencionado rapidamente, sua prisão e soltura, e uma declaração do detetive-inspetor Gaskill, dizendo que a polícia está "investigando diversas possibilidades", que imagino querer dizer que não fazem a menor ideia de quem a matou. Fecho o jornal e o deixo no chão, aos meus pés. Não consigo mais olhar para ela. Não quero mais ler essas palavras inúteis, vazias.

Encosto a cabeça na janela. Logo passaremos pelo número 23. Dou uma olhada rápida, mas estamos nos trilhos do outro lado, longe demais para que eu consiga enxergar alguma coisa. Não paro de pensar no dia em que vi Kamal, na forma como ele a beijou, na raiva que eu senti e na vontade que eu tive de confrontá-la. O que teria acontecido se eu a tivesse confrontado? O que teria acontecido se eu tivesse ido até lá, batido na porta e lhe perguntado o que raios ela estava aprontando? Será que ela ainda estaria lá, em sua varanda?

Fecho os olhos. Em Northcote, alguém embarca e se senta ao meu lado. Não abro os olhos para ver quem é, mas acho estranho, porque o trem está meio vazio. Os pelos da minha nuca se eriçam. Sinto cheiro de cigarro com loção pós-barba e percebo que já senti esse cheiro antes.

— Oi.

Abro os olhos e reconheço o homem ruivo, aquele da estação, o *daquele* sábado. Ele está sorrindo para mim, oferecendo a mão para um cumprimento. A surpresa é tamanha que aperto a mão dele. A palma é dura e calosa.

— Você se lembra de mim?

— Lembro — digo, mas fazendo que não com a cabeça. — Lembro, algumas semanas atrás, na estação.

Ele assente e sorri.

— Eu estava meio bêbado — confessa, e então ri. — Acho que você também, né?

Ele é mais novo do que eu tinha pensado, talvez não tenha nem chegado aos 30. Seu rosto é bonito, não lindo, só bonito. Tem um sorriso largo. O sotaque é *cockney* ou de algum lugar do sudeste da Inglaterra. Ele me olha como se soubesse algo sobre mim, como se estivesse me provocando, como se tivéssemos algo em comum. Não temos. Viro o rosto para o outro lado. Eu deveria lhe perguntar alguma coisa, perguntar: *O que você viu?*

— Tá tudo bem? — pergunta ele.

— Sim, está.

Volto a olhar pela janela, mas posso sentir que ele está me observando e tenho uma vontade muito estranha de me virar para ele, de cheirar o odor de cigarro em suas roupas e em seu hálito. Gosto do cheiro de fumaça de cigarro. Tom fumava quando nos conhecemos. De vez em quando eu fumava com ele, quando saíamos para beber ou depois do sexo. Para mim, esse cheiro é afrodisíaco; faz com que eu me lembre de quando era feliz. Roço os dentes no lábio inferior, me perguntando por um segundo qual seria a reação dele se eu me virasse e o beijasse na boca. Percebo um movimento ao meu lado. Ele está se inclinando para a frente, dobrando o corpo, ele pega o jornal que está junto ao meu pé.

— Um horror, né? Coitada da moça. É estranho, porque a gente tava lá naquela noite. Foi naquela noite, não foi? Que ela sumiu?

É como se ele tivesse lido meus pensamentos, o que me deixa perplexa. Viro rápido para olhar para ele. Quero ver a expressão em seus olhos.

— Como assim?

— Naquela noite que conheci você no trem. Foi naquela noite que a moça sumiu, essa que encontraram agora. E estão dizendo que ela foi vista pela última vez do lado de fora da estação. Fico me perguntando, sabe, se eu posso ter visto essa moça. Mas não me lembro. Estava bêbado. — Ele dá de ombros. — Você não se lembra de nada, lembra?

É estranho, o jeito que me sinto quando ele diz isso. Não me lembro de jamais ter me sentido assim. Não consigo responder porque minha mente viajou para outro lugar totalmente diferente, e não pelo que ele está dizendo, mas pela loção pós-barba. Misturado com o odor de cigarro, aquele cheiro — um aroma fresco de limão — evoca uma lembrança: eu sentada no vagão ao lado dele, exatamente como agora, só que estamos indo na direção oposta e tem alguém dando gargalhadas. A mão dele está no meu braço, ele me pergunta se quero sair para beber alguma coisa, mas de repente há algo errado. Eu me sinto assustada e confusa. Alguém está tentando me bater. Posso ver o punho vindo e me agacho, as mãos para o alto tentando proteger a cabeça. Já não estou no trem, mas na rua. Ouço gargalhadas de novo, ou gritos. Estou na escada, estou na calçada, é tudo tão confuso, meu coração bate acelerado. Não quero ficar perto desse homem. Preciso sair de perto dele.

Eu me levanto de repente, digo "com licença" bem alto para que os outros ocupantes do vagão me ouçam, mas não há quase ninguém por perto e ninguém presta a menor atenção. O homem me olha surpreso e chega as pernas para o lado, para me dar passagem.

— Foi mal — diz ele. — Não quis aborrecer você.

Eu me afasto dele o mais rápido que consigo, mas o trem dá um solavanco e quase perco o equilíbrio. Seguro o encosto de um assento para não cair. Algumas pessoas ficam me olhando. Atravesso rápido para o vagão seguinte e continuo até chegar ao próximo; sigo em frente sem parar até alcançar o fim do trem. Estou sem fôlego e com medo. Não sei explicar, não lembro o que aconteceu, mas posso sentir, o medo e a confusão. Eu me sento, de frente para o caminho que percorri até ali, para ser capaz de vê-lo se vier atrás de mim.

Pressionando a palma das mãos em minhas órbitas oculares, eu me concentro. Estou tentando trazer de volta a imagem que acabei de ver. Eu me xingo por ter bebido. Queria tanto estar sóbria... mas então vejo. Está escuro, e tem um homem andando, se afastando de mim. Uma mulher se afastando de mim? Uma mulher, o vestido azul. É Anna.

O sangue lateja na minha cabeça, meu coração acelerado. Não sei se o que estou vendo e sentindo aconteceu mesmo, se é fruto da minha imaginação ou uma lembrança. Fecho os olhos com força tentando sentir aquilo de novo, ver a cena de novo, mas já era.

ANNA

SÁBADO, 3 DE AGOSTO DE 2013

NOITE

Tom saiu para beber com alguns amigos da época do Exército e Evie dorme. Estou sentada na cozinha, portas e janelas fechadas apesar do calor. Finalmente a chuva parou; agora está extremamente abafado.

Estou entediada. Não consigo pensar em nada para fazer. Adoraria ir às compras, gastar um pouco comigo mesma, mas com Evie não dá. Ela fica irritadiça e eu me estresso. Então fico em casa sem fazer nada. Não posso ver televisão nem ler jornal. Não quero ler nada sobre Megan, não quero ver seu rosto, não quero pensar nesse assunto.

Mas como posso não pensar no assunto quando estamos aqui, a quatro casas de distância da dela?

Dou alguns telefonemas para ver se alguém quer vir brincar com Evie, mas todo mundo tem compromisso. Liguei até para minha irmã, mas, com ela, é preciso marcar com uma semana de antecedência. De qualquer forma, ela disse que estava de ressaca e não ia conseguir brincar com Evie. Senti uma ponta de inveja nessa hora, com saudade de sábados passados no sofá lendo jornal e com uma vaga lembrança de como tinha voltado da boate na noite anterior.

O que é uma grande bobagem da minha parte, na verdade, porque o que tenho agora é mil vezes melhor, e fiz sacrifícios para ter essa vida. Agora só preciso protegê-la. Então aqui estou na minha casa calorenta, tentando não pensar em Megan. Tento não pensar *nela*, e dou um pulo cada vez que ouço um barulho, me encolho toda quando uma sombra passa pela janela. É insuportável.

O que não sai da minha cabeça é o fato de Rachel ter estado aqui na noite do desaparecimento de Megan, trocando as pernas, totalmente bêbada, e então simplesmente *desapareceu*. Tom procurou por ela durante várias horas, mas não conseguiu encontrá-la. Não paro de me perguntar o que ela estava fazendo.

Não há nenhuma ligação entre Rachel e Megan Hipwell. Falei sobre isso com a policial, a detetive Riley, depois que vimos Rachel na casa dos Hipwells, e ela disse que não havia nada com que se preocupar.

— Ela é uma xereta — disse Riley. — Solitária, um pouco desesperada. Só quer fazer parte de alguma coisa.

Provavelmente tem razão. Mas então me lembro de quando ela entrou na minha casa e pegou minha menina, e me lembro do medo que senti quando a vi perto da cerca com Evie. E me lembro do sorriso horripilante que abriu para mim quando eu a vi saindo da casa dos Hipwells. A detetive Riley simplesmente não tem ideia de como a Rachel pode ser perigosa.

RACHEL

DOMINGO, 4 DE AGOSTO DE 2013

MANHÃ

É diferente, o pesadelo do qual acordo esta manhã. Nele, eu fiz algo errado, mas não sei o que é, só sei que não pode ser remediado. Só sei que agora Tom me odeia, não fala mais comigo, e que contou para todo mundo a coisa terrível que eu fiz; e todos se voltaram contra mim: meus ex-colegas de trabalho, meus amigos, até minha mãe. Eles me olham com nojo, desprezo, e ninguém me ouve, ninguém me deixa pedir desculpas. Eu me sinto péssima, extremamente culpada, só não consigo lembrar o que fiz. Eu acordo e sei que o pesadelo deve ter a ver com alguma velha lembrança, alguma velha transgressão — não importa qual agora.

Depois que saltei do trem ontem, fiquei do lado de fora da estação de Ashbury por uns quinze ou vinte minutos. Fiquei de olho para ver se ele havia saído do trem comigo — o ruivo —, mas nem sinal dele. Fiquei achando que eu poderia não tê-lo visto, que ele estava ali em algum lugar só esperando eu iniciar minha caminhada até em casa para poder me seguir. Pensei em como eu gostaria de poder correr até em casa e ter o Tom esperando por mim. Ter alguém esperando por mim.

No caminho, passei na loja de bebidas.

A casa estava vazia quando voltei, a sensação era de que alguém havia acabado de sair, como se eu tivesse me desencontrado de Cathy por pouco, mas o recado na bancada dizia que ela iria almoçar com Damien em Henley e que só voltaria no domingo à noite. Fiquei apreensiva, com medo. Andei de cômodo em cômodo, pegando objetos, depois largando-os. Algo parecia fora do lugar, mas por fim percebi que era só impressão minha.

Ainda assim, o silêncio que zunia em meus ouvidos soava como vozes, então me servi de uma taça de vinho, e de outra, e depois telefonei para Scott. Caiu direto na caixa postal: sua mensagem era de outros tempos, a voz de um homem ocupado e confiante com uma linda esposa em casa. Após alguns minutos, voltei a ligar. Alguém atendeu, mas não falou nada.

— Alô?

— Quem está falando?

— É a Rachel — falei. — Rachel Watson.

— Ah.

Ruídos ao fundo, vozes, uma mulher. Sua mãe, talvez.

— Você... eu não atendi quando você me ligou — comentei.

— Não... não. Eu liguei para você? Ah. Por engano — Ele parecia agitado. — Não, pode deixar aí — disse ele, e levei um segundo para entender que não estava falando comigo.

— Eu sinto muito — falei.

— É. — Seu tom era neutro.

— Sinto muito mesmo.

— Obrigado.

— Você... você queria falar comigo?

— Não, devo ter ligado para você por engano — insistiu, agora com mais convicção.

— Ah. — Dava para perceber que ele estava louco para desligar o telefone. Eu sabia que deveria deixá-lo voltar para sua família, para seu luto. Eu sabia, mas não foi o que eu fiz. — Você conhece a Anna? — perguntei. — Anna Watson?

— Quem? Está falando da mulher do seu ex?

— Sim.

— Não. Quero dizer, não exatamente. Megan... Megan foi babá da filha dela por um tempo, no ano passado. Por que a pergunta?

Não sei por que estou perguntando. Não sei.

— Podemos nos encontrar? — pedi. — Queria conversar com você.

— Sobre o quê? — A irritação aflorava em sua voz. — Não é exatamente a melhor hora para isso.

Afetada por aquele sarcasmo, eu estava prestes a desligar quando ele falou:

— A casa está cheia de gente. Amanhã? Venha aqui em casa amanhã à tarde.

NOITE

Ele se cortou fazendo a barba: há sangue na bochecha e no colarinho. Os cabelos estão molhados e ele cheira a sabonete e loção pós-barba. Ele me cumprimenta com um movimento de cabeça e me dá passagem, fazendo um gesto para eu entrar na casa, mas não fala nada. O ambiente está escuro, abafado, e tanto as cortinas da sala como as das portas francesas que dão para o jardim estão fechadas. Há potes de Tupperware em cima da bancada da cozinha.

— Todo mundo me traz comida — diz Scott. Com um gesto, me convida a sentar à mesa, mas continua de pé, os braços estendidos ao lado do corpo. — Você queria me dizer alguma coisa? — Ele é um homem no piloto automático, nem me olha nos olhos. Parece derrotado.

— Queria fazer umas perguntas sobre Anna Watson... Como era o relacionamento dela com Megan? Elas gostavam uma da outra?

Ele franze a testa, coloca as mãos no espaldar da cadeira que está à sua frente:

— Não. Quer dizer... não que elas não gostassem uma da outra. Só não se conheciam muito bem. Não tinham um *relacionamento* propriamente dito. — Seus ombros parecem se curvar ainda mais; ele está exausto. — Por que está me perguntando isso?

Preciso confessar.

— Eu a vi. Acho que a vi, do lado de fora da passagem subterrânea da estação. Eu a vi naquela noite... a noite em que Megan desapareceu.

Ele meneia a cabeça, tentando entender o que estou dizendo.

— Como assim? Você a viu. Você estava... Onde você estava?

— Eu estava aqui. Eu estava indo encontrar com... com Tom, meu ex-marido, mas eu...

Ele fecha os olhos com força, esfrega a testa:

— Espere um minuto. Você esteve aqui e viu Anna Watson? E? Sei que Anna esteve aqui. Ela mora a poucas casas daqui. Ela contou à polícia que foi à estação por volta das sete, mas que não se lembrava de ter visto Megan. — As mãos dele seguram a cadeira com mais força, dá para ver que está perdendo a paciência. — O que você está querendo dizer exatamente?

— Eu estava bêbada — confesso, ficando vermelha, sentindo a vergonha de sempre. — Não me lembro bem, mas tenho a sensação de que...

Scott ergue a mão aberta para mim.

— Chega. Não quero ouvir isso. Você tem algum problema com seu ex, com a nova mulher dele, isso está claro. Não tem nada a ver comigo, nada a ver com Megan, tem? Meu Deus, você não tem vergonha? Tem ideia do que estou passando? Sabia que a polícia me chamou para um interrogatório hoje de manhã? — Está fazendo tanta força sobre a cadeira que parece que ela vai quebrar, e me preparo psicologicamente para o estalido. — E você me vem com essa conversa mole. Eu sinto muito se sua vida é uma porra de um desastre, mas, pode acreditar, comparada à minha, é um mar de rosas. Então, se você não se importa... — Ele faz um gesto com a cabeça indicando a porta da casa.

Eu me levanto. Me sinto tola e ridícula. E estou com vergonha.

— Eu queria ajudar. Queria...

— Você não pode, tá? Você não pode me ajudar. Ninguém pode me ajudar. Minha mulher está morta, e a polícia pensa que eu a matei. — O volume de sua voz se eleva, seu rosto começa a ficar vermelho. — Eles acham que eu a matei.

— Mas... Kamal Abdic...

A cadeira se choca com a parede da cozinha com tanta força que um dos pés se desprende. Pulo para trás com o susto, mas Scott mal se mexeu. Suas mãos voltaram para o lado do corpo, os punhos fechados. Dá para ver as veias sob a pele.

— Kamal Abdic — diz ele, trincando os dentes — não é mais suspeito.

Seu tom é neutro, mas ele está se esforçando para se controlar. Dá para sentir a raiva vibrando dentro dele. Quero ir até a porta, mas ele está na minha frente, bloqueando o caminho, obstruindo o pouco de luz que havia no ambiente.

— Sabe o que ele anda dizendo? — pergunta ele, virando de costas para pegar a cadeira. *É claro que não sei*, penso, mas percebo mais uma vez que na verdade ele não está falando comigo. — Kamal anda contando várias histórias. Kamal diz que Megan estava infeliz, que eu era um marido ciumento e controlador, um marido... como é mesmo? *Emocionalmente abusivo*. — Ele fala isso como se estivesse com nojo. — Kamal diz que Megan tinha medo de mim.

— Mas ele é...

— Ele não é o único. Aquela amiga dela, Tara, disse que às vezes Megan pedia que ela quebrasse o galho dela, que Megan queria que ela mentisse para mim sobre onde estava, o que estava fazendo.

Ele devolve a cadeira à mesa, e ela tomba. Dou um passo em direção ao corredor da entrada, e ele olha para mim.

— Sou um homem culpado — afirma ele, o rosto retorcido de angústia. — Praticamente condenado à prisão.

Ele chuta a cadeira quebrada para o lado e se senta em uma das três intactas que restaram. Fico por ali, sem saber o que fazer. Ficar ou correr? Ele começa de novo a falar, a voz tão baixa que mal consigo ouvir.

— O celular estava no bolso dela — diz ele. Eu me aproximo um pouco. — Tinha uma mensagem minha nele. A última coisa que eu disse para ela, as últimas palavras que ela leu na vida, foram: *Vai se foder, sua vagabunda mentirosa.*

O queixo encostado no peito, seus ombros começam a tremer. Estou próxima o suficiente para tocá-lo. Ergo a mão e, tremendo, encosto os dedos de leve na base da nuca. Ele não tira a minha mão.

— Sinto muito — digo, com sinceridade, porque apesar de estar chocada em ouvir aquelas palavras, em imaginar que ele seria capaz de falar com a mulher daquele jeito, sei bem como é amar alguém e dizer as coisas mais horríveis, por raiva, por angústia. — Uma mensagem de texto — digo — não é suficiente. Se isso é tudo que eles têm...

— Mas não é só isso, é? — Ele endireita as costas, afastando minha mão de sua nuca. Dou a volta na mesa e me sento à sua frente. Ele não olha para mim. — Eu tenho uma motivação. Meu comportamento não foi... eu não reagi da maneira certa quando ela saiu de casa. Não entrei logo em pânico. Não liguei logo para ela. — Ele dá uma risada amarga. — E eu tenho um padrão de comportamento abusivo, segundo Kamal Abdic. — É nesse momento que ele me olha, que me vê, que seu rosto se ilumina. Esperança. — Você... você pode falar com a polícia. Você pode dizer a eles que é mentira, que ele está mentindo. Você pode pelo menos dar outra versão para a história, dizer a eles que eu a amava, que nós éramos felizes.

O pânico começa a invadir meu peito. Ele pensa que posso ajudá-lo. Ele está depositando todas as suas esperanças em mim e tudo o que tenho para lhe dar é uma mentira, uma mentira deslavada.

— Eles não vão acreditar em mim — digo baixinho. — Não sou uma testemunha confiável.

Nosso silêncio se avoluma e preenche o cômodo; uma mosca zumbe no vidro das portas francesas. Scott tira a casquinha do corte em sua bochecha, posso ouvir suas unhas roçando a pele. Afasto minha cadeira da mesa, os pés se arrastando no piso, e ele olha para mim.

— Você esteve aqui — diz ele, como se só agora estivesse captando a informação que lhe dei há quinze minutos. — Você esteve em Witney na noite em que Megan desapareceu?

Mal consigo ouvir sua voz sobre o ruído do sangue latejando em meus ouvidos. Faço que sim com a cabeça.

— Por que você não contou isso à polícia? — pergunta.

Vejo o músculo em sua mandíbula saltar.

— Eu contei. Contei isso a eles. Mas eu não tinha... Não vi nada. Não me lembro de nada.

Ele se levanta, anda até as portas francesas e abre a cortina. A luz do sol me cega por alguns instantes. Scott fica de costas para mim, os braços cruzados.

— Você estava bêbada — afirma ele. — Mas *deve* se lembrar de alguma coisa. Você deve... É por isso que você fica voltando aqui, não é? — Ele se vira e me encara. — É por isso, não é? É por isso que fica entrando em contato comigo. Você sabe de alguma coisa. — Diz isso como se fosse fato: não uma pergunta, não uma acusação, não uma teoria. — Você viu o carro dele? — pergunta. — Pense. Um Corsa Vauxhall azul. Você viu? — Faço que não com a cabeça e ele joga os braços para o alto de frustração. — Não responda sem pensar. Pense bem. O que você viu? Você viu Anna Watson, mas isso não quer dizer nada. Você viu... vamos! Quem você viu?

Piscando os olhos por causa da luz do sol, tento desesperadamente juntar as peças do que vi, mas não consigo me lembrar de nada. Nada de concreto, nada de útil. Nada que eu possa compartilhar. Estive envolvida numa discussão. Ou talvez tenha presenciado uma discussão. Tropecei na escada da estação, um homem ruivo me ajudou a levantar — acho que foi gentil comigo, mas ele me dá medo agora. Sei que eu estava com um corte na cabeça, outro no lábio e machucados nos braços. Acho que me lembro de ter estado na passagem subterrânea. Estava escuro. Eu estava com medo, confusa. Ouvi vozes. Ouvi alguém chamando por Megan. Não, isso foi num sonho. Não foi real. Lembro de sangue. Sangue na minha cabeça, sangue nas minhas mãos. Lembro de Anna. Não me lembro de Tom. Não me lembro de Kamal, nem de Scott, nem de Megan.

Ele me observa, esperando que eu diga alguma coisa, que lhe ofereça uma migalha que seja de esperança, mas não tenho nada para lhe dar.

— Aquela noite — diz ele — foi o momento-chave. — Ele volta a se sentar à mesa, agora mais perto de mim, de costas para a janela. Há gotas de suor em sua testa e sobre o lábio superior, e ele treme como se estivesse com febre. — Foi quando aconteceu. A polícia acha que foi quando aconteceu, mas não tem certeza... — Deixa a frase pela metade. — Não tem certeza por causa do estado... do corpo. — Ele respira fundo. — Mas acha que foi naquela noite. Ou logo em seguida. — Ele está de volta ao piloto automático, conversando com a parede, não comigo. Ouço em silêncio ele falar que a causa da morte foi traumatismo craniano, o crânio dela estava fraturado em vários lugares. Nada de estupro, pelo que foi possível confirmar levando em conta o estado do corpo, deplorável.

Quando volta a si, e a mim, há medo em seus olhos, desespero.

— Se você se lembrar de qualquer coisa — diz ele —, tem que me ajudar. Por favor, tente se lembrar, Rachel. — O som do meu nome dito por ele me provoca um frio na barriga, e eu me sinto péssima.

No trem, a caminho de casa, penso no que ele disse, e fico me perguntando se é verdade. Será que a razão pela qual não consigo deixar isso tudo de lado está aprisionada na minha cabeça? Será que há alguma informação que estou desesperada para transmitir? Sei que sinto algo por ele, algo que não sei classificar e que não deveria sentir. Mas será mais que isso? Se há alguma coisa na minha cabeça, então talvez alguém possa me ajudar a extraí-la. Alguém como um psiquiatra. Um terapeuta. Alguém como Kamal Abdic.

TERÇA-FEIRA, 6 DE AGOSTO DE 2013

MANHÃ

Não dormi nada. A noite inteira, fiquei deitada pensando, revirando os fatos na minha cabeça. Será que esse é um exercício inútil, sem sentido? Será perigoso? Não sei o que estou fazendo. Ontem de manhã marquei uma consulta com Kamal Abdic. Liguei para o consultório e falei com a recepcionista, perguntando especificamente por ele. Talvez tenha sido impressão minha, mas achei que ela pareceu surpresa. Ela disse que ele poderia me receber hoje às quatro e meia. Mas já? O coração retumbando na caixa torácica, a boca seca, respondi que esse horário estava ótimo. A sessão custa 75 libras. Aquelas 300 libras da minha mãe não vão durar muito.

Desde que marquei a consulta, não consigo pensar em mais nada. Estou com medo, mas empolgada também. Não posso negar que uma parte de mim acha a ideia de conhecer Kamal eletrizante. Porque tudo isso começou com ele: um vislumbre dele e minha vida mudou de rumo, saiu dos trilhos. No momento em que o vi beijando Megan, tudo mudou.

E eu preciso vê-lo. Preciso fazer alguma coisa, porque a polícia só quer saber de Scott. Ele foi chamado outra vez para depor ontem. Não confirmam isso, claro, mas há um vídeo na internet: Scott entrando na delegacia, a mãe ao lado. Sua gravata estava apertada demais, ele parecia estrangulado.

Todo mundo especula. Os jornais dizem que a polícia está sendo mais discreta, que não pode se dar ao luxo de prender mais ninguém precipitadamente. Alguns falam de investigação malconduzida, sugerem que mudanças no quadro de policiais podem ser necessárias. Na internet, os comentários sobre Scott são horríveis, as teorias as mais loucas, revoltantes. Há capturas de tela com a imagem dele chorando em seu primeiro apelo pelo retorno de Megan, e ao lado delas há fotos de assassinos que também haviam aparecido na televisão, chorando aos soluços, aparentemente desolados com o destino de seus entes queridos. É terrível, desumano. Só rezo para que ele nunca tenha acesso a esse material. Partiria seu coração.

Então, posso ser burra e imprudente, mas vou falar com Kamal Abdic, porque, diferente de todos os especuladores, eu vi Scott. Eu estive perto dele o bastante para tocá-lo, sei o que ele é, e não é um assassino.

NOITE

Minhas pernas ainda tremem quando começo a subir a escada da estação de Corly. Estou tremendo assim há horas, deve ser a adrenalina, meu coração simplesmente não quer desacelerar. O trem está lotado — sem chance de achar um banco vazio aqui, não é como entrar em Euston, então tenho de ficar em pé no meio de um vagão. Parece uma sauna. Tento respirar devagar, os olhos fixos nos pés. Só estou tentando entender o que estou sentindo.

Exultação, medo, confusão e culpa. Principalmente culpa.

Não foi como eu esperava.

Quando cheguei ao consultório, já tinha alcançado um estado de terror total e absoluto: estava convencida de que ao botar os olhos em mim, de algum modo, ele ia perceber que eu sabia, ia me considerar uma ameaça. Eu estava com medo de dizer a coisa errada, de por algum motivo deixar escapar o nome de Megan. Então entrei numa sala de espera, sem graça e sem personalidade, e falei com uma recepcionista de meia-idade, que anotou meus dados sem nem olhar para mim. Eu me sentei, peguei um exemplar da *Vogue*, e folheei a revista com dedos trêmulos, tentando me concentrar na tarefa que me aguardava, enquanto tentava parecer levemente entediada, como qualquer outro paciente.

Havia mais duas pessoas na sala de espera: um homem de vinte e poucos anos lendo algo no celular e uma mulher mais velha que olhava os próprios pés com um ar melancólico, nunca desviando o olhar deles, nem quando a recepcionista a chamou pelo nome. Ela simplesmente se levantou e saiu se arrastando, sabia aonde estava indo. Esperei ali por cinco minutos, dez. Podia sentir minha respiração ficando cada vez mais superficial. A sala de espera estava quente e abafada, e eu experimentava a sensação de não conseguir encher os pulmões com uma quantidade suficiente de oxigênio. Fiquei com medo de desmaiar.

Então uma porta se abriu e um homem surgiu por ela, e, antes mesmo de eu ter tido a chance de vê-lo direito, soube que era ele. Soube da mesma forma que tive certeza de que não era Scott da primeira vez que o vi, quando ele não passava de uma sombra se aproximando dela — só uma impressão de alta estatura, de movimentos descontraídos e lentos. Ele estendeu a mão para mim.

— Srta. Watson?

Levantei os olhos para encará-lo e senti uma descarga elétrica de cima a baixo na coluna. Apertei a mão dele. Era quente, seca e enorme, envolvendo a minha por completo.

— Por favor — disse ele, sinalizando para que o acompanhasse até sua sala, o que fiz, sentindo enjoo e tontura durante todo o trajeto.

Eu estava seguindo os passos dela. Ela fez tudo isso. Ela se sentou em frente a ele na poltrona em que me mandou sentar, ele provavelmente juntou as mãos logo abaixo do queixo como fez essa tarde, e meneou a cabeça para ela da mesma forma dizendo:

— Certo. Sobre o que você gostaria de conversar hoje?

Tudo o que dizia respeito a ele era caloroso: a mão, quando a apertei; o olhar; o tom de voz. Procurei indícios em seu rosto, sinais do bárbaro cruel que abriu a cabeça de Megan, vislumbres do refugiado traumatizado que tinha perdido toda a família. Não consegui ver nada. E, por alguns instantes, esqueci de mim mesma. Esqueci de ter medo dele. Estava sentada ali, sem nenhum traço de pânico. Engoli em seco e tentei me lembrar do que eu tinha a dizer, e disse. Contei para ele que fazia quatro anos que eu tinha problemas com o álcool, que meu vício tinha me custado meu casamento e meu emprego, que estava me custando também a saúde, óbvio, e que eu temia que acabasse por comprometer minha sanidade mental.

— Não me lembro das coisas — falei. — Tenho apagões e não consigo me lembrar onde estive ou o que andei fazendo. Às vezes fico me perguntando se fiz ou falei coisas terríveis, e não consigo lembrar. E se... se alguém me conta alguma coisa que eu fiz, a sensação é de que não fui eu. Não parece que fui eu. E é tão difícil se sentir responsável por algo de que você não se lembra. Então nunca me sinto mal o suficiente. Eu me sinto mal, mas a coisa que eu fiz fica fora de mim. É como se não pertencesse a mim.

Tudo isso saiu, toda essa verdade, eu simplesmente despejei na frente dele já nos primeiros minutos na sua presença. Aquilo estava entalado na garganta, eu estava só esperando uma oportunidade para poder contar a alguém. Mas não deveria ter sido ele. Kamal me ouviu, os olhos cor de âmbar fixos nos meus, as mãos juntas, sem se mexer.

Ele não olhou pela sala nem fez anotações. Ficou apenas ouvindo. Por fim, assentiu discretamente e perguntou:

— Você quer assumir a responsabilidade pelo que fez, e acha difícil fazer isso, se sentir totalmente responsável, se não consegue se lembrar do que fez?

— Sim, é isso, é exatamente isso.

— Então, como assumimos responsabilidades? Você pode pedir desculpas. E mesmo que não consiga se lembrar de ter cometido uma transgressão, isso não significa que seu pedido de desculpas, e o sentimento que o acompanha, não sejam sinceros.

— Mas eu quero *sentir* isso. Quero me sentir... pior.

É algo estranho de se dizer, mas penso nisso o tempo todo. Não me sinto tão mal quanto deveria. Sei bem pelo que sou responsável, sei de todas as coisas terríveis que fiz, mesmo sem me lembrar dos detalhes — mas me sinto distanciada dessas ações. Eu as sinto a um passo longe de mim.

— Você acha que deveria se sentir pior do que se sente? Que não se sente mal o bastante pelos seus erros?

— Sim.

Kamal sacudiu a cabeça de um lado para o outro.

— Rachel, você me contou que destruiu seu casamento, que perdeu seu emprego... não acha que é castigo o suficiente?

Fiz que não com a cabeça.

Ele se recostou na cadeira.

— Acho que está sendo meio dura consigo mesma.

— Não estou.

— Tudo bem. Está certo. Podemos recuar um pouquinho? Para quando o problema começou. Você disse que foi... há quatro anos? Pode me contar sobre essa época?

Eu resisti. Não estava completamente embalada pelo som da sua voz cálida, pela gentileza de seu olhar. Não estava totalmente desesperada.

Não ia sair contando toda a verdade para ele. Não ia lhe contar sobre minha vontade louca de ter um filho. Contei que meu casamento se desintegrou, que fiquei deprimida, e que sempre gostei de beber, mas que acabei perdendo o controle.

— Seu casamento se desintegrou, então... você deixou seu marido, ele deixou você, ou... foi de comum acordo?

— Ele teve um caso — respondi. — Conheceu outra mulher e se apaixonou por ela. — Ele assentiu, esperando que eu continuasse. — Mas não foi culpa dele. A culpa foi minha.

— Por que diz isso?

— Bem, eu comecei a beber antes...

— Então o caso do seu marido não foi o que desencadeou isso?

— Não, eu já tinha começado, minhas bebedeiras o afastaram de mim, foi por isso que ele parou...

Kamal aguardou, não me incitou a prosseguir, simplesmente me deixou ali sentada, esperando que eu completasse em alto e bom som.

— Foi por isso que ele parou de me amar — concluí.

Eu me odeio por chorar na frente dele. Não entendo por que não consegui manter a guarda levantada. Não devia ter falado de coisas reais, deveria ter entrado ali com problemas inventados, uma personalidade imaginária. Deveria ter me preparado melhor.

Eu me odeio por olhar para ele e acreditar, por um momento que seja, que se importa comigo. Porque ele olhava para mim como se se importasse, não como se sentisse pena de mim, mas como se me compreendesse, como se fosse alguém querendo me ajudar.

— Então, Rachel, você começou a beber *antes* de os problemas em seu casamento surgirem. Acha que consegue identificar uma causa subjacente? Quer dizer, nem todo mundo consegue. Há pessoas que simplesmente resvalam para um estado depressivo ou de vício. Para você houve algum evento específico? Algum luto, algum tipo de perda?

Fiz que não com a cabeça, dei de ombros. Isso eu não ia falar para ele. Isso eu não vou contar para ele.

Ele esperou um pouco mais e então deu uma olhada no relógio em cima da mesa.

— Continuamos na próxima sessão, talvez? — sugeriu, então sorriu e eu congelei.

Tudo nele é caloroso — as mãos, os olhos, a voz —, tudo menos o sorriso. Quando mostra os dentes, você vê o assassino que há dentro dele. Com o estômago transformado em pedra, o pulso disparado de novo, saí de seu consultório sem apertar a mão que ele me estendia. Não suportaria tocá-lo.

Eu entendo, juro que entendo. Consigo ver o que Megan viu nele, e não é simplesmente o fato de ser lindo de morrer. Também é calmo, apaziguador, ele exala uma bondade paciente. Uma pessoa inocente, crédula ou simplesmente perturbada pode não enxergar através de tudo isso, pode não ver que embaixo de toda aquela calma ele é um lobo. Disso eu entendo. Por quase uma hora, eu me deixei levar. Eu me abri com ele. Esqueci quem ele era. Traí Scott e também Megan, e me sinto culpada por isso.

Mas, acima de tudo, me sinto mal porque quero voltar.

QUARTA-FEIRA, 7 DE AGOSTO DE 2013

MANHÃ

Tive de novo, o sonho em que fiz alguma coisa errada, em que todos estão contra mim, a favor de Tom. Em que não consigo me explicar, nem pedir desculpas, porque não sei o que fiz. Naquele espaço entre sonho e vigília, penso numa discussão real, de muito tempo atrás — há quatro anos —, depois que nossa primeira e única tentativa de fertilização in vitro fracassou, quando eu quis tentar de novo. Tom alegou que não tínhamos dinheiro, o que não questionei. Eu sabia que era verdade — nós havíamos assumido uma grande hipoteca, ele possuía algumas dívidas de um negócio malsucedido em que seu pai o havia convencido a apostar —, eu só precisava me resignar. Eu só precisava ter esperança de que um dia teríamos o dinheiro, e nesse meio-tempo eu iria reprimir as lágrimas que brotavam, doídas e copiosas, sempre que via uma grávida na rua, toda vez que alguém vinha me dar essa boa notícia.

Foi poucos meses depois de termos descoberto que a fertilização não tinha dado certo, que ele me contou da viagem. Las Vegas, por quatro noites, para assistir a uma grande luta de boxe e espairecer. Só ele e alguns velhos amigos, gente que eu nem conhecia. Custou uma fortuna, sei disso porque vi o recibo da reserva da passagem aérea e do quarto de hotel no e-mail dele. Não tenho ideia de quanto custaram os ingressos para a luta, mas não acredito que tenham sido baratos. Não daria para pagar outra tentativa de fertilização in vitro, mas teria sido um começo. Tivemos uma briga horrível por causa disso. Não me lembro dos detalhes porque eu tinha bebido a tarde toda, tomando coragem para confrontá-lo a respeito, então, quando o confrontei, foi da pior maneira possível. Eu me lembro da frieza dele no dia seguinte, sua recusa em tocar no assunto. Lembro dele me contando, num tom frio e decepcionado, o que eu tinha feito e dito, como eu tinha destruído o quadro com a foto do nosso casamento, como havia gritado com ele por ser tão egoísta, como o havia chamado de marido inútil, de fracassado. Eu me lembro do quanto me odiei aquele dia.

Eu estava errada, claro que estava, em dizer aquelas coisas para ele, mas o que agora percebo é que minha raiva não era descabida. Eu tinha todo o direito de estar furiosa, não tinha? Nós estávamos tentando engravidar — não deveríamos estar preparados para fazer certos sacrifícios? Eu teria cortado um braço se com isso fosse conseguir engravidar. Ele não podia ter renunciado a um fim de semana em Las Vegas?

Fico deitada na cama por um tempo, pensando naquilo, e então me levanto e resolvo sair para dar uma volta, porque se não fizer nada vou acabar querendo ir até a loja da esquina. Não bebo desde domingo e posso sentir a luta acontecendo dentro de mim, o anseio por um pouco de excitação, a vontade de perder a cabeça, tentando vencer a vaga sensação de que conquistei alguma coisa e que seria uma pena jogar isso fora agora.

Ashbury não é um bom lugar para se caminhar, só tem lojas e casas, não há sequer um parque decente. Cruzo o centro da cidade, o que não é tão ruim quando não há ninguém mais por perto. O truque é fingir para si mesmo que você está indo para algum lugar: basta escolher um ponto qualquer e partir naquela direção. Eu escolhi a igreja no fim da Pleasance Road, que fica a uns 3 quilômetros da casa de Cathy. Já fui a uma reunião do AA lá. Não fui à reunião local porque não queria esbarrar em ninguém que eu poderia ver na rua, no supermercado, no trem.

Quando chego à igreja, dou meia-volta e continuo andando, passadas largas e objetivas em direção à minha casa, uma mulher cheia de afazeres, com um lugar para ir.

Normal.

Observo as pessoas por quem passo — os dois homens correndo, mochila nas costas, treinando para a maratona, a moça de saia preta e tênis branco, os sapatos de salto alto guardados na bolsa, a caminho do trabalho — e fico tentando imaginar o que eles estão escondendo. Será que estão em movimento para evitar beber, correndo para continuar na mesma? Será que estão pensando no assassino que conheceram ontem, aquele que planejam rever?

Eu não sou normal.

Estou perto de casa quando vejo aquilo. Estava perdida em pensamentos, raciocinando sobre o que realmente espero dessas sessões com Kamal: estou mesmo planejando vasculhar suas gavetas caso ele saia da sala? Tentar montar uma armadilha para que ele diga algo comprometedor, atraí-lo para um território perigoso? O mais provável é que ele seja bem mais esperto que eu; provavelmente vai antecipar os meus movimentos. Afinal, ele sabe que seu nome andou saindo nos jornais — deve estar alerta para a possibilidade de as pessoas estarem tentando extrair histórias ou informações dele.

É nisso que estou pensando, a cabeça baixa, focada na calçada, quando passo pela lojinha da Londis à direita, evitando olhar para ela, para não cair na tentação, mas com o canto do olho eu vejo o nome dela. Ergo o olhar e lá está, em letras garrafais, na capa do tabloide: SERIA MEGAN UMA ASSASSINA DE BEBÊS?

ANNA

QUARTA-FEIRA, 7 DE AGOSTO DE 2013

MANHÃ

Eu estava com as minhas colegas do National Childbirth Trust no Starbucks quando aconteceu. Nós estávamos sentadas junto à janela, como sempre, as crianças espalhando Lego pelo chão, Beth tentando me convencer (de novo) a participar do clube de leitura dela, e então Diane apareceu. Tinha no rosto a expressão de quem está prestes a contar uma fofoca das boas. Mal conseguiu conter a língua enquanto lutava para fazer seu carrinho de bebê duplo entrar pela porta.

— Anna — disse ela, o rosto sério —, você viu isso?

Ela ergueu um jornal com a manchete SERIA MEGAN UMA ASSASSINA DE BEBÊS? Perdi a voz. Só fiquei olhando para o jornal e, pateticamente, caí no choro. Evie ficou horrorizada. Ela chorou de *urrar*. Foi terrível.

Fui ao banheiro para lavar meu rosto (o de Evie também), e, quando voltei, todas estavam cochichando. Diane se virou para mim e perguntou:

— Está tudo bem, querida?

Dava para perceber que ela estava adorando aquilo.

Então tive de ir embora, não dava mais para ficar ali. Todas se mostravam bastante preocupadas, dizendo como eu devia estar me sentindo mal, mas eu lia em suas expressões a indisfarçada censura. *Como pôde confiar sua filha àquele monstro? Você deve ser a pior mãe do mundo.*

Tentei ligar para o celular de Tom no caminho de casa, mas caiu direto na caixa postal. Deixei uma mensagem pedindo que ele me ligasse assim que pudesse — tentei manter a voz firme e neutra, mas meu corpo tremia, as pernas bambas.

Não comprei o jornal, mas não consegui resistir à leitura da matéria on-line. Tudo parece muito vago. "Fontes próximas à investigação de Hipwell" dizem que alguém alegou que Megan "podia estar envolvida na morte da própria filha", dez anos atrás. As "fontes" especulam também que esta poderia ser uma motivação para o seu assassinato. O detetive responsável pela investigação — Gaskill, o que veio falar conosco depois do desaparecimento dela — não quis comentar.

Tom me ligou — estava todo enrolado com reuniões, não podia vir para casa. Ele tentou me acalmar, disse as coisas certas, me disse que aquilo devia ser um monte de baboseira.

— Você sabe que não dá para acreditar em metade do que é publicado nos jornais.

Não fiz nenhum grande escândalo, porque foi ele quem sugeriu que ela trabalhasse como babá de Evie. Deve estar se sentindo péssimo.

E ele tem razão. Pode nem ser verdade. Mas quem seria capaz de inventar uma história dessas? Por que alguém inventaria uma história dessas? E não consigo não pensar: *Eu sabia*. Sempre soube que tinha algo de estranho com aquela mulher. Primeiro achei só que ela fosse meio imatura, mas era mais que isso: ela era um tanto *ausente*. Autocentrada. Não vou mentir: estou feliz que tenha sumido do mapa.

Estou no quarto. Tom está vendo TV com Evie. Não estamos nos falando. A culpa é minha. Mal ele pisou em casa, e já parti para cima dele.

Fiquei esperando por aquele momento o dia todo. Não conseguia evitar, não conseguia fingir que não via, ela estava em toda parte, para onde quer que eu olhasse. Aqui, na minha casa, com minha filha no colo, dando comida, trocando fraldas, brincando com ela enquanto eu tirava uma soneca. Pensei em todas as vezes em que deixei Evie sozinha com ela e aquilo me provocou náuseas.

E então veio a paranoia, a sensação que tenho quase o tempo todo desde que vim morar nessa casa, de estar sendo observada. No início, atribuí isso aos trens. Todos aqueles corpos sem rosto olhando pela janela, observando nossa casa, aquilo me dava arrepios. Era um dos muitos motivos pelos quais eu não queria me mudar para cá, mas Tom se recusava a sair daqui. Ele dizia que perderíamos dinheiro na venda.

Primeiro atribuí aos trens, e depois a Rachel. Ela nos observando, aparecendo na rua, nos ligando sem parar. E então até a Megan, quando estava aqui com Evie: sempre senti que ela ficava me olhando de rabo de olho, como se me avaliasse, a mim, à minha habilidade como mãe, me julgando por não conseguir me virar sozinha. Eu sei, isso é ridículo. Então me lembro daquele dia em que Rachel entrou aqui em casa e pegou Evie, fico gelada de medo e penso: *Isso não é nada ridículo da minha parte.*

Então, quando Tom finalmente chegou em casa, eu já estava doida para arrumar uma discussão. Dei-lhe um ultimato: temos que nos mudar, não aguento mais ficar nessa casa, nessa rua, sabendo de tudo o que aconteceu aqui. Para qualquer canto que olho, sou obrigada a ver não só Rachel mas também Megan. Preciso pensar em tudo em que ela encostou. É demais. Falei que não me importava se iríamos receber um valor justo pela casa ou não.

— Você vai se importar quando formos obrigados a morar num lugar bem pior, quando não conseguirmos pagar a hipoteca — retorquiu ele, coberto de razão.

Perguntei se ele não podia pedir ajuda aos pais, pois eles têm muito dinheiro, mas Tom respondeu que não ia pedir nada a eles, que nunca mais se sujeitaria a isso, e então ficou bravo, disse que não queria mais conversar sobre esse assunto. Tudo por causa da forma como os pais dele o trataram quando largou a Rachel para ficar comigo. Eu não deveria nem ter mencionado o nome deles, isso sempre o deixa furioso.

Mas é inevitável. Estou desesperada, porque agora, toda vez que fecho os olhos, eu a vejo, sentada à mesa da cozinha com Evie no colo. Brincando com ela, sorrindo e conversando, mas aquilo nunca pareceu genuíno, nunca pareceu que ela quisesse mesmo estar ali. Ela sempre parecia tão feliz em me devolver Evie quando era hora de ir embora. Era quase como se ela não gostasse da sensação de ter uma criança nos braços.

RACHEL

QUARTA-FEIRA, 7 DE AGOSTO DE 2013

NOITE

O calor é insuportável, só piora a cada dia. Com as janelas de casa abertas, dá para sentir o cheiro do monóxido de carbono que sobe da rua. Minha garganta está coçando. Estou tomando o segundo banho do dia quando o telefone toca. Não atendo, e ele toca de novo. E de novo. Quando saio do banheiro, está tocando pela quarta vez, então atendo.

Seu tom é de pânico, a respiração curta. A voz vem entrecortada:

— Não posso ir para casa — diz ele. — Tem câmeras espalhadas por toda parte.

— Scott?

— Sei que isso é... isso é muito estranho, mas preciso ir para algum lugar, algum lugar onde eles não estejam esperando por mim. Não posso ir para a casa da minha mãe nem dos meus amigos. Estou simplesmente... dirigindo sem rumo. Estou dirigindo sem destino desde que saí da delegacia... — Sua voz falha. — Só preciso de uma ou duas horas. Para me sentar, para pensar. Sem eles, sem a polícia, sem gente me enchendo de perguntas. Desculpe, mas eu poderia ir até a sua casa?

Digo que sim, claro. Não só porque o tom dele é de pânico, de desespero, mas porque quero vê-lo. Quero ajudá-lo. Passo meu endereço para ele, que diz que vai chegar em quinze minutos.

A campainha toca dez minutos depois: toques curtos, agudos e urgentes.

— Foi mal por eu fazer isso — fala assim que abro a porta. — Eu não sabia para onde ir.

Sua aparência é de assombro: está trêmulo, pálido, suado.

— Está tudo bem — digo, dando um passo ao lado para lhe dar passagem.

Eu o levo até a sala de estar, digo que se sente. Pego um copo d'água na cozinha. Ele o bebe, quase de um gole só, e é aí que se senta, encurvado, os braços apoiados nos joelhos, cabisbaixo. Pairo à sua volta, sem saber se falo ou se permaneço calada. Pego o copo dele e volto a enchê-lo, sem dizer uma palavra. Por fim, ele começa a falar.

— Você pensa que o pior já aconteceu — começa ele, baixinho. — Quer dizer, seria normal pensar isso, não seria? — Ele olha para mim. — Minha mulher está morta, e a polícia pensa que eu a matei. O que poderia ser pior que isso?

Está falando do noticiário, das coisas que andam dizendo sobre ela. Da matéria do tabloide, supostamente vazada por alguém da polícia, sobre o envolvimento de Megan na morte de uma criança. Especulação maliciosa, uma campanha caluniosa contra uma falecida. Desprezível.

— Mas não é verdade — digo para ele. — Não pode ser.

Sua expressão é vazia.

— A detetive Riley me contou hoje de manhã — diz ele. Tosse para limpar a garganta. — A notícia que eu sempre quis ouvir. Você não imagina — continua, a voz quase um murmúrio — o quanto sonhei com isso. Eu sonhava acordado, imaginava o rosto dela, o sorriso matreiro e esperto dela para mim, como pegaria minha mão e a colocaria em sua boca... — Ele está perdido em devaneios, não tenho ideia do que está falando. — Hoje — balbucia ele —, hoje recebi a notícia de que Megan estava grávida.

Então começa a chorar, e eu também, chorando por um bebê que nunca existiu, o filho de uma mulher que eu não conheci. Mas é que o horror disso tudo é quase grande demais para suportar. Não consigo entender como Scott ainda está respirando. A notícia deveria tê-lo matado, deveria ter sugado toda a energia dele. Mas, de algum jeito, aqui está ele.

Não consigo falar, não consigo me mexer. A sala está quente, abafada, apesar das janelas abertas. Posso ouvir o barulho vindo da rua: a sirene de um carro de polícia, menininhas rindo e gritando, o barulho estrondoso de um carro que passa. A vida normal. Mas, aqui dentro, o mundo está acabando. Para Scott, o mundo está acabando, e não consigo falar nada. Fico só parada ali, muda, sem saber o que fazer, inútil.

Até que ouço passos nos degraus lá fora, o ruído familiar de Cathy vasculhando a enorme bolsa à procura da chave. Com isso, volto a mim. Preciso fazer alguma coisa: pego a mão de Scott e ele me olha alarmado.

— Vem comigo — digo, levantando-o.

Ele se deixa ser arrastado pelo corredor e pela escada acima antes que Cathy destranque a porta. Fecho a porta assim que entramos.

— É a pessoa que mora comigo — digo, me explicando. — Ela... ela poderia fazer perguntas. Sei que é exatamente isso que você não quer no momento.

Ele assente. Olha meu quartinho todo, reparando na cama desarrumada, na pilha de roupas limpas e sujas em cima da cadeira, nas paredes nuas, na mobília barata. Sinto vergonha. Assim é a minha vida: desorganizada, ordinária, pequena. Nada invejável. E, ao pensar nisso, imagino também como sou ridícula em imaginar que Scott ligaria o mínimo para o estado da minha vida num momento como aquele.

Aponto a cama para que ele se sente. Ele obedece, enxugando os olhos com o dorso da mão. Ele expira ruidosamente.

— Quer que eu traga alguma coisa? — pergunto.

— Cerveja?

— Não tenho bebida alcoólica em casa — digo, e ruborizo assim que falo. Mas Scott não nota, nem mesmo levanta o olhar. — Posso trazer um chá? — Ele assente outra vez. — Deite aí — sugiro —, descanse. — Ele obedece, tirando os sapatos e deitando na cama, dócil como uma criança doente.

Lá embaixo, enquanto espero a água ferver, converso futilidades com Cathy, ouvindo seus elogios ao restaurante novo que ela descobriu em Northcote ("que saladas maravilhosas") e suas críticas a uma irritante colega de trabalho nova. Eu sorrio e assinto, mas quase não a ouço. Estou a postos: fico de ouvidos atentos para possíveis barulhos feitos por ele, rangidos, passos. Não parece real isso, que ele esteja aqui, lá em cima, na minha cama. Só de pensar fico zonza, como se estivesse dentro de um sonho.

Por fim, Cathy para de falar e olha para mim, a testa franzida.

— Você está bem? — pergunta. — Você parece... que está no mundo da lua.

— Só estou um pouco cansada — respondo. — Não estou me sentindo muito bem. Acho que vou para a cama.

Ela me olha desconfiada. Sabe que não andei bebendo (ela sempre sabe), mas deve estar achando que estou prestes a começar. Não ligo, agora não dá para pensar nisso; pego a caneca de chá de Scott e digo que a verei pela manhã.

Paro do lado de fora do meu quarto e encosto o ouvido na porta. Silêncio. Devagar, giro a maçaneta e empurro a porta. Ele está deitado lá, na mesma posição em que o deixei, as mãos ao lado do corpo, os olhos fechados. Posso ouvir sua respiração, suave e entrecortada. Seu corpo ocupa metade da cama, mas me sinto tentada a deitar no espaço ao seu lado, apoiar meu braço em seu peito e tranquilizá-lo. Em vez disso, dou uma tossidinha e estendo a caneca de chá. Ele se levanta:

— Obrigado — diz, rouco, pegando a caneca da minha mão. — Obrigado pela... acolhida. A vida está... não sei nem descrever como, desde que saiu aquela matéria.

— Aquela sobre o que aconteceu anos atrás?

— É, essa mesma.

Como os tabloides descobriram essa história é um ponto controverso. A especulação reina, dedos apontados para a polícia, para Kamal Abdic, para Scott.

— É mentira — digo a ele. — Não é?

— Claro que é, mas daria uma motivação a alguém, não daria? É o que andam dizendo: Megan matou a filha, o que daria a alguém, provavelmente ao pai dessa criança, a motivação para matá-la. Anos e anos depois.

— Isso é ridículo.

— Mas você sabe o que todos estão dizendo. Que inventei essa história, não só para deixá-la mal perante a opinião pública, mas para tirar as suspeitas de cima de mim, jogando-as em cima de algum desconhecido. Um cara do passado dela que ninguém nem tem ideia de quem seja.

Eu me sento ao lado dele na cama. Nossas coxas quase se tocam.

— O que a polícia está dizendo sobre isso?

Ele encolhe os ombros.

— Nada, na verdade. Eles me perguntaram se eu sabia de alguma coisa. Eu sabia que ela tinha tido uma filha? Eu sabia o que tinha acontecido? Eu sabia quem era o pai? Eu disse que não, que tudo não passava de mentira, que ela nunca tinha engravidado... — A voz dele falha de novo. Faz uma pausa, toma um gole do chá. — Perguntei a eles de onde veio essa história, como ela chegou aos jornais. Disseram que não podiam me contar. Presumo que veio dele. De Abdic. — Ele dá um suspiro profundo e trêmulo. — Não entendo por quê. Não entendo por que ele diria esse tipo de coisa sobre ela. Não sei o que ele está tentando fazer. Está na cara que ele tem problemas.

Penso no homem que conheci no outro dia: os modos calmos, a voz doce, o olhar afetuoso. Bem longe de parecer que tinha problemas Mas aquele sorriso...

— É um absurdo isso ter sido publicado. Devia haver uma lei...

— A calúnia não se aplica aos mortos, segundo a lei — diz ele. Fica calado um momento e depois diz: — Eles me garantiram que não vão divulgar essa informação sobre... sobre a gravidez dela. Ainda não. Talvez nem cheguem a fazer isso. Mas não até terem certeza.

— Certeza de quê?

— De que o filho não era de Abdic — diz ele.

— Eles fizeram teste de DNA?

Ele faz que não.

— Não, mas eu sei. Não sei como, eu simplesmente *sei.* O filho é, ou era, meu.

— Se ele achava que o filho era dele, isso poderia ter lhe dado uma motivação, não poderia? — Ele não seria o primeiro homem a se livrar de um filho indesejado acabando com a vida da mãe da criança, mas isso eu não digo. Outra coisa que não comento é que isso daria uma motivação a Scott também. Se ele achasse que sua mulher estava grávida de outro homem... só que não acredito que tenha sido ele. O choque que ele sentiu, a angústia, só podem ser reais. Ninguém é tão bom ator assim.

Scott não parece estar me ouvindo mais. Seus olhos, fixos na porta do quarto, estão vidrados, e seu corpo parece afundar na cama como se sugado por areia movediça.

— Você deveria ficar aqui por um tempo — sugiro a ele. — Tente dormir.

Nessa hora ele olha para mim e quase sorri:

— Você não se importa? — pergunta. — Isso seria... eu ficaria muito agradecido. Está difícil dormir lá em casa. Não só pelo povo do lado de fora, pela sensação de que as pessoas estão tentando chegar até mim. Não é só isso. É ela. Ela está em toda parte, não consigo parar de vê-la. Desço as escadas e não olho, me obrigo a não olhar, mas assim que passo pela janela, preciso voltar e conferir se ela não está lá na varanda. — As lágrimas brotam em meus olhos enquanto o ouço falar. — Ela gostava de ficar sentada lá fora, sabe, na nossa pequena varanda. Ela gostava de ficar ali vendo o trem passar.

— Eu sei — digo, colocando a mão no braço dele. — Eu costumava vê-la na varanda às vezes.

— Fico ouvindo a voz dela — continua ele. — Fico ouvindo Megan me chamar. Eu me deito para dormir e a ouço me chamar lá de fora. Fico achando que ela está lá. — Seu corpo todo treme.

— Deite aí — digo, tirando a caneca de sua mão. — Descanse.

Quando tenho certeza de que ele adormeceu, me deito ao seu lado, o rosto a centímetros de seus ombros. Fecho os olhos e fico ouvindo meu coração bater, o sangue pulsando nas minhas veias do pescoço. Respiro o aroma dele, triste e pungente.

Horas depois, quando acordo, ele já não está lá.

QUINTA-FEIRA, 8 DE AGOSTO DE 2013

MANHÃ

Eu me sinto uma traidora. Ele mal saiu da minha casa, há poucas horas, e aqui estou eu, a caminho do consultório de Kamal, para encontrar mais uma vez o homem que ele acredita ter assassinado sua esposa. E seu filho. Sinto náuseas. Fico me perguntando se eu deveria ter contado meu plano para ele, ter dito que estou fazendo isso tudo por causa dele. O problema é que *eu mesma* não estou certa de que esteja fazendo isso só por ele, e não tenho um plano de verdade.

Vou compartilhar um pedaço de mim. É esse meu plano hoje. Vou falar de algo real. Vou falar sobre querer um filho. Vou ver se isso provoca alguma coisa — uma reação anormal, qualquer tipo de reação. Vou ver no que pode dar.

Mas não dá em nada.

Ele começa me perguntando como estou me sentindo, quando foi a última vez que bebi.

— Domingo — digo.

— Bom. Isso é bom. — Ele junta as mãos sobre o colo. — Você está com uma aparência boa. — Ele sorri, e não enxergo o assassino. Fico me perguntando o que foi que vi no outro dia. Será que tudo não passou de imaginação minha?

— Você me perguntou, da última vez, sobre como comecei a exagerar na bebida. — Ele assente. — Fiquei deprimida. Estávamos tentando... eu estava tentando engravidar. Não deu certo, e fiquei deprimida. Foi quando começou.

Mal cheguei ali e já estou chorando de novo. É impossível resistir à bondade de estranhos. Alguém que olha para você, que não conhece você, que diz que está tudo bem, o que quer que você tenha feito: você sofreu, padeceu, merece o perdão. Eu me permito confiar nele e esqueço, outra vez, o que estou fazendo aqui. Não analiso o rosto dele para ver sua reação, nem os olhos dele à procura de algum sinal de culpa ou desconfiança. Deixo que me console.

Ele é gentil, racional. Fala em estratégias para lidar com problemas, e me lembra de que eu tenho a vantagem de ser jovem.

Então não é que eu não esteja chegando a lugar algum, porque saio do consultório de Kamal Abdic me sentindo mais leve, mais esperançosa. Ele me ajudou. Sentada no vagão, procuro invocar a imagem do assassino que vi, mas não o vejo mais. Estou tendo muita dificuldade em imaginá-lo como alguém capaz de bater numa mulher, de esmagar seu crânio.

Uma imagem terrível e perturbadora vem à minha mente: Kamal com suas mãos delicadas, modos apaziguadores, fala sibilante, em contraste com Scott, grande e forte, descontrolado, desesperado. Preciso ficar me lembrando de que esse é o Scott de agora, não o Scott de antes. Preciso ficar me lembrando do que ele era antes de tudo isso acontecer. E então tenho de admitir que não sei como Scott era antes de tudo isso.

SEXTA-FEIRA, 9 DE AGOSTO DE 2013

NOITE

O trem para no sinal. Tomo um gole do gim-tônica gelado e olho para a casa dele, para a varanda dela. Eu estava indo tão bem, mas preciso disso. Da chamada "coragem holandesa". Estou a caminho da casa de Scott, e terei de correr todos os riscos presentes na Blenheim Road antes de chegar até ele: Tom, Anna, a polícia, a imprensa. A passagem subterrânea, com suas lembranças parciais de terror e sangue. Mas ele me pediu para vir, e não pude dizer não.

Eles encontraram a neném ontem à noite. O que restou dela. Enterrada no terreno de uma fazenda próxima ao litoral de East Anglia, exatamente onde alguém lhes disse para procurar. Era manchete hoje em todos os jornais:

> A polícia abriu um inquérito sobre a morte de uma criança após a descoberta de restos humanos enterrados no jardim de uma casa próxima a Holkham, no norte de Norfolk. A

> descoberta ocorreu depois de a polícia ter recebido uma denúncia anônima sobre a possível morte durante a investigação do assassinato de Megan Hipwell, de Witney, cujo corpo foi encontrado na Floresta de Corly na semana passada.

Telefonei para Scott hoje de manhã, assim que li a notícia. Ele não atendeu, então deixei recado, dizendo que sentia muito. Ele retornou a ligação esta tarde.

— Você está bem? — perguntei.

— Não exatamente. — Ele falava engrolado, de tanto beber.

— Sinto muito mesmo... você precisa de alguma coisa?

— Preciso de alguém que não fale "eu te disse".

— O quê?

— Minha mãe ficou aqui a tarde toda. Parece que sempre soube... "tinha algo de errado com aquela garota, algo estranho, sem família, sem amigos, sem dizer de onde veio". Por que será que ela nunca me contou?

Um som de vidro se quebrando, palavrões.

— Você está bem? — pergunto de novo.

— Você pode vir aqui? — pergunta ele.

— Na sua casa?

— Sim.

— Eu... a polícia, os jornalistas... não sei se...

— Por favor. Só quero companhia. Alguém que conhecia Megs, que gostava dela. Alguém que não acredite em tudo isso...

Ele estava bêbado, eu sabia disso e mesmo assim concordei.

Agora, sentada no vagão, estou bebendo também, e penso no comentário dele. *Alguém que conhecia Megs, que gostava dela.* Eu não a conhecia, e não tenho certeza se ainda gosto dela. Termino a lata o mais rápido que posso e abro outra.

Salto do trem em Witney. Sou parte do fluxo de pessoas voltando para casa do trabalho na sexta-feira, só mais uma escrava assalariada em meio às massas calorentas e exaustas, não vendo a hora de chegar em casa e de sentar do lado de fora, no quintal, uma cerveja gelada na mão, jantar com as crianças, dormir cedo. Pode ser só o efeito do gim-tônica, mas é uma sensação extremamente boa ser conduzida pela multidão, todos verificando seus celulares, vasculhando os bolsos à procura do bilhete do trem. Sou transportada para o passado, o distante passado do primeiro verão em que passamos em Blenheim Road, quando eu ia correndo para casa à noite, depois do trabalho, desesperada para descer logo a escada da estação e sair dela, e ia quase correndo pela rua. Tom trabalhava em casa e, mal eu passava pela porta, ele já começava a tirar a minha roupa. Até hoje sorrio quando me lembro disso, da expectativa que eu sentia: minhas bochechas pegando fogo enquanto eu percorria a rua, mordendo o lábio para reprimir o sorriso safado, já quase sem fôlego, pensando nele e sabendo que ele também estaria contando os minutos para eu chegar.

Minha cabeça está tão repleta desses dias que até esqueço de me preocupar com Tom e Anna, com a polícia, com os fotógrafos, e, antes que eu me dê conta, já estou à porta de Scott, tocando a campainha, e a porta vai se abrindo e estou empolgada, embora não devesse estar, mas não me sinto culpada por isso, porque Megan não é como eu pensava. Ela não era a moça bonita e despreocupada naquela varanda. Não era uma esposa amorosa. Não era nem uma boa pessoa. Era mentirosa, infiel.

Era uma assassina.

MEGAN

QUINTA-FEIRA, 20 DE JUNHO DE 2013

NOITE

Estou sentada no sofá da sala dele com uma taça de vinho na mão. A casa ainda parece um chiqueiro. Eu me pergunto, será que ele sempre vive assim, como um adolescente? E penso em como ele perdeu a família quando ainda era adolescente, então talvez viva sempre assim mesmo. Sinto pena. Ele vem da cozinha e se senta ao meu lado, próximo a mim. Se eu pudesse, viria aqui todos os dias, nem que fosse só por uma ou duas horas. Eu só ficaria aqui, sentada, bebendo vinho, sentindo a mão dele roçar na minha.

Mas não posso. Temos um objetivo, e ele quer que eu vá direto ao ponto.

— Certo, Megan — diz ele. — Já se sente pronta agora? Para concluir o que começou a me contar no outro dia?

Eu encosto de leve nele, em seu corpo quente. Ele permite. Fecho os olhos, e não demora muito para eu estar de novo lá, de novo naquele banheiro. É estranho, porque passei tanto tempo tentando não pensar nele, naqueles dias, naquelas noites, mas agora fecho os olhos e é quase instantâneo, como pegar no sono, e cair direto dentro de um sonho.

Estava escuro e fazia muito frio. Eu já não estava na banheira.

— Não sei exatamente o que aconteceu. Eu me lembro de ter acordado, me lembro de saber que algo estava errado, e, de repente, quando me dou conta, Mac está em casa. Ele estava me chamando. Eu o ouvia no andar de baixo, gritando meu nome, mas não conseguia me mexer. Eu estava sentada no chão do banheiro, ela estava em meus braços. A chuva caía forte, as vigas do telhado estalavam. Eu estava com tanto frio. Mac subiu as escadas, ainda me chamando. Ele chegou ao banheiro e acendeu a luz.

Eu posso sentir agora, a luz queimando minhas retinas, deixando tudo branco demais, assustador.

— Eu me lembro de ter gritado para ele apagar a luz. Eu não queria ver, não queria olhar para ela daquele jeito. Não sei... não sei o que aconteceu depois. Ele estava gritando comigo, estava gritando perto do meu rosto. Eu a entreguei para ele e corri. Saí correndo da casa, embaixo de chuva, corri até a praia. Eu não me lembro do que aconteceu depois disso. Demorou muito até ele vir atrás de mim. Ainda chovia. Acho que eu estava nas dunas. Pensei em entrar na água, mas não tive coragem. Ele acabou indo me buscar. Ele me levou para casa. Nós a enterramos de manhã. Eu a enrolei num lençol e Mac cavou o buraco. Nós a colocamos na margem do terreno, perto da ferrovia desativada. Pusemos pedras em cima para marcar o lugar. Não conversamos sobre isso, não conversamos sobre nada, nem nos olhamos. Naquela noite, Mac saiu. Disse que ia se encontrar com alguém. Achei que talvez fosse procurar a polícia. Eu não sabia o que fazer. Simplesmente fiquei esperando que ele ou *alguém* chegasse. Ele não voltou. Nunca mais.

Estou sentada no calor da sala de estar de Kamal, seu corpo cálido ao meu lado, e tremo da cabeça aos pés.

— Ainda posso sentir — falo para ele. — De noite, ainda posso sentir. É o que me faz ter medo, o que não me deixa dormir: a sensação de estar sozinha naquela casa. Eu estava com tanto medo, com tanto medo que não queria ir para a cama dormir. Ficava simplesmente vagando pelos cômodos escuros e ouvia o choro dela, sentia o cheiro da pele dela. Eu via coisas. Acordava à noite e tinha certeza de que havia alguém, alguma coisa, na casa comigo. Achei que estava ficando louca. Achei que ia morrer. Achei que talvez fosse simplesmente ficar ali, e que um dia alguém ia me encontrar. Pelo menos desse jeito eu não a abandonaria.

Eu fungo, inclinando o corpo à frente para pegar um lenço de papel da caixa de Kleenex que está sobre a mesa. A mão de Kamal desliza pela minha coluna até chegar à lombar, e fica ali.

— Mas, no fim das contas, eu não tive coragem de ficar. Acho que esperei uns dez dias, e então não havia mais nada para comer, nem uma lata de feijão, nada. Fiz as malas e parti.

— Você chegou a ver o Mac de novo?

— Não, nunca. A última vez foi naquela noite. Ele não me beijou, nem se despediu direito. Disse apenas que precisava dar uma saidinha. — Dou de ombros. — Foi isso.

— Você tentou entrar em contato com ele?

Faço que não com a cabeça.

— Não. Eu estava com muito medo, no começo. Não sabia o que ele faria se eu o procurasse. E não sabia onde ele estava, nem celular ele tinha. Perdi o contato com as pessoas que o conheciam. Os amigos dele eram todos meio nômades. Hippies, mochileiros. Há alguns meses, depois que falamos nele, joguei seu nome no Google. Mas não o encontrei. Tão estranho...

— O que é estranho?

— No início, eu o via o tempo todo. Tipo, na rua, ou via um sujeito em um bar e tinha tanta certeza de que era ele que meu coração disparava. Às vezes ouvia a voz dele no meio da multidão. Mas isso parou, faz muito tempo. Agora, acho que ele pode estar morto.

— Por que acha isso?

— Não sei. Simplesmente... sinto que ele está morto.

Kamal se ajeita e afasta lentamente seu corpo do meu. Ele se vira para me olhar de frente.

— Deve ser só imaginação sua, Megan. É normal achar que vê pessoas que fizeram parte importante da sua vida depois que saem dela. No início, eu via meu irmão de relance na rua o tempo todo. Quanto a "sentir que ele está morto", deve ser só uma consequência do fato de ele ter sumido da sua vida há tanto tempo. Em certo sentido, ele não parece mais real para você.

Ele voltou a operar em modo terapia, não somos mais só dois amigos sentados num sofá. Minha vontade é esticar o braço e puxá-lo de volta para perto de mim, mas não quero ultrapassar nenhum limite. Lembro da última vez, quando o beijei antes de ir embora — o olhar dele era de desejo, frustração e raiva.

— Fico me perguntando se, agora que conversamos sobre isso, agora que você me contou sua história, poderia ajudar se você tentasse entrar em contato com Mac. Para funcionar como um desfecho para você, para encerrar esse capítulo em seu passado.

Achei que ele fosse sugerir isso.

— Não posso — digo. — Não dá.

— Só peço que pense nisso por um minuto.

— Não dá. E se ele ainda me odiar? E se isso trouxer tudo de volta à tona, ou se ele for à polícia?

E se... não posso sequer sussurrar esse pensamento. E se ele contar a Scott o que eu realmente sou?

Kamal balança a cabeça negativamente.

— Talvez ele nem odeie você, Megan. Talvez nunca tenha odiado. Talvez também estivesse com medo. Talvez se sinta culpado. Pelo que você me contou, ele não era um homem que se comportava de modo responsável. Ele levou para casa uma garota muito jovem, muito vulnerável e a deixou sozinha quando ela precisava de apoio.

Talvez ele tenha noção de que o que aconteceu foi responsabilidade dos dois. Talvez seja disso que ele tenha fugido.

Não sei se ele realmente acredita nisso ou se está só tentando me fazer sentir melhor. Só sei que não é verdade. Não posso jogar a culpa para cima dele. Tenho que carregar este fardo sozinha.

— Não quero forçar você a fazer algo contra a sua vontade — continua Kamal. — Só quero que considere a possibilidade de que procurar pelo Mac vai poder ajudar você. E não é que eu pense que você esteja em dívida com ele. Entende? Acredito que é ele quem está em dívida com você. Compreendo a sua culpa, de verdade. Mas ele abandonou você. Você estava sozinha, com medo, em pânico, de luto. Ele a deixou sozinha naquela casa. Não é de se admirar que você não consiga dormir. É claro que a ideia de dormir assusta você: quando pegou no sono, uma coisa horrível aconteceu. E a única pessoa que deveria ter ajudado, deixou você totalmente sozinha.

Nos momentos em que Kamal diz essas coisas, a situação não soa tão ruim. Conforme as palavras deslizam sedutoras da sua língua, cálidas e doces, quase consigo acreditar nelas. Quase consigo acreditar que há um jeito de deixar isso tudo para trás, encerrar o assunto, ir para casa, para os braços de Scott, e viver minha vida como fazem as pessoas normais, sem olhar para trás desconfiada, sem ansiar desesperadamente por algo melhor. É isso o que pessoas normais fazem?

— Você vai pensar nisso? — pergunta, encostando a mão na minha.

Abro um sorriso radiante e respondo que sim. Talvez até vá mesmo, não sei. Ele me leva até a porta, o braço apoiado em meus ombros; minha vontade é de virar o rosto e beijá-lo de novo, mas não viro.

Em vez disso, pergunto:

— Essa é a última vez que a gente se vê?

Ele assente.

— Será que nós não podemos...?

— Não, Megan. Não podemos. Temos que fazer o que é certo.

Abro um sorriso para ele.

— Não sou muito boa nisso — digo. — Nunca fui.

— Você pode ser. Vai ser. Vá para casa agora. Volte para o seu marido.

Fico parada na calçada do lado de fora da casa dele por um bom tempo depois que a porta é fechada. Eu me sinto mais leve, acho, mais livre — só que mais triste também, e, de repente, tudo o que eu quero é voltar para casa, para Scott.

Estou virando para tomar o rumo da estação quando um homem vem correndo pela calçada, fones no ouvido, a cabeça baixa. Ele está vindo bem na minha direção e, quando dou um passo atrás, tentando sair de seu caminho, escorrego no meio-fio e caio.

O homem não pede desculpas, nem se vira para olhar para mim, e estou chocada demais para gritar. Eu me levanto e fico ali, apoiada num carro, tentando recobrar o fôlego. Toda a paz que senti na casa de Kamal é abalada de repente.

Só quando chego em casa percebo que cortei a mão ao cair, e que em algum momento devo ter passado a mão na boca. Meus lábios estão sujos de sangue.

RACHEL

SÁBADO, 10 DE AGOSTO DE 2013

MANHÃ

Acordo cedo. Ouço o caminhão do lixo sacolejando pela rua e o tamborilar da chuva na janela. As cortinas estão entreabertas — esquecemos de fechá-las ontem à noite. Sorrio. Sinto o corpo dele atrás do meu, quente e sonolento, rijo. Chego os quadris para trás, pressionando meu corpo contra o dele. Com isso, logo ele vai despertar, me agarrar, me virar de barriga para cima...

— Rachel — diz ele —, não.

Fico paralisada. Não estou em casa, essa não é minha casa. Está tudo errado.

Eu me viro na cama. Scott se sentou. Ele desliza as pernas para fora da cama, de costas para mim. Fecho os olhos com força tentando lembrar o que aconteceu, mas tudo não passa de névoa. Quando abro os olhos, consigo pensar melhor porque este quarto é aquele onde acordei mil vezes ou mais: a cama fica aqui, nessa mesma posição — se eu me sentar agora, conseguirei ver as copas dos carvalhos do outro lado da rua; lá, à esquerda, está a suíte, e à direita estão os armários embutidos. É exatamente igual ao quarto que eu dividia com Tom.

— Rachel — diz ele de novo, e eu estendo a mão para tocar em suas costas, mas ele se levanta rapidamente e se vira para me encarar. Parece esvaziado, como da primeira vez que o vi de perto, na delegacia — como se tivessem extraído todo o seu conteúdo, deixando apenas um invólucro. Este quarto se parece com o que eu dividia com Tom, mas na verdade é o que ele dividia com Megan. Este quarto, esta cama.

— Eu sei — digo. — Sinto muito. De verdade. Foi errado.

— Foi mesmo — diz ele, sem olhar para mim.

Ele entra no banheiro e fecha a porta.

Deito de novo e fecho os olhos, começando a me afundar em pavor, sentindo aquela dor no estômago. O que foi que eu fiz? Eu me lembro que ele estava falando muito quando cheguei, soltando o verbo. Estava com raiva — com raiva da mãe, que nunca gostou de Megan; com raiva dos jornais, pelo que andavam escrevendo sobre ela, insinuando que merecia o destino que teve; com raiva da polícia, pelo trabalho malfeito, por falhar com ela, e com ele. Ficamos sentados na cozinha bebendo cerveja, eu servindo de ouvinte, e, quando esvaziamos uma garrafa, passamos para o terraço, até que ele esqueceu a raiva. Nós bebemos um pouco mais, vimos os trens passando, não falamos sobre nada em particular: televisão, trabalho, o colégio onde ele estudou, como pessoas normais. Esqueci de sentir o que eu deveria estar sentindo, ambos esquecemos, porque agora eu me lembro. Lembro que ele estava sorrindo para mim, acariciando meu cabelo.

A lembrança me atinge como uma onda, sinto o sangue subindo para o rosto. De repente me lembro de ter me deixado levar. De ter pensado a respeito e não feito nada para evitar, e ter aceitado aquilo. Eu queria aquilo. Queria ficar com Jason. Queria sentir o que Jess sentia quando estava junto dele, sentada ao ar livre, tomando vinho no fim da tarde. Esqueci o que eu deveria sentir. Ignorei o fato de que, na melhor das hipóteses, Jess nada mais é do que fruto da minha imaginação, e, na pior das hipóteses, Jess não é um "nada", ela é Megan — ela está morta, um corpo surrado e deixado para apodrecer. Foi pior que isso: eu não esqueci. Não dei a mínima. Não dei a mínima porque comecei a acreditar no que estavam dizendo sobre ela. Será que achei, ainda que por um breve momento, que ela mereceu seu destino?

Scott sai do banheiro. Tomou um banho, me lavou de sua pele. Parece estar se sentindo melhor, mas não me olha nos olhos quando pergunta se quero um café. Não era isso o que eu queria: nada disso está certo. Não quero fazer isso. Não quero perder o controle de novo.

Eu me visto depressa, entro no banheiro e jogo uma água fria no rosto. O rímel escorreu, borrou os cantos dos olhos, e meus lábios estão escuros. Mordidos. Meu rosto e meu pescoço estão vermelhos nos lugares em que ele roçou a barba por fazer. Uma cena da noite passada me vem à memória, as mãos dele em mim, e meu estômago se revira. Sinto uma leve tontura, e me sento na borda da banheira. O banheiro está mais sujo que o restante da casa: limo em volta da pia, pasta de dente borrada no espelho. Uma caneca com uma escova de dente só dentro. Não há perfume, hidratante nem maquiagem por ali. Fico me perguntando se ela levou essas coisas quando foi embora, ou se ele jogou tudo fora.

De volta ao quarto, procuro vestígios dela — um roupão pendurado atrás da porta, uma escova de cabelo sobre a cômoda, um potinho de brilho labial, um par de brincos —, mas não há nada. Atravesso o quarto e estou prestes a abrir o guarda-roupa, com a mão no puxador, quando ouço-o gritar.

— O café está pronto! — E dou um pulo.

Ele me passa a caneca sem olhar para a minha cara, e então vira de costas e fica assim, olhando fixamente para os trilhos ou para qualquer coisa lá fora. Olho para a direita e reparo que todas as fotografias sumiram, todas elas. Os pelos da minha nuca se arrepiam, bem como os dos meus braços. Tomo um gole do café e faço um certo esforço para engolir. Nada disso está certo.

Talvez tenha sido coisa da mãe dele: fez a limpa na casa, levou as fotografias. A mãe dele não gostava de Megan, Scott disse isso mais de uma vez. Mas, quem faz o que ele fez ontem à noite? Quem trepa com uma desconhecida na mesma cama que dividia com a esposa morta há menos de um mês? Nessa hora ele se vira, olha para mim, e sinto como se tivesse lido meus pensamentos porque está com uma expressão estranha no rosto — desprezo ou asco — e também sinto essa repulsa por ele. Coloco a caneca na mesa.

— É melhor eu ir embora — digo, e ele não se opõe.

Parou de chover. O dia está ensolarado e o reflexo do sol me fere os olhos. Um homem se aproxima de mim — está a um palmo do meu nariz no instante em que piso na calçada. Ergo as mãos, viro de lado e esbarro meu ombro no dele. Está falando alguma coisa, mas não ouço o quê. Mantenho as mãos para o alto e a cabeça baixa, de forma que estou a menos de dois metros de Anna quando a vejo, parada ao lado do seu carro, as mãos nos quadris, me observando. Quando nossos olhares se cruzam, ela balança a cabeça de um lado para o outro, vira de costas e anda rápido até a porta da casa dela, quase chegando a correr. Fico completamente imóvel por um segundo, observando seu corpo esbelto de *legging* preta e camisa de malha vermelha. Tenho uma sensação fortíssima de *déjà-vu*. Eu já a vi correndo dessa forma antes.

Foi logo depois que saí de casa. Eu tinha vindo ver o Tom, buscar alguma coisa que tinha me esquecido de levar. Nem lembro o que era, não era importante, eu só queria ir até a casa, ver o Tom. Acho que era domingo, e eu tinha me mudado na sexta, então tinha partido havia 48 horas. Fiquei parada na rua vendo Anna levar objetos de um carro para dentro da casa. Estava se mudando para lá dois dias depois de eu ter saído, minha cama nem tinha esfriado ainda. Isso é que chamam de pressa indecorosa. Ela me avistou e eu parti em sua direção. Não faço ideia do que ia dizer para ela — nada racional, tenho certeza. Eu estava chorando, disso eu me lembro. E ela, como agora, saiu correndo. Eu ainda não sabia da pior parte — a barriga ainda não aparecia. Ainda bem. Acho que, se eu tivesse visto isso, teria morrido.

De pé na plataforma, à espera do trem, sinto uma leve tontura. Eu me sento no banco e me convenço de que é só a ressaca — não beber nada por cinco dias e então encher o pote, é isso que dá. Mas sei que é mais que isso. É a Anna — vê-la e ter sentido o que senti quando a vi fugindo de mim. Medo.

ANNA

SÁBADO, 10 DE AGOSTO DE 2013

MANHÃ

Hoje cedo fui de carro até a aula de spinning na academia em Northcote, e, na volta, passei na Matches e fiz uma extravagância: comprei um lindo microvestido Max Mara para mim (Tom vai me perdoar assim que me vir nele). A manhã estava correndo perfeitamente bem, até que, enquanto estacionava o carro, vi uma confusão na porta da casa dos Hipwells — agora há fotógrafos por ali o tempo inteiro — e lá estava ela. Outra vez! Eu quase não acreditei. Rachel, com cara de quem não dormiu, dando um encontrão em um fotógrafo. Tenho quase certeza de que tinha acabado de sair da casa de Scott.

Eu nem me chateei. Só fiquei perplexa. E quando toquei no assunto com Tom — calmamente, como quem não quer nada —, ele ficou tão atônito quanto eu.

— Vou falar com ela — disse. — Vou descobrir o que diabos está acontecendo.

— Você já tentou fazer isso — falei, com toda a suavidade do mundo. — Não fez diferença nenhuma. — Sugeri que talvez fosse o momento de procurar um advogado, ver a possibilidade de conseguir uma liminar para impedi-la de se aproximar, algo assim.

— Mas ela não está realmente nos incomodando, não é? — argumentou ele. — Os telefonemas pararam, ela não tem nos abordado nem vindo aqui em casa. Não se preocupe, querida. Eu resolvo isso.

É claro, ele tem razão sobre o fato de ela não estar nos incomodando. Mas não estou nem aí. Tem alguma tramoia rolando, e não estou mais a fim de simplesmente ignorá-la. Me cansei de ouvir que não preciso me preocupar. De ouvir que ele vai resolver tudo, que vai conversar com ela, que ela vai acabar desistindo. Acho que chegou o momento de eu resolver as coisas por mim mesma. Da próxima vez que eu a vir, vou ligar para aquela policial — a detetive Riley. Ela parecia simpática, educada. Sei que Tom tem dó da Rachel, mas, honestamente, acho que chegou a hora de eu dar um jeito naquela vaca de uma vez por todas.

RACHEL

SEGUNDA-FEIRA, 12 DE AGOSTO DE 2013

MANHÃ

Estamos no estacionamento do lago Wilton. Vínhamos aqui de vez em quando, em dias bem quentes, para nadar. Hoje estamos só sentados lado a lado no carro de Tom, as janelas abertas, deixando a brisa morna entrar. Minha vontade é de reclinar a cabeça no encosto e fechar os olhos, sentir o cheiro dos pinheiros e ouvir o canto dos pássaros. Queria tanto poder segurar a mão dele e ficar aqui o dia todo, até anoitecer.

Ele me ligou ontem à noite e perguntou se podíamos nos encontrar. Perguntei se tinha a ver com o lance com a Anna, de tê-la visto na Blenheim Road. Falei que aquilo não tinha nada a ver com eles — não tinha ido até lá para incomodá-los. Ele acreditou em mim, ou pelo menos disse que acreditava, mas ainda assim seu tom era desconfiado, um tanto ansioso. Disse que precisava conversar comigo.

— Por favor, Rach — disse ele, e isso definiu a questão. A forma como falou meu nome, como nos velhos tempos, quase fez meu coração explodir. — Passo aí para te pegar, tá?

Acordei antes de o dia raiar e já estava fazendo café na cozinha às cinco da manhã. Lavei o cabelo, depilei as pernas, me maquiei e troquei de roupa quatro vezes. E me senti culpada. Bobagem, eu sei, mas fiquei pensando em Scott — no que fizemos e em como me senti — e me arrependi de ter feito aquilo, porque pareceu traição. Era como trair Tom. O homem que me trocou por outra faz dois anos. Não consigo controlar meus sentimentos.

Tom chegou pouco antes das nove. Desci e lá estava ele, encostado na lateral do carro, de calça jeans e uma velha camisa de malha cinza — tão velha que eu me lembro exatamente da sensação do tecido dela no meu rosto quando eu me deitava em seu peito.

— Tirei a manhã de folga do trabalho — explicou assim que me viu. — Pensei em darmos uma volta de carro.

Não falamos muita coisa no caminho até o lago. Ele me perguntou como eu estava e elogiou minha aparência. Não mencionou a Anna até estarmos sentados no estacionamento e eu estar pensando em segurar na mão dele.

— Bem, é... Anna disse que viu você... e pensou que você talvez tivesse saído da casa de Scott Hipwell? É isso mesmo? — Ele vira o rosto para mim, mas não está realmente me olhando. Parece quase envergonhado de me fazer essa pergunta.

— Não precisa se preocupar com isso — falei. — Tenho visto Scott... quer dizer, não estou *saindo* com ele, nada disso. Ficamos amigos, só isso. É difícil explicar. Só tenho ajudado o Scott um pouco. Você sabe, é óbvio, que ele está passando por um momento difícil.

Tom faz que sim, mas ainda não me olha direito. Em vez disso, rói a unha do indicador da mão esquerda, sinal de que está preocupado.

— Mas, Rach...

Queria que ele parasse de me chamar assim, porque isso me deixa louca, me dá vontade de sorrir. Faz tanto tempo que não o ouço me chamar assim que está me dando esperanças. Talvez as coisas não andem tão bem com a Anna, talvez ele se lembre dos bons momentos que tivemos, talvez uma parte dele sinta minha falta.

— É que estou... bastante preocupado com isso.

Até que enfim ele olha para mim, seus olhos castanhos nos meus, e mexe a mão como se fosse pegar na minha, mas então hesita e para.

— Eu sei... bem, não é que eu saiba muito sobre isso, mas Scott... eu sei que ele parece um sujeito perfeitamente equilibrado, mas não dá para ter certeza, dá?

— Você acha que foi ele?

Ele faz que não, engole em seco.

— Não, não. Não é isso que estou dizendo. Eu sei... bem, Anna diz que eles brigavam muito. Que às vezes Megan sentia um pouco de medo dele.

— Anna disse isso? — Meu instinto é ignorar qualquer coisa dita por aquela vadia, mas não consigo esquecer daquilo que me chamou atenção quando estive na casa de Scott no sábado, de que algo estava fora do normal, de que algo estava errado.

Ele faz que sim.

— Megan foi babá da Evie quando ela era bem pequena. Meu Deus, não gosto nem de pensar nisso agora, depois do que os jornais andaram divulgando. Mas é mais uma prova, não é, de que você pensa que conhece alguém e aí... — Ele suspira pesadamente. — Não quero que nada de ruim aconteça. Com você. — Ele sorri para mim nessa hora, dá de ombros. — Ainda me importo com você, Rach — diz, e preciso desviar o olhar porque não quero que ele veja as lágrimas brotando. Ele sabe, é claro, e põe a mão no meu ombro antes de continuar: — Eu sinto muito.

Ficamos sentados ali por um tempo em silêncio, à vontade. Mordo o lábio com força para não chorar. Não quero que isso seja ainda mais difícil para ele, não mesmo.

— Estou bem, Tom. Estou melhorando. Estou mesmo.

— Fico feliz em ouvir isso. Você não está...

— Bebendo? Menos. Está melhorando.

— Que bom. Você está bem. Está... bonita. — Sorri para mim e sinto o rosto ficar vermelho. Ele desvia o olhar. — Você... hã... você está bem... sabe, financeiramente?

— Estou.

— É mesmo? Está mesmo, Rachel, porque não quero que você...

— Estou bem.

— Não quer aceitar uma ajuda? Putz, não quero parecer um babaca, mas, por favor, aceite uma ajuda?

— Estou falando sério, estou bem.

Então ele se inclina para o meu lado, e quase paro de respirar, de tanta vontade de tocar nele. Quero cheirar seu pescoço, enterrar meu rosto naquele espaço amplo e musculoso entre suas escápulas. Ele abre o porta-luvas.

— Deixe só eu fazer um cheque para você, só por precaução, sabe? Não precisa descontá-lo se não quiser.

Eu começo a rir.

— Você ainda deixa um talão de cheques no porta-luvas?

Ele começa a rir também.

— Nunca se sabe — diz ele.

— Nunca se sabe quando será preciso salvar a pele da maluca da sua ex-mulher?

Com o polegar, acaricia minha maçã do rosto. Levanto a mão, pego a dele e beijo sua palma.

— Me promete — pede rispidamente — que vai ficar longe de Scott Hipwell. Me promete, Rach.

— Prometo — respondo, e falo sinceramente, feliz da vida, porque percebo que não está simplesmente preocupado comigo, mas também com ciúmes.

TERÇA-FEIRA, 13 DE AGOSTO DE 2013

DE MADRUGADA

Estou no trem, olhando para um montinho de roupas ao lado dos trilhos. Um tecido azul-marinho. Um vestido, acho, com um cinto preto. Não consigo imaginar como teria ido parar ali. *Isso* com certeza não foi deixado pelo pessoal da manutenção. O trem está se deslocando, mas devagar quase parando, tanto que me permite ficar olhando para o vestido por muito tempo, e tenho a sensação de que já o vi antes, de que já vi alguém usando esse vestido. Não consigo me lembrar quando. Está muito frio. Frio demais para um vestido desses. Acho até que vai nevar.

Estou ansiosa para ver a casa de Tom — a minha casa. Sei que ele vai estar lá, sentado ao ar livre. Sei que estará sozinho, à minha espera. Vai ficar de pé quando o trem passar, acenar e sorrir. Tenho certeza.

Mas nós paramos primeiro em frente ao número 15. Jason e Jess estão lá, bebendo vinho na varanda, o que é estranho, porque não são nem oito e meia da manhã. Jess está com um vestido de flores vermelhas e brinquinhos de prata em forma de pássaros — vejo os dois se mexendo enquanto ela fala. Jason está de pé atrás dela, as mãos em seus ombros. Sorrio para os dois. Quero acenar, mas não quero que os outros passageiros achem que sou doida. Fico só olhando e desejando que também pudesse ter uma taça de vinho na minha mão.

Estamos parados aqui há séculos e o trem não anda. Queria que partíssemos logo, porque, do contrário, Tom não vai estar mais lá e vou perder a chance de vê-lo. Agora consigo ver o rosto de Jess, com mais nitidez que o normal — deve ser por causa da luz, que está bem forte, iluminando-a diretamente como um holofote. Jason continua atrás dela, mas agora suas mãos não estão mais nos ombros dela, e sim em seu pescoço, e ela parece desconfortável, aflita. Jason está estrangulando Jess. Posso ver o rosto dela ficando vermelho. Está chorando. Eu me levanto, começo a bater na janela e grito para ele parar, mas ele não consegue me ouvir. Alguém segura meu braço — o homem de cabelo ruivo. Ele pede que eu me sente, diz que não falta muito para a próxima parada.

— Mas aí será tarde demais — protesto.

— Já é tarde demais, Rachel — diz ele, e, quando volto a olhar para a varanda, Jess está de pé, e Jason, com um punhado de cabelo loiro na mão, está prestes a esmigalhar seu crânio contra a parede.

MANHÃ

Faz horas que acordei, mas ainda estou trêmula, as pernas bambas quando me sento no banco. Acordei daquele pesadelo com uma sensação de pavor, a sensação de que tudo o que eu pensava que sabia estava errado, que tudo o que eu havia visto — de Scott, de Megan — era invenção da minha cabeça, que nada era real. Mas, se minha mente está me pregando peças, não é mais provável que o sonho é que seja ilusório? As coisas que Tom me disse no carro, tudo misturado com a culpa pelo que aconteceu com Scott naquela noite: o pesadelo foi só meu cérebro destrinchando tudo isso.

Mesmo assim, aquela sensação familiar de pavor cresce quando o trem para no sinal, e o medo de erguer o olhar é enorme. A janela está fechada, não há nada lá. Está tudo quieto, tranquilo. Ou abandonado. A cadeira de Megan continua na varanda, vazia. Hoje faz calor, mas não consigo parar de tremer.

Preciso ter em mente que as coisas que Tom falou sobre Scott e Megan vieram de Anna, e ninguém melhor do que eu para saber que ela não é confiável.

O bom-dia do Dr. Abdic me parece meio desanimado hoje. Está quase curvado, como se sentisse dores, e, quando aperta minha mão, é um aperto mais fraco que de costume. Sei que Scott disse que eles não iriam divulgar nada sobre a gravidez, mas fico me perguntando se contaram a ele. Se é no filho de Megan que ele está pensando.

Quero contar a ele sobre o sonho, mas não consigo pensar num jeito de descrevê-lo sem entregar meu jogo, então, em vez disso, pergunto sobre a possibilidade de recuperar memórias, sobre hipnose.

— Bem — diz ele, espraiando os dedos à sua frente, na mesa —, há terapeutas que acreditam que a hipnose pode ser usada para recuperar memórias reprimidas, mas é muito controverso. Não faço isso, nem recomendo a meus pacientes. Não estou convencido de que ajude, e, em alguns casos, pode até fazer mal. — Ele abre um meio sorriso. — Sinto muito. Sei que não era isso que você queria ouvir. Mas, quando se trata da mente humana, creio que não existam soluções rápidas e fáceis.

— Você conhece algum terapeuta que faça esse tipo de coisa? — pergunto.

Ele balança a cabeça negativamente.

— Sinto muito, mas não poderia recomendar nenhum. É preciso que você saiba que o paciente sob hipnose é muito sugestionável. As memórias que são "recuperadas"... — ele desenha aspas no ar — ...nem sempre são confiáveis. Não são memórias de verdade.

Não posso me arriscar a isso. Não poderia suportar ter outras imagens na minha cabeça, ainda mais lembranças em que não posso confiar, memórias que se misturam, se transformam e mudam de lugar, me levando a acreditar que uma coisa não é o que eu penso, me dizendo para olhar para um lado quando deveria estar olhando para outro.

— O que você sugere, então? — pergunto. — Há alguma coisa que eu possa fazer para tentar recuperar o que perdi?

Ele esfrega a boca com os dedos compridos.

— Há, sim. Só o ato de falar de uma lembrança em particular pode ajudar você a clarear as coisas, repassar os detalhes em um ambiente onde você se sinta segura e relaxada...

— Como aqui, por exemplo?

Ele sorri.

— Como aqui, se de fato você se sente segura e relaxada aqui. — O tom do fim da frase era de pergunta, a que não respondo. O sorriso dele some. — Na maioria das vezes ajuda se você se concentrar em sentidos que não sejam o da visão. Sons, a textura das coisas... o cheiro é particularmente importante quando se quer recordar algo. A música também é muito eficaz. Se você está pensando em uma circunstância específica, um dia específico, pode tentar refazer seus passos, voltar à cena do crime, por assim dizer. — É uma expressão corriqueira, mas sinto os pelos da nuca ficando em pé, o couro cabeludo arrepiando. — Você quer conversar sobre algum incidente em especial, Rachel?

É claro que quero, mas não posso contar isso a ele, então falo daquela vez com o taco de golfe, quando agredi Tom depois da briga que tivemos.

Eu me lembro de ter acordado naquela manhã muito ansiosa, ciente de que algo horrível tinha acontecido. Tom não estava na cama comigo, e me senti aliviada. Fiquei deitada, repassando os fatos. Eu me lembro de estar chorando muito e de dizer a ele que o amava. Ele estava furioso, me dizendo para ir dormir; não queria ouvir mais nada.

Tentei lembrar o que havia acontecido antes disso, o ponto em que começamos a discutir. Estávamos nos divertindo. Eu tinha feito pitus grelhados com pimenta-malagueta e coentro, e estávamos saboreando um delicioso Chenin Blanc, presente de um cliente de Tom. Comemos no jardim, ao som de The Killers e Kings of Leon, bandas que costumávamos ouvir no início do nosso relacionamento.

Eu me lembro de estarmos às risadas, aos beijos. Lembro de ter contado alguma história — ele não achou a história tão engraçada quanto eu tinha achado. Lembro que fiquei chateada. Então eu me lembro de nós dois aos berros, de tropeçar nas portas de correr ao entrar em casa, de ficar furiosa por ele não ter vindo correndo me ajudar a levantar.

Mas é aí que está o problema:

— Quando acordei naquela manhã, eu desci. Ele não queria falar comigo, nem olhava para mim. Precisei implorar que ele me contasse o que eu tinha feito. Eu não parava de repetir que sentia muito. Estava em pânico. Não sei explicar por quê, sei que não faz o menor sentido, mas se você não consegue se lembrar do que fez, sua mente simplesmente preenche as lacunas, e você fica imaginando as coisas mais terríveis...

Kamal assente.

— Dá para imaginar. Prossiga.

— Então, por fim, só para calar a minha boca, ele me contou. Ah, eu tinha me ofendido com algo que ele disse, depois não parei mais de falar naquilo, com alfinetadas e queixas, e não queria mudar de assunto, e ele tentou me convencer a parar, tentou me beijar e fazer as pazes, mas eu não queria. Então ele resolveu simplesmente me deixar ali, subir as escadas e ir para a cama, e foi então que aconteceu. Corri atrás dele pela escada com um taco de golfe na mão e tentei arrancar a cabeça dele. Felizmente, errei. Só tirei um pedaço da parede.

A expressão de Kamal não muda. Não está chocado. Só faz que sim.

— Então, você sabe o que aconteceu, mas não consegue sentir isso. Certo? Você quer ser capaz de se lembrar das coisas por si mesma, de vê-las e experimentá-las através da sua memória, de forma que... como foi que você disse? De forma que os acontecimentos *pertençam* a você? E, dessa maneira, você vai se sentir plenamente responsável?

— Bem — digo, dando de ombros. — Sim. Quer dizer, em parte, é por isso. Mas tem outra coisa. E aconteceu depois, bem depois... semanas, talvez meses depois. Eu não parava de pensar naquela noite. Toda vez que passava pelo buraco na parede eu lembrava dela. Tom disse que ia consertá-la, mas não o fez, e eu não queria incomodá-lo pedindo toda hora que a consertasse. Um dia eu estava lá... era de noite e eu tinha acabado de sair do quarto e parei de repente, porque me lembrei. Eu estava no chão, de costas para a parede, chorando aos soluços, Tom de pé à minha frente, me implorando para ficar calma, o taco de golfe no carpete junto aos meus pés, e eu senti, eu senti. Eu estava *aterrorizada*. A lembrança não casa com a realidade, porque não lembro de raiva, de fúria. Lembro de sentir medo.

NOITE

Andei pensando no que Kamal falou, sobre voltar à cena do crime, então, em vez de ir para casa, vim para Witney, e, em vez de evitar a passagem subterrânea, ando devagar e decidida até ela. Ponho as mãos no tijolo frio e áspero da entrada e fecho os olhos, passando os dedos nele. Nada acontece. Abro os olhos e olho em volta. A rua está bem vazia: só uma mulher andando na minha direção a uns duzentos metros de distância, e mais ninguém. Nenhum carro passando, nenhuma criança gritando, só uma sirene bem fraca a distância. O sol se esconde atrás de uma nuvem e eu sinto frio, paralisada na entrada do túnel, incapaz de seguir em frente. Então me viro para ir embora.

A mulher que eu vi andando na minha direção alguns segundos atrás está dobrando a esquina agora; ela está usando um casaco longo e impermeável azul-marinho. Ela olha para mim quando passa e é aí que me recordo. Uma mulher... de azul... o ângulo da luz. E eu me lembro: Anna.

Ela usava um vestido azul com cinto preto, e estava andando, se afastando de mim, apressada, quase do jeito que andou no outro dia, só que dessa vez olhou para trás, olhou por cima do ombro e então parou. Um carro encostou na calçada ao lado dela — um carro vermelho. O carro de Tom. Ela se inclinou para falar com ele pela janela e depois abriu a porta e entrou, e por fim o carro foi embora.

Eu me lembro disso. Naquela noite de sábado eu estive aqui, na entrada da passagem subterrânea, e vi Anna entrar no carro de Tom. Só que não posso estar me lembrando direito, porque isso não faz sentido. Tom veio de carro me procurar. Anna não estava no carro com ele, estava em casa. Foi isso o que a polícia me disse. Não faz sentido, e dá vontade de gritar por causa do sentimento de frustração que isso me traz, pela falta de certeza, pela inutilidade do meu próprio cérebro.

Atravesso a rua e caminho pela calçada esquerda da Blenheim Road. Fico parada sob as árvores por um tempo, em frente ao número 23. Eles pintaram a porta da casa. Era verde-escura quando eu morava lá; agora é preta. Não me lembro de ter reparado nisso antes. Eu preferia o verde. Fico me perguntando o que mais estará diferente no interior. O quarto da bebê, óbvio, mas me pergunto se eles ainda dormem na nossa cama, se ela passa batom na frente do espelho que eu pendurei. Fico tentando imaginar se eles pintaram a cozinha de outra cor, ou se fizeram o reparo na parede do corredor de cima.

Minha vontade é atravessar a rua e bater com a aldrava naquela tinta preta. Quero conversar com Tom, fazer algumas perguntas sobre a noite em que Megan desapareceu. Quero perguntar sobre ontem, quando beijei a mão dele no carro, quero saber o que foi que ele sentiu. Em vez disso, só fico parada ali por um tempo, olhando para a janela do meu ex-quarto até sentir as lágrimas brotando nos olhos, e então entendo que é hora de ir embora.

ANNA

TERÇA-FEIRA, 13 DE AGOSTO DE 2013

MANHÃ

Fiquei vendo Tom se arrumar para o trabalho hoje, vestindo a camisa e pondo a gravata. Ele parecia estar um pouco distraído, devia estar repassando a agenda do dia — reuniões, compromissos, onde, quando, com quem. Senti inveja. Pela primeira vez, senti inveja de verdade por ele poder se arrumar, sair de casa, correr de um lado para o outro o dia todo, com um objetivo em mente, e ainda receber por isso.

Não é do trabalho que sinto falta — eu era corretora de imóveis, não neurocirurgiã, não é exatamente um trabalho com que se sonha desde criança —, mas gostava bastante de poder ficar nos casarões de luxo quando os donos não estavam, passando a mão pelas superfícies de mármore, entrando nos closets. Eu ficava imaginando como seria minha vida se pudesse viver assim, que tipo de pessoa eu seria. Tenho a convicção de que não há trabalho mais importante do que criar um filho, mas o problema é que esse trabalho não é valorizado. Não no sentido que conta para mim no momento: o financeiro. Quero ter mais dinheiro para que nós possamos sair dessa casa, dessa rua. Simples assim.

Talvez não tão simples assim. Depois que Tom saiu para o trabalho, eu me sentei à mesa da cozinha com Evie para a batalha do café da manhã. Há dois meses, juro que ela comia qualquer coisa. Agora, se não for iogurte de morango, ela não quer. Sei que isso é normal. Fico repetindo isso para mim mesma enquanto limpo clara de ovo do meu cabelo, enquanto engatinho pelo chão para pegar colheres e tigelas emborcadas. Não paro de repetir que isso é normal.

Ainda assim, quando tínhamos finalmente acabado e ela estava brincando sozinha e feliz, me permiti chorar por um minuto. Isso só acontece de vez em quando, e só quando Tom não está em casa, só por alguns minutos, para extravasar. Foi quando eu estava lavando o rosto depois, quando vi minha aparência cansada, o rosto marcado, manchado, uma aparência horrível, que senti aquilo de novo — a necessidade de pôr um vestido e um par de sapatos de salto alto, fazer escova no cabelo, aplicar maquiagem e andar pela rua, os homens virando a cabeça para me ver passar.

Sinto falta de trabalhar, mas também sinto falta do que o trabalho significava para mim, em meu último ano de emprego remunerado, quando conheci Tom. Sinto falta de ser a outra.

Eu gostava de ser a outra. Adorava, na verdade. Nunca me senti culpada. Só fingia sentir. Eu precisava, por causa das amigas casadas, aquelas que vivem com medo da babá estrangeira espevitada ou da colega de escritório bonita e bem-humorada que gosta de falar de futebol e passa metade da vida na academia. Tive de dizer para elas que, *claro*, eu me sentia péssima, claro que me sentia mal pela mulher dele, eu nunca quis que isso acontecesse, nós nos apaixonamos, o que podíamos fazer?

A verdade é que nunca senti pena de Rachel, nem antes de descobrir que ela bebia, que seu temperamento era difícil, e que estava transformando a vida dele num inferno. Ela simplesmente não me parecia real e, de qualquer forma, eu estava me divertindo um bocado. Ser a outra é muito excitante, não há como negar: é por você que ele não consegue ser fiel à esposa, embora a ame. Você é assim, irresistível.

Eu estava vendendo uma casa. A número 34 da Cranham Road. A venda não se concretizou porque o último interessado não tinha conseguido o financiamento. Algum problema com a avaliação feita pela instituição financeira. Então conseguimos uma avaliação independente, só para ter certeza de que não haveria nenhum empecilho. Os donos já haviam se mudado, o imóvel estava vazio, então eu precisava estar presente para recebê-lo.

Ficou óbvio, desde o momento em que abri a porta para ele, que aquilo ia acontecer. Eu nunca tinha feito nada assim antes, nem sonhava com isso, mas houve algo no jeito como ele olhou para mim, no jeito como sorriu para mim... Não conseguimos nos controlar — trepamos ali mesmo, apoiados na bancada da cozinha. Foi loucura, mas nós éramos assim. Era o que ele sempre me dizia. *Não espere que eu mantenha a sanidade, Anna. Não com você.*

Pego Evie no colo e vamos para o jardim. Ela está empurrando seu carrinho, dando risadinhas, o mau humor matinal esquecido. Toda vez que ri para mim sinto meu coração prestes a explodir. Não importa o quanto eu sinta falta do trabalho, sentiria mais falta dela. E, de qualquer forma, isso nunca vai acontecer. Nunca mais vou deixá-la com uma babá, não importa o quanto seja qualificada ou recomendada. Nunca mais vou deixá-la aos cuidados de outra pessoa, não depois de Megan.

NOITE

Tom me enviou uma mensagem dizendo que vai chegar mais tarde em casa hoje à noite, pois precisou sair para beber com um cliente. Evie e eu estávamos nos arrumando para nosso passeio de fim de tarde. Nós duas no meu quarto, meu e de Tom, e eu estava trocando sua fralda.

A luz estava linda, uma luz alaranjada preenchia a casa, de repente mudando para azul-acinzentado com a passagem de uma nuvem sobre o sol. Eu tinha fechado as cortinas pela metade para que o quarto não esquentasse muito, então fui abri-las e foi aí que vi a Rachel, de pé do outro lado da rua, olhando para nossa casa. Nesse momento ela simplesmente se virou e partiu em direção à estação.

Estou sentada na cama, trêmula de raiva, enfiando as unhas nas palmas das mãos. Evie está dando chutinhos no ar e sinto tanta raiva que não quero pegá-la no colo por medo de esmagá-la.

Ele disse que tinha resolvido isso. Que tinha ligado para ela no domingo, que eles conversaram, que ela admitiu ter ficado amiga de Scott Hipwell, mas que não pretendia vê-lo de novo, que não voltaria a passar por aqui. Tom disse que ela prometeu. Tom disse que ela estava sendo bem razoável, não parecia bêbada, não estava histérica, não fez ameaças nem lhe implorou que voltasse para ela. Ele me disse que achava que ela estava se recuperando.

Respiro fundo várias vezes e puxo a Evie para o meu colo, deitando-a sobre minhas coxas e segurando as mãozinhas dela.

— Acho que mamãe já aguentou isso tempo demais, não é, querida?

É muito cansativo: toda vez que penso que as coisas estão melhorando, que enfim encerramos o assunto Rachel, ela volta. Às vezes tenho a sensação de que ela nunca, nunca vai sair de cena.

Bem lá no fundo, uma semente de desconfiança foi plantada em mim. Quando Tom me diz que vai ficar tudo bem, que já está tudo resolvido, que ela não vai mais nos incomodar, e então incomoda, eu não consigo não me perguntar se Tom está se esforçando o máximo que pode para se livrar dela, ou se há alguma parte dele, bem em seu íntimo, que gosta do fato de ela não conseguir desistir.

Desço e vasculho a gaveta da cozinha até encontrar o cartão que a detetive Riley me deu. Teclo rapidamente o número dela, antes que resolva mudar de ideia.

QUARTA-FEIRA, 14 DE AGOSTO DE 2013

MANHÃ

Na cama, as mãos dele nos meus quadris, sua respiração quente em meu pescoço, a pele suada contra a minha, ele diz:

— A gente quase não faz mais isso.

— Eu sei.

— Precisamos arrumar mais tempo para a gente.

— Precisamos mesmo.

— Sinto falta de você — diz ele. — E disso. Quero mais disso.

Eu me viro e o beijo na boca, os olhos bem fechados, tentando reprimir a culpa que sinto por ter entrado em contato com a polícia sem ele saber.

— Acho que devíamos ir para algum lugar — propõe ele. — Só nós dois. Sair daqui um pouco.

E deixar Evie com quem?, sinto vontade de perguntar. *Seus pais, com quem você não fala mais? Ou minha mãe, que é tão frágil que é incapaz de cuidar de si mesma?*

Não digo isso, não digo nada, só dou mais um beijo nele, um beijo apaixonado. Sua mão desliza pela minha coxa e ele aperta minha bunda.

— O que você acha? Aonde gostaria de ir? Ilhas Maurício? Bali?

Dou uma risada.

— Estou falando sério — protesta ele, afastando-se de mim e me encarando. — Nós merecemos, Anna. Você merece. Foi um ano difícil, não foi?

— Mas...

— Mas o quê? — Ele abre seu sorriso perfeito. — Vamos descobrir o que fazer com Evie, não se preocupe.

— Tom, o dinheiro.

— Vai ficar tudo bem.

— Mas... — Não quero dizer isso, mas preciso. — Não temos dinheiro suficiente para pensar em nos mudar, mas temos para passar férias nas Ilhas Maurício ou em Bali?

Ele bufa, inflando as bochechas, e exala vagarosamente, virando-se para o outro lado. Eu não deveria ter dito isso. A babá eletrônica crepita: Evie está acordando.

— Deixa que eu vou — prontifica-se ele, se levanta, e sai do quarto.

▪ ▪ ▪

No café da manhã, o comportamento de Evie é o de sempre. Agora virou brincadeira, para ela, recusar a comida, fazer que não com a cabeça, o queixinho erguido, a boca bem fechada, as mãozinhas em punho acertando a tigela à sua frente. A paciência de Tom acaba logo.

— Não tenho tempo para isso — resmunga ele. — Você vai ter que dar um jeito. — Fica de pé, estendendo a colher para eu pegar, a irritação estampada no rosto.

Dou um longo suspiro.

Tudo bem, ele está cansado, tem muito trabalho a fazer, está aborrecido porque não embarquei em sua fantasia de férias essa manhã.

Mas não, não está tudo bem, porque também me sinto cansada, e queria conversar sobre dinheiro e nossa situação nesta casa que não vai acabar simplesmente com ele saindo desse cômodo. É claro que não digo nada. Em vez disso, descumpro a promessa que me fiz e menciono Rachel.

— Ela voltou a rondar a casa — digo. — Então, o que quer que você tenha dito para ela no outro dia não adiantou.

Ele me olha de soslaio.

— Como assim, rondar a casa?

— Ela estava aqui ontem à noite, do outro lado da rua, parada.

— Ela estava com alguém?

— Não. Estava sozinha. Por que a pergunta?

— Puta que pariu — exclama ele, e a expressão no rosto se fecha exatamente como acontece quando está com muita raiva. — Eu pedi que ela ficasse longe daqui. Por que você não disse nada ontem?

— Não queria aborrecer você — respondo baixinho, já me arrependendo de ter comentado. — Não queria preocupar você.

— Meu Deus! — diz ele, largando a xícara de café com força na pia. O barulho assusta Evie, que começa a chorar. Isso não ajuda. — Não sei o que dizer. Sério. Quando conversei com Rachel, ela estava bem. Ela ouviu o que eu tinha a dizer e prometeu não voltar mais aqui. Estava com uma cara boa, até saudável, quase de volta ao normal...

— *Uma cara boa?* — pergunto, e, antes que consiga me virar as costas, posso ver em seu rosto que sabe que foi pego no flagra. — Achei que tinha me dito que falou com ela pelo telefone?

Ele respira fundo, expira ruidosamente, e por fim volta a me encarar, inexpressivo.

— Bem, sim, foi o que eu disse a você, querida, porque sabia que ia ficar chateada se eu me encontrasse com ela. Então admito que menti. Tudo por uma vida menos complicada.

— Você só pode estar brincando.

Ele sorri, balançando a cabeça enquanto anda na minha direção, as mãos levantadas em súplica.

— Foi mal, foi mal. Ela queria conversar pessoalmente e achei que seria melhor. Foi mal, tá? Nós só conversamos. Nos encontramos em um café horrível em Ashbury e conversamos por vinte minutos. No máximo, meia hora. Tá bom?

Ele me abraça e me puxa para junto de si. Tento resistir, mas ele é mais forte. Além disso, está com um cheiro delicioso e não quero brigar. Quero ficar do seu lado.

— Me perdoa — pede de novo, afundado o rosto em meu cabelo.

— Está tudo bem — digo.

Deixo que ele se safe porque agora quem está cuidando disso sou eu. Falei com a detetive Riley ontem à noite e, assim que começamos a conversar, eu sabia que tinha feito a coisa certa em procurá-la, porque, quando contei que havia visto Rachel saindo da casa de Scott Hipwell "em várias ocasiões" (exagerando um pouco), ela pareceu bastante interessada. Ela me perguntou sobre datas e horários (informei os dois que podia; quanto aos outros, não entrei em detalhes), se mantinham um relacionamento antes do desaparecimento de Megan Hipwell, se eu achava que estavam juntos agora. Preciso admitir que isso nem tinha passado pela minha cabeça — não dá para imaginar Scott indo de Megan para Rachel. De todo modo, o cadáver da esposa dele nem esfriou ainda.

Falei dos problemas com Evie também — a tentativa de sequestro — só para o caso de ela ter esquecido.

— Ela é instável — comentei. — Você pode achar que estou exagerando, mas não posso correr riscos quando se trata da minha família.

— De modo algum — disse ela. — Agradeço muito por ter me ligado. Se você vir qualquer outra coisa que considere suspeita, por favor me relate.

Não tenho ideia do que vão fazer com ela — talvez só adverti-la? Pode ajudar, de qualquer modo, se começarmos a correr atrás de algo como uma medida liminar. Espero, pelo bem de Tom, que não tenha de chegar a isso.

Depois que Tom sai para trabalhar, levo Evie ao parque, brincamos no balanço e nos cavalinhos de pau, e quando a coloco no carrinho, ela adormece quase de imediato, o que é minha deixa para ir fazer compras de mercado. Percorremos ruazinhas secundárias em direção ao Sainsbury's. Esse é um caminho menos direto até lá, mas é um passeio tranquilo, com pouco tráfego, e, em todo caso, é uma oportunidade de passar pelo número 34 da Cranham Road.

Até hoje sinto um frisson ao passar em frente àquela casa — um frio gostoso na barriga, um sorriso nos lábios e um rubor no rosto. Eu me lembro de subir correndo os degraus da entrada, torcendo para nenhum vizinho me ver entrando, e de me arrumar no banheiro, colocando perfume e vestindo uma lingerie do tipo que só se usa para ser tirada. Então vinha uma mensagem de texto e ele aparecia à porta, e passávamos uma ou duas horas no quarto de cima.

Ele dizia a Rachel que estava com um cliente, ou bebendo com amigos.

— Você não tem medo de ela ligar para saber onde você está? — eu perguntava, e ele fazia que não.

— Eu sei mentir bem — afirmou uma vez, sorrindo.

Outra vez ele disse:

— Mesmo que ela faça isso, o problema da Rachel é que amanhã ela não vai se lembrar de nada.

Foi quando comecei a perceber o quanto as coisas estavam ruins na vida dele.

O sorriso desaparece do meu rosto quando penso nessas conversas. Quando lembro de Tom dando risadas conspiratórias enquanto percorria minha barriga com os dedos, descendo até passar do meu umbigo, sorrindo para mim e dizendo "eu sei mentir bem". Ele *é* um mentiroso nato. Já o vi em ação: convencendo os funcionários da recepção de um hotel de que estávamos em lua de mel, por exemplo, ou se esquivando de hora extra no trabalho alegando uma emergência em casa. Todo mundo faz isso, claro, mas quando é o Tom mentindo, todo mundo acredita.

Penso no que aconteceu durante o café da manhã — mas a questão é que eu o peguei na mentira, e ele admitiu na mesma hora. Não tenho nada com que me preocupar. Ele não está tendo encontros secretos com Rachel! Que ideia mais ridícula. Ela já pode ter sido atraente um dia — quando ele a conheceu, ela chamava atenção, vi isso pelas fotos:

grandes olhos negros, curvas generosas — mas agora não passa de uma gorda. E, em todo caso, ele nunca voltaria para ela, não depois de tudo o que fez com ele, com a gente — todo o incômodo, os telefonemas tarde da noite, chamadas que você atendia e ela desligava, as mensagens de texto.

Estou na seção dos enlatados, Evie, graças a Deus, continua adormecida no carrinho, e começo a pensar em todos aqueles telefonemas, e sobre a vez — ou seriam vezes? — em que acordei e a luz do banheiro estava acesa. Eu podia ouvir a voz dele, baixa, macia, atrás da porta fechada. Ele estava tentando acalmá-la, sei que estava. Ele me disse que às vezes ela ficava tão enraivecida, que ameaçava ir à nossa casa, ir ao trabalho dele, se jogar na frente de um trem. Ele pode ser um excelente mentiroso, mas *eu sei* quando está dizendo a verdade. A mim ele não engana.

NOITE

Mas, pensando bem, ele me enganou *sim*, não foi? Quando me contou que tinha conversado com Rachel pelo telefone, que ela parecia melhor, quase feliz, não duvidei nem por um momento. E quando ele chegou em casa na segunda à noite, e eu perguntei como tinha sido seu dia, e ele me contou de uma reunião muito cansativa pela manhã, eu ouvi o que me disse sem questionar, em nenhum momento suspeitando de que não havia reunião nenhuma, que o tempo todo ele esteve num café em Ashbury com a ex-mulher.

É nisso que estou pensando enquanto esvazio a lava-louças, com muito cuidado e atenção, porque Evie está tirando uma soneca e o barulho de talheres batendo em cerâmica pode acordá-la. Ele me engana *sim*. Sei que ele não é sempre cem por cento honesto a respeito de tudo. Penso naquela história dos pais dele — que ele os convidou para o casamento, mas eles se recusaram a comparecer por estarem com raiva por ele ter largado a Rachel. Sempre achei isso estranho, porque, nas duas ocasiões em que conversei com a mãe dele, ela parecia tão feliz em estar falando comigo. Era gentil, interessada em saber mais sobre mim, sobre Evie.

— Espero poder conhecê-la em breve — disse ela, mas, quando contei isso a Tom, ele fez pouco caso.

— Mamãe está tentando me fazer convidá-los para vir aqui — retrucou — só para ela poder recusar. Jogos de poder.

A mim ela não pareceu ser uma mulher que gostava de jogos de poder, mas não insisti. As dinâmicas da família alheia são sempre tão impenetráveis. Ele deve ter seus motivos para mantê-los a distância, sei que tem, e com certeza esses motivos estão centrados em proteger a mim e a Evie.

Então por que estou me perguntando agora se isso era mesmo verdade? É essa casa, essa situação, tudo o que tem acontecido aqui — estão me fazendo duvidar de mim mesma, de nós dois. Se não tomar cuidado, vou acabar enlouquecendo, vou acabar igual a ela. Igual à Rachel.

Estou aqui sentada esperando a hora de tirar os lençóis da secadora de roupas. Penso em ligar a televisão e ver se não está passando um episódio de *Friends* que eu não tenha visto trezentas vezes, penso em fazer meus alongamentos de ioga, e também no livro que está em cima da minha mesinha de cabeceira, do qual só li doze páginas nas últimas duas semanas. Penso no laptop de Tom na mesa de centro da sala.

E então faço as coisas que jamais pensei que fosse fazer. Pego a garrafa de vinho tinto que sobrou do jantar de ontem e me sirvo de uma taça. Então vou à sala e pego o laptop dele, ligo e começo a tentar adivinhar a senha.

Estou me comportando igual a ela: bebendo sozinha e espionando Tom. As coisas que ela fazia e ele detestava. Mas, ultimamente —

mais especificamente, desde hoje de manhã — tudo mudou. Se ele vai mentir, então vou conferir o que anda fazendo. É justo, não é? Sinto falta de um pouco de justiça na minha vida. Então tento adivinhar a senha. Tento nomes em diferentes combinações: o meu e o dele, o dele e o de Evie, o meu e o de Evie, nós três juntos, de trás para a frente e na ordem certa. Nossas datas importantes, em várias combinações. A primeira vez que nos vimos, a primeira vez que transamos. O número 34, a casa na Cranham Road; o número 23, esta casa. Tento usar a criatividade — muitos homens usam nomes de time de futebol como senha, acho, mas Tom não liga para futebol; gosta mais de críquete, então experimento os times Boycott, Botham e Ashes. Não sei o nome de nenhum dos times mais novos. Termino minha taça e me sirvo de outra, pela metade. Na verdade, até que estou me divertindo com essa tentativa de descobrir a senha dele. Penso em bandas e filmes de que gosta, atrizes que acha bonitas. Digito *senha*; digito *1234*.

Um guincho agoniante soa lá fora quando o trem de Londres para no sinal, como unhas arranhando um quadro-negro. Trincando os dentes de aflição, bebo mais um gole de vinho e, ao fazer isso, vejo que horas são — meu Deus, são quase sete e Evie ainda dorme, e ele estará em casa a qualquer momento, e é exatamente quando estou pensando nisso que ouço barulho de chave na porta e meu coração para.

Fecho o laptop de um estalo e fico de pé num pulo, derrubando minha cadeira e fazendo o maior barulho. Evie desperta e começa a chorar. Devolvo o computador à mesa de centro antes que ele entre na sala, mas ele percebe que há algo estranho, me encara e pergunta:

— O que aconteceu aqui?

— Nada, nada — respondo. — Derrubei uma cadeira sem querer.

Ele pega Evie de seu carrinho para niná-la, e eu vejo minha imagem no espelho do corredor, o rosto pálido e os lábios manchados de vinho.

RACHEL

QUINTA-FEIRA, 15 DE AGOSTO DE 2013

MANHÃ

Cathy arranjou uma entrevista de emprego para mim. Uma amiga dela montou a própria agência de relações públicas e precisa de uma assistente. Na realidade é uma vaga de secretária e paga bem pouco, mas não estou nem aí. Essa mulher aceitou me ver mesmo sem uma carta de referência — Cathy disse para ela que eu tinha sofrido um colapso nervoso mas que agora estava totalmente recuperada. A entrevista é amanhã à tarde na casa dessa mulher — a sede da empresa fica dentro de um escritório construído no quintal dela —, que, por acaso, fica justamente em Witney. Então minha tarefa hoje seria atualizar meu currículo e me preparar para a entrevista. E eu estava fazendo isso — só que Scott me telefonou.

— Eu queria conversar com você — disse ele.

— A gente não precisa... quer dizer, você não precisa falar nada. Foi... nós dois sabemos que aquilo não passou de um erro.

— Eu sei — concordou ele, com uma voz tão triste, diferente do Scott furioso dos meus pesadelos, mais parecido com o deprimido que havia se sentado na minha cama e falado do seu filho morto. — Mas eu queria muito conversar com você.

— Claro — falei. — É claro que podemos conversar.

— Pessoalmente?

— Ah. — A última coisa que eu queria era ter de voltar àquela casa. — Desculpe, hoje não posso.

— Por favor, Rachel? É importante. — Sua voz soava desesperada e, mesmo sem querer, senti pena dele. Eu estava tentando pensar numa desculpa quando ele voltou a falar: — Por favor? — Então acabei concordando, e assim que aceitei, me arrependi.

Os jornais estão comentando sobre o bebê de Megan — o primeiro bebê dela que morreu. Bem, na verdade é sobre o pai da criança. Eles o rastrearam. O nome dele era Craig McKenzie, e ele morreu de overdose de heroína na Espanha há quatro anos. Então não pode ter sido ele. De qualquer forma, nunca me pareceu ser uma motivação provável — se alguém quisesse castigá-la pelo que fez naquela época, já o teria feito há muitos anos.

Então, quem sobra? Os suspeitos de sempre: o marido, o amante. Scott, Kamal. Ou algum homem qualquer que a raptou na rua — um serial killer fazendo a primeira vítima? Será que ela é a primeira de várias, como Wilma McCann ou Pauline Reade? E quem disse que o assassino teria de ser homem? Megan Hipwell era uma mulher pequena. Bem *mignon*. Não seria necessário aplicar muita força para dominá-la.

TARDE

A primeira coisa que noto quando ele abre a porta é o cheiro. Um ranço azedo de suor e cerveja, e mais alguma coisa, algo pior. Um cheiro de podre. Ele está de calça de moletom e camisa de malha cinza manchada, o cabelo está oleoso, a pele vermelha como a de alguém com febre.

— Está tudo bem com você? — pergunto, e ele sorri.

Andou bebendo.

— Estou bem. Entre, entre.

Não quero entrar, mas entro.

As cortinas da frente da casa estão fechadas, deixando a sala de estar com um tom avermelhado que combina com o calor e o fedor.

Scott caminha até a cozinha, abre a geladeira e pega uma cerveja.

— Venha, sente-se — convida ele. — Beba alguma coisa. — O sorriso no rosto dele é forçado, nada natural. Há algo de rude na expressão em seu rosto. O desprezo que vi sábado de manhã, depois que dormimos juntos, continua ali.

— Não posso me demorar muito — digo. — Tenho uma entrevista de emprego amanhã, preciso me preparar.

— Sério? — Ele ergue as sobrancelhas. Então se senta e, com o pé, empurra uma cadeira para eu me sentar. — Sente-se, beba alguma coisa — insiste, como se estivesse me dando uma ordem.

Eu me sento em frente a ele, que empurra a garrafa de cerveja na minha direção. Eu a pego e tomo um gole. Lá fora, ouço gritos — crianças brincando em algum quintal na vizinhança — e, mais ao longe, o ruído fraco e familiar do trem.

— Ontem saiu o resultado do DNA — comenta Scott. — A detetive Riley veio aqui ontem à noite. — Ele fica esperando um comentário meu, mas estou com medo de dizer a coisa errada, então fico calada. — O filho não é meu. Não era meu. O curioso é que também não era de Kamal. — Ele dá uma risada. — Então ela estava se relacionando com mais alguém. Dá para acreditar nisso? — Ele abre aquele sorriso medonho. — Você não saberia nada sobre esse assunto, não é? Sobre um outro cara? Ela não *se abriu* com você e falou desse outro homem? — O sorriso desaparece do rosto dele e começo a ter um mau pressentimento, um péssimo pressentimento. Fico de pé e começo a andar em direção à porta, mas ele está bem na minha frente, segurando meu braço, e me força a voltar para a cadeira.

— Senta nessa merda de cadeira. — Ele arranca a bolsa do meu ombro e a atira num canto.

— Scott, não sei o que está acontecendo...

— Como assim? — grita ele na minha cara. — Você e Megan eram tão amigas! Você devia saber tudo sobre os amantes dela!

Ele sabe. E, quando penso nisso, sei que ele viu na minha expressão, porque se aproxima mais ainda, seu hálito azedo no meu rosto, e diz:

— Vamos lá, Rachel. Abre o bico.

Faço que não com a cabeça e ele dá um tapa no ar, acertando a garrafa de cerveja à minha frente. Ela rola da mesa e se espatifa no chão.

— Você nunca nem conheceu a porra da Megan! — berra ele. — Tudo o que você me disse, tudo, era tudo mentira.

De cabeça baixa, fico de pé, murmurando "sinto muito, sinto muito". Tento dar a volta na mesa para pegar minha bolsa, meu celular, mas ele aperta meu braço de novo.

— Por que você fez isso? — pergunta ele. — O que deu em você para fazer isso? Qual é o seu problema?

Ele está olhando para mim, os olhos fixos no meu, e estou morta de medo, mas ao mesmo tempo sei que sua pergunta não é descabida. Eu devo uma explicação a ele. Então não puxo meu braço, deixo seus dedos se enterrarem na minha carne, e tento falar clara e calmamente. Tento não chorar. Tento não entrar em pânico.

— Eu queria que você soubesse de Kamal — respondo. — Vi os dois juntos, mas você não teria me levado a sério se eu fosse simplesmente uma garota qualquer do trem. Eu precisei...

— Ah, você *precisou*! — Ele me larga, virando de costas para mim. — Ainda vem me falar do que *precisou*... — Sua voz está mais suave, está se acalmando. Respiro fundo, tentando desacelerar o coração.

— Eu queria ajudar você — insisto. — Sei que a polícia sempre suspeita do marido, e eu queria que você soubesse... que existia outra pessoa...

— Então você inventou isso de conhecer minha mulher? Tem ideia do quanto parece maluca?

— Tenho, sim.

Vou até a bancada da cozinha, pego um pano de prato, e me agacho para limpar a cerveja derramada. Scott senta-se com os cotovelos apoiados nos joelhos e a cabeça baixa.

— Ela não era quem eu pensava — diz. — Eu não tenho ideia de quem ela era.

Torço o pano em cima da pia e lavo as mãos com água fria. Minha bolsa está a poucos centímetros de distância, em um canto. Começo a andar na direção dela, mas Scott olha para mim, então paro. Fico ali, de costas para a bancada, as mãos agarrando a beirada para dar maior estabilidade. Para me dar alguma segurança.

— A detetive Riley me contou — explica ele. — Ela me perguntou sobre você. Se eu estava me *relacionando* com você. — Ele dá uma risada. — Me *relacionando* com você! Meu Deus. Perguntei a ela se havia olhado bem para minha esposa. Meus padrões não despencaram assim tão rápido. — Meu rosto está em brasa, mas estou suando frio nas axilas e nas costas. — Parece que Anna tem se queixado de você. Ela viu você na rua. Foi assim que tudo se esclareceu. Eu disse: "Nós não estamos num relacionamento, ela é só uma velha amiga de Megan, ela está me ajudando." — Ele dá um riso baixo e desanimado. — Foi aí que ela disse: "Rachel não conhece Megan. Ela não passa de uma mentirosa compulsiva sem vida própria." — O sorriso sumiu do rosto dele. — Vocês são todas umas mentirosas. Todas, sem exceção.

Meu celular apita. Dou um passo em direção à bolsa, mas Scott a alcança antes de mim.

— Espera um minutinho — diz ele, segurando a bolsa. — Ainda não terminamos. — Despeja todo o conteúdo da minha bolsa sobre a mesa: celular, carteira, chaves, batom, absorvente, comprovantes de cartão de crédito. — Quero saber o quanto de tudo que o você andou me falando era mentira.

Como quem não quer nada, ele pega o celular e olha para a tela. Quando ergue os olhos para mim, há frieza neles. Ele lê em voz alta:

— "Sua consulta com o Dr. Abdic às 16h30 de 19 de agosto, segunda-feira, está confirmada. Caso não possa comparecer, favor avisar com no mínimo 24 horas de antecedência."

— Scott...

— Que diabos está acontecendo? — pergunta, a voz pouco mais que um murmúrio. — O que você anda fazendo? O que tem falado para ele?

— Não tenho falado nada... — Ele larga o celular sobre a mesa e parte para cima de mim, os punhos fechados. Recuo até chegar ao canto entre a porta de vidro e a parede. — Eu estava tentando descobrir... estava tentando ajudar. — Ele levanta a mão e fecho os olhos por reflexo, abaixando a cabeça, esperando a dor, e nesse momento percebo que já fiz isso antes, que senti isso antes, mas não lembro quando foi nem tenho tempo para pensar nisso agora, porque, embora ele não tenha batido em mim, agarrou meus ombros com muita força, os polegares enterrados nas minhas clavículas, e dói tanto que dou um grito.

— Esse tempo todo — rosna através dos dentes trincados —, esse tempo todo fiquei pensando que você estava do meu lado, mas estava trabalhando contra mim. Passando informação para ele, não é? Contando coisas sobre mim e Megs. Foi você que tentou fazer a polícia vir atrás de mim. Foi você...

— Não, por favor, não. Não foi assim. Eu queria ajudar você. — Ele ergue a mão direita, agarra meu cabelo pela nuca e o retorce. — Scott, por favor, não. Por favor. Você está me machucando. Por favor. — Ele está me arrastando em direção à porta. Começo a sentir um grande alívio. Vai me expulsar de casa, me jogar na rua. Graças a Deus.

Só que isso não acontece, ele fica me arrastando pela casa, cuspindo e xingando. Ele me arrasta escada acima e tento resistir, mas ele é muito forte, não consigo. Estou aos prantos.

— Por favor, não. Por favor.

E sei que algo terrível está para acontecer. Tento gritar, mas não consigo, o som não sai.

As lágrimas e o desespero me cegam. Ele me atira dentro de um quarto e bate a porta. A chave gira na fechadura. A bile quente surge na minha garganta e vomito no carpete. Espero um pouco e encosto o ouvido na porta. Nada acontece, não vem ninguém.

Estou no quarto extra. Na minha casa, esse quarto costumava ser o escritório de Tom. Agora é o quarto do bebê deles, o quarto com uma cortina rosa. Aqui, é um depósito de caixas, cheio de papéis e arquivos, uma esteira de correr dobrável e um Macintosh antiquíssimo. Há uma caixa de papéis cheios de números — contas, talvez dos negócios de Scott — e outra abarrotada de cartões-postais antigos — em branco, com restos de adesivo no verso, como se já tivessem sido colados em alguma parede: uma vista aérea de Paris, crianças andando de skate em um beco, velhos dormentes de ferrovia cobertos de musgo, um panorama do mar visto do interior de uma caverna. Vasculho os cartões-postais — não sei por que nem o que procuro, só estou tentando controlar o pânico. Estou tentando não pensar na cena que vi no noticiário da TV, no corpo de Megan sendo retirado da lama. Estou tentando não pensar nos ferimentos dela, no medo que deve ter sentido quando viu o que ia acontecer.

Estou revirando os postais quando de repente algo me corta e recuo, cambaleando nos saltos, com um *ai*. A ponta do meu indicador exibe um talho, e o sangue pinga na minha calça jeans. Estanco o sangue com a barra da minha camisa de malha e continuo a mexer nos postais com mais cuidado. Identifico logo o culpado: um retrato com a moldura espatifada, com um pedaço de vidro faltando na parte de cima, a ponta exposta manchada pelo meu sangue.

É uma foto que eu não tinha visto antes. Um retrato de Megan e Scott juntos, seus rostos próximos à câmera. Ela está rindo e ele olha para ela com adoração. Com ciúme? O vidro está estilhaçado na forma de uma estrela cujas pontas se irradiam a partir do canto do olho de Scott, então fica difícil ler sua expressão. Fico sentada no chão com a foto à minha frente e penso em como as coisas quebram o tempo todo por acidente, e como às vezes você acaba não consertando o que quebrou. Penso em todos os pratos que foram jogados no chão durante as brigas com Tom, no pedaço arrancado da parede no corredor de cima.

De algum lugar atrás daquela porta, posso ouvir Scott rindo, e meu corpo todo congela. Fico de pé aos trambolhões e vou até a janela, abro e me debruço nela, então, na pontinha dos pés, grito por socorro. Grito por Tom. Não adianta nada. Que patético. Mesmo que ele estivesse, por algum motivo, no jardim que fica a poucas casas daqui, não iria me ouvir, a distância é grande. Olho para baixo e perco o equilíbrio, então empurro o batente da janela para voltar para dentro, sentindo cólicas e começo a chorar.

— Por favor, Scott! — grito. — Por favor... — Odeio o som da minha voz nessa hora, o tom desesperado. Olho para minha camisa encharcada de sangue e isso me faz lembrar que não estou tão sem opções assim. Pego a moldura do retrato e a coloco em cima do carpete. Escolho o caco de vidro mais comprido e o guardo no bolso de trás.

Ouço passos subindo a escada. Encosto na parede oposta à porta. A chave gira na fechadura.

Scott está com a minha bolsa na mão e a atira aos meus pés. Na outra mão, tem um pedaço de papel.

— Olha só, se não é Nancy Drew! — diz ele, sorrindo. Imita a voz de uma menininha e lê em voz alta: — "Ela fugiu com o namorado, que, de agora em diante, vou chamar de N." — Ri com escárnio. — "N causou algum mal a ela... Scott causou algum mal a ela..." — Ele amassa o papel e o joga aos meus pés. — Deus do céu. Você é mesmo patética, não é? — Olha em volta, reparando no vômito no chão e no sangue na minha camisa. — Puta merda, o que você andou fazendo? Tentou se matar? Ia fazer meu trabalho por mim? — Ele ri de novo. — Eu devia quebrar a merda desse seu pescoço, mas, sabe de uma coisa? Você não vale a dor de cabeça. — Ele dá passagem. — Sai da minha casa agora.

Pego minha bolsa e corro para a porta, mas, ao fazer isso, ele entra na minha frente e finge que vai me dar um soco, e por um momento penso que vai me segurar, voltar a me agredir. Meus olhos devem mostrar meu terror, porque ele começa a rir, rir de gargalhar. Ainda ouço as risadas dele quando saio pela porta da casa.

SEXTA-FEIRA, 16 DE AGOSTO DE 2013

MANHÃ

Eu quase não dormi. Bebi uma garrafa e meia de vinho na tentativa de cair no sono, de fazer minhas mãos pararem de tremer, de me acalmar, mas não deu certo. Toda vez que eu começava a cochilar, acordava assustada. Tinha certeza de que podia sentir a presença dele no quarto junto comigo. Acendi a luz e fiquei sentada, ouvindo os sons da rua, dos vizinhos andando pelo prédio. Só quando o dia começou a raiar foi que relaxei o suficiente para adormecer.

Sonhei que estava na floresta de novo. Tom estava comigo, mas ainda assim eu sentia medo.

Ontem à noite deixei um bilhete para o Tom. Depois que saí da casa de Scott, corri até o número 23 e esmurrei a porta. Estava tão em pânico que nem liguei para a possibilidade de Anna estar em casa, ou de ficar irritada por eu ter aparecido. Ninguém veio atender, então rabisquei um bilhete em um pedaço de papel e o enfiei na caixa de correio. Não estou nem aí se ela vir o bilhete — acho que uma parte de mim quer que ela veja. Não entrei em detalhes — só escrevi que queria conversar sobre o outro dia. Não mencionei o nome de Scott porque não queria que Tom fosse lá confrontá-lo — só Deus sabe o que poderia acontecer.

Liguei para a polícia assim que cheguei em casa. Tomei duas taças de vinho antes, para me acalmar. Pedi para falar com o detetive-inspetor Gaskill, mas disseram que não estava disponível, então acabei falando com Riley. Não era o que eu queria — sei que Gaskill teria sido mais simpático.

— Ele me prendeu na casa dele — falei. — Ele me ameaçou.

Ela me perguntou por quanto tempo fiquei "presa". Deu para ouvir as aspas.

— Não sei — respondi. — Talvez meia hora.

Um longo silêncio.

— E ele ameaçou você. Pode me dizer exatamente o que ele disse?

— Ele disse que quebraria meu pescoço. Ele disse... disse que devia quebrar meu pescoço...

— Ele devia quebrar seu pescoço?

— Ele disse que se eu o incomodasse de novo, ele faria isso.

Silêncio.

— Ele bateu em você? Ele machucou você de alguma forma?

— Hematomas. Só hematomas.

— Ele bateu em você.

— Não, ele me segurou com força.

Mais silêncio.

— Srta. Watson, o que você foi fazer na casa de Scott Hipwell?

— Ele me ligou e me pediu para ir lá. Disse que precisava conversar.

Ela deu um longo suspiro.

— Você foi alertada de que deveria ficar longe disso. Você mentiu para ele, disse que era amiga da mulher dele, contou um monte de mentiras, e... me deixe terminar... trata-se de uma pessoa que, na melhor das hipóteses, está vivendo um momento de muita tensão e um grande estresse. Isso na melhor das hipóteses. Na pior, ele pode até ser perigoso.

— Ele *é* perigoso, é o que estou dizendo, pelo amor de Deus.

— Isso não ajuda. Você ir até lá, mentir para ele, provocá-lo. Nós estamos no meio da investigação de um assassinato aqui. Você precisa entender isso. Você pode comprometer nosso progresso, você pode...

— Que progresso? — pergunto. — Vocês não fizeram droga nenhuma de progresso. Ele matou a esposa, estou dizendo. Tem um retrato, uma fotografia dos dois, espatifada. Ele está com raiva, é uma pessoa instável...

— Sim, já vimos essa foto. Demos uma busca na casa. Não é nenhuma prova de assassinato.

— Então vocês não vão prender o Scott?

Ela deu um longo suspiro.

— Venha amanhã à delegacia. Preste depoimento. E depois deixe que cuidamos disso. E, Srta. Watson? Fique longe de Scott Hipwell.

Cathy chegou em casa e me viu bebendo. Ela não ficou feliz. O que eu poderia dizer? Não havia como explicar. Simplesmente pedi desculpas e subi para o meu quarto, feito uma adolescente enfezada. Então fiquei acordada, tentando dormir, esperando Tom ligar. Ele não ligou.

Acordo cedo, verifico o celular (nenhuma chamada), lavo o cabelo e me arrumo para a entrevista, as mãos trêmulas, o estômago revirado. Vou mais cedo porque preciso passar na delegacia primeiro, para prestar depoimento. Não que eu ache que vá fazer alguma diferença. Eles nunca me levaram a sério e não é agora que vão começar a levar. Fico me perguntando o que seria preciso acontecer para começarem a me ver como algo mais que uma mulher com uma imaginação fértil.

A caminho da estação, não consigo parar de olhar para trás; o barulho súbito de uma sirene de polícia me faz literalmente pular de susto. Na plataforma da estação ando tão perto do gradil quanto possível, roçando os dedos pela cerca de ferro, só para o caso de eu precisar me segurar com força. Percebo o ridículo da situação, mas me sinto extremamente vulnerável agora que já vi o que ele é, agora que já não existem segredos entre nós.

TARDE

Devo dar a minha participação nesse assunto como encerrada. Esse tempo todo fiquei achando que havia algo a ser lembrado, uma peça que faltava. Mas não há. Não vi nada de importante, nem de terrível. Simplesmente calhou de eu estar na mesma rua. Sei disso agora, graças ao cara ruivo. Mas, ainda assim, há uma coceira no fundo do meu cérebro que não consigo coçar.

Nem Gaskill nem Riley estavam na delegacia; prestei depoimento a um entediado agente de polícia. Vão arquivá-lo e esquecê-lo, acho, a menos que eu apareça morta, jogada numa vala qualquer. Minha entrevista era do outro lado da cidade em relação à casa de Scott, mas, ao sair da delegacia, peguei um táxi. Não vou correr nenhum risco. A entrevista correu tão bem quanto possível: a vaga está bem abaixo do meu nível, mas, pensando bem, *eu mesma* tenho andado um bocado abaixo do meu nível nos últimos dois anos. Preciso voltar à estaca zero. A grande desvantagem (fora o salário ruim e a pouca importância da vaga em si), vou precisar vir a Witney o tempo todo, andar por essas ruas e arriscar encontrar Scott ou Anna e a filha.

Porque dar de cara com as pessoas é só o que tem me acontecido nesse fim de mundo. Essa era uma das coisas de que eu gostava aqui: o clima de cidade pequena a dois passos de Londres. Você pode até não conhecer todo mundo, mas pelo menos os rostos são familiares.

Acabei de passar do Crown e estou quase chegando à estação quando sinto uma mão no meu braço, e eu giro nos calcanhares, escorregando da calçada e indo parar na rua.

— Opa, opa, foi mal. — É ele de novo, o cara ruivo, uma cerveja numa das mãos, a outra erguida num pedido de desculpas. — Nossa, você se assusta fácil, hein? — Ele ri. Devo estar com cara de medo, porque o sorriso dele some. — Está tudo bem? Não quis assustar você.

Hoje ele saiu mais cedo do trabalho, diz, e me convida para beber alguma coisa. Declino, e então mudo de ideia.

— Eu devo um pedido de desculpas a você — digo quando ele, que se chama Andy, me traz meu gim-tônica — por como me comportei no trem. Da última vez, digo. Eu estava tendo um dia ruim.

— Tudo bem — diz Andy.

Seu sorriso é lento e preguiçoso; não creio que seja sua primeira cerveja. Estamos sentados na área ao ar livre nos fundos do pub; aqui me parece mais seguro do que na frente, de cara para a rua. Talvez seja aquela sensação de segurança que enche de coragem. Resolvo arriscar.

— Preciso saber o que aconteceu. Naquela noite, quando a gente se conheceu. A noite em que Meg... em que aquela mulher desapareceu.

— Ah. Tá. Por quê? Como assim?

Respiro fundo. Sinto meu rosto ficar vermelho. Não importa quantas vezes precise admitir isso, é sempre uma vergonha, sempre uma provação.

— Eu estava muito bêbada e não me lembro. Tem algumas coisas que eu preciso entender. Só queria saber se você viu algo, se me viu conversando com alguém, qualquer coisa assim...

Digo tudo isso olhando para a mesa, incapaz de encará-lo.

Ele cutuca meu pé com o dele sob a mesa:

— Está tudo bem, você não fez nada errado. — Olho para ele, que está sorrindo. — Eu também estava mamado. Conversamos um pouco no trem, não lembro sobre o quê. Então saltamos aqui em Witney, e você estava andando meio torto. Escorregou na escada, não lembra? Eu ajudei você a levantar e você ficou toda envergonhada, vermelha mesmo, como agora. — Ele dá uma risada. — Saímos da estação juntos, e eu perguntei se você queria ir ao pub. Mas você disse que tinha que ir encontrar seu marido.

— Só isso?

— Não. Você não se lembra mesmo? Tinha passado um tempo, sei lá, meia hora, talvez? Eu tinha ido ao Crown, mas um amigo me ligou e disse que estava bebendo num bar do outro lado da ferrovia, então fui em direção à passagem subterrânea. Você estava caída no chão. E em péssimo estado. Você tinha se cortado. Fiquei um pouco preocupado, disse que a levaria em casa se quisesse, mas você não queria nem saber. Você estava... bem, estava bastante irritada. Acho que tinha acabado de discutir com seu marido. Ele estava indo embora pela rua, e eu falei que, se você quisesse, eu podia ir atrás dele, mas você disse que não. Ele partiu com o carro depois disso. Ele estava... ele estava com alguém.

— Uma mulher?

Ele faz que sim com a cabeça, um pouco constrangido.

— É, os dois entraram num carro juntos. Imaginei que vocês tivessem brigado por causa disso.

— E depois?

— Depois você foi embora a pé. Você parecia meio... confusa ou coisa assim, e saiu andando. Você não parava de dizer que não precisava de ajuda. Como falei, eu também estava meio mamado, então deixei para lá. Atravessei a passagem subterrânea e fui encontrar meu amigo no pub. Só isso.

Subindo as escadas para o apartamento, tenho certeza de que vejo sombras acima de mim, ouço passos à frente. Alguém esperando por mim no alto da escada. Mas é claro que não há ninguém, e o apartamento também está vazio: parece intocado, cheira a vazio, mas isso não me impede de verificar cada quarto — embaixo da minha cama e da cama de Cathy, dentro dos guarda-roupas e do armário da cozinha em que não caberia nem uma criança.

Finalmente, após três rondas pelo apartamento, me permito parar. Subo para o meu quarto, me sento na cama e penso na conversa que tive com Andy, no fato de que o que ele falou bate com o que eu me lembro. Não há nenhuma grande revelação: Tom e eu brigamos na rua, eu escorreguei e me machuquei, ele saiu enfurecido e entrou no carro com Anna. Mais tarde ele voltou para me procurar, mas eu não estava mais lá. Entrei num táxi, imagino, ou no trem.

Fico sentada na cama olhando pela janela e me pergunto por que não me sinto melhor. Talvez seja simplesmente porque não tenho respostas ainda. Talvez seja porque, embora o que eu me lembre bata com o que outros se lembram, algo ainda parece estar fora de lugar. De repente, me dou conta do que é: Anna. Não é só o fato de Tom não ter falado nada sobre ter ido de carro com ela para algum lugar, é o fato de que, quando a vi, se afastando de mim, entrando no carro, ela não estava segurando a bebê. Onde estava Evie quando isso aconteceu?

SÁBADO, 17 DE AGOSTO DE 2013

NOITE

Preciso falar com Tom, para organizar as coisas na minha cabeça, porque, quanto mais as repasso, menos sentido fazem, e não consigo parar de pensar nelas. De qualquer modo, estou preocupada, pois faz dois dias que deixei o bilhete e ele ainda não me ligou. Não atendeu o celular ontem à noite, não atendeu nenhuma das minhas ligações o dia todo hoje. Tem alguma coisa errada, e não consigo deixar de pensar que isso tem a ver com Anna.

Sei que ele vai querer conversar comigo depois de ouvir o que aconteceu com Scott. Sei que vai querer ajudar. Não consigo parar de pensar em como ele foi bom naquele dia no carro, em como as coisas pareceram estar bem entre nós. Então pego o celular e digito o número dele, sentindo um frio na barriga, como antigamente, a expectativa de ouvir sua voz tão forte quanto há anos.

— Oi?

— Tom, sou eu.

— Sim.

Anna deve estar lá com ele, pois não quer falar meu nome. Aguardo um momento para lhe dar tempo de mudar de cômodo, sair de perto dela. Ouço-o suspirar.

— O que foi?

— Hã... eu queria conversar com você... como escrevi no bilhete, eu...

— O quê? — Ele parece irritado.

— Eu deixei um bilhete há dois dias. Achei que devíamos conversar...

— Não recebi nenhum bilhete. — Outro suspiro, mais pesado. — Puta merda. É por isso que ela anda chateada comigo. — Anna deve ter achado o bilhete, não entregou para ele. — O que você quer?

Quero mesmo é desligar, discar de novo e começar do zero. Dizer a ele como foi bom vê-lo na segunda-feira, quando fomos à floresta.

— Eu só queria perguntar uma coisa para você.

— O quê? — pergunta. Ele parece realmente aborrecido.

— Está tudo bem?

— O que você quer, Rachel? — Toda aquela ternura da semana passada desapareceu. Maldita hora em que fui deixar aquele bilhete; obviamente criei problemas para ele em casa.

— Queria perguntar uma coisa sobre aquela noite... a noite em que Megan Hipwell desapareceu.

— Ai, meu Deus. Já falamos sobre isso... não é possível que você já tenha esquecido.

— É que eu...

— Você estava bêbada — diz, levantando a voz, o tom ríspido. — Falei para você ir para casa. Você não quis me ouvir. Saiu andando. Peguei o carro e saí à sua procura, mas não encontrei você.

— Onde Anna estava?

— Estava em casa.

— Com o bebê?

— Com Evie, sim.

— Ela não estava no carro com você?

— Não.

— Mas...

— Ah, pelo amor de Deus. Ela tinha marcado de sair e eu ia ficar com a Evie. Então você apareceu, ela voltou e desmarcou seu compromisso. E eu perdi mais horas da minha vida correndo atrás de você.

Já me arrependi de ter ligado. Me dar esperanças só para depois destruí-las assim é como retorcer uma faca enfiada na minha barriga.

— Tá bom — digo. — É só que, eu tenho uma lembrança diferente... Tom, quando você me viu, eu estava machucada? Eu estava... eu tinha um corte na cabeça?

Mais um daqueles suspiros.

— Estou surpreso por você se lembrar de alguma coisa, Rachel. Você estava podre de bêbada. Fedendo a bebida. Não conseguia nem andar direito. — Minha garganta começa a se fechar ao ouvi-lo falar assim. Já o ouvi falar desse jeito antes, nos nossos piores dias, quando já estava cansado de mim, com nojo de mim. Ele continua, cansado. — Você tinha caído na rua, estava chorando, dava pena. Por que isso é importante? — Não consigo encontrar as palavras certas de imediato, demoro demais para responder. Ele continua: — Olha, preciso desligar. Não me ligue mais, por favor. Já conversamos sobre isso. Quantas vezes preciso pedir isso a você? Não ligue, não deixe bilhetes, não venha aqui. Isso chateia a Anna. Tudo bem?

O telefone fica mudo.

DOMINGO, 18 DE AGOSTO DE 2013

DE MADRUGADA

Passei a noite toda na sala, tendo só a televisão como companhia, o medo indo e vindo feito a maré. A energia também, indo e vindo. Tenho a ligeira sensação de que voltei no tempo, a ferida que ele causou há tanto tempo reaberta, recente e fresca. É bobagem, eu sei. Fui uma idiota em pensar que tinha chance com ele de novo, só por causa de uma única conversa, alguns instantes que tomei por ternura e que provavelmente eram nada mais que sentimentalismo e culpa. Ainda assim dói. E preciso me permitir sentir isso, porque, se não sentir, se continuar abafando essa dor, ela nunca vai passar de verdade.

E fui uma idiota em me permitir pensar que havia algum tipo de conexão entre mim e Scott, que eu seria capaz de ajudá-lo. Portanto, sou uma idiota. Estou acostumada com isso. Não preciso continuar a ser uma, preciso? Não mais. Fiquei aqui deitada a noite toda e prometi para mim mesma que vou tomar as rédeas da situação. Vou me mudar daqui, para bem longe. Vou arranjar um emprego. Vou voltar a usar meu nome de solteira, cortar os laços com Tom, ir para um lugar onde ninguém vai me encontrar. No caso de alguém me procurar.

Não dormi muito. Fiquei só deitada aqui no sofá, fazendo planos, e toda vez que começava a cair no sono voltava a ouvir a voz de Tom na minha cabeça, como se ele estivesse aqui, ao meu lado, a boca colada ao meu ouvido. *Você estava podre de bêbada. Fedendo a bebida.* Então acordava assustada, sentindo uma onda de vergonha me engolfar. Vergonha, mas também uma fortíssima sensação de *déjà-vu*, porque já ouvi essas palavras antes, exatamente estas.

E então não conseguia parar de repassar cenas em minha mente: acordando com sangue no travesseiro, a boca dolorida como se eu tivesse mordido a bochecha, unhas sujas, uma ressaca danada, Tom saindo do banheiro, aquela expressão no rosto — meio magoada, meio irritada —, o pavor me inundando por dentro.

— O que aconteceu?

Tom, me mostrando machucados em seu braço, em seu peito, onde eu o havia atingido.

— Não acredito nisso, Tom. Eu nunca bateria em você. Nunca bati em ninguém na vida.

— Você estava podre de bêbada, Rachel. Você se lembra de alguma coisa que fez ontem à noite? Ou de alguma coisa que falou?

E então ele me contava, e ainda assim eu não conseguia acreditar, porque nada do que ele dizia parecia ter a ver comigo, nada mesmo. E o lance da agressão com o taco de golfe, aquele buraco na parede, cinzento e vazio como um olho cego que se fixava em mim toda vez que eu passava por ele, e eu não conseguia associar a violência que ele relatava com o medo do qual eu me lembrava.

Ou achava que lembrava. Depois de algum tempo, aprendi a não perguntar o que eu havia feito, nem duvidar quando ele me contava por conta própria, porque eu não queria saber os detalhes, não queria ouvir o que de pior tinha acontecido, as coisas que eu fiz e que eu disse quando estava daquele jeito, podre de bêbada. Às vezes ele ameaçava me filmar, falando que ia me mostrar depois. Mas nunca fez isso. Pequenos atos de piedade.

Depois de algum tempo, aprendi que, quando se acorda daquele jeito, não se pergunta o que houve, simplesmente diz que sente muito: sente muito pelo que fez, por quem é, e nunca mais, em momento algum, vai fazer aquilo de novo.

E agora não vou mais fazer, não vou mesmo. Isso eu tenho a agradecer a Scott: estou com tanto medo que não quero mais sair de madrugada para comprar bebida. Estou com tanto medo que não quero me permitir nenhum deslize, porque é nessas horas que me torno vulnerável.

Terei de ser forte, é a minha única opção.

Minhas pálpebras voltam a pesar e minha cabeça cai sobre o peito. Diminuo o volume da TV até ficar quase sem som, me viro de frente para o encosto do sofá, ajeito o corpo e me cubro com o edredom. Estou prestes a adormecer, estou sentindo, vou conseguir dormir, e aí — bam!, o chão vem com força e desperto, assustada, o coração na garganta. Eu vi. Eu vi.

Eu estava na passagem subterrânea e ele vinha para cima de mim, um tapa na boca e depois um punho erguido, chaves na mão, a dor excruciante quando o metal serrilhado acertou minha cabeça.

ANNA

SÁBADO, 17 DE AGOSTO DE 2013

NOITE

Odeio chorar, é tão patético. Mas estou exausta, essas últimas semanas foram tão difíceis para mim. E Tom e eu acabamos de brigar por causa, é claro, de Rachel.

Estava para acontecer há tempos, admito. Fiquei me torturando por causa do bilhete, por ele ter mentido para mim sobre eles terem se encontrado. Não paro de tentar me convencer de que é tolice minha, mas não consigo ignorar a sensação de que tem alguma coisa rolando entre eles. Já pensei nisso um milhão de vezes: depois de tudo o que ela fez com ele — com nós dois —, como ele poderia fazer isso comigo? Como sequer poderia cogitar a ideia de ficar com ela de novo? Quer dizer, se você colocar nós duas, lado a lado, nenhum homem no mundo vai escolher a Rachel em vez de mim. E isso sem entrar no mérito de todos os problemas que ela tem.

Então fico pensando que às vezes isso acontece, não é? Gente com quem se tem uma história em comum acaba não saindo da sua vida, e, por mais que você tente, não consegue se desapegar, se libertar. Talvez, depois de algum tempo, pare até de tentar.

Ela passou aqui na quinta-feira, esmurrando a porta e berrando o nome de Tom. Fiquei furiosa, mas não me atrevi a abrir. A presença de um bebê deixa você vulnerável, fraca. Se estivesse sozinha, eu a teria enfrentado, dado um jeito nela sem problemas. Mas com Evie aqui, eu não poderia arriscar. Não tenho ideia do que ela poderia fazer.

Eu sei por que ela veio. Ficou com raiva por eu ter falado sobre ela com a polícia. Aposto que ela veio choramingar com Tom para me mandar deixá-la em paz. Ela deixou um bilhete — *Precisamos conversar, por favor, me ligue assim que puder, é importante* (*importante* sublinhado três vezes) — que eu joguei logo no lixo. Mais tarde, eu o pesquei da lixeira e o coloquei na gaveta da minha mesinha de cabeceira, junto com a impressão daquele e-mail que ela mandou e uma lista de datas e horários de todas as suas ligações e aparições. O arquivo de assédios. Minhas provas, caso eu venha a precisar delas. Liguei para a detetive Riley e deixei uma mensagem dizendo que Rachel voltou a rondar a casa. Ela ainda não retornou a ligação.

Eu devia ter falado do bilhete para Tom, sei que deveria, mas não queria que ele ficasse aborrecido comigo por eu ter falado com a polícia, então simplesmente o enfiei naquela gaveta e torci para ela esquecer o assunto. Mas é claro que ela não esqueceu. Ligou para ele hoje à noite. Quando desligou o telefone, estava furioso.

— Que merda é essa de bilhete? — explodiu.

Contei que eu tinha jogado fora.

— Não achei que você fosse querer ler — falei. — Pensei que você quisesse a Rachel fora da nossa vida tanto quanto eu.

Ele revirou os olhos.

— Não é por causa disso e você sabe. É claro que quero distância da Rachel. O que não quero é que você comece a ouvir minhas ligações e a jogar minha correspondência fora. Você está... — Ele suspirou.

— Estou o quê?

— Nada. É só que... é o tipo de coisa que *ela* fazia.

Aquilo foi um soco na boca do estômago. Foi ridículo, mas me desfiz em lágrimas e subi para o banheiro. Esperei que ele viesse me consolar, me dar um beijo e fazer as pazes como sempre, mas depois de meia hora eu o ouvi gritar:

— Vou até a academia e vou ficar algumas horas lá.

Antes que eu pudesse falar alguma coisa, ouvi a porta da rua bater.

E agora me vejo fazendo a mesma coisa que ela fazia: terminando a metade da garrafa de vinho tinto que sobrou do jantar de ontem e vasculhando o computador dele. É mais fácil entender o comportamento dela quando se sente como estou me sentindo agora. Não há nada mais doloroso e corrosivo que a desconfiança, a suspeita.

Acabei descobrindo a senha do laptop dele: é *Blenheim*. Tão sem graça e simples quanto isso — o nome da rua onde moramos. Não achei nenhum e-mail comprometedor, nenhuma fotografia imoral nem cartas de amor. Passo meia hora lendo e-mails de trabalho tão chatos que chegaram a amenizar a dor do ciúme, então fecho o laptop e o guardo. Estou me sentindo bem contente, na verdade, graças ao vinho e ao conteúdo entediante do computador de Tom. Agora me convenci de que foi tudo bobagem minha.

Subo para escovar os dentes — não quero que ele saiba que andei bebendo de novo — e então resolvo que vou trocar a roupa de cama, borrifar um pouco de Acqua di Parma nos travesseiros e vestir aquela camisola de seda preta que ele me deu de aniversário no ano passado, e quando ele voltar, vou recompensá-lo.

Quando estou puxando os lençóis, quase tropeço em uma bolsa preta enfiada debaixo da cama: a bolsa da academia. Ele esqueceu a bolsa da academia. Faz uma hora que saiu, e ainda não voltou para buscá-la. Sinto uma pontada no estômago. Talvez tenha pensado, dane-se, e tenha resolvido ir ao pub. Talvez tenha uns itens de reserva no armário da academia. Talvez esteja na cama com ela agora mesmo.

Sinto náuseas. Fico de joelhos e vasculho a bolsa. Todas as coisas dele estão ali, lavadas e prontas para uso, seu iPod Shuffle, os únicos tênis que ele usa para correr. E algo mais: um celular. Um celular que nunca vi antes.

Eu me sento na cama, o aparelho na mão, o coração martelando no peito. Vou ligar o celular, não existe a menor possibilidade de eu não fazer isso e, ainda assim, sei que, quando ligar, vou me arrepender, pois isso só pode levar a algo ruim. Você não guarda um celular extra na sua bolsa de ginástica se não estiver escondendo alguma coisa. Uma voz na minha cabeça diz: *Guarde de volta na bolsa, esqueça isso.* Mas não consigo. Aperto o botão de ligar com toda força e espero a tela se acender. E fico esperando... esperando... Está sem bateria. O alívio inunda meu corpo, como morfina.

Estou aliviada porque agora não tenho como saber, mas também porque um celular sem bateria indica um aparelho fora de uso, descartado, não o celular de um homem envolvido em um caso extraconjugal. Um homem desses ia ficar com o telefone dele o tempo todo. Talvez seja um aparelho antigo, talvez esteja há meses em sua bolsa de ginástica e ele ainda não teve oportunidade de jogá-lo fora. Talvez não seja nem dele: talvez o tenha encontrado na academia e pensado em entregá-lo na recepção, mas depois esqueceu?

Deixo a cama com o lençol pela metade e desço para a sala. A mesa de centro tem gavetas abarrotadas de coisas que se acumulam com o tempo: rolos de fita adesiva, adaptadores de tomada para uso em viagens ao exterior, trenas, kits de costura, carregadores de celulares antigos. Pego os três carregadores; o segundo que experimento se encaixa. Uso a tomada do meu lado da cama, telefone e carregador escondidos atrás da minha mesinha de cabeceira. Então espero.

Horários e datas. Não dias do mês. Dias da semana. *Segunda às 3? Sexta, 4:30.* Às vezes, uma recusa. *Amanhã não. Na quarta não.* Não há mais nada: nenhuma declaração de amor, nada explícito. Só mensagens de texto, uma dúzia delas, todas de um número restrito. Não há contatos na agenda e o histórico de chamadas foi apagado.

Não preciso que as mensagens mostrem os dias do mês, porque o celular registra isso tudo. Os encontros começaram há vários meses. Há quase um ano. Quando percebi isso, quando vi que o primeiro era de setembro do ano passado, senti um nó na garganta. Setembro! Evie tinha seis meses. Eu ainda estava gorda, exausta, desleixada, sem vontade de transar. Mas então começo a rir, porque isso é simplesmente ridículo, não pode ser verdade. Estávamos muito felizes em setembro, apaixonados um pelo outro e pela neném. Não é possível que ele estivesse saindo com ela, de jeito nenhum ele pode estar se encontrando com ela desde setembro. Eu teria descoberto. Não pode ser verdade. Esse telefone não é dele.

Ainda assim, tiro da gaveta meu arquivo com o registro das vezes que ela nos incomodou e olho as chamadas, comparando-as com os encontros marcados por telefone. Alguns coincidem. Outros telefonemas são de um ou dois dias antes, um ou dois dias depois. Algumas não têm a menor correlação.

Será possível que ele venha se encontrando com ela esse tempo todo, dizendo que ela o estava incomodando e o assediando, quando na verdade estavam planejando encontros às escondidas? Mas por que ela ligaria para ele no fixo se podia falar com ele por este celular? Não faz sentido. A não ser que ela *quisesse* que eu soubesse. A não ser que ela estivesse tentando desestruturar nosso relacionamento.

Tom saiu faz quase duas horas, vai voltar logo de onde quer que tenha ido. Faço a cama, guardo meu arquivo e o telefone na mesinha de cabeceira, desço, sirvo uma última taça de vinho e bebo rápido. Eu podia ligar para ela. Podia confrontá-la. Mas o que eu diria? Não é como se eu tivesse moral para condená-la. E não sei se aguentaria, o prazer que ela teria em me contar que, esse tempo todo, a boba fui *eu*. Se ele trai com você, vai trair você.

Ouço passos na calçada e sei que é ele, conheço seu jeito de andar. Coloco a taça na pia e fico lá, apoiada na bancada da cozinha, ouvindo o sangue martelando em meus ouvidos.

— Oi — diz ele assim que me vê.

Parece meio sem jeito, e está andando um pouco torto.

— Agora vendem cerveja na academia, é?

Ele sorri.

— Esqueci minhas coisas. Fui ao pub.

Bem como pensei. Ou bem como ele pensou que eu pensaria?

Ele chega mais perto.

— O que você andou fazendo? — pergunta, ainda sorrindo. — Está com cara de culpada. — Ele me agarra pela cintura e me puxa para perto. Sinto seu hálito de cerveja. — Será que andou se comportando mal?

— Tom...

— Shhh... — faz ele, me beijando e começando a desabotoar meus jeans. Ele me vira de costas. Não estou com vontade, mas não sei como dizer não, então fecho os olhos e tento não pensar nele com ela, tento pensar no começo de tudo, nas nossas visitas à casa vazia na Cranham Road, ofegantes, ansiosos, famintos.

DOMINGO, 18 DE AGOSTO DE 2013

DE MADRUGADA

Desperto assustada; ainda está escuro. Acho que ouço Evie chorar, mas quando me levanto e vou olhá-la, está dormindo profundamente, os punhos fechados segurando o cobertor. Volto para a cama, mas não consigo pegar no sono de novo. O telefone na mesinha de cabeceira não sai da minha cabeça. Dou uma olhada em Tom, deitado com o braço esquerdo estendido, a cabeça jogada para trás. Pela cadência de sua respiração, sei que está totalmente apagado. Saio da cama de mansinho, abro a gaveta e pego o celular.

Lá embaixo, na cozinha, fico revirando o aparelho na mão, me preparando. Quero saber, mas não quero. Quero ter certeza, mas quero desesperadamente estar errada. Eu o ligo. Aperto e seguro o "1", ouço a saudação da caixa postal. Descubro que não tenho nenhuma mensagem nova e nenhuma mensagem armazenada. Desejo mudar minha saudação? Encerro a ligação, mas de repente sinto um medo completamente irracional de que o celular poderia tocar e Tom o ouviria lá de cima, então abro as portas de correr e vou para o jardim.

Sinto a grama úmida sob meus pés, o ar fresco cheira a chuva e a rosas. Ouço um trem a distância, grunhindo morosamente, bem longe. Ando quase até chegar à cerca, antes de teclar de novo o número da caixa postal. Desejo mudar minha saudação? Desejo, sim. Um *bip* e uma pausa e então ouço a voz dela. Voz dela, não dele.

Oi, sou eu, pode deixar seu recado.

Meu coração parou de bater.

O telefone não é dele, é dela.

Toco a saudação de novo.

Oi, sou eu, pode deixar seu recado.

A voz é *dela.*

Não consigo me mexer, não consigo respirar.

Toco a gravação de novo, e de novo.

Minha garganta travou, me sinto tonta, como se fosse desmaiar, e então a luz se acende no segundo andar.

RACHEL

DOMINGO, 18 DE AGOSTO DE 2013

DE MADRUGADA

Um fragmento dessa memória levou ao próximo. É como se eu tivesse passado dias, semanas, meses tropeçando na escuridão e agora finalmente tivesse avistado alguma coisa. Como tatear a parede para encontrar o caminho de um cômodo para o seguinte. Sombras que antes estavam em movimento começam, enfim, a se amalgamar, e depois de um tempo meus olhos se acostumaram com a escuridão, e agora consegui ver.

Não de primeira. A princípio, embora parecesse uma lembrança, achei que fosse um sonho. Fiquei sentada ali, no sofá, quase paralisada de choque, dizendo para mim mesma que não seria a primeira vez que minha memória me traía, não seria a primeira vez que pensava que as coisas tinham acontecido de um jeito quando na verdade tinham acontecido de outro.

Como a vez em que fomos a uma festa de um colega de trabalho de Tom, e fiquei muito bêbada, mas tivemos uma ótima noite. Eu me lembro de ter me despedido de Clara com beijos no rosto. Clara era a mulher do colega de trabalho, uma moça muito agradável, gentil e afetuosa. Eu me lembro dela dizendo que nós deveríamos nos encontrar de novo; lembro dela segurando minha mão.

A lembrança era tão nítida, mas não era verdade. Descobri que não era verdade na manhã seguinte, quando Tom me virou as costas quando tentei falar com ele. Sei que não é verdade porque ele me contou como estava decepcionado e envergonhado por eu ter acusado Clara de ter flertado com ele, que eu tinha ficado histérica e a xingado.

Quando eu fechava os olhos, sentia o calor da mão dela na minha pele, mas isso não tinha acontecido de verdade. O que aconteceu na realidade foi que Tom teve de praticamente me levar embora carregada, enquanto eu chorava e gritava, e a pobre Clara se escondia na cozinha.

Então, quando fechei os olhos, quando afundei naquele estado de semissonho e me vi na passagem subterrânea, posso até ter conseguido sentir o frio e o cheiro de umidade no ar, posso até ter visto um vulto andando na minha direção, enraivecido, o punho erguido, mas não foi real. O terror que senti não foi real. E quando o vulto me acertou, me deixando lá no chão, chorando e sangrando, também não foi real.

Só que foi, e eu vi tudo. É tão chocante que mal posso acreditar, mas enquanto fico vendo o sol nascer, parece que uma névoa se esvai. Ele mentiu para mim. Eu não imaginei ele me atingindo. Eu me lembro. Da mesma forma que me lembro de me despedir de Clara depois daquela festa e da mão dela segurando a minha. Da mesma forma que me lembro do medo que senti ao me ver no chão ao lado daquele taco de golfe — e agora eu sei, sei com certeza que não era eu quem o estava segurando.

Não sei o que fazer. Subo correndo para o quarto, ponho uma calça jeans e um par de tênis, e desço correndo de novo. Ligo para o número deles, o telefone fixo, e deixo tocar duas vezes, então desligo. Não sei o que fazer. Faço café, deixo esfriar, ligo para o número da detetive Riley mas desligo logo em seguida. Ela não vai acreditar em mim. Sei que não vai.

Ando até a estação. É domingo, ainda falta meia hora para o primeiro trem, então só me resta ficar sentada ali num banco, alternando sem parar entre dúvida e desespero.

É tudo mentira. Eu não imaginei ele me agredindo. Não o imaginei correndo e se afastando de mim de punhos cerrados. Eu o vi dar meia-volta e gritar. Eu o vi andando pela rua com uma mulher, eu o vi entrar no carro com ela. Não imaginei isso. E então percebo que é tudo muito simples, tão simples. Eu me *lembro* sim, só que eu tinha confundido duas lembranças. Tinha inserido a imagem de Anna, indo embora apressada em seu vestido azul, em outro cenário: o de Tom e uma mulher entrando num carro. Porque, é claro, essa mulher não estava usando um vestido azul, ela estava de calça jeans e uma camisa de malha vermelha. Era Megan.

ANNA

DOMINGO, 18 DE AGOSTO DE 2013

DE MADRUGADA

Arremesso o celular por cima da cerca, o mais longe que consigo; ele aterrissa em algum lugar na faixa de seixos junto à linha do trem. Acho que posso ouvi-lo rolando em direção aos trilhos. Parece que ainda estou ouvindo a voz dela. *Oi, sou eu, pode deixar seu recado.* Sinto que vou continuar ouvindo a voz dela por um bom tempo.

Quando volto para casa, ele acabou de descer a escada. Está me observando, piscando muito, ainda sem conseguir abrir os olhos direito, lutando para despertar completamente.

— O que está acontecendo?

— Nada — digo, mas posso ouvir o tremor na minha voz.

— O que você estava fazendo lá fora?

— Achei que tinha ouvido alguém — respondo. — Alguma coisa me acordou. Não consegui dormir de novo.

— O telefone tocou — diz ele, esfregando os olhos.

Junto as mãos para fazer com que parem de tremer.

— O quê? Que telefone?

— O telefone. — Ele me olha como se eu estivesse louca. — O telefone tocou. Alguém ligou e desistiu.

— Ah. Não sei. Não sei quem era.

Ele ri.

— É claro que não sabe. Está tudo bem com você? — Vem ao meu encontro e abraça minha cintura. — Você está estranha. — Ele prolonga o abraço, a cabeça apoiada no meu peito. — Você devia ter me acordado quando ouviu alguma coisa — diz ele. — Não deveria ir lá fora sozinha. Essa é a minha função.

— Está tudo bem comigo — retruco, mas preciso travar a mandíbula para fazer com que meus dentes parem de bater.

Ele beija minha boca, enfiando a língua lá dentro.

— Vamos voltar para a cama — sugere.

— Acho que vou tomar um café — falo, tentando me desvencilhar dele.

Ele não me solta. Seus braços me retêm com força, a mão dele segura meu pescoço por trás.

— Vamos — insiste. — Vem comigo. Não aceito não como resposta.

RACHEL

DOMINGO, 18 DE AGOSTO DE 2013

MANHÃ

Não tenho muita certeza do que fazer, então simplesmente toco a campainha. Fico me perguntando se deveria ter ligado antes. É falta de educação aparecer cedo num domingo sem avisar, não é? Solto uma risadinha. Estou meio histérica. Não tenho a menor ideia do que estou fazendo, na verdade.

Ninguém vem atender a porta. A histeria cresce quando me afasto da porta e sigo pela pequena passagem lateral. Tenho um *déjà vu* fortíssimo. Daquela manhã, quando vim até aqui, quando peguei a menina. Nunca pretendi machucá-la. Agora tenho certeza.

Ouço-a tagarelar enquanto percorro o caminho sob a sombra fresca da casa, e fico na dúvida se estou imaginando coisas. Mas não, lá está ela, e Anna também, as duas sentadas no terraço. Eu chamo Anna e pulo a cerca. Ela me olha. Espero uma expressão de susto, ou raiva, mas ela não parece surpresa.

— Oi, Rachel — diz. Então se levanta, pegando a filha pela mão, puxando-a para junto de si. Ela me olha sem sorrir, calma. Seus olhos estão vermelhos, o rosto pálido, lavado, sem maquiagem.

— O que você quer? — pergunta.

— Eu toquei a campainha — digo.

— Não escutei — responde, erguendo a filha e apoiando-a no quadril.

Nisso, ela dá as costas para mim como se fosse entrar em casa, mas de repente para. Não entendo por que não está gritando comigo.

— Cadê o Tom, Anna?

— Ele saiu. Encontro com a turma do Exército.

— Nós precisamos ir embora daqui, Anna — digo, e ela começa a rir.

ANNA

DOMINGO, 18 DE AGOSTO DE 2013

MANHÃ

Por algum motivo, a coisa toda me parece muito engraçada de repente. A gorda da Rachel no meio do meu quintal, toda vermelha e suada, coitada, dizendo que precisamos ir embora. Que *nós* precisamos ir embora.

— E para onde nós vamos? — pergunto quando finalmente paro de rir, e ela me olha sem entender, sem saber o que falar. — Não vou a lugar nenhum com você. — Evie se remexe e resmunga, e eu a ponho no chão. Minha pele ainda está sensível nos lugares em que a esfreguei no banho; o interior da boca, as bochechas, minha língua, tudo dói.

— Quando ele volta? — pergunta ela.

— Acho que nem tão cedo.

Na verdade, não tenho a menor ideia de quando ele volta. Às vezes ele passa o dia inteiro na parede de escalada. Ou pelo menos eu pensava que ele passava o dia inteiro na parede de escalada. Agora já não sei mais.

Só sei que levou a bolsa de ginástica; não vai demorar muito até descobrir que o celular sumiu.

Fiquei pensando em levar Evie e passar um tempo com minha irmã, mas o celular está me deixando preocupada. E se alguém encontrar? Há sempre operários nessa parte da ferrovia; um deles pode achar o celular e entregar o aparelho para a polícia. Minhas impressões digitais estão nele.

Então imaginei que talvez não fosse ser tão difícil assim recuperá-lo, mas teria de esperar até escurecer para ninguém me ver.

Estou ciente de que Rachel continua falando, me perguntando coisas. Não escutei o que ela dizia. Estou tão cansada.

— Anna — diz ela, se aproximando de mim, me avaliando com aqueles olhos negros. — Você chegou a conhecer algum deles?

— Deles quem?

— Os amigos dele do Exército. Você chegou a ser apresentada a algum deles? — Faço que não com a cabeça. — Você não acha isso estranho? — Nesse momento, me dou conta de que estranho mesmo é a presença dela no meu jardim em plena manhã de domingo.

— Na verdade, não — respondo. — Eles fazem parte de outra vida. Outra das muitas vidas dele. Como você. Como você deveria fazer, aliás, porque parece que não conseguimos nos livrar de você. — Ela reage com uma expressão magoada. — O que está fazendo aqui, Rachel?

— Você sabe por que estou aqui — afirma ela. — Você sabe que tem alguma coisa... algo estranho acontecendo. — Agora sua expressão é de pura seriedade, como se estivesse preocupada comigo. Em outras circunstâncias, eu poderia até ficar emocionada.

— Quer tomar um café? — pergunto, e ela faz que sim.

Preparo o café e sentamos no terraço, quase como duas amigas.

— O que você estava insinuando? — pergunto. — Que os amigos de Tom, do Exército, não existem? Que ele os inventou? Que, na verdade, ele está saindo com outra mulher?

— Eu não sei — responde ela.

— Rachel? — Ela olha para mim nesse momento e posso ver em seus olhos que está com medo. — Você está querendo me contar alguma coisa?

— Você já conheceu a família do Tom? — questiona ela. — Os pais dele?

— Não. Eles não se falam. Pararam de falar com ele quando fugiu comigo.

Ela faz que não com a cabeça.

— Isso não é verdade — contesta. — Também nunca os vi pessoalmente. Eles nem me conhecem, então por que ligariam para o fato de ele ter me abandonado?

Há uma sombra dentro da minha cabeça, bem na parte de trás do meu crânio. Venho tentando contê-la desde que ouvi sua voz no telefone, mas agora ela está inchando, se espalhando.

— Não acredito em você — digo. — Por que ele mentiria sobre isso?

— Porque ele mente sobre tudo.

Fico de pé e me afasto dela. Estou irritada por ela ter me dito isso. Estou chateada comigo mesma, porque acho que acredito nela. Acho que sempre soube que Tom mente. É só que, antigamente, suas mentiras me beneficiavam.

— Ele mente bem — digo para ela. — Você não suspeitou de nada por muito tempo, não é? Todos aqueles meses a gente se encontrando às escondidas, trepando feito coelhos naquela casa da Cranham Road, e você nunca suspeitou de nada.

Ela engole em seco e morde com força o lábio inferior.

— A Megan — insiste ela. — E quanto a Megan?

— Eu sei. Eles tiveram um caso. — As palavras me soam estranhas. É a primeira vez que as ouço saindo da minha boca. Ele me traiu. Ele *me* traiu. — Tenho certeza de que você acha isso engraçado — digo. — Mas agora ela já era, então não importa, não é?

— Anna...

A sombra cresce, empurra as paredes do meu crânio, anuviando minha visão. Agarro a mãozinha de Evie e a puxo para dentro de casa. Ela protesta veementemente.

— Anna...

— Eles tiveram um caso. Só isso. Nada mais. Não quer dizer necessariamente...

— Que ele a matou?

— Não diga isso! — De repente estou gritando com ela. — Não diga isso na frente da minha filha.

Dou um lanchinho para Evie, que ela come sem reclamar pela primeira vez em semanas. É quase como se ela soubesse que tenho outras coisas com que me preocupar, e a amo por isso. Quando saímos de novo, eu me sinto muito mais calma, apesar de Rachel ainda estar ali, de pé, junto à cerca, vendo um trem passar. Algum tempo depois, quando ela percebe que estou ali fora de novo, anda para perto de mim.

— Você gosta deles, não gosta? — digo. — Dos trens. Eu odeio trens. Eu odeio esses trens do fundo do meu coração.

Ela abre um meio sorriso. Reparo que ela tem uma covinha bem funda na bochecha esquerda. Nunca tinha reparado nisso. Eu não a vi sorrindo muitas vezes. Na verdade, nunca.

— Mais uma mentira dele — diz ela. — Ele me falou que você amava essa casa, adorava tudo nela, até os trens. Ele me disse que nem em sonho você quereria se mudar para outro lugar, que você queria morar aqui com ele, mesmo tendo sido minha casa.

— Por que ele diria isso a você? — pergunto, balançando a cabeça. — É uma mentira deslavada. Faz dois anos que estou tentando convencer o Tom a vender essa casa.

Ela dá de ombros.

— Porque ele mente, Anna. O tempo todo.

A sombra se alastra. Ponho Evie no colo e ela fica ali, contente, começando a sentir sono por causa do calor.

— Então aqueles telefonemas todos... — digo. Só agora as coisas começam a fazer sentido. — Não eram seus? Quer dizer, alguns eram, eu sei, mas outros...

— Eram da Megan? Sim, imagino que sim.

É estranho, porque agora sei que andei odiando a mulher errada, e, mesmo sabendo disso, minha aversão a Rachel não diminui nem um pouco. Se algo mudou, foi que, ao vê-la assim, calma, preocupada, sóbria, comecei a enxergá-la como era antes, e sinto ainda mais rancor porque começo a ver o que ele deve ter visto nela. O que ele deve ter amado.

Dou uma olhada em meu relógio. Passa das onze. Ele saiu lá pelas oito, acho. Pode ter sido mais cedo. A essa altura, já deve saber do celular. Já deve estar sabendo há algum tempo. Talvez ache que caiu da bolsa. Ou que pode estar embaixo da cama.

— Há quanto tempo você sabe? — pergunto. — Sobre o caso deles?

— Eu não sabia — diz ela. — Até hoje. Quer dizer, não sei o que estava acontecendo. Só sei que...

Felizmente ela se cala, porque não sei se suporto ficar ouvindo Rachel falar sobre a infidelidade do meu marido. Pensar que ela e eu — a gorda e patética Rachel — estamos no mesmo barco é insuportável.

— Você acha que era dele? — indaga. — Você acha que o filho era dele?

Estou olhando para ela, mas não a vejo, não vejo nada além de sombras, não ouço nada além de um barulho ensurdecedor em meus ouvidos, como um mar revolto, ou um avião passando acima da minha cabeça.

— O que você disse?

— O... me desculpe. — Ela está vermelha, corada. — Eu não devia ter... Ela estava grávida quando morreu. Megan estava grávida. Sinto muito.

Mas não sente merda nenhuma, tenho certeza, e não quero desabar na frente dela. Mas então olho para baixo, olho para Evie, e sinto uma tristeza como nunca senti antes, me engolindo feito uma onda, me tirando todo o fôlego. O irmãozinho de Evie. Morto. Rachel se senta ao meu lado e me abraça.

— Eu sinto muito — repete, e quero dar um soco nela.

O toque da pele dela na minha me dá arrepios. Minha vontade é dar um empurrão nela, gritar com ela, mas não consigo. Ela me deixa chorar por um tempo e então diz, com uma voz límpida e determinada:

— Anna, acho melhor a gente ir embora. Melhor você jogar algumas coisas numa mala, para você e para Evie, e então nós partimos. Você pode ficar na minha casa. Até... até resolvermos isso tudo.

Enxugo as lágrimas e me afasto dela:

— Não vou abandonar o Tom, Rachel. Ele teve um caso, ele... Não é a primeira vez, é? — Começo a rir, e Evie ri também.

Rachel suspira e fica de pé.

— Você sabe que não é só por causa de um caso, Anna. Sei que você sabe.

— Nós não sabemos de nada — falo, e minha voz é um sussurro.

— Ela entrou no carro com ele. Naquela noite. Eu a vi. Não lembrava direito, primeiro achei que era você — diz ela. — Mas eu me lembrei. Agora me lembro.

— Não.

A mãozinha grudenta da Evie aperta a minha boca.

— Temos que avisar a polícia, Anna. — Ela dá um passo em minha direção. — Por favor. Você não pode ficar aqui com ele.

Apesar do sol, meu corpo todo treme. Estou tentando me lembrar da última vez que Megan veio aqui em casa, da expressão no rosto dele quando ela avisou que não ia mais poder trabalhar para nós. Estou tentando me lembrar se ele estava feliz ou decepcionado. Sem ser convidada, uma imagem diferente vem à minha memória: uma das primeiras vezes que ela veio tomar conta de Evie. Eu ia sair com as minhas amigas, mas estava tão cansada, então subi para o quarto e caí no sono. Tom deve ter chegado em casa enquanto eu ainda dormia, porque os dois estavam juntos quando desci. Ela estava apoiada na bancada, e ele, perto demais dela. Evie estava na cadeirinha de bebê, chorando, e nenhum dos dois olhava para ela.

Sinto muito frio. Será que eu soube que ele a desejava naquele momento? Megan era loura e bonita — ela era como eu. Então, sim, eu provavelmente soube que ele a queria, da mesma forma que sei, quando ando pela rua, que há homens casados com a esposa ao lado e filhos no colo que me olham e pensam nisso. Então talvez eu soubesse sim. Ele a desejava, ele a teve. Mas isso não. Isso ele não seria capaz de fazer.

Não o Tom. Um amante, duas vezes marido. Um pai. Um bom pai, um pai de família que não se queixa de nada.

— Você o amava — eu lembro isso a ela. — Você ainda o ama, não é?

Ela faz que não com a cabeça, mas sem a menor convicção.

— Você ama. E você sabe... sabe que isso não é possível. — Fico de pé, com Evie no colo, e me aproximo dela. — Ele não pode ter feito isso, Rachel. Você sabe que ele não seria capaz de fazer uma coisa dessas. Você não seria capaz de amar um homem que faria uma coisa dessas, seria?

— Mas fui — retruca. — Nós duas fomos.

Lágrimas descem pelo seu rosto. Ela as enxuga e, ao fazer isso, sua expressão muda e seu rosto perde toda a cor. Ela não está olhando para mim, mas por cima do meu ombro, e, quando me viro para acompanhar seu olhar, eu o vejo na janela da cozinha, nos observando.

MEGAN

SEXTA-FEIRA, 12 DE JULHO DE 2013

MANHÃ

Ela antecipou a minha tomada de decisão. Ou talvez tenha sido ele. Meus instintos me dizem que é ela. Ou é meu coração quem diz, não sei. Eu posso senti-la, da mesma forma que senti antes, aconchegada, uma semente dentro de um saquinho, só que essa semente está sorrindo. Aguardando sua hora de chegar. Eu não posso odiá-la. E não posso me livrar dela. Simplesmente não posso. Pensei que seria capaz de fazer isso, achei que ficaria desesperada para arrancá-la de mim, mas, quando penso nela, tudo o que vejo na minha frente é o rosto de Libby, seus olhos negros. Ainda consigo sentir o cheiro da sua pele. Seu corpo gelado no fim. Não posso me livrar dela. Não quero fazer isso. Eu quero amá-la.

Não posso odiá-la, mas ela me deixa assustada. Estou com medo do que ela vai fazer comigo, ou do que eu vou fazer com ela. Foi esse medo que me despertou pouco depois das cinco da manhã, encharcada de suor apesar das janelas abertas e do fato de estar sozinha. Scott está numa conferência, em algum lugar de Hertfordshire, ou Essex, algum lugar desses. Vai voltar hoje à noite.

O que é que dá em mim, que me sinto desesperada para ficar sozinha quando ele está aqui, e, quando ele viaja, não consigo aguentar a solidão? Não aguento o silêncio. Preciso falar sozinha só para acabar com ele. Hoje de manhã, na cama, fiquei pensando: e se acontecer de novo? O que vai acontecer quando eu ficar sozinha com ela? O que vai acontecer se ele não me quiser, não nos quiser? O que acontece se ele descobrir que ela não é dele?

É possível que seja, claro. Eu não tenho certeza, mas acho que não é. Da mesma forma que acho que é menina. Mas, mesmo que ela não seja dele, como ele iria descobrir? Ele não vai descobrir. Não tem como. Estou sendo ridícula. Ele vai ficar tão feliz. Vai ficar louco de alegria quando eu contar. Isso não vai nem passar pela cabeça dele. Contar a verdade para ele seria crueldade, partiria seu coração, e não quero magoá-lo. Nunca quis magoá-lo.

Não posso evitar ser do jeito que sou.

— Mas pode evitar as coisas que faz. — É o que Kamal diz.

Liguei para Kamal logo após as seis da manhã. O silêncio estava me sufocando e comecei a entrar em pânico. Pensei em ligar para Tara — sabia que ela viria correndo —, mas achei que não fosse aguentar, ela grudaria em mim, toda superprotetora. Kamal foi a única pessoa em quem consegui pensar. Liguei para a casa dele. Falei que estava em apuros, não sabia o que fazer, estava surtando. Ele veio na mesma hora. Não exatamente sem fazer perguntas, mas quase. Talvez eu tenha feito as coisas parecerem piores do que eram. Talvez ele tenha ficado com medo de eu Fazer Alguma Bobagem.

Estamos na cozinha. Ainda é cedo, pouco depois das sete e meia. Ele precisa ir embora logo se quiser chegar a tempo da primeira consulta. Fico olhando para ele, sentado na minha frente à mesa da cozinha, as mãos apoiadas uma na outra, os enormes olhos de corça nos meus, e sinto amor. Sinto mesmo. Ele tem sido tão bom comigo, apesar do meu mau comportamento.

Tudo o que aconteceu antes, ele perdoou, exatamente como eu esperava. Ele passou uma borracha em tudo, em todos os meus pecados. Ele me disse que, se eu não me perdoasse, isso iria continuar para sempre, e eu nunca conseguiria parar de fugir. E não posso mais fugir, posso? Não agora que ela está aqui.

— Estou com medo — digo. — E se eu fizer tudo errado de novo? E se tiver algo errado comigo? E se as coisas derem errado com Scott? E se eu acabar sozinha de novo? Não sei se consigo suportar, estou com medo de ficar sozinha de novo... quer dizer, sozinha com um bebê...

Ele se aproxima e coloca a mão sobre a minha:

— Você não vai fazer nada errado. Não vai. Você não é mais uma adolescente perdida e aflita. Você é uma pessoa completamente diferente. Você está mais forte. Você é adulta agora. Você não precisa ter medo de ficar sozinha. Não é a pior coisa do mundo, é?

Não digo nada, mas não consigo evitar me perguntar se é, porque se fecho os olhos consigo invocar o que sinto quando estou prestes a adormecer, aquilo que me desperta completamente. É a sensação de estar sozinha numa casa escura, ficar à espera de ouvir o choro dela, na expectativa de ouvir a bola de futebol de Mac batendo nas tábuas do piso lá de baixo e saber que nada disso vai acontecer.

— Não posso lhe dizer o que fazer quanto a Scott. Seu relacionamento com ele... Bem, já lhe falei sobre o que me preocupa, mas você precisa decidir por si mesma o que fazer. Decidir se confia nele, se *quer* que ele cuide de você e do seu filho. A decisão tem que ser sua. Mas acho que você pode confiar em si mesma, Megan. Pode confiar que vai saber fazer a coisa certa.

Lá fora, no gramado, ele me leva uma xícara de café. Eu a deixo na mesa e o envolvo com os braços, puxando-o para perto. Ao fundo, um trem se arrasta até o sinal. O ruído é como uma barreira, uma parede que nos cerca, e tenho a sensação de que estamos completamente a sós. Ele me abraça e me beija.

— Obrigada — eu digo. — Obrigada por vir, por estar aqui.

Ele sorri, se afasta, e faz carinho no meu rosto com o polegar.

— Vai ficar tudo bem com você, Megan.

— Eu não poderia simplesmente fugir com você? Você e eu... não podíamos simplesmente fugir juntos?

Ele ri.

— Você não precisa de mim. E não precisa mais continuar fugindo. Você vai ficar bem. Você e seu bebê vão ficar bem.

SÁBADO, 13 DE JULHO DE 2013

MANHÃ

Já sei o que devo fazer. Passei ontem o dia inteiro pensando nisso, e a noite toda também. Não dormi quase nada. Scott chegou em casa exausto e de péssimo humor; tudo o que queria era comer, transar e dormir, sem tempo para mais nada. Com certeza não era o momento certo para tocar no assunto.

Fiquei acordada quase a noite inteira, com ele irrequieto e suando ao meu lado, e tomei uma decisão. Vou fazer a coisa certa. Vou fazer tudo certo. Se fizer tudo certo, então nada pode dar errado. Ou, se der, não vai ser culpa minha. Vou amar essa criança e criá-la ciente de que fiz a coisa certa desde o começo. Bem, talvez não desde o comecinho, mas a partir do momento em que eu soube que ela estava a caminho. Devo isso a este bebê, devo isso a Libby. Devo a ela fazer tudo diferente desta vez.

Fiquei lá deitada e pensei no que aquele professor falou, e em todas as coisas que já fui: criança, adolescente rebelde, fugitiva, prostituta, amante, péssima mãe, péssima esposa. Não tenho certeza de que serei capaz de me reinventar como boa esposa, mas como boa mãe... isso eu preciso tentar.

Vai ser difícil. Pode ser a coisa mais difícil que já tive de fazer, mas vou contar a verdade. Chega de mentiras, chega de traição, chega de fugas, chega de deslealdade. Vou deixar tudo às claras, e então vamos ver. Se ele não puder me amar depois disso, que seja.

NOITE

Minha mão faz toda a força possível contra o seu peito, mas não consigo respirar e ele é muito mais forte que eu. O antebraço dele pressiona minha traqueia, sinto o sangue pulsando nas têmporas, a visão esmaecendo. Tento gritar, imprensada na parede. Agarro e puxo sua camisa e ele me solta. Ele me dá as costas e eu deslizo pela parede até cair no chão da cozinha.

Tusso e escarro, lágrimas escorrendo pelo rosto. Ele está a poucos metros, e, quando se vira para mim, levo a mão instintivamente para a garganta, para protegê-la. Vejo a vergonha estampada em seu rosto e quero dizer que está tudo bem. Que estou bem. Abro a boca mas as palavras não vêm, só mais tosse. A dor que sinto é insuportável. Ele está falando alguma coisa, mas não consigo ouvir, é como se estivéssemos debaixo d'água, o som abafado, chegando a mim em ondas distorcidas. Não consigo entender nada do que fala.

Acho que está pedindo desculpas.

Eu me esforço para ficar de pé, passo por ele e corro escada acima, então fecho a porta do quarto e a tranco. Fico sentada na cama e espero, tentando ouvir os passos dele, mas Scott não vem. Eu me levanto e pego minha bolsa de viagem debaixo da cama, vou até a cômoda pegar algumas roupas e dou de cara com o meu reflexo no espelho. Levo a mão ao rosto: ele parece extremamente branco em contraste com a minha pele avermelhada, os lábios roxos, os olhos injetados.

Uma parte de mim está em choque, porque ele nunca me agrediu fisicamente antes. Mas uma outra parte de mim esperava isso. Bem lá no fundo eu sempre soube que essa era uma possibilidade, que era para esse ponto que estávamos indo. Para onde eu o estava levando. Lentamente, começo a tirar algumas roupas das gavetas — calcinhas, algumas camisas de malha; enfio-as na bolsa.

Eu ainda nem contei nada para ele. Eu mal havia começado. Eu queria contar a parte ruim primeiro, antes de chegar à parte boa. Eu não podia contar sobre o bebê e depois dizer que havia uma possibilidade de não ser dele. Seria cruel demais.

Estávamos lá fora, no jardim. Ele falava de trabalho e percebeu que eu não estava prestando atenção.

— A conversa está chata? — perguntou ele.

— Não. Bem, talvez um pouco. — Ele não riu. — Não, só estou um pouco distraída. Porque tem uma coisa que preciso contar para você. Há algumas coisas que preciso contar, na verdade. De algumas delas você não vai gostar, mas de outras...

— Do que é que eu não vou gostar?

Eu devia ter entendido, nessa hora, que esse não era o momento apropriado, que ele estava de mau humor. Scott ficou imediatamente desconfiado, analisando meu rosto à procura de alguma pista. Eu devia ter sabido naquela hora que tudo isso era uma péssima ideia. Acho que até soube, mas era tarde demais para voltar atrás. E, de qualquer modo, eu tinha tomado a minha decisão. Fazer a coisa certa.

Eu me sentei ao lado dele na beira do piso de pedra e aninhei minha mão na dele.

— Do que eu não vou gostar? — perguntou outra vez, mas não soltou minha mão.

Falei que o amava e senti todos os seus músculos se retesarem, como se soubesse o que estava por vir e estivesse se preparando para a notícia. É o que se faz, não é, quando alguém diz "eu te amo" dessa forma. Eu te amo, de verdade, mas... *Mas.*

Contei que eu havia cometido alguns erros e ele soltou minha mão. Ele ficou de pé e andou alguns metros em direção à linha do trem, então deu meia-volta e me olhou.

— Que tipo de erros? — questionou.

Sua voz parecia neutra, mas ouvi seu esforço em fazê-la soar assim.

— Vem aqui, senta do meu lado — pedi. — Por favor?

Ele fez que não com a cabeça.

— Que tipo de erros, Megan? — Agora mais alto.

— Havia... agora acabou, mas havia... outra pessoa. — Fiquei olhando para baixo, não consegui encará-lo.

Ele falou alguma coisa, bufando, mas não consegui ouvir. Ergui o olhar, mas ele havia virado de costas e encarava a linha do trem de novo, as mãos nas têmporas. Eu me levantei e fui em sua direção, parei atrás dele e coloquei minhas mãos em seus quadris, mas ele se afastou de mim. Ele deu meia-volta, andou para dentro de casa e, sem olhar para mim, disse:

— Não encosta a mão em mim, sua puta.

Eu deveria ter deixado ele em paz nessa hora, dar um tempo para ele processar a informação, mas não consegui. Eu queria terminar logo com a parte ruim para chegar à boa, então o segui, entrando em casa.

— Scott, por favor, só me ouça, não é tão ruim quanto parece. Já acabou. Acabou tudo, por favor, me escute, por favor...

Ele pegou a fotografia de nós dois que ele adora — a que mandei emoldurar como presente do nosso segundo aniversário de casamento — e arremessou com toda a força na minha cabeça. Enquanto o retrato se espatifava na parede às minhas costas, ele partiu para cima de mim, me segurando pelos braços, me arrastando pela sala, me jogando contra a parede oposta. Minha cabeça chicoteou para trás e meu crânio bateu na superfície da parede. Então ele se aproximou, o antebraço no meu pescoço, e foi jogando o peso, jogando todo o seu peso em cima de mim sem dizer uma palavra. Ele fechou os olhos para não ter de me ver sufocar.

Assim que acabo de encher a bolsa, começo a esvaziá-la, enfiando tudo de volta nas gavetas. Se eu tentar sair daqui carregando uma bolsa de viagem, ele não vai me deixar sair. Preciso sair de mãos vazias, com nada a não ser minha bolsa de mão e um celular. Então mudo de ideia de novo e começo a enfiar tudo de volta na bolsa de viagem. Não sei para onde vou, mas sei que não posso ficar aqui. Quando fecho os olhos, ainda sinto as mãos dele na minha garganta.

Eu sei o que decidi — chega de fugir, chega de mentir —, mas não dá para ficar aqui essa noite. Ouço passos na escada, lentos, pesados. Demora séculos até ele chegar ao segundo andar — Scott geralmente sobe de dois em dois degraus, mas hoje ele é um homem subindo em direção ao cadafalso. Só não sei se ele é o condenado ou o carrasco.

— Megan? — Ele não tenta abrir a porta. — Megan, foi mal eu ter machucado você. Sinto muito mesmo por eu ter machucado você. — A voz dele está embargada. Isso me deixa com raiva, me faz querer voar no pescoço dele e unhar seu rosto. *Não se atreva a chorar, não depois do que acabou de fazer.* Estou furiosa com ele, quero gritar com ele, exigir que saia dali, que fique longe de mim, mas me controlo, porque não sou burra. Ele tem motivos para estar com raiva. E eu preciso pensar racionalmente. Estou pensando por dois, agora. Esse confronto me deixou mais forte, mais determinada. Ouço sua voz do outro lado da porta, implorando pelo meu perdão, mas não posso pensar nisso agora. Nesse momento, há outras coisas que tenho de fazer.

Bem lá no fundo do guarda-roupa, atrás de três fileiras de caixas de sapato cuidadosamente etiquetadas, há uma caixa cinza identificada como *botas vermelhas de salto anabela*, e nessa caixa há um velho celular, uma relíquia pré-paga que comprei há alguns anos e guardei por precaução. Não uso esse telefone há algum tempo, mas chegou a hora de usá-lo. Vou ser honesta. Vou deixar tudo às claras. Chega de mentiras, chega de dissimulação. É hora de o pai da criança enfrentar suas responsabilidades.

Eu me sento na cama, ligo o telefone, rezando para que ainda esteja carregado. Ele se acende e sinto a adrenalina no sangue, me deixando zonza, um pouco enjoada, e com a sensação de que estou drogada. Começo a me sentir bem, a gostar dessa expectativa de deixar tudo às claras, de confrontá-lo — a todos eles — com o que somos e para onde vamos. No fim das contas, todo mundo vai saber o seu lugar e o seu papel.

Ligo para ele. Como eu havia previsto, cai direto na caixa postal. Desligo e mando uma mensagem de texto: *Preciso falar com você. URGENTE. Retorne minha ligação.* Então fico sentada, à espera.

Verifico o histórico de chamadas. Usei esse telefone pela última vez em abril. Muitas chamadas, todas não atendidas, entre início de abril e fim de março. Eu ligava e ligava e ligava, e ele me ignorava, nem sequer respondia às ameaças que eu fazia — de ir à casa dele, de falar com a mulher dele. Mas acho que agora ele vai me ouvir. Agora vou fazer com que ele me ouça.

Quando começamos com isso, era só uma brincadeira. Uma distração. Eu o via ocasionalmente. Ele aparecia na galeria, sorria e flertava, e era inofensivo — o que mais tinha eram homens vindo à galeria para sorrir e flertar. Mas depois a galeria fechou e passei a ficar em casa o tempo todo, entediada e inquieta. Eu só precisava de outra coisa, de algo diferente. Então, um dia, quando Scott estava viajando, cruzei com ele na rua, começamos a conversar e eu o convidei para um café. Pelo jeito como me olhou, vi exatamente o que estava passando pela sua cabeça, então simplesmente aconteceu. E então aconteceu de novo, e nunca pretendi que aquilo fosse adiante, eu não queria que fosse adiante. Só gostava de me sentir desejada; gostava da sensação de controle. Era simples e ridículo assim. Eu não queria que ele abandonasse a esposa; só queria que ele *quisesse* abandoná-la. Me desejar tanto assim.

Não me lembro quando comecei a acreditar que poderia ser algo mais, que deveríamos ser algo mais, que éramos perfeitos um para o outro. Mas, a partir desse momento, pude sentir que ele começava a se afastar de mim. Ele parou de mandar mensagens, parou de atender meus telefonemas, e eu nunca tinha passado por uma rejeição dessas antes, nunca. Eu odiei. Então aquilo passou a ser outra coisa: uma obsessão. Está claro para mim agora. No fim, achei mesmo que conseguiria simplesmente me afastar daquilo, meio machucada, mas nada sério. Só que agora as coisas não são mais tão simples assim.

Scott ainda está encostado na porta. Não consigo ouvi-lo, mas sinto sua presença. Entro no banheiro e ligo de novo. Caixa postal outra vez, então desligo e ligo de novo, e de novo. Sussurro uma mensagem:

— Atende esse telefone, ou vou direto aí. Agora é sério. Preciso conversar com você. Você não pode simplesmente me ignorar.

Fico no banheiro por algum tempo, o celular na beirada da pia. Esperando que ele toque. A tela continua teimosamente cinzenta, vazia. Escovo os cabelos, depois os dentes, aplico um pouco de maquiagem. Minha cor está voltando ao normal. Os olhos ainda estão vermelhos, a garganta ainda dói, mas minha aparência é boa. Começo uma contagem. Se o telefone não tocar até eu chegar ao cinquenta, vou bater lá na porta dele. O aparelho não toca.

Enfio o telefone no bolso da calça jeans, atravesso o quarto rápido e abro a porta. Scott está sentado no patamar da escada, os braços envolvendo os joelhos, a cabeça baixa. Não olha para mim, então passo por ele e desço a escada correndo, a respiração ofegante. Meu medo é ele me agarrar por trás e me empurrar. Ouço-o se levantar e gritar:

— Megan! Aonde você vai? Está indo encontrar com ele?

Na base da escada eu me viro:

— Não tem *ele* nenhum, tá bom? Acabou.

— Por favor, Megan, espere. Por favor, não vá.

Não quero ouvi-lo implorar, não quero ouvi-lo choramingar, com pena de si mesmo. Não quando minha garganta ainda dói como se alguém tivesse despejado ácido nela.

— Não me siga — ordeno, a voz rouca. — Se fizer isso, eu não volto nunca mais. Entendeu? Se eu virar e vir você atrás de mim, vai ser a última vez que você vai ver o meu rosto.

Quando bato a porta da rua, ainda o ouço gritando meu nome.

Espero na calçada alguns segundos para ter certeza de que ele não está vindo atrás de mim, então ando, primeiro rápido, depois mais devagar, e mais devagar ainda, pela Blenheim Road. Chego ao número 23 e é aí que perco a coragem. Ainda não estou pronta para esse tipo de cena. Preciso de um minuto para me recompor. De alguns minutos. Continuo andando, passo pela casa, pela passagem subterrânea, pela estação. Continuo andando até chegar ao parque, e aí volto a ligar.

Digo que estou no parque, que vou esperar por ele ali, mas que, se ele não vier, já era, vou à casa dele. Essa é sua última chance.

Está uma noite muito agradável, mal passa das sete, mas continua quente e o céu ainda está claro. Algumas crianças brincam nos balanços e no escorrega, os pais a alguma distância, numa conversa animada. Parece legal, normal e, observando-os, tenho a sensação nauseante de que Scott e eu nunca vamos trazer nossa filha para brincar aqui. Simplesmente não consigo nos imaginar aqui, felizes e relaxados desse jeito. Não agora.

Não depois do que acabei de fazer.

Hoje de manhã eu tinha tanta certeza de que revelar tudo era o melhor a fazer — não só o melhor, mas a única coisa a fazer. Chega de mentiras, chega de dissimulações. E então, quando ele me agrediu, isso só me fez ter mais certeza ainda. Mas, agora, sentada aqui sozinha, com Scott não só furioso mas também de coração partido, não acho mais que tenha sido a coisa certa. Eu não estava sendo forte, e sim imprudente, e é impossível avaliar quanto dano causei.

Talvez a coragem de que eu precise não tenha nada a ver com dizer a verdade e tudo a ver com ir embora. Não é simplesmente inquietude — é mais que isso. Pelo bem dela e do meu, agora é hora de partir, de me afastar dos dois, de tudo isso. Talvez fugir e me esconder seja exatamente do que preciso.

Fico de pé e dou uma volta completa no parque. Metade de mim deseja que o telefone toque e a outra metade tem medo de que toque, mas, no fim das contas, fico feliz quando ele permanece silencioso. Tomarei isso como um sinal. Faço o caminho de volta, indo para a minha casa.

Já tinha passado da estação, quando o vejo. Ele está andando rápido, saindo da passagem subterrânea com passadas largas, os ombros encurvados e os punhos cerrados, e, antes que eu consiga pensar duas vezes, grito seu nome.

Ele se vira para me olhar.

— Megan! Que diabos... — A expressão no rosto dele é de raiva, mas faz um gesto para que o acompanhe. — Vem comigo — diz ele, quando me aproximo. — Não podemos conversar aqui. O carro está ali.

— Só preciso...

— Não podemos conversar aqui! — diz ele. — Vem. — Ele puxa meu braço. Primeiro com força, depois mais de leve. — Vamos para um lugar mais tranquilo, está bem? Algum lugar onde a gente possa conversar.

Quando entro no carro, olho para trás, para o lugar de onde ele veio. Está escuro na passagem subterrânea, mas sinto como se visse alguém ali, nas sombras — alguém nos vendo partir.

RACHEL

DOMINGO, 18 DE AGOSTO DE 2013

TARDE

Anna dá meia-volta e entra correndo em casa assim que o vê. Com o coração acelerado, sigo atrás dela devagar, parando pouco antes das portas de correr. Lá dentro, eles se abraçam, ele a acolhe carinhosamente, a filha entre os dois. Anna está com a cabeça baixa, seus ombros tremem. Ele beija a cabeça dela, mas seu olhar está em mim.

— O que está acontecendo aqui? — pergunta Tom, um vestígio de sorriso nos lábios. — Vou dizer que encontrar vocês duas fofocando no jardim não era exatamente o que eu esperava.

Fala num tom casual, mas a mim não engana. Não mais. Abro a boca para falar, mas descubro que não sei o que dizer. Não sei por onde começar.

— Rachel? Você vai me contar o que está acontecendo?

Ele liberta Anna de suas garras e vem em minha direção. Dou um passo atrás, e ele começa a rir.

— Que diabos deu em você? Está bêbada? — indaga, mas posso ver nos olhos dele que sabe que estou sóbria, e aposto que pelo menos dessa vez ele queria que eu não estivesse.

Deslizo a mão para dentro do bolso de trás da minha calça jeans — meu celular está lá, duro, compacto e tranquilizador, só queria ter tido o bom senso de já ter feito a ligação. Não importa se a polícia acreditaria em mim ou não, se eu contasse que estava com Anna e sua filha, eles teriam vindo.

Agora, Tom está só a alguns centímetros de mim — ele, alguns passos dentro de casa e eu, alguns passos fora.

— Eu vi você — digo, enfim, e a euforia, fugaz mas inconfundível, toma conta de mim quando digo essas palavras. — Você pensa que não me lembro de nada, mas eu me lembro, sim. Eu vi você. Depois que me agrediu, você me deixou lá, na passagem subterrânea...

Ele começa a rir, mas agora consigo enxergar uma coisa e fico me perguntando por que nunca interpretei essa expressão antes com tanta facilidade. Há pânico em seus olhos. Ele olha de soslaio para Anna, mas ela não o encara.

— Do que você está falando?

— Na passagem subterrânea. No dia em que Megan Hipwell sumiu...

— Ah, que mentira — exclama ele, com um gesto de desdém. — Eu não bati em você. Você caiu. — Ele busca a mão de Anna e a puxa para perto dele. — Querida, é por isso que você está tão aborrecida? Não dê ouvidos a ela, o que Rachel está dizendo é mentira. Eu não bati nela. Nunca encostei a mão nela na minha vida. Não desse jeito. — Ele passa o braço pelos ombros de Anna e a puxa ainda mais para perto. — Vem cá. Eu já disse para você como a Rachel é. Ela não sabe o que acontece quando bebe, e inventa as mais...

— Você entrou no carro com ela. Eu vi vocês saindo com o carro.

Ele ainda está sorrindo, mas sem a menor convicção, e não sei se estou imaginando, mas ele me parece um pouco mais pálido agora. Ele solta a mão de Anna, libertando-a de novo. Ela se senta à mesa, de costas para o marido, a filha se remexendo em seu colo.

Tom passa a mão pela boca e se apoia na bancada da cozinha, cruzando os braços.

— Você me viu entrar no carro com quem?

— Com Megan.

— Ah, tá! — diz ele, rindo de novo, uma gargalhada alta e forçada. — Da última vez que conversamos sobre isso, você me disse que me viu entrar no carro com Anna. Agora é Megan, é? Quem será na semana que vem? A princesa Diana?

Anna olha para mim. Posso ver a dúvida, a esperança, estampada em seu rosto.

— Você não tem certeza? — pergunta ela.

Tom se ajoelha ao lado dela.

— É claro que ela não tem. Ela está inventando isso tudo, ela faz isso o tempo todo. Por favor, querida. Por que você não vai lá para cima um pouquinho, hein? Vou esclarecer essa história com a Rachel. E, dessa vez — ele olha para mim —, juro que vou garantir que ela nunca mais nos incomode.

Anna está hesitando, eu posso ver — o modo como ela o observa, procurando a verdade em seu rosto, os olhos dele fixos nos dela.

— Anna! — grito, tentando chamar a atenção dela para mim. — Você *sabe*. Você *sabe* que ele está mentindo. Sabe que ele estava transando com Megan.

Por um segundo, ninguém diz nada. Anna olha de Tom para mim e de novo para ele. Ela abre a boca como se fosse dizer alguma coisa, mas as palavras não vêm.

— Anna! Do que ela está falando? Não houve... não houve nada entre mim e Megan Hipwell.

— Eu encontrei o celular, Tom — diz ela, com a voz tão baixa que quase não escuto. — Então, por favor, não minta. Não minta para mim.

A menina começa a resmungar e a choramingar. Com toda a delicadeza, Tom a retira dos braços de Anna. Caminha até a janela, ninando a filha, murmurando para ela. Não ouço o que ele diz. Anna está cabisbaixa, as lágrimas escorrendo do seu queixo e pingando na mesa.

— Onde está ele? — pergunta Tom, virando para nos olhar, já sem o sorriso nos lábios. — O celular, Anna. Você deu para ela? — Ele vira o rosto na minha direção. — Você está com ele?

— Não sei nada sobre celular nenhum — respondo, lamentando que Anna não tivesse falado nisso antes.

Tom me ignora.

— Anna? Você deu para ela?

Anna faz que não.

— Onde está ele?

— Joguei fora — responde ela. — Por cima da cerca. Perto dos trilhos.

— Boa menina. Boa menina — elogia ele distraidamente.

Está tentando entender o que está acontecendo, resolver o que deve fazer a partir de agora. Ele olha para mim, mas desvia o olhar. Por um momento, parece derrotado.

Ele se volta para Anna.

— Você estava exausta o tempo todo — diz ele. — Você simplesmente não estava interessada. Tudo era a neném. Não era? Tudo era só você, não era? Tudo você! — E assim, numa fração de segundo, ele está de volta ao comando, animado, fazendo caretas para a filha e cosquinhas em sua barriga, fazendo-a sorrir. — E a Megan era tão... bem, ela estava à disposição.

Ele continua a sua confissão.

— Na primeira vez, aconteceu na casa dela. Mas Megan estava tão paranoica, com medo que Scott descobrisse, que começamos a nos encontrar no Swan. Era... Bem, você lembra como era, não é, Anna? No começo, quando íamos àquela casa da Cranham Road. Você entende. — Ele olha por cima do ombro, para trás, e pisca para mim. — Era lá que Anna e eu nos encontrávamos, nos velhos tempos.

Ele troca a filha de braço e ela apoia a cabeça em seu ombro.

— Você acha que estou sendo cruel, mas não estou. Estou dizendo a verdade. É isso que você quer, não é, Anna? Você me pediu para não mentir.

Anna continua olhando para baixo. Suas mãos estão agarrando a beirada da mesa, e seu corpo inteiro está tenso.

Tom suspira ruidosamente.

— Poder ser honesto é um alívio. — Ele fala comigo, olha diretamente para mim. — Você não tem ideia de como é cansativo lidar com gente como você. Porra, e como eu tentei. Tentei demais ajudar você. Tentei ajudar vocês duas. Vocês duas são... sabe, eu amava vocês, amava de verdade, mas vocês às vezes conseguem ser muito fracas.

— Vá se foder, Tom — protesta Anna, levantando-se da mesa. — Não me coloque no mesmo nível que *ela*.

Olho para ela e percebo como os dois foram feitos um para o outro, Anna e Tom. Ela combina muito mais com ele do que eu, porque é com isso que ela se incomoda: não que o marido seja mentiroso e assassino, mas que a tenha comparado a mim.

Tom vai para junto dela e diz baixinho:

— Desculpe, querida. Isso foi injusto da minha parte. — Anna o empurra e ele olha para mim. — Eu fiz o melhor que eu pude, sabe? Fui um bom marido para você, Rach. Aguentei muita coisa: suas bebedeiras, sua depressão. Suportei essas coisas por muito tempo antes de jogar a toalha.

— Você mentiu para mim — acuso, e ele vira o rosto para me encarar, surpreso. — Você me dizia que era tudo culpa minha. Você me fez acreditar que eu não tinha valor. Ficou vendo meu sofrimento, seu...

Ele dá de ombros.

— Você tem ideia de como ficou chata, Rachel? E feia. Triste demais para sair da cama de manhã, cansada demais para tomar banho ou lavar o cabelo? Meu Deus. Não é de se admirar que eu tenha perdido a paciência, é? Não é de se espantar que eu tenha ido procurar um jeito de me distrair. A culpa é toda sua, sim.

A expressão dele passa de desprezo a preocupação quando se vira para a esposa:

— Anna, com você foi diferente, juro. Aquele lance com Megan foi só... só um pouco de diversão. E era para ser apenas isso. Admito que não foi meu melhor momento, mas eu precisava de uma válvula de escape. Foi só isso. Não era para durar. Nunca iria interferir no nosso relacionamento, na nossa família. Você precisa entender isso.

— Você... — Anna tenta dizer alguma coisa, mas as palavras não saem.

Tom põe a mão em seu ombro e o afaga.

— O que é, amor?

— Você colocou a Megan para tomar conta da Evie — diz, ríspida. — Você estava trepando com a Megan enquanto ela ainda trabalhava aqui? Enquanto ela estava cuidando da nossa filha?

Ele retira a mão, no rosto uma máscara de arrependimento, de grande vergonha.

— Isso foi horrível. Eu pensei... eu pensei que seria... Francamente, não sei o que foi que eu pensei. Não sei bem se pensei alguma coisa. Foi errado. Foi um erro terrível. — E a máscara se modifica novamente: agora é o inocente, implorando clemência. — Eu não sabia, Anna. Você precisa acreditar que eu não sabia o que ela era. Eu não sabia nada sobre o bebê que ela havia matado. Eu nunca a teria deixado tomar conta da Evie se soubesse disso. Você precisa acreditar em mim.

De repente, Anna fica de pé, empurrando a cadeira para trás. A cadeira cai no chão, acordando a menina.

— Passa a Evie para cá — exige Anna, estendendo os braços. Tom recua um pouco. — Tom, me dá a Evie. *Me dá a Evie!*

Mas Tom não dá. Ele sai de perto de Anna, ninando a criança, falando baixinho com ela de novo, e então Anna começa a gritar. Primeiro fica só repetindo *me dá a Evie, me dá a Evie*, mas depois esse pedido vira um urro indistinto de fúria e angústia. A criança está berrando também Tom tenta acalmá-la, ignorando a Anna, então cabe a mim fazer alguma coisa. Eu arrasto a Anna para fora da casa e converso com ela, a voz baixa, incisiva.

— Anna, você precisa se acalmar. Entendeu? Preciso que você se acalme. Preciso que converse com ele, que o distraia por um minuto enquanto eu ligo para a polícia. Tudo bem?

Ela faz que não enfaticamente, o corpo todo tremendo. Então se agarra nos meus braços, cravando as unhas neles:

— Como ele pôde fazer uma coisa dessas?

— Anna! Preste atenção. Você precisa distrair o Tom por um minuto!

Por fim, ela me olha, agora com atenção, e faz que sim.

— Tudo bem.

— Só... não sei. Afaste o Tom dessa porta, tente mantê-lo ocupado por um tempo.

Ela entra de novo em casa. Respiro fundo, me viro e me afasto alguns passos da porta de correr. Não muito, só até pisar na grama. Eu me viro e olho para trás. Os dois ainda estão na cozinha. Ando um pouco mais. O vento começa a soprar mais forte; o calor logo vai diminuir. Andorinhões voam baixo no céu, e sinto o cheiro da chuva que se aproxima. Adoro esse cheiro.

Enfio a mão no bolso de trás e tiro o celular. Com as mãos trêmulas, não consigo desbloquear o teclado da primeira nem da segunda vez — consigo na terceira. Por um instante penso em ligar para a detetive Riley, alguém que me conhece. Vasculho o histórico de chamadas mas não encontro o número dela, então desisto — vou ligar para o número geral da polícia. Vou ligar para o 999. Estou digitando o segundo nove quando sinto o pé dele chutar a base das minhas costas e caio estatelada na grama, sem ar. O telefone voa da minha mão — e logo está na mão dele, antes que eu consiga ficar de joelhos, antes que consiga recobrar o fôlego.

— Então, Rach — diz ele, segurando meu braço e me colocando de pé sem precisar de muito esforço. — Não vamos fazer nenhuma bobagem.

Ele me conduz de volta à casa, e não ofereço resistência, porque sei que de nada adianta lutar agora, não vou escapar dele aqui. Tom me empurra porta adentro, fechando a porta de correr de vidro e trancando-a. Ele atira a chave na mesa da cozinha. Anna está de pé ali. Ela me dá um sorrisinho e fico me perguntando, então, se teria contado a ele que eu ia ligar para a polícia.

Anna começa a preparar o almoço da filha, e põe a chaleira no fogo para preparar chá para nós três. Nessa cópia totalmente bizarra da realidade, tenho a sensação de que poderia simplesmente dar tchau para os dois, andar até a porta e sair para a rua em plena segurança. A tentação é tão grande. Eu chego mesmo a dar alguns passos nessa direção, mas Tom bloqueia meu caminho. Ele põe a mão no meu ombro, depois desliza os dedos para a minha garganta, aplicando uma leve pressão.

— O que vou fazer com você, Rach?

MEGAN

SÁBADO, 13 DE JULHO DE 2013

NOITE

Só quando estamos dentro do carro é que percebo que ele tem sangue nas mãos.

— Você se cortou — comento.

Ele não responde; os nós dos dedos estão esbranquiçados de apertar o volante.

— Tom, eu precisava conversar com você — digo, tentando ser conciliadora, tentando agir como adulta, mas suponho que seja tarde demais para isso. — Foi mal eu ter ficado atrás de você, mas, pelo amor de Deus! Você simplesmente me cortou da sua vida. Você...

— Tudo bem — interrompe ele, a voz calma. — Não estou... estou irritado com outra coisa. Não com você. — Ele vira o rosto para mim e tenta sorrir, mas não consegue. — Problemas com a ex — explica. — Sabe como é.

— O que aconteceu com a sua mão? — pergunto.

— Problemas com a ex — repete ele, e há um tom sinistro em sua voz. O restante do trajeto até a Floresta de Corly é feito em silêncio.

Entramos no estacionamento e continuamos até o fim. Já estivemos aqui antes. Nunca há muita gente à noite — às vezes alguns adolescentes com latas de cerveja na mão, mas só. Hoje estamos sozinhos.

Tom desliga o motor e olha para mim.

— Certo. E então, sobre o que você queria conversar?

A raiva ainda está lá, mas latente. Mesmo assim, depois do que aconteceu, não quero estar num lugar fechado com um homem irritado, então sugiro caminharmos um pouco. Ele revira os olhos e suspira pesadamente, mas concorda.

Ainda está quente; nuvens de mosquitos pairam sob as árvores e um resto de sol atravessa as folhas, banhando a trilha com uma luz estranhamente subterrânea. Sobre nossas cabeças, pegas-rabudas grasnam furiosamente.

Caminhamos em silêncio por algum tempo, eu à frente, Tom alguns passos atrás. Estou tentando pensar no que dizer, em como explicar o problema. Não quero piorar as coisas. Preciso ficar me lembrando que estou tentando fazer a coisa certa.

Paro de andar e me viro para olhá-lo — está muito próximo de mim. Ele põe as mãos nos meus quadris.

— Aqui? — pergunta ele. — É isso o que você quer? — Ele parece entediado.

— Não — digo, me afastando dele. — Não é isso.

A trilha começa a ficar levemente em declive. Ando mais devagar, mas ele acompanha meu ritmo.

— Então o quê?

Respiro fundo. Minha garganta ainda dói.

— Estou grávida.

Não há qualquer reação — seu rosto está completamente inerte. É como se eu tivesse dito que preciso passar no Sainsbury's para fazer compras de mercado na volta para casa, ou que tenho consulta marcada no dentista.

— Parabéns — diz ele, por fim.

Outra inspiração profunda.

— Tom, estou contando isso a você porque... bem, porque há uma possibilidade de esse filho ser seu.

Ele me fita por alguns instantes, e então ri.

— Ah, é? Que sorte a minha. Então o quê? Vamos fugir, nós três? Você, eu e o bebê? Para onde íamos mesmo? Espanha?

— Achei que você devia saber porque...

— Faça um aborto — decreta ele. — Quer dizer, se for do seu marido, faça o que bem entender. Mas, se for meu, livre-se dele. Sério, não vamos fazer nenhuma estupidez. Eu não quero outro filho. — Ele desliza os dedos pelo meu rosto. — E, sinto muito, mas acho que você não leva muito jeito para ser mãe, não é, Megs?

— Você pode ter contato com ele o quanto quiser...

— Você ouviu o que eu acabei de dizer? — corta ele, me dando as costas e subindo pela trilha em direção ao carro. — Você seria uma péssima mãe, Megan. Tire esse filho.

Vou atrás dele, primeiro andando rápido e depois correndo, e quando chego perto o bastante, dou-lhe um empurrão. Grito com ele, tentando unhar sua maldita cara de sonso, e percebo que ele está rindo, se defendendo dos meus ataques com a maior facilidade. Começo a dizer as piores coisas em que consigo pensar. Insulto sua masculinidade, a chata da esposa dele, chamo sua filha de feia.

Não sei nem por que estou com tanta raiva, porque, o que eu esperava? Raiva, talvez, preocupação, irritação. Mas não *isso*. Isso não é nem rejeição, é *desdém*. Tudo o que ele quer é que eu suma da vida dele — eu e a criança que está na minha barriga —, então digo a ele, berro com ele:

— Eu não vou sumir da sua vida. Vou fazer você pagar por isso. Você vai pagar por isso pelo resto dessa sua vida de merda.

Ele já não está mais rindo.

Está vindo para cima de mim. E tem algo na mão.

Eu caí no chão. Devo ter escorregado. Bati a cabeça em alguma coisa. Acho que vou vomitar. Está tudo vermelho. Não consigo me levantar.

Uma para tristeza, duas para alegria, três para menina. Três para menina. Fico empacada nas três. Não consigo passar disso. Minha cabeça está repleta de sons, minha boca, repleta de sangue. Três para menina. Posso ouvir as aves, as pegas-rabudas — estão rindo, debochando de mim, um crocitar estridente. Um bando. Mau agouro. Posso vê-las agora, negras contra o sol. Não as aves, outra coisa. Alguém está vindo. Alguém está falando comigo. *Veja só. Veja só o que você me obrigou a fazer.*

RACHEL

DOMINGO 18 DE AGOSTO DE 2013

TARDE

Estamos dispostos em um pequeno triângulo na sala: Tom sentado no sofá, o pai exemplar e marido zeloso, a filhinha no colo, a mulher a seu lado. E a ex em frente a eles, bebendo chá. Muito civilizado. Estou sentada na poltrona de couro que compramos na Heal's logo depois que nos casamos — o primeiro móvel que compramos como casal: de couro claro e macio, caro, um luxo. Eu me lembro da minha empolgação quando o caminhão de entrega chegou. Eu me lembro de ter me sentado logo nela, me sentindo segura e feliz, e pensando: *Isso é como o casamento: seguro, cálido, confortável.*

Tom está me observando, a testa franzida. Está tentando decidir o que fazer agora, pensando em como vai resolver as coisas. Não está preocupado com Anna, dá para ver. O problema sou eu.

— Ela era um pouco como você — diz ele, do nada. Ele se recosta no sofá, ajeitando a filha no colo de forma a deixá-la mais confortável. — Bem, era e não era. Ela tinha aquela coisa... meio perdida, sabe? Não resisto a isso. — Ele abre um sorriso. — Sou um príncipe no cavalo branco, não sou?

— Você não é príncipe de ninguém — retruco, baixinho.

— Ah, Rach, não fale assim. Você não lembra? Você toda triste com a morte do papai, só querendo ter alguém em casa, alguém para amar você? Eu dei tudo isso a você. Eu fiz você se sentir segura. Então você decidiu pôr tudo a perder enchendo a cara, mas não pode me culpar por isso.

— Posso culpar você por muitas coisas, Tom.

— Não, não. — Ele faz que não com o dedo indicador. — Não vamos começar a reescrever a história. Fui bom para você. Às vezes... bem, às vezes você me obrigava a tomar uma atitude. Mas fiz bem a você. Eu cuidei de você — afirma ele, e é só então que cai a minha ficha: ele mente para si mesmo da mesma forma que mente para mim. Ele *acredita* nisso. Ele acredita de verdade que foi bom para mim.

A criança começa a chorar de repente, a berrar, e Anna se levanta imediatamente.

— Preciso trocar a fralda dela — avisa.

— Agora não.

— A fralda dela está cheia, Tom. Precisa de uma limpa. Não seja cruel.

Ele faz uma cara feia para Anna, mas entrega a menina chorosa. Olho bem nos olhos de Anna, mas ela não me encara. Meu coração sobe até a garganta quando ela se vira para ir para o quarto da menina, mas desce de novo quando Tom se levanta e põe a mão no braço dela, impedindo-a de continuar.

— Troque aqui — ordena ele. — Você pode trocar a fralda aqui.

Anna segue para a cozinha e troca a fralda da criança na mesa. O cheiro de cocô toma conta do ambiente, deixa meu estômago embrulhado.

— Você vai nos contar o motivo? — pergunto a ele.

Anna para o que está fazendo e olha para o nosso lado. A casa está quieta, silenciosa, exceto pelos balbucios da criança.

Tom balança a cabeça negativamente, quase sem acreditar no que ele mesmo vai falar.

— Ela conseguia ser muito parecida com você, Rach. Ela não queria me largar. Não aceitava o fim da relação. Ela simplesmente... não *escutava*. Lembra quando discutíamos e você sempre queria ter a última palavra? Megan era assim. Não escutava.

Ele se remexe no sofá e se inclina para a frente, os cotovelos sobre os joelhos, como se estivesse me contando uma história.

— Quando começamos, era só diversão, só sexo. Ela me fez acreditar que era disso que ela gostava. Mas, então, mudou de ideia. Não sei por quê. Era completamente louca, aquela mulher. Se tivesse um dia ruim com Scott, ou estivesse meio entediada, já começava a falar em fugirmos juntos, começar do zero, queria que eu abandonasse Anna e Evie. Como se eu fosse fazer uma coisa dessas! E se eu não fosse na mesma hora que ela chamava, ficava furiosa, ligava para cá, me ameaçando, dizendo que viria aqui, que iria contar tudo para Anna. Mas, no fim, parou. Foi um grande alívio. Achei que ela finalmente tinha conseguido enfiar na cabeça que eu não estava mais a fim. Mas, naquele sábado, ela ligou dizendo que precisava conversar, que tinha algo importante para me dizer. Eu a ignorei, então ela começou a fazer ameaças de novo: que ia vir aqui em casa, essas coisas. No começo, não me preocupei muito, porque Anna ia sair. Você lembra, querida? Você tinha marcado de sair para jantar com as meninas, e eu ia ficar tomando conta da Evie. Pensei que talvez não fosse ser tão ruim assim, ela viria para cá e eu me entenderia com ela. Eu a faria entender. Mas aí você apareceu, Rachel, e fodeu com tudo.

Ele se recosta no sofá, sentado com as pernas bem separadas, botando banca de machão.

— A culpa foi sua — continua. — Tudo na verdade foi culpa *sua*, Rachel. Anna acabou não jantando com as amigas, voltou depois de cinco minutos, chateada e irritada porque *você* estava na rua, embriagada como sempre, trocando as pernas ao lado de um sujeito fora da estação. Ela estava apreensiva achando que você viria para cá. Estava preocupada com Evie. Então, em vez de resolver as coisas com Megan, precisei sair e lidar com você. — Ele faz beicinho. — Meu Deus, o estado em que a encontrei. Podre de bêbada, fedendo a vinho... você tentou me beijar, lembra?

Ele faz que vai vomitar, depois começa a rir. Anna ri também, e não sei se ela achou engraçado ou se só está tentando agradá-lo.

— Eu precisava fazer você entender que eu não queria saber de você perto de mim... de nós. Então levei você de volta para a passagem subterrânea, para que não fizesse cena na rua. E falei para você ficar longe de nós. E você ficou gritando e choramingando, então dei um tapa na sua cara para que calasse a boca, mas você só fez gritar e choramingar ainda mais. — Ele fala com os dentes trincados; vejo o músculo retesado na mandíbula. — Eu estava tão puto da vida, só queria expulsar você das nossas vidas de uma vez por todas, você *e* Megan. Eu tenho família. Tenho uma vida boa. — Ele olha de soslaio para Anna, que tenta fazer a menina sentar na cadeirinha. A expressão no rosto dela é totalmente neutra. — Construí uma boa vida para mim, apesar de você, apesar da Megan, apesar de tudo. Foi depois de eu ter me resolvido com você que a Megan apareceu. Ela estava andando em direção à Blenheim Road. Eu não podia deixá-la vir até aqui. Não podia deixá-la falar com a Anna, podia? Sugeri que fôssemos a algum lugar para conversar, e falei sério; era tudo o que eu pretendia fazer. Então entramos no carro e fomos até Corly, até a floresta. Costumávamos ir para lá quando não tínhamos aonde ir. Trepávamos no carro."

Mesmo da poltrona, onde estou sentada, sinto Anna se encolher.

— Pode acreditar, Anna, eu não queria que as coisas terminassem daquele jeito. — Tom olha para ela, depois se curva, observando as palmas das mãos. — Ela começou a falar do bebê, que não sabia se era meu ou se era do marido. Ela queria tudo às claras, e, se fosse meu, ela não iria se opor que eu o visitasse.. Aí eu disse: "Não estou interessado no seu bebê, ele não tem nada a ver comigo." — Ele balança a cabeça negativamente. — Ela ficou furiosa, mas quando Megan fica furiosa... não é como a Rachel. Não tinha essa de choramingar. Ela começou a gritar comigo, a me xingar, a falar um monte de merda, dizendo que ia direto procurar a Anna, que não admitia ser ignorada, que o bebê dela não seria negligenciado... Meu Deus, ela simplesmente não calava a boca. Então... Sei lá, eu só queria que ela calasse a boca. Então peguei uma pedra... — ele olha para sua mão direita, como se pudesse vê-la naquele momento — ...e aí... — Fecha os olhos e dá um suspiro. — Foi uma pancada só, mas ela... — Ele infla as bochechas e solta o ar lentamente. — Eu não queria ter feito isso. Só queria que ela parasse. Ela estava sangrando muito. E estava chorando, fazendo um som horrível. Ela tentou fugir de mim se arrastando. Não havia nada que eu pudesse fazer. Precisava terminar o serviço.

O sol se pôs, a sala está às escuras. O silêncio impera, exceto pelo ruído da respiração superficial e entrecortada de Tom. Não há barulho vindo da rua. Não me lembro da última vez que ouvi um trem passar.

— Eu a coloquei no porta-malas — diz ele. — Entrei mais um pouco na floresta, saindo da estrada. Não havia ninguém por perto. Precisei cavar... — Sua respiração fica ainda mais superficial e rápida. — Precisei cavar com as minhas próprias mãos. Eu estava com medo. — Ele olha para mim, as pupilas dilatadas. — Com medo de que alguém fosse aparecer. E doeu, machuquei os dedos cavando. Demorou muito tempo. Precisei parar e ligar para Anna, dizer que estava procurando você.

Ele limpa a garganta.

— O solo até que estava macio, mas ainda assim não consegui a profundidade que queria. Estava com tanto medo de alguém aparecer. Pensei que haveria alguma chance de voltar lá depois, quando as coisas estivessem mais calmas. Talvez pudesse tirá-la de lá, colocá-la em um algum lugar... melhor. Mas então começou a chover e não tive chance de fazer isso.

Ele me olha, a testa franzida.

— Eu tinha quase certeza de que a polícia iria atrás de Scott. Ela me contou como ele era paranoico com a possibilidade de ser traído, que ele lia os e-mails dela, ligava para saber onde ela estava. Pensei que... bem, eu estava planejando plantar o celular na casa dele em algum momento. Não sei. Pensei em passar lá para beber uma cerveja, ou coisa assim, fazer uma visita amigável a um vizinho. Sei lá. Eu não tinha um plano. Não tinha pensado em tudo o que deveria fazer. Não foi nada premeditado. Foi um terrível acidente, só isso.

Mas então sua postura volta a se alterar. É como se nuvens passassem rápido, deixando o céu ora claro, ora sombrio. Ele fica de pé e caminha lentamente até a cozinha, onde Anna está sentada à mesa, dando comida para Evie. Ele dá um beijo na testa da esposa e pega a filha da cadeirinha.

— Tom... — Anna começa a protestar.

— Está tudo bem. — Ele sorri para a esposa. — Só quero um chamego. Não é, lindinha? — Ele vai até a geladeira com a filha no colo e pega uma cerveja. Olha para mim: — Quer uma?

Faço que não com a cabeça.

— Não, melhor não, acho.

Eu nem o escuto. Estou calculando se sou capaz de chegar à porta da rua antes que ele consiga me alcançar. Se só estiver fechada com o trinco acho que consigo abrir a tempo. Se ele a trancou com a chave, então estou ferrada. Dou um impulso para a frente e corro. Chego até o corredor de entrada — minha mão está quase na maçaneta — quando a garrafa acerta em cheio a parte de trás da minha cabeça. Sinto uma explosão de dor, minha visão fica branca, e caio de joelhos. Seus dedos entram pelo meu cabelo e agarram um punhado deles, me arrastando de volta para a sala, onde ele me larga. Tom fica de pé acima de mim, abrindo as pernas, apoiando um pé de cada lado do meu quadril. Continua com a filha no colo mas Anna está junto dele, tentando tirá-la de seus braços.

— Dê a Evie para mim, Tom. Por favor. Você vai machucá-la. Por favor, por favor.

Ele entrega uma Evie chorosa para Anna.

Ouço o que Tom fala, mas parece muito distante, ou como se eu estivesse embaixo d'água. Distingo as palavras mas elas não parecem se referir a mim, ao que está acontecendo comigo. Tudo está acontecendo a uma certa distância.

— Vá lá para cima — ordena ele. — Entre no quarto e tranque a porta. Não ligue para ninguém, tá? Estou falando sério, Anna. Não é uma boa ideia ligar para ninguém. Não com Evie aqui. Não queremos que a coisa fique feia. — Anna não me olha. Segura com força a criança, passa por cima de mim e sai correndo.

Tom se agacha, enfia as mãos no cós da minha calça jeans, me segura e me arrasta pelo chão até a cozinha. Tento chutá-lo, tento me agarrar em alguma coisa, mas não consigo. Não estou enxergando direito — meus olhos estão tomados pelas lágrimas, só vejo um borrão. Minha cabeça dói demais enquanto vou quicando pelo chão e sinto náuseas. Sinto uma dor forte quando algo bate na minha testa. Então, o nada.

ANNA

DOMINGO, 18 DE AGOSTO DE 2013

NOITE

Ela está no chão da cozinha. Está sangrando, mas não acho que seja nada sério. Ele ainda não terminou o serviço. Não tenho certeza do que está esperando. Imagino que não seja fácil para ele. Tom já amou Rachel um dia.

Eu estava lá em cima, pondo Evie no berço, e pensando que era isso que eu queria, não era? Rachel finalmente fora de nossas vidas, de uma vez por todas, para nunca mais voltar. Sonhei com esse dia. Bem, não exatamente desse jeito, claro. Mas desejei que ela sumisse, sim. Sonhei com uma vida sem Rachel, e agora eu poderia ter uma. Seríamos só nós três: Tom, Evie e eu, como deveria ser. Por um momento, me permiti desfrutar dessa fantasia, mas então olhei para minha filha adormecida e entendi que era só isso mesmo. Uma fantasia. Dei um beijo no meu dedo e o toquei em sua boquinha perfeita e entendi que nunca estaríamos seguras. *Eu* nunca estaria segura, porque sei de tudo, e Tom não será capaz de confiar em mim. E quem garante que não vai aparecer outra Megan? Ou, pior, outra Anna, outra igual a mim?

Desci a escada e ele estava sentado à mesa da cozinha bebendo uma cerveja. Não a vi logo de cara, mas reparei em seus pés, e primeiro pensei que estava morta, mas ele falou que estava tudo bem com ela.

— Só uma pancadinha — diz ele. Essa ele não vai poder chamar de acidente.

Então ficamos à espera. Peguei uma cerveja para mim também, e bebemos juntos. Tom me disse que lamentava muito pela Megan, pelo caso. Ele me beijou e garantiu que ia me compensar por isso, que ficaríamos bem, que tudo terminaria bem.

— Vamos nos mudar para longe daqui, como você sempre quis. Vamos para qualquer lugar que você queira. Qualquer lugar.

Ele me perguntou se eu o perdoava, e eu disse que, com o tempo, sim, e ele acreditou em mim. Pelo menos acho que ele acreditou.

A tempestade começou, exatamente como avisou a previsão do tempo. Os trovões a despertam, a devolvem à consciência. Ela começa a fazer barulho, a se mexer no chão.

— Melhor você ir — disse ele para mim. — Volte lá para cima.

Beijo sua boca e saio, mas não obedeço. Em vez disso, pego o telefone no corredor, sento no primeiro degrau e fico prestando atenção, o telefone na mão, esperando o momento certo.

Ouço-o conversar com ela, baixinho, e então escuto a voz dela. Acho que está chorando.

RACHEL

DOMINGO, 18 DE AGOSTO DE 2013

NOITE

Ouço alguma coisa, um silvo. Vejo um clarão e me dou conta de que é a chuva. Está escuro lá fora, está caindo uma tempestade. Raios. Não me lembro de ter escurecido. A dor na minha cabeça faz com que eu volte a mim, e meu coração aflora na garganta. Estou no chão. Na cozinha. Com dificuldade, consigo levantar a cabeça e me apoiar em um dos cotovelos. Ele está sentado à mesa da cozinha, observando o temporal, uma garrafa de cerveja na mão.

— O que eu vou fazer, Rach? — pergunta ao me ver levantar a cabeça. — Estou sentado aqui há... quase meia hora, me fazendo justamente essa pergunta. O que devo fazer com você? Que opção você está me dando? — Ele toma um longo gole da cerveja e me contempla, pensativo. Levanto meu corpo até estar sentada, as costas apoiadas nos armários da cozinha. Minha cabeça flutua, a boca está cheia de saliva. Parece que vou vomitar a qualquer momento. Mordo os lábios e cravo as unhas nas palmas das mãos. Preciso me tirar desse torpor, não posso me dar ao luxo de fraquejar agora. Não posso contar com mais ninguém. Sei disso. Anna não vai ligar para a polícia. Não vai arriscar a segurança da filha por minha causa.

— Você tem que admitir — diz Tom. — Você pediu isso. Pense bem: se você simplesmente tivesse nos deixado em paz, nunca estaria nessa situação. *Eu* não estaria nessa situação. Nenhum de nós estaria. Se você não estivesse lá naquela noite, se Anna não tivesse voltado correndo para cá depois de ver você na estação, então eu provavelmente teria conseguido acertar as coisas com Megan. Eu não estaria tão... puto da vida. Eu não teria perdido as estribeiras. Eu não teria machucado a Megan. Nada disso teria acontecido.

Sinto um nó começando a se formar no fundo da garganta, mas o engulo. É isso o que ele faz — é isso que ele sempre faz. Ele é perito em me deixar com a sensação de que é tudo culpa minha, fazendo eu me sentir como se não valesse nada.

Ele termina a cerveja e deixa a garrafa vazia rolar pela mesa. Com um meneio triste da cabeça, ele fica em pé, vem até mim e estende a mão.

— Venha — manda ele. — Segure aqui. Venha, Rach, força.

Deixo-o me puxar e me ajudar a levantar. Minhas costas estão coladas à bancada da cozinha, e ele está de pé na minha frente, me imprensando com os quadris. Ele ergue a mão e limpa as lágrimas do meu rosto com o polegar.

— O que vou fazer com você, Rach? O que acha que devo fazer?

— Você não precisa fazer nada — digo e tento sorrir. — Você sabe que eu amo você. Até hoje. Sabe que eu nunca contaria para ninguém... eu não poderia fazer isso com você.

Ele sorri — aquele sorriso bonito que me fazia derreter — e começo a chorar. Não acredito, não acredito que chegamos a isso, que a maior felicidade que já tive na vida — minha vida com ele — tenha sido uma ilusão.

Ele me deixa chorar por um tempo, mas acho que isso o entedia, porque o sorriso radiante some e seu lábio se contorce num esgar de desprezo.

— Vamos lá, Rach, já chega — diz ele. — Pare de se lastimar. — Ele vai à cozinha e traz um bolo de lenços de papel de uma caixa de Kleenex que havia sobre a mesa. — Assoe o nariz — manda ele, e eu obedeço.

Ele me observa, e seu rosto é um poço de desprezo.

— Naquele dia, em que fomos ao lago — começa ele. — Você pensou que tinha alguma chance, não foi? — Ele começa a rir. — Pensou, não pensou? Olhando para mim com aqueles olhos grandes, carentes... Eu podia ter comido você, não podia? Você é tão fácil. — Mordo os lábios com força. Ele se aproxima de mim novamente. — Você parece um cão sem dono, desses que ninguém quer, que foram maltratados a vida toda. Daqueles que a gente chuta e chuta e mesmo assim eles voltam de mansinho, balançando o rabo. Mendigando afeto. Esperando que dessa vez seja diferente, que dessa vez eles possam fazer alguma coisa certa e, então, serão amados. Você é exatamente assim, não é, Rach? Você e um cachorro.

Ele desliza a mão pela minha cintura e cobre minha boca com a dele. Deixo sua língua entrar na minha boca, os quadris pressionarem os meus. Sinto a sua ereção.

Não sei se tudo continua no mesmo lugar que deixei quando saí daqui. Não sei se Anna reorganizou os armários, botou o macarrão em outro recipiente ou mudou as balanças de cozinha do canto esquerdo para o direito.

Eu não sei. Só torço, enquanto deslizo a mão para dentro da gaveta atrás de mim, que não tenha feito isso.

— Talvez você tenha razão, sabe — digo, quando o beijo acaba. Inclino o rosto. — Talvez, se eu não tivesse vindo para a Blenheim Road naquela noite, Megan ainda estivesse viva.

Ele faz que sim e minha mão direita se fecha ao redor de um objeto familiar. Sorrio e pressiono meu corpo no dele, aumentando a pressão cada vez mais, esgueirando a mão esquerda pela sua cintura. E sussurro em seu ouvido:

— Mas você realmente acredita, mesmo tendo sido você quem esmagou o crânio dela, que eu seja a responsável?

Ele afasta a cabeça da minha e é aí que eu me impulsiono para a frente, jogando todo o meu peso em cima dele, desequilibrando-o. Ele tropeça e cai de costas na mesa da cozinha. Ergo o pé e piso com toda a força que consigo no dele, e, quando se encolhe de dor, eu agarro seu cabelo pela nuca e o puxo para mim, enquanto, ao mesmo tempo, levo meu joelho até o seu rosto.

Sinto a cartilagem afundar e ele berra.

Eu o empurro para o chão, pego as chaves na mesa da cozinha e passo pelas portas francesas antes que ele consiga ficar de joelhos.

Corro para a cerca, mas escorrego na lama e perco o equilíbrio, e ele está em cima de mim antes que eu a alcance, me arrastando para dentro, puxando meus cabelos, unhando meu rosto, cuspindo insultos com sangue.

— Filha da puta, como você é burra, por que você não deixa a gente em paz? Por que não me deixa em paz?

Consigo me livrar dele de novo, mas não tenho para onde ir. Não vou conseguir fugir pela casa nem passar pela cerca. Dou um grito, mas ninguém vai me ouvir, não com a chuva caindo, as trovoadas e o barulho do trem que se aproxima. Corro até os fundos do jardim, em direção aos trilhos. Um beco sem saída. Estou no mesmo lugar onde, há mais de um ano, estive com a filha dele nos braços. Eu me viro, fico de costas para a cerca, e o vejo dando largas passadas em minha direção. Ele limpa a boca com o antebraço, cuspindo sangue na terra. Sinto a cerca vibrando com a passagem do trem — o trem está quase aqui em frente, seu som mais parece um grito. Os lábios de Tom estão se mexendo, ele está falando alguma coisa, mas não consigo ouvi-lo. Fico vendo Tom se aproximar, fico só olhando, e não me mexo até ele estar quase em cima de mim, e então giro o braço. E enfio a espiral do saca-rolhas em seu pescoço.

Seus olhos se arregalam e ele cai sem dizer nada. Ele ergue as mãos para a garganta, me encarando. Parece que está chorando. Fico olhando para ele até não aguentar mais, então me viro de costas. Quando o trem passa, posso ver os rostos nas janelas iluminadas, cabeças reclinadas sobre livros e celulares, passageiros abrigados e seguros a caminho de casa.

TERÇA-FEIRA, 10 DE SETEMBRO DE 2013

MANHÃ

Dá para sentir: é como o zumbir de luz elétrica, a mudança na atmosfera quando o trem para em frente ao sinal vermelho. Agora não sou mais a única que olha. Acho que nunca fui. Acho que todo mundo faz isso — olha para as casas enquanto passa —, só que cada um as vê de forma diferente. Todos *as viam* de forma diferente. Agora, todo mundo está vendo a mesma coisa. Às vezes é até possível ouvir as pessoas tocando no assunto.

— Ali, é aquela ali. Não, não, essa não, a da esquerda. Ali. Com as rosas junto à cerca. Foi lá que aconteceu.

As casas em si estão vazias, a de número 15 e a de número 23. Não parecem vazias — as cortinas estão abertas e as portas também, mas sei que é porque estão sendo mostradas a possíveis compradores.

Ambas foram postas à venda, embora possa demorar um pouco até aparecer um comprador sério para qualquer uma das duas. Imagino os corretores escoltando pelos aposentos gente xereta, desesperada para ver tudo de perto, o lugar onde ele tombou e o sangue dele na terra.

Dói imaginá-los andando pela casa — pela minha casa, onde um dia nutri tantas esperanças. Tento não pensar no que se passou depois. Tento não pensar naquela noite. Tento e fracasso.

Lado a lado, ensopadas com o sangue dele, ficamos sentadas no sofá, Anna e eu. As esposas à espera da ambulância. Anna foi quem ligou para eles — ligou para a polícia, fez tudo. Cuidou de tudo. Os paramédicos chegaram, tarde demais para Tom, e logo em seguida apareceram alguns policiais, e por fim os detetives Gaskill e Riley. Eles ficaram literalmente boquiabertos quando nos viram. Fizeram perguntas, mas eu não conseguia registrar o que diziam. Mal conseguia me mexer, e nem respirar. Anna foi quem falou, calma e confiante.

— Foi legítima defesa — explicou. — Eu vi tudo. Da janela. Ele foi para cima dela com o saca-rolhas. Ele a teria matado. Ela não teve escolha. Eu tentei... — Foi a única vez que ela vacilou, a única vez que a vi chorar. — Tentei estancar o sangı amento, mas não deu. Não deu.

Um dos policiais foi pegar Evie, que miraculosamente havia caído num sono profundo durante toda a ação, e fomos todas levadas para a delegacia. Anna e eu fomos colocadas em salas separadas e nos fizeram mais perguntas, das quais já não me lembro. Eu me esforcei para responder tudo, para me concentrar. Tive me esforçar até para conseguir falar.

Contei que Tom tinha me atacado, me agredido com uma garrafa. Contei que veio na minha direção com um saca-rolhas. Disse que consegui tirá-la da mão dele, e que a usei para me defender. Eles me examinaram: avaliaram o ferimento na minha cabeça, viram minhas mãos, minhas unhas.

— Os ferimentos não parecem muito do tipo defensivos — disse Riley, duvidando.

Eles saíram e me deixaram lá, com um policial — o que tinha espinha no pescoço e que foi falar comigo no apartamento de Cathy em Ashbury há séculos — vigiando a porta, evitando me encarar. Mais tarde, Riley voltou.

— A Sra. Watson confirmou sua história, Rachel — falou ela. — Você pode ir agora.

Ela também não conseguia me encarar. Um policial me levou até o hospital, onde me deram pontos no ferimento do couro cabeludo.

Muitas coisas a respeito de Tom têm sido divulgadas nos jornais. Descobri que ele nunca esteve no Exército. Ele tentou entrar, mas foi rejeitado duas vezes. A história sobre o pai dele também era mentira — ele tinha distorcido tudo. Ele pegou a poupança dos pais e gastou tudo. Eles o perdoaram, mas Tom cortou relações com eles quando o pai não quis hipotecar de novo a casa em que moravam para emprestar mais dinheiro para ele. Tom mentia o tempo inteiro, sobre tudo. Mesmo quando não precisava, mesmo sem nenhum propósito.

Tenho uma lembrança cristalina de Scott falando sobre Megan, dizendo: *Eu não tenho ideia de quem ela era.* É exatamente assim que me sinto.

A vida inteira de Tom era baseada em mentiras — falsidades e meias verdades criadas para fazer com que parecesse uma pessoa melhor, mais forte e mais interessante do que realmente era. E eu engoli todas elas, caí em cada uma.

Anna também.

Nós o amávamos. Fico me perguntando se nós teríamos amado a versão mais fraca, com defeitos, sem enfeites. Acho que eu teria. Eu teria perdoado seus erros e fracassos. Eu mesma já os cometi bastante.

Estou num hotel em uma cidadezinha costeira de Norfolk. Amanhã vou ainda mais para o norte. Talvez Edimburgo, ou mais para longe. Ainda não decidi. Só quero garantir que deixo uma distância grande para trás. Tenho algum dinheiro. Mamãe foi bastante generosa quando descobriu tudo por que passei, então não preciso me preocupar. Pelo menos por um tempo.

Aluguei um carro e vim para Holkham hoje à tarde. Na saída da cidadezinha, tem uma igreja, e é no adro dela que as cinzas de Megan e os ossos de sua filha, Libby, estão enterrados. Li tudo nos jornais. Houve alguma controvérsia sobre o enterro, por causa do suposto papel que Megan teve na morte da filha. Mas, no fim, deixaram que as duas ficassem juntas, e a mim pareceu certo. O que quer que ela tenha feito, já recebeu castigo mais que suficiente.

Estava começando a chover quando cheguei lá. Não havia vivalma, mas estacionei o carro e caminhei pelo adro da igreja. Encontrei o túmulo dela no canto mais distante, quase escondido sob uma fileira de abetos. Você nunca a descobriria ali a não ser que estivesse procurando. A lápide tem o nome com as datas de nascimento e morte — nada de "descanse em paz", nada de "amada esposa", "filha" ou "mãe". A lápide da filha diz apenas *Libby*. Pelo menos agora seu túmulo está devidamente identificado; ela não está mais sozinha perto de uma linha de trem.

A chuva apertava, e, quando comecei a voltar por onde tinha vindo, vi um homem de pé no pórtico da capela, e, por um segundo, pensei que fosse Scott. Coração na boca, limpei a chuva das pálpebras e olhei de novo: vi que era um padre. Ele ergueu a mão, me cumprimentando.

Quase corri até chegar ao carro, sentindo medo por nada. Estava me lembrando da violência do meu último encontro com Scott, do jeito como ele ficou no fim — descontrolado, paranoico, à beira da loucura. Ele nunca mais vai ter paz no coração. Como poderia? Penso nisso, e no jeito como ele era — a forma como *eles* eram, como eu os imaginava — e me sinto devastada. Sinto a perda deles também.

Mandei um e-mail para Scott pedindo desculpas por todas as mentiras que lhe contei. Senti vontade de me desculpar pelo Tom, também, porque eu deveria ter sabido. Se eu tivesse ficado sóbria por todos aqueles anos, será que eu teria sabido? Talvez eu também nunca mais volte a ter paz no coração.

Ele não respondeu ao meu e-mail. Eu não esperava que respondesse.

Devolvo o carro, volto ao hotel, faço o check-in, e, para me distrair da ideia de ficar sentada em uma poltrona de couro no bar aconchegante deles com uma taça de vinho na mão, saio para caminhar no porto.

Imagino como me sentiria bem na metade da minha primeira taça. Para me livrar desse pensamento, conto os dias desde que tomei o último gole: vinte. Vinte e um, se contar hoje. Há exatas três semanas: meu período sóbrio mais longo em muitos anos.

O mais estranho é que a pessoa que serviu a minha última dose de bebida foi Cathy. Quando a polícia me deixou em casa, funestamente pálida e toda ensanguentada, e eu lhe contei o que aconteceu, ela foi buscar uma garrafa de Jack Daniels em seu quarto e nos serviu dois copos bem generosos. Ela não parava de chorar, dizendo que sentia muito, como se de algum modo fosse culpa dela. Tomei o uísque e o vomitei logo em seguida; desde então, não bebi uma gota sequer. O que não me impede de sentir vontade.

Quando chego ao porto, dobro à esquerda e caminho pela beirada, na direção da praia, ao longo da qual eu poderia caminhar, caso quisesse, até voltar a Holkham. Já quase escureceu, e junto à água faz frio, mas continuo andando. Quero caminhar até ficar exausta, tão exausta que não consiga mais pensar em nada, e talvez então eu seja capaz de dormir.

A praia está deserta, e está tão frio que preciso travar a mandíbula para que o queixo pare de bater. Ando rápido pelo chão de seixos, passo pelos quiosques na praia, tão lindos durante o dia mas agora sinistros, cada um deles um esconderijo. Quando o vento sopra, eles ganham vida, suas tábuas de madeira rangem, e, misturados ao barulho do mar, ouço murmúrios de movimento: algo ou alguém se aproximando.

Dou meia-volta e começo a correr. Sei que não há nada lá, nada a temer, mas isso não impede o medo de subir pelo meu estômago, passar pelo meu peito e chegar à minha garganta. Corro o mais rápido que posso. Não paro até estar de volta ao porto, sob as luzes fortes dos postes.

De volta ao meu quarto, eu me sento na cama, em cima das mãos, até que elas parem de tremer. Abro o frigobar e apanho uma garrafa de água mineral e algumas macadâmias. Deixo lá dentro o vinho e as garrafinhas de gim, mesmo que elas possam me ajudar a dormir, mesmo que possam me ajudar a me aquecer e a deslizar feliz rumo ao esquecimento. Mesmo que possam me ajudar a apagar da mente, por um tempo, a expressão no rosto de Tom quando me virei para vê-lo morrer.

O trem já havia acabado de passar. Ouvi um ruído às minhas costas e vi Anna saindo da casa. Ela andou apressada em nossa direção e, ao chegar perto de Tom, ajoelhou-se e apertou a garganta dele.

Ele exibia no rosto uma expressão de perplexidade, de dor. Eu quase disse para ela: *Não adianta, você não vai conseguir salvá-lo.* Mas então percebi que ela não estava tentando estancar o sangue. Estava apenas terminando o serviço. Enfiando o saca-rolhas ainda mais, bem fundo, rasgando a garganta dele, e o tempo todo conversava com ele, baixo, bem baixinho. Não escutei o que ela dizia.

A última vez que a vi foi na delegacia, quando nos levaram para prestar depoimento. Eles a levaram para uma sala e eu para outra, mas, pouco antes de nos separarmos, ela tocou em meu braço e disse:

— Se cuida, Rachel.

E alguma coisa no tom dela me pareceu um alerta. Estamos ligadas, para sempre vinculadas pelas histórias que contamos: que eu não tive escolha a não ser perfurar o pescoço dele, e que Anna fez tudo o que pôde para salvá-lo.

Eu me deito na cama e apago as luzes. Não vou conseguir dormir, mas preciso tentar. Algum dia, acho, os pesadelos vão parar e vou deixar de reviver na minha cabeça tudo o que aconteceu, mas, no momento, sei que tenho uma longa noite pela frente. E preciso me levantar cedo amanhã para pegar o trem.

AGRADECIMENTOS

Muitas pessoas me ajudaram quando eu estava escrevendo esse livro, mas nenhuma mais que minha agente, Lizzy Kremer, uma pessoa maravilhosa e sábia. Um muito obrigada também a Harriet Moore, Alice Howe, Emma Jamison, Chiara Natalucci e todos na David Higham, assim como a Tine Neilsen e a Stella Giatrakou.

Sou muito grata aos meus editores em ambos os lados do Atlântico: Sarah Adams, Sarah McGrath e Nita Pronovost. Agradeço também a Alison Barrow, Katy Loftus, Bill Scott-Kerr, Helen Edwards, Kate Samano, e às equipes fantásticas tanto na Transworld quanto na Riverhead — vocês são muitos para que eu consiga mencionar cada um.

Obrigada, Kate Neil, Jamie Wilding, mamãe, papai, e Rich, por todo o apoio e encorajamento que me deram.

Por fim, muito obrigada a todas as pessoas que viajam de trem em Londres, que me forneceram aquela fagulha inicial de inspiração.

Este livro foi composto na tipologia Bell MT Std, em corpo 12/16,5, e impresso em papel off-white no Sistema Cameron da Divisão Gráfica da Distribuidora Record.